Mary Jo Putney

LAS NOVIAS II

Mary Jo Putney

La novia de China

RBA

Título original: *The China Bride*
Traducción: Deborah Luque

Edición original: Ballantine Books, marca de The Random House Publishing Group, una división de Random House, Inc., Nueva York

Traducción cedida por Random House Mondadori, S.A.

Diseño de cubierta: Adland Comunicació

ISBN: 978-84-473-5884-7
Depósito legal: B-36767-2008

Impreso por LIBERDÚPLEX

Impreso en España - Printed in Spain

A Elisa Wares, editora sin igual

Agradecimientos

Hasta para poner un poco de China en un libro hace falta una gran cantidad de documentación, y nunca había tenido que pedir ayuda a tantos asesores. Va mi agradecimiento especial a Ye Ling-Ling (Suntree Faprathanchai), Shirley Chan, Hannah Lee, Brenda Wang Clough y Lisa Wong por sus valiosos esfuerzos para ayudarme a apresar en el relato algo de la riqueza y la complejidad de la cultura china.

Tienen mi gratitud Hope Karan Gerecht por investigar el feng shui, Julie Booth por las artes marciales y Betsy Partridge por el Tui Na. *Por último, pero no por eso menos importante, Susan King por su ayuda en todo lo relacionado con lo escocés, y no digamos su apoyo y aliento en todos los aspectos.*

Mis asesores han hecho todo lo posible para ayudarme. En cuanto a los errores, yo soy la única culpable.

LIBRO PRIMERO

En busca de los sueños

Prólogo

Shropshire, Inglaterra
Diciembre de 1832

No había esperado que hiciera tanto frío. Troth Montgomery tiritaba cuando bajó del carruaje de alquiler, arrebujándose con la capa para protegerse del glacial viento de diciembre. Sabía que Gran Bretaña quedaba muy al norte, pero toda una vida en el trópico no la había preparado para ese clima que calaba los huesos.

Aunque ansiaba llegar al final del largo viaje, ahora le asustaba la posibilidad de encontrarse con aquellos desconocidos. Para retrasar un poco el encuentro, preguntó al conductor:

—¿Esto es de verdad Warfield Park? Realmente, no me lo imaginaba así.

El hombre tosió tapándose la boca con la mano enguantada.

—Sí, claro que es Warfield Park.

Sacó la única bolsa de tela de la mujer, la depositó en el camino de entrada a la casa, junto a ella, y después hizo dar la vuelta a los caballos para regresar lo más rápido posible a su casa en Shrewsbury.

Mientras el carruaje pasaba a su lado con gran estruendo, Troth alcanzó a verse en el cristal de la ventanilla. Aunque llevaba un sobrio vestido azul marino, la prenda más decente y con más aspecto inglés que tenía, la imagen que vio era irreparablemente fea, con aquel pelo oscuro y aquellos ojos orientales que delataban su condición de extranjera.

Pero no podía volverse atrás. Levantó la bolsa de tela y subió con dificultad los escalones de la gran construcción con techo a dos aguas. En verano quizá las piedras grises parecieran suaves y cálidas, pero en el crepúsculo invernal Warfield resultaba duro e inhóspito. Ella no pertenecía a ese lugar, ni a ningún otro.

Se estremeció de nuevo, pero ahora no por el viento. Los propietarios de aquella casa no recibirían bien las noticias que ella traía, pero por Kyle seguramente le darían, al menos, una cama para pasar la noche.

Al llegar a la puerta, hizo sonar una enorme aldaba con forma de cabeza de halcón. Tras esperar un buen rato, abrió un lacayo uniformado que arqueó las cejas al ver lo que había en el umbral.

—La entrada de los criados está al otro lado de la casa.

El desprecio de aquel hombre hizo que ella levantara la cabeza en actitud desafiante.

—He venido a ver a lord Grahame, de parte de su hermano —dijo ella con frialdad y su mejor acento escocés.

De mala gana, el lacayo la hizo pasar al vestíbulo.

—¿Su tarjeta?

—No tengo. He estado... viajando.

Era evidente que el lacayo quería echarla pero no se atrevía a hacerlo.

—Lord Grahame y su esposa están cenando. Tendrá que esperar aquí hasta que terminen. Cuando su señoría pueda atenderla, ¿a quién anuncio?

Los entumecidos labios de Troth apenas pudieron esbozar un nombre que parecía como si en realidad no le perteneciera.

—Lady Maxwell. La esposa de su hermano —dijo ella.

El lacayo abrió más los ojos.

—Le informaré de inmediato.

Cuando el sirviente se marchó a toda prisa, Troth se arrebujó en el abrigo y se puso a caminar de un lado a otro del gélido recibidor, al borde de una crisis de nervios. ¿Haría el hermano que le pegaran después de escucharla? Se sabía que los grandes señores castigaban a los portadores de malas noticias.

Habría salido corriendo de la casa y se habría arriesgado a sufrir el infernal invierno del norte, pero en su cabeza todavía resonaba la áspera voz de él: «Díselo a mi familia, Mei-Lian. Tienen que saber que he muerto». Aunque Kyle Renbourne, décimo vizconde Maxwell, sentía por ella cierto afecto, Mei-Lian no dudaba de que el espíritu de él se le aparecería si no lograba cumplir su última voluntad.

A la espera del encuentro, se quitó los guantes para mostrar el anillo con el nudo celta que Kyle le había regalado, ya que era la única prueba de sus afirmaciones.

Se oyeron pasos a sus espaldas. Entonces una voz extrañamente familiar dijo:

—¿Lady Maxwell?

Ella se volvió y vio que un hombre y una mujer habían entrado en la sala. La mujer era tan menuda como una cantonesa, pero con una maravillosa cascada de pelo rubio platino que resultaba llamativo incluso en esa tierra de demonios extranjeros. La mujer le devolvió la mirada a Troth con la expresión curiosa de un gato, pero sin hostilidad.

—¿Lady Maxwell? —volvió a decir el hombre.

Troth apartó la mirada de la mujer para mirarlo a él, y entonces la sangre se detuvo en sus venas, dejándola helada hasta el tuétano. No era posible. El hombre era delgado y fornido, de facciones marcadas y atractivos ojos azules. Pelo castaño ondulado, mentón ligeramente partido, aire de innata autoridad. La cara de un hombre muerto. No era posible.

Ese fue su último y vertiginoso pensamiento antes de desmayarse.

1

Macao, China
Febrero de 1832

Kyle Renbourne, décimo vizconde Maxwell, ocultaba a duras penas su impaciencia mientras saludaba cortésmente a docenas de miembros de la comunidad europea de Macao que se habían reunido para recibir adecuadamente a un lord. Después, terminados sus deberes sociales, salió a la galería para poder contemplar la última y mejor aventura, que empezaría a la mañana siguiente.

La espaciosa casa se levantaba en lo alto de una empinada colina del sur de China. Más abajo, unas cuantas luces dibujaban la curva de Macao alrededor del puerto oriental. Pequeña ciudad exótica en el extremo sudeste del estuario del río Pearl, Macao había sido fundada por los portugueses, el único poder europeo que se había ganado la aceptación de los chinos.

Durante casi tres siglos el enclave había sido hogar de mercaderes y misioneros y una extraña mezcla de razas. Kyle había disfrutado de su visita, pero Macao en realidad no era China y él estaba ansioso por emprender viaje a Cantón.

Se apoyó contra la verja, disfrutando de la brisa fresca en la cara. Quizá fuera su imaginación, pero el viento parecía perfumado con especias desconocidas y misterios antiguos, transportándolo al país con el que él había soñado desde niño.

Su anfitrión, amigo y socio, Gavin Elliott, atravesó las puertas con postigos.

—Pareces un niño en Nochebuena, a punto de estallar por la emoción.

—Tú puedes permitirte hablar con naturalidad del viaje de mañana a Cantón. Llevas quince años haciéndolo. Esta es mi primera visita. —Kyle titubeó antes de añadir—: Y probablemente la última.

—Así que regresas a Inglaterra. Se te echará en falta.

—Llegó el momento.

Kyle pensó en todos aquellos años que había pasado viajando sin cesar, avanzando siempre hacia el este. Había visto la gran mezquita de Damasco y caminado por los montes en los que Jesús había predicado. Había explorado todo el continente de la India, desde el sur lleno de color y aromas hasta las salvajes y solitarias montañas del noroeste. Por el camino había vivido todo tipo de aventuras y había sobrevivido a desastres que habrían hecho a su hermano menor heredero del título familiar de conde, ¡y cómo habría fastidiado eso a Dominic! También había perdido el tono airado que lo había marcado cuando era más joven: ya era hora, puesto que pronto cumpliría treinta y cinco años.

—Mi padre tiene problemas de salud. No quiero arriesgarme a regresar demasiado tarde.

—¡Ah! Lo siento. —Gavin sacó un puro y lo encendió—. Cuando Wrexham se vaya, tus obligaciones de conde te impedirán deambular por lejanos rincones del planeta.

—El mundo es más pequeño que antes. Los barcos son más veloces y lo desconocido está siendo cartografiado y explorado. He dejado China para el final. Después de visitarla, estaré preparado para volver a casa.

—¿Por qué has dejado China para el final?

Kyle recordó el día que había descubierto China.

—Cuando tenía catorce años entré en una tienda de curiosidades de Londres donde encontré un libro de acuarelas y dibujos chinos. Sólo Dios sabe cómo había llegado hasta allí. Me costó todo el dinero que mis padres me habían dado en seis meses. Las ilustraciones me fascinaban. Era como asomarse a un mundo diferente. Fue entonces cuando decidí que tenía que viajar a Oriente como fuese.

—Es una suerte que hayas podido realizar tu sueño. —Había un tono sombrío en la voz de Gavin.

Kyle se preguntó cuáles serían los sueños de Gavin, pero no dijo nada. Los sueños son un asunto personal.

—El mejor sueño de todos quizá esté fuera de mi alcance. ¿Has oído hablar del templo de Hoshan?

—Una vez vi un dibujo. Creo que está unos ciento cincuenta kilómetros al oeste de Cantón.

—Es ese. ¿Hay alguna posibilidad de visitarlo?

—Ninguna. —Gavin dio una calada al puro y la punta brilló en la oscuridad—. Los chinos se toman muy en serio lo de mantener a los europeos en cuarentena en la colonia. Si no te admiten entre las murallas de la ciudad de Cantón, mucho menos te permitirán viajar por el campo.

Kyle sabía cosas acerca de la colonia, una franja estrecha de almacenes entre la zona de muelles de Cantón y las murallas. También le habían hablado de las tristemente célebres Ocho Leyes, ideadas para mantener a raya a los extranjeros. De todos modos, por su experiencia, los hombres ricos y decididos solían encontrar el modo de sortear las leyes.

—Quizá si untara con plata las manos adecuadas tendría la oportunidad de viajar por el interior.

—No alcanzarías a viajar ni un kilómetro sin que te arrestaran. Eres un *fan-qui*, un diablo extranjero. Llamarías la atención como un elefante en Edimburgo. —Gavin acentuó la manera escocesa de pronunciar la erre que persistía desde su infancia—. Terminarías enterrado en el calabozo de algún prefecto acusado de espionaje.

—Tienes toda la razón del mundo.

Sin embargo, Kyle pensaba indagar más profundamente durante su estancia en Cantón. Durante veinte años, el templo de Hoshan había vivido en su fantasía, convertido en una imagen de paz y de belleza celestial. Si existía alguna forma de visitarlo, él la encontraría.

Con las luces del alba, el jardín chino era un lugar misterioso y de ensueño con árboles retorcidos y rocas vivientes. En silencio y sin sombras, Troth Mei-Lian Montgomery se movía como un fantasma por los recintos familiares. Esta era su hora preferida, cuando podía creer que estaba dentro de las paredes de su casa paterna en Macao.

Esa mañana realizaría sus ejercicios de tai chi junto al estanque. El espejo del agua reflejaba con gracia los juncos y el arco de la pasarela de bambú. Se relajó, imaginando que la energía chi le subía por los pies desde la tierra. Fue aflojando músculo por músculo, tratando de volverse una con la naturaleza, de ser tan natural como los delicados nenúfares y las relucientes carpas que titilaban en silencio allí debajo.

No es que soliera alcanzar tal estado de gracia. «Gracia» era una palabra que procedía de su parte de diablo extranjero que se resistía tenazmente a desaparecer.

Se sentía tensa, así que dio los primeros pasos lentos de tai chi. Precisa pero relajada, equilibrada pero alerta. Después de tantos años, la secuencia de movimientos era su segunda naturaleza y la inducía a una sensación de paz.

Cuando era pequeña, su padre entraba a veces en el jardín con su té de la mañana para verla practicar sus ejercicios. Cuando ella terminaba, él se reía y decía que cuando la llevara a su casa en Escocia sería la reina de las reuniones, capaz de bailar mejor que todas las muchachas escocesas. Troth sonreía y se imaginaba vestida como una dama *fan-qui* entrando en el salón de baile del brazo de su padre. Le alegraba especialmente cuando él le decía que su estatura no sería rara en Escocia. En vez de superar en altura a todas las mujeres chinas y a la mitad de los hombres, como lo hacía en Macao, allí sería normal.

Normal. Como cualquier otra. Una meta así de simple y de imposible.

Después, Hugh Montgomery había muerto en un *taaî-fung*, una de esas tormentas infernales que periódicamente surgían rugiendo del mar, destruyéndolo todo a su paso. Troth Montgomery también había muerto ese día, dejando a Mei-Lian, una niña china de sangre contaminada y sin ningún valor. Sólo en la privacidad de su mente continuaba siendo Troth.

Empezó el ejercicio wing chun, que requería un juego de pies rápido y simulacros de peleas. Había muchas formas de kung fu, de artes marciales, y ella había sido entrenada en la versión llamada wing chun. Los ejercicios eran enérgicos y siempre los practicaba después de un precalentamiento con el más suave tai chi. Casi había terminado su ejercicio cuando una voz tranquila dijo:

—Buenos días, Jin Kang.

Se puso tensa ante la aproximación de su maestro. Chenqua era el líder del gremio de comerciantes llamado Cohong, un hombre de gran poder e influencia. Había sido el apoderado que manejaba los bienes de su padre y el que la había adoptado cuando ella quedó huérfana. Por eso, ella le debía gratitud y obediencia.

Sin embargo, le molestaba que siempre la llamara Jin Kang, el nombre femenino que él le había dado desde la primera vez que le impuso espiar a los europeos. A pesar de ser fea, demasiado alta, con grandes pies sin vendar y los toscos rasgos de su sangre mestiza, ella seguía siendo una mujer. Pero no para Chenqua ni para nadie de su casa. Para ellos ella era Jin Kang, una estrafalaria criatura ni masculina ni femenina.

Reprimiendo su resentimiento, Troth se inclinó.

—Buenos días, tío.

Llevaba una sencilla túnica y pantalones de algodón como los de ella, así que venía para que practicaran ejercicios de kung fu en pareja. Levantó los brazos en el gesto para empezar formalmente la lucha.

La muchacha presionó las manos y el interior de los brazos contra los de él en la postura conocida como «manos que empujan». La piel del hombre era suave y seca, y ella sintió el poder de la energía chi de él latiendo entre los dos. Aunque sobrepasaba los sesenta años, era más alto y fuerte que ella y estaba en forma. Ella tenía para él una utilidad especial: era la única persona de la casa capaz de llevar a cabo una buena sesión de ejercicios de kung fu.

Despacio, Chenqua trazó un círculo en el aire con los brazos. Troth mantuvo el contacto, atenta al flujo del chi para poder anticiparse a sus movimientos. El paso del hombre se aceleró, haciéndose más difícil de seguir. Para un observador ocasional, habrían parecido una pareja ejecutando una oscura danza.

Chenqua intentó un golpe imprevisto, pero fue incapaz de eludir el bloqueo de la muñeca de Troth. Cuando perdió el equilibrio a causa del golpe fallido, ella arremetió con la base de la mano. Chenqua desvió su embestida, así que sólo le golpeó el hombro. De nuevo las manos de ambos se unían en un modelo de movimientos que parecían formales y llenos de gracia, pero ocultaban la tensión dinámica. Se medían mutuamente las fuerzas, como dos lobos recelosos.

—Tengo una nueva tarea para ti, Jin Kang.

—¿Sí, tío?

Ella se relajó para sentirse clavada al suelo e impedir así que le hicieran perder pie y la derribaran.

—Vendrá un nuevo socio a la empresa de Gavin Elliott, un hombre llamado Maxwell. Debes tener especial cuidado con él.

El estómago de Troth se puso tenso.

—Elliott es un hombre gentil. ¿Por qué habría de ser difícil ser su socio?

—Elliott viene del País Hermoso. Ese Maxwell es inglés, y los ingleses siempre son más problemáticos que los demás *fanqui*. Peor aún, es lord y seguramente arrogante. Esos hombres son peligrosos.

Trató nuevamente de romper la defensa de ella, sin éxito.

Ese día Troth luchaba bien. Fortalecida por el ejercicio, hizo una petición que venía considerando desde hacía años:

—Tío, ¿se me puede eximir de la tarea de espiar? A mí... no me gusta fingir.

Chenqua arqueó las oscuras cejas.

—No hay nada malo en ello. Desde que yo y los demás comerciantes Cohong somos responsables de todo lo que los diablos extranjeros hacen, es necesario para nuestra seguridad conocer los planes de ellos. Son niños revoltosos, capaces de ocasionar problemas que escapan a su comprensión. Hay que observarlos y controlarlos.

—¡Pero toda mi vida es una eterna mentira! —dijo Troth, y al calcular mal le dio a Chenqua la oportunidad de golpearla en la parte superior del brazo—. Odio fingir que soy intérprete mientras escucho en secreto sus palabras más privadas y analizo sus papeles.

Su padre, el escocés más honesto que había vivido jamás, se habría horrorizado de la vida que ella llevaba.

—No existe ninguna otra persona en el mundo que hable con tanta fluidez el chino y el inglés. Observar a los *fan-qui* es tu deber.

Chenqua trató entonces de empujarla para hacerle perder el equilibrio.

Ágil, ella esquivó el movimiento del hombre, le aferró el brazo y sumó su propio impulso al de él, que cayó rodando sobre la mullida hierba. La muchacha lamentó de inmediato haber perdido el control. Chenqua era muy hábil, pero ella era mejor. Solía cuidarse de no derrotar al maestro en la lucha.

Chenqua se recobró y se puso de pie rápidamente; le chispeaban los ojos oscuros. Abandonó la postura de manos que empujan y se puso en actitud vigilante, moviéndose lentamente en círculo alrededor de ella y esperando la oportunidad de entablar combate.

—Te he dado de comer, te he alojado en mi casa, te he dado privilegios que no tiene ninguna de las otras mujeres de mi casa. Me debes la gratitud y la obediencia de una hija.

La rebeldía de la muchacha se desmoronó.

—Sí, tío.

La angustia había desequilibrado la energía de Troth, así que a él le resultó fácil castigarla por haber olvidado su lugar. Él hizo una finta y después la atacó con una mano y un pie juntos en un doble golpe, fulminante mezcla de potencia y chi. La muchacha cayó al suelo con dolorosa fuerza. En vez de dar un brinco instantáneo, se quedó jadeando un rato, dejándose vencer.

—Perdóname por no pensar con claridad, tío.

—Sólo eres una mujer. No se espera que actúes con lógica —dijo él, aplacado.

Troth Montgomery, la mujer escocesa, se lo habría discutido. Pero Mei-Lian sólo inclinó la cabeza en señal de sumisión.

2

La entrada final en Cantón le recordó a Kyle el puerto de Londres, sólo que veinte veces más atestado de gente y cincuenta veces más ruidoso. Los buques mercantes extranjeros tenían que ser amarrados unas doce millas río abajo, en Whampoa, y sus cargas y la tripulación transportadas en barcas en el último tramo. La nave que llevaba a Kyle y Gavin Elliott surcaba audazmente el agua entre los juncos y las lorchas gigantes con grandes ojos pintados sobre la proa para esperar a los demonios. Cuadrillas de remeros impulsaban algunos barcos sobre el agua a toda velocidad, mientras que otros eran propulsados por las ruedas hidráulicas de unas paletas que la tripulación hacía girar. A menudo la colisión parecía inevitable, pero la pericia de los hombres siempre los apartaba a tiempo.

A su lado pasó un barco alegremente decorado con flores; bellas muchachas chinas, muy acicaladas, se apoyaban en las barandillas, llamando y haciendo señas a los *fan-qui* con gestos inequívocos.

—No se te ocurra subir nunca a bordo de un barco de flores —dijo Gavin secamente—. Quizá sean los burdeles más atractivos de los mares de la China, pero dicen que a los europeos que prueban la mercancía no se los vuelve a ver más.

—Mi interés era puramente intelectual.

Decía la verdad. Si bien a Kyle le resultaban muy atractivas las oscuras y esbeltas mujeres orientales, en general había permanecido célibe durante los años de viaje. Había amado una vez, y cuando el deseo de tocar, saborear y oler a una mujer se imponía a su buen juicio, recordaba con dolor qué inferior era la lujuria al amor.

Sin embargo, su mirada se entretuvo un rato con las muchachas, hasta que el barco con flores desapareció detrás de un junco. Resultaba fácil entender por qué muchos de los comerciantes europeos que tenían casa en Macao disponían de concubinas chinas.

—Allí está la colonia.

Kyle se volvió para estudiar la estrecha y bulliciosa franja de tierra que había entre el río y las murallas de la ciudad, único lugar en China donde se admitía a los extranjeros. Una hilera de construcciones bordeaba el río, y allí arriba ondeaban banderas europeas y norteamericanas. Eran los *hongs*, enormes almacenes donde los extranjeros almacenaban y despachaban sus mercancías y en cuyas plantas superiores vivían durante los meses de la temporada invernal.

—Resulta extraño pensar que la mayor parte del té de Occidente procede de esos almacenes —dijo Kyle.

—Es un negocio que genera la suficiente riqueza para convertir a un hombre en rey. —Gavin entornó los ojos ante el radiante sol tropical—. Tenemos un comité de recepción esperándonos en la entrada, junto al agua. El tipo de la túnica de seda bordada es Chenqua.

Naturalmente, Kyle había oído hablar de Chenqua. El hombre era el príncipe mercader más importante de Cantón, y quizá el más grande del mundo. Además de dirigir el gremio Cohong, se ocupaba personalmente de los asuntos de la Elliott House y algunas de las mayores compañías comerciales británicas y norteamericanas. Hombre enjuto, alto para ser chino, se mantenía siempre erguido y su barba era rala y entrecana. Su enorme dignidad era apreciable incluso desde el agua.

—¿Cómo sabía que llegábamos? —preguntó Kyle.

—La información corre por el río mucho más rápidamente que el agua. Chenqua sabe todo lo que concierne a un comerciante *fan-qui*. De hecho, tiene a uno de sus espías junto a él —respondió Gavin.

—¡Santo Dios! ¿Las Ocho Leyes infames dicen que los europeos deben aceptar que se los espíe?

—No, pero no puedo decir que culpe a Chenqua por no querer perdernos de vista ni un munito. Tu gente británica es particularmente escandalosa y a menudo viola las leyes por pura desobediencia.

—¡No me eches la culpa por los pecados de mis compatriotas! —exclamó Kyle.

Gavin sonrió burlonamente.

—Admito que te comportas bastante bien para ser un lord inglés. Cuando te apetezca actuar de manera escandalosa, recuerda que Chenqua y los demás comerciantes son los únicos a quienes se castigará por tus pecados. Fuertes multas si tienen suerte, y no es imposible que ellos y sus familiares sean arrestados y torturados o estrangulados para pagar por los crímenes de los *fan-qui*.

Kyle lo miró fijamente.

—Estás bromeando, ¿verdad?

—Me temo que no. Esto es China. Aquí las cosas se hacen de otra manera. Probablemente, los comerciantes Cohong son los hombres más honestos que jamás he conocido; sin embargo, pueden perder todo lo que poseen a causa de las travesuras de los *fan-qui*.

La información fue aleccionadora. Al acercarse, Kyle observó al grupo de hombres apiñados sobre la compuerta.

—¿Cuál es el espía? —preguntó.

—Jin Kang es el joven larguirucho que está a la izquierda de Chenqua. Técnicamente es el intérprete que trabaja para los Cohong. Los llaman lingüistas, aunque ninguno es muy competente; de hecho, es indigno de su categoría estudiar el idioma de los bárbaros, así que sólo unos pocos saben algo más que el inglés macarrónico hablado por la mayoría de la gente que trabaja regularmente en la colonia. Lo suficiente como para ocuparse de los asuntos comerciales básicos.

La voz de Gavin fue bajando de tono a medida que se acercaban a Chenqua.

Un marinero descalzo saltó ágilmente del bote y lo amarró a los escalones que subían hasta la compuerta. Mientras los pasajeros desembarcaban en el área amurallada llamada el «jardín inglés», Kyle vio que de cerca Chenqua resultaba aún más imponente. Las capas de color azul oscuro de las túnicas eran de la más fina seda y estaban decoradas con bandas de bordados alrededor de las amplias mangas, y del cuello le colgaban collares de cuentas de jade magníficamente talladas.

El rango de Chenqua estaba indicado no sólo por la riqueza de su indumentaria, sino también por el peto bordado y por un distintivo azul en la parte superior del bonete. El distintivo era la marca del mandarín y el color denotaba la importancia del funcionario. El mandarín que ofendía a sus señores imperiales se arriesgaba a perderlo. Para un occidental eso resultaba divertido; allí, el asunto era muy serio.

Gavin hizo una reverencia.

—¡Hola, Chenqua! —dijo en tono afable—. Me siento muy honrado de que haya venido a recibirnos.

—Ha estado demasiado lejos de Cantón, *taipan* —dijo Chenqua usando el término utilizado para designar al jefe de una casa comercial.

Gavin presentó a Kyle, que añadió su mejor reverencia a las formalidades.

—Es un honor conocerle, Chenqua. He oído hablar mucho de usted.

—El honor es mío, lord Maxwell. —Sus ojos negros lanzaron a Kyle una mirada de soslayo antes de volverse hacia Gavin—. Perdone mi descortés prisa, pero es un asunto de cierta seriedad. ¿Podría venir ahora a la Consoo House?

—Por supuesto. —Gavin miró a Kyle—. Con su permiso, Chenqua, ¿podría Jin Kang acompañar a lord Maxwell hasta mi *hong* y ayudarlo a instalarse?

—Por supuesto, *taipan*. Jin, atiende a lord Maxwell.

Después de que Chenqua y Gavin salieran hacia las oficinas centrales del Cohong, Kyle centró su atención en el guía que le habían asignado. Jin Kang era mucho menos imponente que su señor. Vestía la túnica de cuello alto y los pantalones que servían para ambos sexos. La ropa era de color azul claro, con una estrecha orla bordada en la parte baja de las amplias mangas.

Queriendo explorar su nuevo entorno, Kyle dijo:

—Si no te importa, primero me gustaría estirar las piernas y mirar los muelles.

—Como desee el señor.

La suave voz de Jin expresaba tanta modestia como el resto de su persona.

Dejaron el jardín inglés para internarse en los concurridos muelles. Las mercancías europeas estaban siendo descargadas mientras cajones de té y otros productos chinos eran metidos en barcazas para ser transportados a los buques mercantes fondeados en Whampoa. Kyle y su compañero tenían que esquivar los fardos bamboleantes y a los sudorosos estibadores mientras caminaban a lo largo de los muelles. El ritmo cantarino y embriagador del idioma cantonés llenaba el aire.

Mientras se alejaban de la agitación de las dársenas, Kyle observó a Jin por el rabillo del ojo. El bonete azul cubría la cabeza del joven desde la mitad de las cejas hasta la parte superior de la gruesa cola de pelo oscuro que le caía por la espalda. Vestía mejor que un trabajador y una pequeña bolsa le colgaba de la cintura, pero su mirada gacha y los hombros caídos lo convertían en un espécimen desagradable. Aunque era más alto que la media, si se metiera en un grupo de sus compatriotas desaparecería al instante.

Obviamente, pasar inadvertido era útil para un espía. Jin Kang debía de tener talentos ocultos, por ejemplo inteligencia. Kyle miró con más atención. Casi demasiado afeminado, Jin tenía el cutis pálido y rasgos delicados, sutilmente diferentes de los de los cantoneses que los rodeaban. Quizá fuera del norte de China. Se decía que los del norte eran más altos que los cantoneses, y quizá hubiera otras diferencias.

Puesto que la expresión de Jin no revelaba nada más, Kyle apartó su atención del guía y se centró en lo que le rodeaba. Más allá de la zona del muelle se extendía una constelación flotante casi infinita de barcos anclados juntos, como si fuesen grupos de casas, dejando el suficiente espacio de agua entre las hileras para que pasara un sampán. Cada casa flotante tenía en la popa una pequeña estufa para cocinar, y en los costados colgaban a menudo jaulas de mimbre con aves que graznaban a la espera de ser servidas como cena. Familias enteras vivían en un espacio que hacía que las casitas de los peones ingleses parecieran grandes.

Kyle estaba a punto de alejarse cuando una niña cayó por el borde de la casa flotante más cercana. Se quedó sin respiración, preguntándose si alguien lo habría advertido; luego se dio cuenta de que la niña tenía una boya de madera atada a la espalda en previsión de ese tipo de accidentes.

Al oír el chapuzón, una hermana mayor apareció de pronto y la sacó del agua, riñéndole con violencia.

—Esa niña ha tenido suerte de llevar un flotador —comentó Kyle.

No esperaba una respuesta, pero Jin Kang dijo:

—Niño, no niña.

Desde que habían sido presentados era la primera cosa que el joven decía sin que le preguntasen.

—¿Cómo estás seguro de que es un niño?

—A las niñas no se les pone flotadores —dijo Jin, categórico—. No vale la pena.

Pensando que había entendido mal, Kyle preguntó:

—¿Las hijas no merecen ser salvadas?

—Criar a una hija sólo para casarla es como engordar a un cerdo para el banquete de otro.

Jin parecía estar recitando un viejo proverbio.

Aun para las insensibles normas de Asia, eso resultaba cruel. «Dios ayude a las mujeres chinas», pensó Kyle.

Alejándose de la gente de los barcos, Kyle avanzó hacia la plaza, la zona abierta entre los muelles y los *hongs*. Aquel espacio parecía una feria inglesa, repleta de mendigos y adivinos, vendedores de comida y vagabundos. Kyle atrajo miradas fugaces. Ese era el único lugar de China donde no era raro ver europeos.

Una hilera de mendigos ciegos amarrados juntos con una cuerda entraba en la plaza arrastrándose, gimiendo con voz lastimera y golpeando con bastones y cacharros, provocando un estruendo capaz de levantar a un muerto. Con expresión exasperada pero no de sorpresa, un europeo salió de uno de los *hongs* y dio una bolsa pequeña al mendigo que iba delante.

El mendigo hizo una reverencia, dio media vuelta y llevó a sus compañeros de regreso a la ciudad. Kyle se preguntó cuál sería el importe del donativo para deshacerse del ruidoso grupo.

—Estos tipos bien podrían enseñarles un par de cosas a los mendigos de Londres.

—Los mendigos pertenecen a la Sociedad Flor Celestial, un gremio muy antiguo —dijo Jin.

—¡Ah, un gremio! Claro.

Unas pocas semanas en Cantón habían mermado seriamente la capacidad de Kyle para sorprenderse.

Más adelante, una gran multitud se había reunido alrededor de un malabarista que hacía oscilar una piedra con una cuerda para alejar a la gente lo suficiente de él y así poder actuar. En la plaza no sobraba el espacio. Kyle sorteó la multitud y siguió hasta la orilla del río. Estaba observando una cañonera poblada de brillantes banderas cuando oyó un grito agudo:

—¡Señor!

Y lo apartaron a un lado bruscamente en el preciso instante en que una red llena de cajas de té se desprendía de una grúa y se estrellaba contra el suelo a sus pies. Él y Jin acabaron en el suelo, salpicados por el polvo y los fragmentos de madera.

Kyle se levantó apoyándose en un brazo y por un instante su mirada se encontró con la de Jin. Los ojos del joven eran más bien marrones, no negros, y denotaban una inteligencia aguda.

Pero no fue el color lo que fascinó a Kyle. Sólo en contadas ocasiones había conocido a alguien y experimentado una poderosa sensación de conexión instantánea. La más reciente había sido en la India, con un andrajoso hombre santo que con una mirada pareció haber penetrado en el alma de Kyle. Lo mismo había ocurrido con Constancia en su primer encuentro. Ese vínculo había pervivido aun después de la muerte de ella. Ahora, de una manera extraña, algo en ese joven chino tenía para Kyle profundas resonancias.

Jin Kang bajó la cabeza mientras empezaba a levantarse con dificultad. Al apoyar el tobillo derecho, este se dobló bajo el peso de su cuerpo y Jin lanzó un gritó de dolor.

Una multitud se había congregado a su alrededor, y los estibadores farfullaban en un idioma macarrónico que sonaba a disculpas por la cuerda rota que había causado el accidente. Sin prestarles atención, Kyle dijo:

—¿Te has lastimado el tobillo?

—No es nada...

Jin intentó otra vez ponerse de pie.

Al ver que la cara de Jin se contraía por el dolor, Kyle lo sostuvo por el brazo y le preguntó:

—¿Cuál es el *hong* de Elliott?

—Aquel —dijo Jin señalando con la mano un edificio del centro de la hilera.

—¿Podrás caminar con mi ayuda hasta allí? —preguntó Kyle, con toda naturalidad.

—¡No es conveniente que usted me ayude! A Chenqua, mi señor, no le gustaría.

—Es una lástima, porque no tengo intenciones de pasar por alto el hecho de que me hayas salvado de ser aplastado.

Kyle sostuvo a Jin y empezó a andar hacia el *hong*. El joven se las ingeniaba para ir renqueando bastante bien. Era probable que sólo se hubiera hecho un esguince de tobillo.

Al cruzar la plaza, Kyle pensó cuánta fuerza había en el menudo cuerpo de Jin. También era increíblemente rápido, pues con un solo gesto, sin hacerse daño, lo había apartado de la trayectoria de las cajas de té. Pero ahora temblaba, quizá algo asustado por su tobillo lesionado.

Llegaron a la entrada del *hong* de Elliott. Kyle se identificó ante el encargado de la puerta y después ayudó a Jin a atravesar una serie de anchas puertas. Entraron en una amplia zona de almacenamiento llena de fragancias de madera de sándalo, especias y té.

—Allí está la oficina —dijo el joven chino señalando hacia la derecha.

Era difícil avanzar por el estrecho pasillo entre las pilas de cajas de porcelana para exportar. Entraron en la oficina causando un revuelo entre la media docena de trabajadores. Un hombre con aire de superioridad se puso de pie y dijo con acento norteamericano:

—Lord Maxwell, le estábamos esperando.

—Usted es Morgan, el encargado, ¿me equivoco? Elliott siempre habla muy bien de usted. Pida que preparen té para Jin Kang —dijo Kyle—. Acaba de salvarme de ser aplastado por una carga de cajas de té al romperse una cuerda.

—Hay un médico en la Fábrica Inglesa. —Morgan hizo señas a un joven portugués, que enseguida salió corriendo—. Bien hecho, Jin.

Kyle ayudó a Jin Kang a sentarse en la silla más cercana. La postura encorvada del joven, que seguía temblando, hablaba de la profunda vergüenza que sentía por causar tantos trastornos. ¿Tanto temía a Chenqua? ¿O Kyle había violado algún tabú al tocar al joven?

Kyle tenía mucho que aprender sobre China. ¡Qué pena que tuviera sólo unas semanas para hacerlo!

3

Con el pincel en la mano, Chenqua levantó la vista de la mesa donde estaba escribiendo.

—El nuevo *fan-qui*, Maxwell, ¿cómo es?

Troth intentó poner orden en sus embrollados pensamientos. Su señor no estaba interesado en el atractivo rostro, en los anchos hombros ni en el toque perturbador de Maxwell.

—Creo que Maxwell es un hombre decente y amable. No es un alborotador, pero... está acostumbrado a hacer las cosas a su manera.

Los ojos de Chenqua se entornaron.

—Por suerte, sólo estará aquí un mes. No le pierdas de vista.

Se inclinó otra vez sobre lo que estaba escribiendo y le dio permiso para irse.

Troth salió cojeando de la habitación, apoyándose el bastón que Maxwell le había conseguido. Maxwell también la había acompañado hasta el muelle después de que le hubieron vendado el tobillo, aunque, afortunadamente para los dos, no había vuelto a tocarla.

Ella había intentado que él se fuera, pero Kyle insistió en esperar hasta que ella estuviera a salvo en una barca que la llevaría hasta el palacio de Chenqua, en la isla Honam, del otro lado del río, frente a Cantón. Obviamente, la preocupación de Kyle no había sido por Jin Kang como persona, sino por el servicio que le había prestado. Como un perro guardián o un caballo, había cumplido con su deber y sería tratado en consecuencia.

Con el rostro imperturbable, subió los dos tramos de escalera hasta su pequeña habitación en la parte superior de la casa y cerró la puerta. Después, temblando, se tendió en la cama estrecha y baja. No temblaba por el esguince de tobillo: había sufrido bastantes lesiones a causa del kung fu y sabía que aquella se curaría rápido.

Pero no se recuperaría pronto de Maxwell. Desde la muerte de su padre ningún hombre la había tocado con amabilidad, y le horrorizaba su manera de reaccionar. Quizá si no se hubiera fijado en esos penetrantes ojos azules no se habría alterado tanto. O si él no le hubiera tocado el pie y el tobillo, que eran algo muy privado y erótico para una mujer china.

Maxwell la había tocado de manera impersonal; habría hecho lo mismo por cualquiera que necesitara ayuda. Pero ella, como una tonta, se había quedado temblando, impresionada y ansiosa, y su energía yin femenina había despertado y buscaba el equilibrio de su yang masculino. Había deseado apretarse contra él, sentir todo el cuerpo de Maxwell contra el suyo.

¿Cómo sería la experiencia de tener a un hombre como ese mirándola con deseo?

Contempló serena el techo, sin permitirse llorar. No era su destino ser concubina, esposa o madre. Debía contentarse con la comodidad de que disfrutaba. Tenía el estómago lleno, cierto respeto de su señor y una bendita privacidad en su pequeña habitación. Incluso tenía una cierta libertad, más que cualquier otra mujer de la casa. Pero eso obedecía a que no se la consideraba realmente una mujer, y mucho menos una china auténtica.

Recorrió su santuario con la mirada. Lo había arreglado con minucioso cuidado, según los principios del feng shui, el arte de la colocación armoniosa. No estaba abarrotada de cosas, sólo algunos muebles a los que tenía mucho cariño. La cama, una silla, una mesa que servía de escritorio. Una alfombra mullida en tonos azul y crema, y arcones de diversos tamaños. En la pared, un tapiz bordado representaba el mundo con los símbolos taoístas del agua, la tierra, el aire y el fuego.

En un rincón, Troth había creado un pequeño santuario familiar donde podía honrar a su padre y a su madre, que no tenían a nadie más que los recordara y se ocupara de sus espíritus. Su padre la había criado para que creyera en Nuestro Señor Jesucristo, pero en China también existían dioses más antiguos, y no habría sido sabio desatenderlos.

Frente a la cama estaba el arcón lacado que contenía sus pertenencias más íntimas. Quizá permitirse una visita a su lado secreto aliviaría su sensación de vacío. Moviéndose con torpeza a causa del tobillo dolorido, se arrodilló junto al arcón y tomó la llave que colgaba de un cordón de seda que llevaba al cuello.

Al abrir con la llave y levantar la tapa, brotó la esencia de madera de sándalo. En el fondo del arcón estaba la Biblia de su padre, otros libros ingleses y el cofre de seda acolchado que contenía sus joyas. Encima de todo estaban sus preciadas prendas femeninas.

Le había llevado años acumular ese vestuario secreto. Chenqua había hecho una pequeña concesión, y de vez en cuando los comerciantes *fan-qui* le daban dinero cuando quedaban satisfechos con las tareas que ella había realizado. Esas monedas atesoradas habían servido para decorar su cuarto y para comprar la ropa y los adornos de mujer.

Desde que Chenqua le prohibiera salir de la casa a menos que fuera vestida de hombre, al visitar los tenderetes de ropa usada Troth fingía estar mirando por encargo de una hermana. Incluso iba a los suburbios más alejados para que nadie la reconociera mientras buscaba prendas de ropa lo suficientemente grandes.

Con cuidado, sacó un quimono de seda azul del que estaba especialmente orgullosa. Aunque gastado y remendado, había pertenecido a una gran dama, tal vez una mujer manchú del norte. Se quitó el atuendo masculino y retiró el vendaje de los pechos; después se puso prendas íntimas y pantalones. Sobre su piel, el tacto de la seda era suave y sensual.

Se arrancó el bonete, deshizo la larga cola que la caracterizaba como hombre y se pasó los dedos por la densa mata de pelo. Después de cepillarlo a fondo, se lo recogió en la coronilla con el elaborado estilo de una dama de la corte y lo aseguró con agujas largas de punta de oro cincelado. Habían sido un regalo de su padre a su madre.

Un toque de perfume en el cuello, una pincelada de color en los labios. Después se puso el quimono lujosamente bordado. Hasta las cuentas de jade que pasaban por las presillas para asegurar la prenda parecían lujosas al contacto con las yemas de sus dedos.

Por último, las joyas: pulseras de jade, collares de cristal y cuentas de madera tallada, el delicado pañuelo que toda dama llevaba. Se irguió en toda su estatura y levantó la cabeza como si fuera una gran belleza.

Su madre, Li-Yin, había sido hermosa. A Li-Yin le encantaba contar la historia de cómo Hugh Montgomery la había comprado como concubina en el instante mismo de verla. Al principio había sentido terror del inmenso bárbaro, ¡con aquel extraño pelo rojo y aquellos ojos grises! Pero él había sido amable con ella y ella pronto se había sentido agradecida de tenerlo como señor.

Troth había escuchado la historia una y otra vez, imaginando que algún día un caballero *fan-qui* la miraría y se enamoraría de ella al instante. Entonces era muy joven.

Deslizó las manos por su atuendo, sintiendo en las palmas la leve aspereza de la tela bordada. Peonías para la primavera, murciélagos para la buena suerte. Sintiéndose deliciosamente femenina, dio una vuelta lenta sobre sí misma, y la pesada seda se le separó levemente del cuerpo. ¿Maxwell la encontraría agradable si pudiera verla ahora?

Cuando la mirada de Troth se topó con el espejo de la pared de enfrente, hizo un mohín de disgusto. Oriental u occidental, era fea. ¿Por qué se atormentaba vistiéndose para aparentar que era algo que nunca llegaría a ser? Como chica de Macao, admiraba a las hermosas damas *fan-qui*, con sus rasgos diferentes y el color de su cabello. Con su cuerpo excesivo y sus grandes pies de criada llamaría menos la atención entre ellas que entre las delicadas damas cantonesas, pero jamás la considerarían guapa.

Se oyó un golpe en la puerta.

—¿Jin Kang?

Era Ling-Ling. «Encantadora Campanilla» era la cuarta dama de Chenqua, la más joven, bonita y alegre de sus esposas, y la más amiga de Troth en la casa. No queriendo que la sorprendieran vestida con su ropa prohibida, contestó:

—Un momento, Ling-Ling.

Rápidamente se quitó las ropas de mujer y las guardó dobladas en el arcón; después se puso los pantalones y la túnica. No había tiempo para volver a trenzarse el pelo, pero como Ling-Ling insistía, impaciente, Troth se arrancó las agujas y dejó que el cabello le cayese sobre los hombros. Solamente entonces abrió la puerta.

Ling-Ling entró, exquisitamente maquillada y balanceándose con gracia sobre los diminutos pies. Sus «lirios dorados» sólo tenían unos ocho centímetros de largo, algo de lo que se enorgullecía mucho. Sorprendida, miró a Troth y le dijo:

—¡Cuánto cabello tienes, y con ese raro color castaño, no negro, como tiene que ser! Claro, es por tu sangre *fan-qui*.

Troth contuvo un suspiro. Su amiga era totalmente sincera. Recogido, su pelo parecía aceptablemente oscuro, pero suelto mostraba reflejos rojizos.

—No todas somos tan afortunadas como tú, Ling-Ling.

—Muy cierto —sonrió pícaramente Ling-Ling, y se sentó en la única silla que había en la habitación—. Veo que te has quitado las vendas de los pechos. ¡Eres tan grande!

—También a causa de esa terrible sangre *fan-qui* —respondió Troth.

Ling-Ling asintió con la cabeza y dijo:

—Los bárbaros son enormes, ¿verdad? Y muy peludos. La última vez que mi señor agasajó a algunos con una cena, yo miré desde detrás de un biombo. ¡Qué terrible debe de ser pertenecer a uno de ellos!

—Una idea espantosa. Tal vez habrías acabado teniendo un niño como yo.

—Que tu sangre sea mestiza no es culpa tuya.

Sabiendo que su amiga no quería insultarla, Troth se acomodó en la cama, estiró el tobillo dañado y dijo:

—¿Has venido por alguna razón especial?

—Creo que estoy encinta —respondió Ling-Ling reclinándose en la silla con la mirada resplandeciente.

—¡Eso es maravilloso! ¿Estás segura?

—Todavía no del todo, pero lo siento en los huesos. ¡Le daré un hijo a mi señor!

—Podría ser una niña —dijo Troth.

Ling-Ling negó con la cabeza y agregó:

—He orado en el templo de Kuan Yin y quemado incienso en su honor todos los días. Será un niño. Mi señor también lo desea; de lo contrario no habría soltado su simiente. ¡Se pondrá tan contento...!

La charla franca con Ling-Ling le había enseñado mucho a Troth sobre lo que pasaba en la cama entre hombres y mujeres. Siempre escuchaba con aturdido interés, ávida de conocimiento pero sintiendo que era incorrecto enterarse de esos asuntos privados. No podía imaginarse a Chenqua en el papel de amante, aunque, según Ling-Ling, su capacidad amatoria igualaba a su habilidad para el kung fu. Si había engendrado otro hijo a su edad, efectivamente estaba en forma.

—Tanto si es un niño como una niña, te envidio, Ling-Ling —dijo Troth.

La muchacha ladeó la cabeza.

—¿De veras? Creía que la vida de mujer no te interesaba.

—No he tenido más remedio que ser Jin Kang. —Troth hizo un gesto de desagrado con la boca—. No me aceptaría ningún hombre.

—Ningún chino, claro, pero quizá sí un *fan-qui* —dijo Ling-Ling, pensativa—. Un hombre así se sentiría honrado de tener una concubina que llevara sangre del Reino Celestial.

A menudo Troth había observado en secreto a los comerciantes europeos, preguntándose cómo sería estar con uno de ellos. Le atraía especialmente Gavin Elliott, porque le recordaba a su padre: alto y apuesto, honorable e inteligente, y educado con todos. Pero lord Maxwell —Troth se sonrojó al pensar en él— le había inflamado la sangre y la imaginación, aunque una relación así era inconcebible.

—¡Ajá! ¿Te gusta alguno? —preguntó Ling-Ling con entusiasmo—. Esta noche en la cama le diré a mi señor que te entregue al *fan-qui* que te guste.

—¡No! —Troth se encogió de hombros fingiendo indiferencia—. Puede que sea un poco bárbara, pero eso no significa que quiera unirme a uno de ellos.

Ling-Ling aprobó sus palabras con un movimiento de cabeza. Era un sentimiento muy correcto.

Era una mentira, por supuesto. Aunque fuese imposible casarse con un *fan-qui*, Troth soñaba con unirse a uno de ellos.

Gavin sirvió té humeante en una pequeña taza china sin asa y se la ofreció a Kyle.

—¿Qué te parece?

Kyle lo probó con atención. Bajo la tutela de su amigo se había vuelto casi un experto en té.

—Un tanto insípido —respondió.

—Estás siendo benévolo. Es totalmente aburrido. Pero como lo ofrecen a muy buen precio... Me pregunto si vale la pena enviarlo por barco a Boston.

Kyle tomó otro sorbo.

—¿Y si le añades alguna esencia? El sabor a té de base es bastante fuerte. Mezclarlo con algo podría mejorarlo.

Gavin le miró intrigado.

—¿Se te ocurre algo?

—En la India probé té aromatizado con cardamomo. El perfume y el sabor eran muy agradables. Quizá podrías probar con algún tipo de cítrico. Limón o naranja.

Su amigo asintió, pensativo.

—Encargaré una cantidad importante de té y podremos empezar a experimentar con los sabores. Al final terminaré haciendo de ti un comerciante. ¿Te gustaría ayudar a montar una filial londinense de la Elliott House?

—¿Vas a ampliar tu negocio a Inglaterra?

—Es el próximo paso lógico. Gran Bretaña tiene muchos más clientes potenciales que Estados Unidos —dijo Gavin con una sonrisa—. Cuando yo era muchacho en Aberdeen, me gustaba imaginarme que era el dueño de una de las compañías más grandes del mundo.

—Lo estás consiguiendo. —Al propio Kyle no le había ido mal. Había empezado a hacer negocios para saber si era capaz de triunfar por sí mismo y no gracias a su posición, y en esas operaciones había obtenido satisfacción y beneficios. Aunque estaba retornando a la vida seria de un caballero inglés, quería seguir en contacto con Oriente, y ese factor seguramente había influido en la decisión de Gavin de ampliar las operaciones de la Elliott House—. Creo que una oficina en Londres es una excelente idea: me salvará de la honorabilidad.

También daría a Kyle la excusa para un futuro viaje, aunque no hasta que hubiera cumplido con su deber de casarse y tener uno o dos herederos. Una perspectiva aburrida, pero ya no insoportable, como lo había sido al abandonar Inglaterra. Sin duda podría encontrar una mujer joven con buen carácter que fuera una esposa complaciente y poco exigente. No esperaba un gran amor. Eso se daba sólo una vez en la vida.

Gavin añadió algunas anotaciones a una hoja de papel que sacó de un bolsillo interior.

—Estoy llegando tarde a una reunión en la Consoo House. ¿Puedes pedirle a Jin Kang que escriba esta carta para Pao Tien, el comerciante que me envió esta muestra de té? Necesito hacer un pedido.

—¿Jin lee inglés? —preguntó Kyle sorprendido.

—Lo dudo. Limítate a leerle la carta en voz alta. Él la traducirá al chino y añadirá las florituras apropiadas.

—Me ocuparé de hacerlo. —Kyle agradeció la excusa para ver a Jin otra vez. Quizá podría saber por qué ese joven le había impresionado tanto en su primer encuentro.

Estaba a punto de salir cuando Gavin dijo:

—No olvides que esta noche es la gran cena en tu honor en la Fábrica Inglesa.

—Estaba haciendo todo lo posible para olvidarlo —refunfuñó Kyle—. ¿Por qué los miembros de la Compañía de las Indias Orientales sienten la necesidad de darme una bienvenida oficial? Creo que ya he conocido a todos los comerciantes occidentales de Cantón.

—Porque no hay mucho que hacer en Cantón. Está prohibido tener esposas o amantes, y estamos todos encerrados en un trozo de tierra poco más grande que un campo de críquet: será una excusa para divertirnos. Entretener a un vizconde que está de visita es una buena razón para sacar la vajilla de plata.

Eso tenía sentido. Si bien Kyle sentía mucha curiosidad por China, se habría vuelto loco si hubiese tenido que vivir medio año con las restringidas costumbres chinas. Después de tres días ya echaba de menos un buen galope a campo traviesa. Eso tendría que esperar hasta que regresase a su casa en Dornleigh. Mientras se abría paso por el abarrotado almacén, casi sintió sobre la cara el frío viento inglés. Sí, ya era hora de volver a casa.

Pero todavía le quedaba un mes en Cantón. Aunque no pudiera arreglar lo de la visita al templo de Hoshan, debía aprender todo lo posible sobre el comercio en China. Al heredar el título de conde y entrar a formar parte de la Cámara de los Lores, había tenido que ocuparse de asuntos de comercio y de política exterior, y nada sustituía al conocimiento de primera mano.

El opio era una parte esencial del comercio en China, y a la opinión pública nativa no le gustaba el hecho de que los comerciantes británicos fuesen proveedores de drogas. Kyle estaba de acuerdo con eso. Una de las principales razones por las que él había salvado a la Elliott House de la bancarrota era que la firma norteamericana era una de las pocas compañías que no comerciaba con opio.

Por supuesto, Estados Unidos tenía pieles, ginseng y otros productos que los chinos buscaban. Los comerciantes de otras naciones no eran tan afortunados. A China no le interesaban los productos manufacturados, pero el opio de Turquía o la India británica era una cosa muy distinta.

Kyle entró en la oficina. Había media docena de empleados, la mayoría de ellos portugueses. Jin Kang estaba sentado a un escritorio, en un rincón, trabajando con esa extraña colección de cuentas conocida como ábaco. Parecía un juguete infantil, pero se suponía que servía para hacer cálculos.

Tomando nota mentalmente para hacer que alguien se lo explicara más tarde, Kyle se acercó a Jin en silencio.

—¿Cómo está tu tobillo, Jin Kang?

Jin levantó la vista bruscamente, asustado, antes de volver a centrar su atención en el ábaco. En efecto, tenía los ojos más bien de un cálido color castaño que negros.

—Está bien, señor —dijo con un hilo de voz tan bajo que casi no se le oyó.

Kyle cogió una silla y se sentó junto al escritorio.

—El señor Elliott me ha dado una carta que le gustaría que le escribieras —dijo él.

—Por supuesto, señor.

Jin apartó el ábaco y de un cajón del escritorio sacó papel y otros útiles de escritura. Kyle observó con interés cómo el joven trituraba parte de una pastilla o piedra negra, y luego la mezclaba con agua hasta obtener tinta negra.

Cuando Jin estuvo listo, Kyle leyó lentamente la carta en voz alta. Usando un pincel en lugar de una pluma o un lápiz, el joven dibujó en la página una columna descendente de complejos símbolos, del extremo derecho del papel hacia el izquierdo. De vez en cuando hacía una pausa y pedía que le repitiese una palabra o una frase. Aunque su inglés era lento y poco elegante, Jin se aplicaba.

Al terminar la carta, Kyle comentó:

—La escritura china es muy diferente de la europea. Resulta muy elegante.

—La caligrafía es un gran arte. Mi escritura es burda. Adecuada sólo para el comercio.

—A mí me parece muy elegante. ¡Y hay tantas letras diferentes! ¿Puedes enseñarme el alfabeto?

—Está prohibido enseñar chino a un *fan-qui*. —Ji no levantó la cabeza. Era capaz de mantener una conversación sin levantar la vista.

—¡Dios bendito! ¿Por qué?

—No me corresponde a mí adivinar las razones del Emperador Celestial.

Sin duda, la prohibición se basaba en la aversión general que los chinos sentían por los extranjeros. Tres días en Cantón le habían enseñado a Kyle que hasta el más pobre de los chinos menospreciaba a los demonios extranjeros. Resultaba divertido imaginarse cómo se enfurecería un contumaz e intolerante aristócrata inglés al saber que un harapiento barquero chino lo consideraba inferior. Paradójicamente, los chinos con los que Kyle había tratado personalmente eran la gentileza personificada, y él había visto lo que parecía un genuino respeto entre los comerciantes cantoneses y los *fan-qui* con los que hacían negocios. China era una nación de contrastes.

—Por supuesto, enseñarme el alfabeto no sería lo mismo que enseñarme el idioma...

Jin negó con la cabeza y su gruesa trenza se bamboleó.

—No tenemos alfabeto —dijo.

—¿Ningún alfabeto? Entonces, ¿qué significa esto? —Kyle señaló un carácter.

—Ruega el honor de la atención del comerciante. —Jin dejó el pincel en un soporte de porcelana, frunciendo el ceño mientras buscaba las palabras para explicarse—. En su idioma, cada letra significa un sonido. Al ponerlos juntos se forma el sonido de una palabra entera. En chino cada carácter es una... idea. Combinándolas se produce una idea nueva. Es... ingenioso.

—Fascinante y muy diferente. ¿Cuántos caracteres hay?

—Muchos, muchísimos. —Jin tocó el ábaco—. Decenas de miles.

Kyle emitió un suave silbido.

—Parece un sistema difícil de manejar. Seguramente lleva años de estudio aprender a leer y a escribir.

—No se espera que nadie logre destacar en tan elevado arte —dijo Jin con frialdad—. La escritura, la poesía y la pintura son las Tres Perfecciones. La destreza en las tres es la marca de los eruditos y los poetas.

—Puesto que escribes, ¿eso te convierte en un erudito?

—¡Oh, no! Mis conocimientos no alcanzan tal grado. Sólo tengo la habilidad de un empleado. —Su tono indicaba que la pregunta de Kyle había sido absurda.

—¿Puedes enseñarme cómo se escribe un carácter individual? No es lo mismo que enseñarme a escribir...

Las comisuras de la boca de Jin mostraron un levísimo estremecimiento. ¿Una sonrisa reprimida?

—Es usted muy insistente, señor.

—Así es. —Kyle examinó la pastilla de tinta. Era octogonal, con un dragón grabado en un lado—. Es mejor ceder ahora, porque te daré la lata hasta que me lo enseñes.

Sí, no había duda de que Jin se esforzaba por no sonreír.

—Un humilde empleado no puede resistir tal fuerza, milord. —Puso una hoja de papel en blanco sobre la mesa—. Mire cómo dibujo el carácter del fuego. Los trazos deben ser realizados en el orden correcto. —Dibujó dos veces el mismo carácter simple y con forma de estrella, haciéndolo lentamente para que los trazos fueran claros. Luego volvió a impregnar el pincel de tinta y se lo pasó a Kyle—. Pruebe.

Incluso para el ojo más desprevenido, el intento de Kyle fue un fracaso.

—Esto es más difícil de lo que parece. —Hizo otra prueba, acercándose más a la forma del carácter pero sin conseguir nada parecido a la escritura de Jin.

—Sujeta mal el pincel. No es como una pluma inglesa. Más recto. Así. —Jin puso la mano sobre la de Kyle y cambió el ángulo del pincel.

Kyle sintió un extraño hormigueo. «¿Qué diablos...?», pensó. Jin también sintió algo, y apartó la mano rápidamente. ¿Podría ese muchacho ser un hombre santo como el de la India? La mirada de Sri Anshu podía derretir el plomo, y quizá Jin Kang ocultaba un fuego interior similar. ¿O la base de esa inexplicable reacción estaba fundada en algo que no se atrevía ni a pensar? Aunque turbado, Kyle se obligó a actuar como si no hubiera pasado nada.

—¿El pincel debería estar más vertical?

—Sí —dijo Jin tragando saliva—. Y sosténgalo sin apretar.

Kyle dibujó el carácter varias veces más. Sujetando el pincel de diferentes formas consiguió trazos más delicados, pero todavía le quedaba un largo camino.

Y no había hecho ningún progreso para comprender su desconcertante reacción ante Jin Kang, sino más bien todo lo contrario.

4

Inglaterra
Diciembre de 1832

Troth se despertó en una cama mullida con sábanas de lino perfumadas de lavanda. Era de noche y las llamas crepitaban acogedoramente en la chimenea, a su derecha. Sintió el calor por primera vez en lo que parecía meses. Una voz familiar y serena preguntó:

—¿Cómo se siente?

Volvió la cabeza hacia la izquierda y vio al hombre cuya aparición la había hecho desmayarse al llegar a Warfield Park. «Kyle...», pensó. Pero, ahora que lo veía más de cerca, no era Kyle, a pesar del asombroso parecido.

—¿Es usted lord Grahame?

Él asintió con la cabeza.

—Y usted es lady Maxwell, la esposa de mi hermano. Antes de que empecemos a hablar en serio, ¿necesita algo de comer o beber? ¿Un poco de agua?

Troth se dio cuenta que no había tomado nada desde primeras horas de la mañana.

—Agua... si es tan amable.

El hombre le sirvió un vaso de una jarra que reposaba sobre la mesita de noche, y luego le acomodó las almohadas en la espalda para que pudiera incorporarse y beber. Sus manos eran agradables, pero no eran las manos de Kyle.

Bebió con avidez. El mareo había desaparecido.

—Él no me dijo que ustedes eran gemelos, lord Grahame.

—En ese caso, no me extraña su sobresalto al verme. —Grahame volvió a sentarse—. Los gemelos aprendemos pronto que a la gente le fascina tanto la idea de que seamos tan parecidos que olvida que somos personas separadas. Es más fácil no mencionar que se tiene un gemelo, a menos que haya una buena razón para hacerlo.

Y realmente no había habido ninguna razón para que Kyle mencionara el tema. Al final, todo había ocurrido muy rápido.

Troth observó la cara de su anfitrión. Era un poco más delgada que la de Kyle y tenía los ojos de un azul quizá más intenso, pero aun así...

—El parecido es sorprendente, lord Grahame.

Él le dirigió una franca sonrisa que le resultó dolorosamente familiar.

—Puesto que soy tu cuñado, debes llamarme Dominic.

—Mi nombre es Troth —dijo arrancando nerviosamente plumas del cobertor, renuente a contarle las novedades—. ¿Aceptas sin cuestionarlo que soy la mujer de tu hermano?

—Llevas su anillo. —Fijó la mirada en la mano de ella, donde resaltaba el nudo celta—. Y tú eres el tipo de mujer con la que él sin duda se habría casado. ¿Dónde está él? ¿Se ha quedado en Londres?

Troth se percató de que, a pesar de la actitud despreocupada de Dominic, estaba tenso y nervioso. Por eso se había sentado junto a ella esperando a que se despertara. Tal vez presentía que algo iba mal, pero esperaba que ella le dijera que su hermano gemelo estaba bien y que llegaría pronto. Con profundo dolor, ella dijo:

—Lamento ser la portadora de malas noticias, milord. Kyle murió en China.

Dominic se quedó helado y palideció.

—¡No! ¡No puede estar muerto!

—Desearía que no fuese así.

Con la voz quebrada a pesar del tiempo transcurrido, Troth le contó cómo había muerto Kyle con frases cortas y simples.

Cuando ella terminó, Dominic hundió la cara entre las manos temblorosas.

—Sabía que algo no iba bien —susurró—, pero siempre pensé que si él moría, yo lo sabría.

Troth se mordió el labio inferior y dijo:

—Lo siento mucho. Su última petición fue que yo viniera a contarte lo que había ocurrido.

—Perdóname. Debe de ser todavía más duro para ti que para mí —dijo Dominic, demacrado, levantando la cabeza.

—Conocí a Kyle sólo unas pocas semanas. —Aunque aquellas semanas la habían cambiado para siempre—. Tú le conocías de toda la vida.

—Supongo que no sirve de nada comparar el dolor. —Dominic torció la boca. Se puso de pie, con la mirada perdida—. Si necesitas algo, tira de la campanilla y alguien vendrá. —Iba a decir algo más, pero titubeó un momento y, cabeceando, añadió—: Perdóname.

Salió de la habitación, trastabillando como si hubiera recibido un golpe mortal. Intuitivamente, Troth supo que iba a reunirse con su mujer, la única que podría consolarlo después de recibir una noticia tan terrible.

Cumplido su deber, Troth se dio la vuelta y se hundió en las almohadas, entregándose al llanto que había reprimido durante tanto tiempo.

5

Cantón, China
Febrero de 1832

Kyle parpadeó al entrar al comedor de altos techos de la Fábrica Inglesa, como era conocido el *hong* de la Compañía de las Indias Orientales. Cientos de velas de cera ardían en las arañas y en el enorme candelabro situado en el centro de la larga y reluciente mesa.

—Hablabas en serio cuando dijiste que era una excusa para sacar la plata —le dijo, murmurando, a Gavin Elliott—. Definitivamente, esto haría que el castillo de un duque inglés pareciese descuidado.

—Tú sabes más que yo de eso —dijo Gavin, riéndose.

Kyle observó que un nutrido grupo de chinos con un sencillo atuendo negro estaban de pie al fondo de la estancia y dijo:

—Seguramente no son necesarios tantos sirvientes.

—Es la costumbre que haya uno de pie detrás de cada invitado. Le he pedido a Jin Kang que se ocupe personalmente de ti. Si tienes alguna pregunta sobre las costumbres o el protocolo, él te la responderá.

Jin podría tener respuestas, pero Kyle pensó que era mejor evitar las preguntas. Todavía se sentía inquieto por su reacción ante el joven.

—Lord Maxwell, déjeme darle la bienvenida oficial a la Fábrica Inglesa —dijo un hombre macizo y calvo que emergió de un grupo para tenderle la mano: era William Boynton, director de la Compañía de las Indias Orientales en Cantón. Como anfitrión, lo condujo por la estancia para seguir con las presentaciones. Kyle lanzó una nostálgica mirada al río a través de la ventana antes de disponerse a cumplir con su deber. La primera lección que había aprendido de su padre era que las responsabilidades venían con el rango. Las aburridas.

—Trata de impedir que se meta en problemas, Jin. —Gavin había dado instrucciones a Troth antes del banquete—. Tiene demasiada curiosidad y poco miedo.

Troth ya lo había notado: a Maxwell le preocupaba que Kyle protagonizase algún problema. Cuando los *fan-qui* se sentaron a la larga mesa, Troth los observó. Algunos eran comerciantes astutos y prudentes como su padre; otros, fanáticos indolentes enriquecidos por el sistema de comercio, pero que despreciaban el país y a la gente que había generado esa riqueza. Los conocía a todos, pero ninguno de ellos sabía quién era ella en realidad.

Se situó detrás de lord Maxwell, que ocupaba el lugar de honor, a la derecha de Boynton. Kyle la vio acercarse y le hizo una señal de reconocimiento. En su mirada Troth pudo entrever una curiosidad y una cautela parecidas a las que ella misma sentía. En cierto modo, le resultaba reconfortante que también él se inquietara.

¿Qué tenía Maxwell que la afectaba tanto? No era el hombre más alto de los presentes, ni el más ricamente vestido, ni siquiera el más apuesto, puesto que Gavin Elliott le superaba. Sin embargo, Maxwell tenía una presencia cautivadora y un aire de autoridad que eclipsaba incluso a Boynton, que, como *taipan* de la Compañía de las Indias Orientales, era el *fan-qui* más poderoso de Cantón.

Durante la larga comida, cansada de cargar con trozos de carne animal y humeantes budines y otros platos ingleses, Troth tuvo la oportunidad de observar concienzudamente la parte de atrás de la cabeza de Maxwell. De manera absurda, disfrutaba mirando las ligeras ondas de su poblada cabellera castaña, la promesa de poder en aquellos anchos hombros. Y una y otra vez recordó el extraño impulso que había sentido cuando ella le había cogido la mano cuidadosamente para enseñarle cómo sujetar el pincel. No tener mucho que hacer salvo permanecer de pie detrás de una silla hacía que sus pensamientos se perdiesen en extrañas fantasías.

La cena había entrado lentamente en un tramo final, con el oporto y los cigarrillos filipinos, cuando la conversación dio un giro inquietante. Todo empezó con las quejas informales, más bien inspiradas por el alcohol, sobre las Ocho Leyes que restringían las actividades de los comerciantes europeos. Troth apenas prestaba atención: eran quejas que ya había oído en otras ocasiones.

Entonces Caleb Logan, un escocés que antes había sido el socio de su padre, dijo:

—Tú deberías estar trabajando en una empresa británica, Maxwell, y no en una advenediza compañía comercial norteamericana. —Aunque el tono era de broma, había brusquedad en las palabras.

—La compañía necesita alguna competencia —dijo Maxwell amablemente—. Además, me gusta la filosofía de Elliott.

—¿Filosofía? —Logan sonrió burlón—. Hacer todo el dinero posible, esa es la filosofía que todos seguimos.

Maxwell no respondió, pero sí lo hizo un inglés borracho, un tal Colwell:

—¿Por filosofía te refieres al hecho de que la Elliott House no comercia con opio?

Maxwell vaciló.

—Admito que prefiero no traficar con productos ilegales.

—Nosotros no tenemos la suerte de poseer castores muertos y raíces polvorientas para enviar por barco.

—Las empresas norteamericanas son afortunadas de contar con pieles y ginseng, pero tal vez los británicos debieran seguir su ejemplo y buscar nuevos productos para vender —sugirió Maxwell—. El comercio del opio no es popular en nuestra tierra. Mucha gente siente que el contrabando empaña nuestra reputación como nación.

—¿Qué dirían nuestros honrados compatriotas si no recibieran más té? —dijo Logan secamente—. Nada de opio, nada de té. Hemos ofrecido otros productos, pero los mandarines dirigieron sus narices a lo mejor de Europa.

—Nos enorgulleció el hecho de que Napoleón llamara a Gran Bretaña «nación de comerciantes», pero ninguna ley divina dice que China debe comerciar con nosotros —dijo Maxwell con igual mordacidad—. El gobierno actúa responsablemente al tratar de mantener el opio fuera del país.

—El comercio es la vida del mundo. Los comerciantes chinos saben que, incluso si su gobierno no lo hace, hay un montón de compradores de opio impacientes y que eso es lo que mantiene el equilibrio del comercio —replicó Logan.

Como la mayoría de los comerciantes de China, Logan consideraba el comercio del opio en términos mercantiles y no éticos. Al haber visto lo funesta que podía resultar la adicción al opio, Troth era menos pragmática. Por fortuna, su padre no había comerciado con opio, aunque si lo hubiera hecho habría ganado más dinero.

Maxwell hacía girar lentamente el oporto en su copa. Troth notó que estaba incómodo con el tema pero que no se arredraría, y continuó:

—Eso era verdad en el pasado, pero los tiempos cambian. Es probable que la Compañía de las Indias Orientales pierda su monopolio en uno o dos años más, por lo que habrá más comerciantes compitiendo aquí. También es posible que el Parlamento prohíba a los ciudadanos británicos participar en el comercio del opio.

Se hizo un pesado silencio en el comedor hasta que Logan dijo con tono calmado:

—¿Eres un espía del Parlamento que correrá a Londres con la información y tratará de echarnos del negocio?

—No deseo echar a nadie del negocio. Gran Bretaña necesita vuestras capacidades, vuestra experiencia y vuestro té. Sólo estoy sugiriendo que consideréis la posibilidad de la diversificación —respondió Kyle.

—No hay ninguna necesidad. Este sistema comercial pagano va a venirse abajo pronto —dijo el inglés borracho—. Si existe es sólo porque los mandarines temen dejar que su pueblo nos vea, porque somos más caballeros que ellos. Por eso nos llaman bárbaros y nos mantienen encerrados aquí. Ellos son los bárbaros.

Boynton, el *taipan* británico, intervino:

—No es digno hablar de esa manera. Somos huéspedes en el país de ellos y cada uno de nosotros ha obtenido excelentes beneficios del sistema comercial.

—¡No somos invitados, somos prisioneros condenados! —replicó el borracho—. No podemos navegar por placer ni entrar en la ciudad ni traer a nuestras esposas o amantes. ¡La marina británica debería remontar el río Pearl y enseñarles modales a los mandarines! Entonces podríamos comerciar donde quisiéramos, no sólo en Cantón.

—¡Ya basta! —ordenó Boynton.

—Tranquilo —añadió Logan—. Los hombres civilizados aceptan el desacuerdo.

Sin embargo, el enfado era todavía palpable en la estancia, y Troth notaba que en gran parte estaba dirigido contra Maxwell, como si él fuera responsable de los problemas del comercio en China. Gavin Elliott lanzó una mirada a Troth. Aunque la mayoría de los sirvientes no hablaban el inglés lo suficientemente bien como para entender la conversación, Troth sí, y Elliott lo sabía.

Ella mantuvo la expresión perdida y mirando al suelo, como si estuviese tan aburrida que no seguía la discusión. Obviamente, tendría que informarle a Chenqua sobre la conversación de la cena, pero no se había dicho nada nuevo. Las quejas eran lo habitual entre los comerciantes *fan-qui*. Sólo Maxwell, con sus sugerencias razonables, marcaba la diferencia.

—Comprendo por qué os sentís encarcelados —dijo Maxwell en tono conciliador—. Sólo llevo una semana aquí y ya estoy inquieto. ¿Alguno de vosotros desafía las prohibiciones de entrar en la ciudad o de viajar al interior del país? Sería interesante ver otros lugares de China.

A la mayoría de los comerciantes pareció escandalizarles la idea. Un holandés rubio dijo:

—¡Si lo intentáramos estoy convencido de que no podríamos llegar muy lejos! Los demonios extranjeros llamamos la atención con demasiada facilidad.

—Los jesuitas portugueses se adentran en China. Tal vez un comerciante podría hacer lo mismo si se vistiera con una larga túnica negra. —El tono de Maxwell no era serio, pero Troth notó que estaba muy interesado en la respuesta.

Boynton negó con la cabeza.

—Es verdad que el emperador tolera a los jesuitas, pero incluso a ellos se les impide circular libremente. Todos tienen permisos, guías y leyes. Es una pena, porque de lo contrario me habría tentado ponerme una túnica y hacer la prueba. —Su comentario produjo risas.

—Entonces tendré que disfrutar de China explorando Hog Lane. Tal vez lo visite mañana por la noche. El contraste con el entretenimiento caballeroso de esta noche debiera hacerlo parecer más exótico —dijo Maxwell con sutil ironía—. ¿Realmente el lugar es un pozo nauseabundo de iniquidad?

—Las tiendas de bebidas venden el licor más siniestro de Oriente, y verás a los marineros europeos vomitando en los callejones y desmayados en las alcantarillas —dijo Logan—. Quizá te asalten rateros, pero puesto que Hog Lane forma parte de la colonia, por lo menos te atacarán por la espalda. Este lugar es más seguro que Londres.

—Hog Lane parece tranquilo comparado con la mayoría de los puertos. Calcuta, por ejemplo.

El comentario de Maxwell suscitó un debate sobre cuáles eran los puertos más siniestros, a menudo con descripciones gráficas en apoyo de las opiniones. A Troth le pareció instructivo, aunque se preguntaba cuánto había de verdad y cuánto de simple alarde.

Cuando llegó el momento de irse los invitados, todos los signos de discordia se habían esfumado. Pero cuando desaparecía junto con los otros sirvientes, Troth comprendió por qué Elliott le había pedido que no perdiese de vista a Maxwell. Su franqueza podía ocasionarle problemas a su atractiva cabeza.

6

La noche siguiente, Troth trabajó hasta tarde traduciendo y escribiendo cartas para Boynton en la Fábrica Inglesa. Como empleada de Chenqua, hacer cualquier tarea especial que le pidieran los comerciantes clientes de su señor formaba parte de sus obligaciones. Lo agradecía porque era una excusa para no estar en el *hong* de Elliott, donde corría el riesgo de toparse otra vez con Maxwell. La noche anterior, su imagen la había perseguido en sueños, y se había despertado muy agitada y sintiéndose humillada. Lo mejor sería que él se marchara pronto y no regresara nunca.

Esa noche él pensaba visitar Hog Lane. ¿Encontraría interesante la zona? Para un hombre como él, que había viajado tanto, quizá las tabernas y las prostitutas locales no le resultaran algo especial. Con gran dolor, envidió su libertad para viajar. ¡Ojalá ella hubiera nacido hombre realmente!

Como seguía sin concentrarse en el trabajo, tardó más de lo habitual en acabar las traducciones. Manejaba los pinceles con torpeza y tuvo que rehacer algunas letras. Cuando estaba terminando, se sobresaltó al oír el reloj de la oficina marcando la medianoche. Tal vez por la mañana se saltase los ejercicios y se quedase durmiendo hasta tarde.

Salió de la Fábrica Inglesa bostezando. El encargado de la entrada la saludó con la cabeza, acostumbrado a sus irregulares horarios.

A pesar de que Hog Lane, a sólo una calle de allí, destacaba llena de luces, ruido y actividad, la fachada marítima estaba tranquila, y sólo un puñado de sampanes se deslizaban en silencio por el agua. Troth se dirigía hacia un grupo de barcas taxi para que la llevasen a la isla de Honam cuando se le acercó una figura oscura y furtiva.

—¿Jin Kang?

Reconoció el susurro de un hombre joven que trabajaba en una tienda de bebidas en Hog Lane y algunas veces le suministraba información útil.

—Buenas noches, Teng. ¿Qué es lo que te hace abandonar tus negocios a una hora tan concurrida?

Teng se acercó más, bajando la voz.

—Me he enterado de algo que deberías saber.

Era obvio que también había oído que ella trabajaba hasta tarde. Había pocos secretos en esta estrecha franja de tierra.

—Es muy tarde. —Troth ocultó con la mano otro bostezo—. ¿Tu información es urgente?

—Dos matones de una de las bandas estuvieron en la tienda. Los oí discutir sobre el dinero que ganarían por matar a un *fan-qui* bajo la protección de Chenqua.

Troth lo miró fijamente, olvidándose del cansancio, y dijo:

—¡Nadie se atrevería a matar a un *fan-qui*!

—Quizá no, pero se reían de la cantidad de taels de plata que ganarían cuando le rompieran el cráneo al nuevo *fan-qui*, lord Maxwell.

«¡Oh, dioses! ¡Si él estuviera todavía en Hog Lane, sería un blanco fácil!», pensó Troth, y dijo:

—¿Has visto a lord Maxwell esta noche?

Teng se encogió de hombros.

—No lo conozco, pero la calle está llena de marineros *fan-qui* con permiso. Podría estar entre ellos.

—¿Cuándo oíste hablar a esos hombres?

—Hace sólo unos minutos.

Buscar ayuda llevaría un tiempo precioso. Hog Lane era un área pequeña; si los dioses lo querían, ella encontraría a Maxwell antes de que lo hiciesen los matones. Troth estaba dándose la vuelta para marcharse cuando Teng le cogió por la manga.

—¿Mi información es valiosa?

Ella se soltó y dijo:

—¡Te prometo que recibirás tu recompensa mañana!

Luego Troth echó a correr a toda prisa a lo largo de las silenciosas fachadas de los *hongs* en dirección al ruido y las luces de Hog Lane.

Kyle decidió que el pecado era pecado en todo el mundo. De todos modos, la ruda simpatía de los marineros en las diferentes tiendas de bebidas era un cambio agradable con respeto a la asfixiante respetabilidad de la noche anterior.

Incluso vestido con sus ropas más viejas llamaba la atención, pero como no era un oficial de barco lo aceptaban fácilmente. Ayudaba su disposición a pagar las rondas del abrasador *samshu*, una bebida alcohólica local que garantizaba la evaporación de la sobriedad y tal vez también de las paredes del estómago. Kyle bebió con moderación.

La información suele circular libremente en las capas bajas de la sociedad, y eso era verdad aquí. Kyle entraba y salía tranquilamente de las tiendas de bebidas, hablaba con los marineros de diferentes naciones y evitaba las repentinas peleas esporádicas con la habilidad que un largo entrenamiento le había proporcionado. A medida que avanzaba la noche, reunió una gran variedad de opiniones sobre el comercio en China, aunque sus futuros colegas de la Cámara de los Lores se horrorizarían por el modo en que se estaba educando a sí mismo.

Pero eso no le preocupaba. De niño había soñado con viajar a tierras lejanas. Sólo después de haber logrado su objetivo, había comprendido lo que anhelaba. El ser vizconde y heredero del título de conde, ya desde el momento de venir al mundo lo había condenado a una vida de privilegios limitantes. Lo mismo les sucedía a la mayoría de los hombres parecidos a él que había conocido, educados para el poder y las rígidas costumbres de su clase. Esa era la razón por la que le atraía la gente diferente. Uno de los motivos principales para amar a Constancia se debía a que ella era española, tan exótica como cariñosa.

Pero era en Asia donde había descubierto realmente gente, ideas y comunidades muy diferentes a las de su país. Al hombre santo de la India cuyos ojos brillaban de sabiduría no le había interesado que él fuese el vizconde Maxwell. Y tampoco a sus camaradas de a bordo cuando lucharon codo con codo contra los piratas asesinos de las islas Molucas. Después de la pelea, el contramaestre le había dicho: «Su señoría no ha peleado como un condenado caballero». Para Kyle, ese había sido uno de los mejores cumplidos que había recibido en su vida.

En los viajes se había conocido a sí mismo y adquirido libertad y tolerancia. Aunque no volviese a salir nunca de Inglaterra, ya era un hombre mejor por lo que había aprendido. Ahora se sentía preparado para regresar a casa. Sin embargo, disfrutaría estos últimos días en una tierra tan diferente a la suya.

Hog Lane terminaba en la calle de las Trece Fábricas, que corría paralela al macizo muro de la ciudad, a unos doscientos metros. Decidió que sería mejor explorar a la luz del día el laberinto de tiendas y callejones del otro lado de la calle, y estaba a punto de regresar a sus dependencias cuando un niño salió correteando de un estrecho callejón.

El niño hizo una reverencia y luego dijo en el idioma macarrónico que hablaba la mayoría de los tenderos locales:

—¿El señol quiele vel bonitos glillos que cantan? ¡Mi señol tiene los mejoles glillos al mejol plecio, señol!

—¿Grillos que cantan? —dijo Kyle divertido—. ¿Dónde está la tienda de tu señor?

—¡Aquí celca, señol!

El niño hizo otra reverencia y corrió hacia el callejón, mirando por encima del hombro para asegurarse de que Kyle lo seguía. La mayoría de las tiendas por las que pasaban estaban cerradas, pero Kyle vio que más adelante una linterna iluminaba una hornacina donde jaulas minúsculas colgaban de clavos que salían de la pared. Al acercarse a la diminuta tienda, pudo comprobar que el agudo canto de los insectos perforaba el ruido de Hog Lane.

El canto de los grillos le impidió oír las pisadas a su espalda, pero una sombra que se movió veloz provocó que se echase a un lado instintivamente. Kyle se dio la vuelta justo a tiempo para evitar un golpe de garrote. ¡Maldición!

Tres hombres chinos se movieron detrás de él, y varios otros se acercaban desde el fondo del callejón. El niño había desaparecido, terminado su trabajo. Profiriendo maldiciones, Kyle se abalanzó sobre los hombres que le bloqueaban la retirada. Si pudiera alcanzar a los marineros europeos borrachos que estaban a dos manzanas, en Hog Lane, ellos estarían encantados de ayudarle a librarse de los ladrones.

El peso y la velocidad casi lo liberaron antes de que otro garrote se rompiera en su costado y en su hombro izquierdo. Se tambaleó y casi cayó al suelo, con el costado entumecido.

Como no llevaba mucho dinero y nada de valor, tal vez fuera prudente arrojarles su cartera y correr, pero rendirse no iba con él. Agarró al hombre más cercano y lo lanzó contra sus dos compinches.

Los hombres del fondo del callejón se aproximaron, con su nefasta resolución visible aun en la oscuridad. ¡Maldición!, ¡querían matarlo! Replegándose hasta quedar de espaldas a una pared, Kyle gritó pidiendo ayuda con la vaga esperanza de que su voz se escuchara por encima del ruido de Hog Lane.

Para mantenerlos a raya, puso en práctica todos los trucos sanguinarios que había aprendido en las luchas contra piratas, bandidos y ladrones. Pero ellos eran seis, y él había sido muy imprudente al salir sin su pistola.

Dio gracias a Dios por el cuchillo que tenía en la bota; sacó rápidamente el arma y apuñaló al atacante más próximo. El hombre se replegó, con la mano bañada en sangre. Un gruñido amenazante surgió de los otros al ver que su víctima estaba armada. Dos de ellos sacaron sus cuchillos.

Otro garrote le dio de refilón en el cráneo. Cayó al suelo, aturdido, mientras todo se le volvía negro. Las patadas se estrellaban contra sus costillas y su vientre cuando, impotente, vio el destello de la hoja de un cuchillo blandido en el aire. Vertiginosamente, Kyle pensó que esa era una manera infernal de morir, en una ciudad «segura», justo antes de regresar a casa. Después de todo, Dominic tendría que apechugar con el título de conde.

Un grito que helaba la sangre atravesó el aire. Un instante después, una figura vestida de negro embistió a los atacantes. Moviéndose con gracia de ballet y una velocidad increíble, el recién llegado pateó a un hombre en la entrepierna, golpeó con la base de la mano el cuello de otro y de un puñetazo le aplastó la nariz al tercero. Los tres matones se derrumbaron, entre terribles gritos de dolor.

El grupo se volvió contra la nueva amenaza, pero eran incapaces de controlar a aquel hombre, escurridizo como una sombra y encarnizado como un tigre furioso. Se deslizó alejándose de puños y garrotes que se balanceaban y pateó un cuchillo alargado, haciéndolo girar por la oscuridad, y luego, con un golpe en el cuello, derribó a otro hombre que acabó gimiendo en el suelo.

Dos de los matones trataron de sujetar contra la pared al extraño vestido de negro. El hombre dio un salto mortal sobre la espalda de uno de los agresores; ambos parecían acróbatas practicando un ejercicio.

Al ver el destello de un cuchillo, Kyle lanzó un grito de advertencia y trató de forcejear con el pie para ayudar, pero el esfuerzo fue demasiado para él. El dolor lo atravesó y se desplomó en la oscuridad.

Dando gracias por que ninguno de los atacantes estuviera entrenado en kung fu, Troth usó el propio impulso de uno de los hombres para arrojarlo contra la pared. Cayó al suelo y no se volvió a levantar. Los dos que todavía quedaban en pie huyeron.

Sin desperdiciar una mirada en ellos, Troth se dejó caer al lado de Maxwell, con el corazón saltándosele del pecho. El grito de Kyle la había atraído hasta el callejón, y él estaba todavía peleando con todas sus fuerzas cuando ella llegó. Rezó para que no estuviera mortalmente herido.

El pulso normal, el cráneo íntegro, poca sangre... debería sobrevivir. Pero ¿qué hacer? No podían quedarse allí: tres de los hombres que ella había tumbado se retorcían en el suelo y hacían débiles esfuerzos para levantarse, y los que habían huido podían regresar con refuerzos.

Sería fácil encontrar ayuda en Hog Lane para mover a Maxwell, pero entonces se haría pública la noticia del ataque a un europeo, con resultados catastróficos para Chenqua, puesto que se consideraba que los comerciantes del Cohong eran responsables de todo lo que hacían sus clientes *fan-qui*. El intento de asesinato supondría una importante multa para Chenqua, o incluso la prisión. Su riqueza y su poder le habían acarreado numerosas enemistades.

Debía llevar de vuelta a Maxwell al *hong* sin que nadie se diera cuenta de lo que había pasado. Elliott cooperaría en mantener el asunto en silencio, puesto que a él más que a nadie le interesaba que Chenqua no fuera castigado.

Encontró el cuchillo de Maxwell donde se le había caído y lo metió en la ingeniosa funda oculta en su bota. Luego lo sacudió por los hombros.

—¡Levántate! Debemos irnos.

Kyle emitió un quejido, pero no se movió. Ella volvió a sacudirlo, esta vez con más fuerza, pero estaba demasiado atontado para responder.

Un fragmento de conversación que había escuchado entre Maxwell y Elliott le pasó por la cabeza: Maxwell había dicho que de niño había tenido una niñera escocesa. Tal vez una voz autoritaria que sonase como la de su infancia le afectaría de un modo que no lo lograba su inglés con acento chino.

—¡Levántate, vago, idiota! —dijo Troth bruscamente, hablando con el acento de su padre—. ¿Quieres que te corte las mollejas en lonchas?

Funcionó. Kyle intentó levantarse. Ella lo sostuvo hasta que logró ponerlo en pie, para lo que necesitó toda la fuerza que había desarrollado en sus años de entrenamiento en wing chun.

—Ahora te llevaré a casa. —Poniéndose un brazo de Kyle sobre la espalda, Troth lo guió hacia el final del callejón. La calle de las Trece Fábricas estaría tranquila a esas horas y, con suerte, si alguien los veía pensaría que su amigo simplemente estaba borracho.

Maxwell se tambaleó, pero al fin consiguió mantenerse erguido. Mientras iban por la calle de las Trece Fábricas, Kyle dijo entre jadeos:

—Tú no puedes ser una... escocesa. No hay mujeres europeas... más allá de Macao.

—No soy una mujer escocesa. Estás delirando —respondió Troth, rogando que él no recordara nada de aquello cuando se recuperase.

Cuando por fin llegaron al *hong* de Elliott, Troth estaba empapada de sudor. Maxwell pesaba bastante, y a ella le había costado un enorme esfuerzo conseguir que no se cayesen los dos en plena calle.

Se disfrazó la voz y le habló en chino al portero de la entrada de la casa:

—Tu *fan-qui* no tiene cabeza para el *samshu*.

El portero rió al abrir la puerta.

—¿Necesitas ayuda, muchacho?

—¿Y compartir la propina que me ha dado por traerlo a casa? ¡No, gracias!

Entró en la casa. Con Maxwell sobre sus hombros como un mantón, el portero quizá no lo reconocería, y sabía cómo salir de allí sin que la viesen.

Estuvo tentada de dejarlo tumbado en un rincón tranquilo del almacén, pero era mejor llevarlo hasta el dormitorio, aun cuando eso significaba subir dos tramos de escalera. Por suerte, ella conocía el *hong* lo suficiente para abrirse camino en la oscuridad. Cuando llegaron al pie de la escalera, Troth volvió a usar su acento escocés:

—Escalones. Sube.

Maxwell comenzaba a volver en sí lentamente: se ayudó con los finos barrotes de hierro de la barandilla para impulsarse en la subida. Con ella como muleta humana lo consiguieron, aunque en dos ocasiones perdieron el equilibrio y retrocedieron un escalón.

Jadeante, Troth lo llevó hasta la puerta de su dormitorio.

—¿Tienes la llave?

Maxwell buscó a tientas en un bolsillo interior. Ella metió la mano libre en el abrigo de él, sacó la llave y abrió la puerta.

Una vez dentro de la habitación, lo condujo a la cama y le ayudó a tumbarse sin ceremonias. A ella le habría encantado echarse en el colchón y descansar un rato, pero cuanto antes saliera de allí menos probable sería que él recordara su participación en aquel incidente. Que se supiese que se había peleado con seis matones habría atraído demasiada atención sobre el sumiso empleado de Chenqua. Despertaría a Gavin Elliott y lo dejaría al cuidado de su conflictivo socio.

Después de encender una lámpara, examinó a Maxwell con más detenimiento que antes, en la calle. Maxwell tenía un montón de cardenales y un dolor de cabeza de mil demonios, pero su estado no parecía grave. Ya parpadeaba y abría los ojos.

—No estás tan mal. Enviaré a alguien para que te cuide.

Troth se estaba apartando de la cama cuando la mano de Kyle le cogió de la muñeca de pronto. Parpadeando para enfocar la vista, le preguntó:

—¿Quién eres?

—Nadie que tú conozcas.

—Sí que te conozco... ¿Jin Kang...? Frunció el ceño y la miró fijamente, luchando para despejar su mente. Sus ojos eran increíbles e intensamente azules en la oscuridad.

Ella trató de soltarse, pero él la agarraba con una fuerza sorprendente, y ella no quiso arriesgarse a hacerle daño. Dijo algunas frases en chino, esperando que él recordara eso antes que el inglés que había usado antes.

Antes de que ella pudiera soltarse, él se incorporó y le quitó el casquete azul oscuro, dejándole la cabeza al descubierto.

—¡Dios mío! —susurró—. ¡Jin Kang es una mujer!

7

Ella le miró como un cervatillo atrapado, con sus grandes ojos marrones abiertos como platos. Al quitarle el bonete pudo ver que ella no se afeitaba la parte delantera del cráneo como lo hacían los hombres chinos. Tenía el pelo oscuro y brillante, con tenues reflejos cobrizos, muy diferente al negro azulado de la mayoría de los cantoneses. Y aquellos mismos rasgos que antes le habían parecido demasiado bellos para pertenecer a un hombre ahora se veían tan claramente femeninos que Kyle maldijo lo estúpido que había sido.

Y no sólo era una mujer, sino también muy bella. Impresionado, le soltó la muñeca.

—Me alivia saber que mi reacción ante ti no era tan extraña como pensaba. ¿Eres euroasiática?

Troth asintió, mirándolo con recelo. Kyle adivinó que ella deseaba salir corriendo, pero los dos sabían que era ya demasiado tarde para eso.

Kyle enderezó el cuerpo contra las almohadas, y al hacerlo emitió un gruñido de dolor.

—Siéntate aquí. No temas, no voy a hacerte ningún daño, pero si no me cuentas quién eres realmente, quizá me muera de curiosidad. Y entonces no habría servido de nada que me hayas rescatado.

Con un profundo suspiro de cansancio, Troth se sentó en el borde de la cama.

—De verdad soy Jin Kang. El intérprete de Chenqua. Pero una vez fui Troth Mei-Lian Montgomery.

Eso explicaba lo del acento escocés. Su tono de voz era muy diferente del timbre vacilante de Jin Kang. Al oírla, echó de menos su casa materna de las Highlands.

—¿Tu padre era un comerciante escocés?

—Sí. Se llamaba Hugh Montgomery. Mi madre era su concubina. Nací y me crié en Macao y fui educada en las dos lenguas y culturas.

A diferencia del inseguro Jin Kang, Troth Montgomery miró a Kyle con la franqueza de una mujer occidental.

—¿Tu padre murió?

—Cuando yo tenía doce años. Mi madre había muerto un año antes. No tenía fortuna, así que Chenqua se hizo cargo de mí. Había sido el agente de mi padre. Como podía serle más útil como hombre, me... tuve que convertir en hombre. Desde entonces soy Jin Kang.

—¿Todo el tiempo? ¿Para todo el mundo?

Ella asintió con la cabeza.

—En la casa de Chenqua se sabe que soy mujer, pero hay una especie de... acuerdo tácito respecto al hecho de que oficialmente soy un hombre. Por eso me visto como hombre, y como hombre me tratan.

Kyle trató de imaginar la vida de aquella mujer que debía ocultar su verdadera naturaleza, siendo además fruto del mestizaje en un país que despreciaba a los extranjeros.

—De modo que, en más de un sentido, vives a caballo entre dos mundos.

Por primera vez ella bajó la mirada para ocultar sus pensamientos. Él aprovechó la oportunidad para observarla más de cerca. La forma de los ojos era puramente china, exótica y encantadora, pero la influencia de su padre escocés se notaba en sus rasgos, más largos y más pronunciados que los de las mujeres cantonesas. También había heredado la estatura de su padre, pero en cambio su complexión era ágil y elegante, más asiática que británica.

Resultaba extremadamente difícil decir gran cosa sobre su figura. La vestimenta china, suelta y de cuello alto, le ocultaba el cuerpo. Su farsa sería mucho más difícil de llevar adelante en Gran Bretaña.

¿Cómo podía ese cuerpo esbelto poseer tanta fuerza? Al caer en la cuenta de que ella había sido capaz de derrotar a media docena de hombres, le resultó tan intimidatoria como curiosamente atractiva.

—Nunca había visto pelear a nadie como tú lo has hecho. ¿Cómo diablos lo conseguiste?

—Estoy entrenada en kung fu, un arte marcial —explicó ella—. Hay muchas variedades. Yo practico el wing chun, que originariamente fue desarrollado para utilizar la fuerza y la debilidad femeninas.

Kyle se masajeó la dolorida cabeza, tratando de asimilar lo absurdo que era tener una mujer joven ante sí. Troth. Un bonito nombre escocés que significaba verdad y lealtad.

—Nunca había visto algo parecido a tu wing chun. ¿Todos los chinos pueden hacer lo que tú hiciste?

—Si fuese así, estarías muerto —dijo ella con sequedad—. La maestría en las artes marciales es rara y secreta, las habilidades pasaban del maestro al discípulo. Mi niñera de Macao fue contratada para ser la sirviente y la protectora de mi madre, y ella era experta en wing chun. Empezó a enseñarme en cuanto aprendí a caminar.

—No sabía que las mujeres chinas podían ser guerreras.

—Ha habido muchas. Una vez hubo incluso un ejército de viudas. Una de las leyendas favoritas de China es la de Mu-Lan, una hija consciente de sus deberes que ocupó el lugar de su padre en el ejército y sirvió con gran valor. —Troth se puso de pie y volvió a ponerse el bonete. Su actitud había cambiado y tenía una expresión ausente—. Ahora debo irme.

—¡Espera! —Al no querer perderla tan pronto, Kyle levantó una mano involuntariamente y fue recompensando con otra punzada de dolor. Tragándose una palabrota, dijo—: Es tarde ahora, pero me gustaría volver a hablar con usted pronto, señorita Montgomery.

—No existe ninguna señorita Montgomery. Solamente existe Jin Kang.

—Eso no es posible, ahora que conozco más. ¡Tengo tanto que aprender de ti! —Kyle esbozó la mejor de sus sonrisas—. No hay nada malo en que hablemos.

—No hay nada malo para ti, pero sí para mí.

—¿Chenqua se enfadaría si se conoce tu identidad?

Ella vaciló.

—Le disgustaría mucho, porque dio órdenes estrictas de que nadie de la comunidad comercial conociera mi verdadera identidad. No se permite tener sirvientes femeninas entre los *fan-qui*, y si la gente del gobernador supiera quién soy, Chenqua sería castigado con gran dureza, y quizá toda su casa con él. Y hay... otros motivos.

—¿Resultaría muy difícil ser Jin Kang si algunas veces fueses Troth?

Ella lo miró con el ceño fruncido.

—Un chino no preguntaría eso.

—Pero yo no soy chino, y tú tampoco, al menos no totalmente. —La atracción que había sentido hacia Jin Kang era más fuerte ahora. Deseoso de saberlo todo sobre ella, preguntó—: ¿Estás contenta con tu vida?

Troth levantó la cabeza.

—Me tratan bien y mi señor valora mis habilidades. Me considero afortunada.

—Sin embargo, tu vida está basada en una mentira que podría saltar a la luz en cualquier momento —dijo él, tanto para sí mismo como para ella.

La mirada de Troth se heló.

—¿Me está amenazando?

—¡Desde luego que no! Arruinar tu vida sería sin duda una injusta recompensa por haberme salvado. No le contaré a nadie tu secreto.

Ella se relajó un poco.

—Gracias. Será más fácil si Chenqua no se da cuenta de lo irresponsable que he sido.

—Has sido valiente, no irresponsable. —Kyle la miró, escrutador—. ¿Cuántos años tienes?

—Según los cálculos occidentales —contó ella—, veintisiete. Pronto veintiocho.

Aunque parecía más joven, era una mujer hecha y derecha, atrapada en una vida donde su condición femenina debía ser ocultada.

—¿Alguna vez has deseado conocer el país de tu padre?

Por un instante los ojos de Troth se empañaron de una nostalgia casi insoportable. Luego negó con la cabeza.

—Mis dioses me atan a China.

—¿Dioses?

—El destino. La fortuna. Se queman varillas de incienso para pedirles fortuna a los dioses.

Él había visto cómo los chinos quemaban varillas de madera de sándalo e incluso había escuchado la palabra que recitaban al hacerlo, pero nunca se le había ocurrido preguntar su significado.

—¡Cuánto estoy aprendiendo! —Con cuidado, se incorporó y se inclinó hacia ella—. ¿No te gustaría tener aalguien con quien relajarte y hablar libremente en lugar de estar siempre representando un papel? —Kyle comprendió que estaba siendo terriblemente grosero y volvió a recostarse—. Lo siento. Me temo que estoy fascinado por ti.

—Sin duda encuentra fascinante a todos los bichos raros y monstruos —dijo ella sarcástica—. Buenas noches, señor. No vuelva a ir sólo a los lugares públicos. Los hombres que lo atacaron fueron contratados, y la persona que quiere su muerte quizá lo intente otra vez.

Kyle frunció el ceño al comprender que casi se había olvidado del ataque.

—¿Por qué querría alguien verme muerto?

—No tengo ni idea. Tal vez algún enemigo de Chenqua quería provocar una situación que causara grandes problemas a mi señor. O tal vez usted mismo se ha ganado enemigos por hablar con demasiada franqueza.

—Es la costumbre en mi país. No he dicho nada en Cantón para buscarme enemigos mortales. —Por lo que Gavin le había contado sobre la política local, parecía más probable que alguien quisiera perjudicar a Chenqua. La muerte de un lord inglés que fuese uno de los socios comerciales de Chenqua sería un gravísimo escándalo tanto en China como en Occidente—. ¿Cómo supiste que yo iba a ser atacado?

—Un informante mío de Hog Lane oyó a dos miembros de una banda que se estaban jactando del dinero que iban a ganar por matarte. Tuvo el buen tino de venir a verme cuando yo salía del *hong*.

—¿Así que efectivamente eres espía?

—Lo soy. Y debería estar agradecido por ello.

Salió de la habitación con la cabeza erguida, como una escocesa de pies a cabeza. Él supuso que se convertiría en Jin Kang antes de dar otra docena de pasos.

Él se masajeó la dolorida cabeza, pensando en la chispa de atracción que había estallado entre los dos mientras Jin Kang le enseñaba a sujetar un pincel de caligrafía. Nunca, ni en sus más delirantes imaginaciones, habría creído que el tímido empleado fuera realmente una increíble guerrera capaz de tumbar a seis matones sólo con sus manos.

Pero ahora que la había conocido, ¿cómo podría olvidarla?

A pesar de la fatiga, Troth informó a Chenqua sobre los acontecimientos de la noche tan pronto como regresó a la isla de Honam. Chenqua, con expresión severa, la recibió en su despacho privado, vestido con un quimono que se había puesto a toda prisa.

—¿Qué es tan urgente como para romper mi descanso?

Ella hizo una reverencia.

—Le ruego que acepte mis más sinceras disculpas porque una criatura tan inútil como yo haya interrumpido su sueño, pero hace dos horas han intentado matar a lord Maxwell.

Él frunció el ceño.

—Cuéntame.

Ella le hizo un breve relato de los hechos, empezando con el mensaje de Teng y finalizando con la ayuda a Maxwell a regresar a su *hong*. Se lo contó todo excepto que el inglés había descubierto su verdadera identidad, y no sólo porque a Chenqua le disgustaría. Hablar de ese raro intervalo de honestidad destruiría su magia.

Cuando Troth terminó, Chenqua preguntó:

—¿Reconociste a alguno de los atacantes?

—Uno era Xun Kee, de la banda de los Dragones Rojos. Creo que todos eran Dragones Rojos.

Chenqua se acarició la barbilla.

—Zhan Hu, el líder de los Dragones Rojos, nunca aprobaría un ataque de estas características. Debe de haber sido un encargo privado. Hablaré con Zhan Hu. Entre nosotros, sabré quién contrató a estos matones, y me aseguraré de que reciban el castigo merecido.

Troth sintió un intenso escalofrío. El hecho de que la hubiesen identificado acababa de condenar a media docena de hombres a la tortura y a la muerte. Aunque sin duda se lo merecían, ella era bastante hija de su padre como para deplorar la crueldad de la justicia china.

Chenqua continuó:

—Debes proteger a lord Maxwell hasta que se vaya de Cantón. Permanece cerca de él. Si es necesario, consigue la ayuda de Elliott, también le interesará que Maxwell siga vivo.

Consternada, Troth se arrodilló ante Chenqua:

—Por favor, señor, elija a otro. No soy digno de una responsabilidad tan grande.

—Le has salvado de que lo mataran seis Dragones Rojos. Hay pocos hombres en Cantón que hicieran algo así, y ninguno es empleado mío.

En lugar de aceptar en silencio la autorización para retirarse, ella dijo:

—Maxwell es más perspicaz que la mayoría de los *fanqui*. Me temo que si paso mucho tiempo con él podría descubrir mi identidad.

Chenqua le dirigió una sonrisa mordaz apenas perceptible.

—Confío en tu habilidad para engañarlo.

Ella hizo una nueva reverencia y se retiró, extenuada por el cansancio y las magulladuras que se había hecho en la pelea. Aunque Maxwell y Chenqua estaban impresionados por su actuación, ella sabía que en buena parte había sido el elemento sorpresa lo que le había permitido derrotar a tantos hombres. Desde luego, ella había recibido también su cuota de golpes.

En su dormitorio, Troth se desvistió y se puso un quimono de algodón; luego se soltó el pelo y se miró en el espejo. La imagen que le devolvía era cruel y poco atractiva, pero sin lugar a dudas era el rostro de una mujer, no el asexuado Jin Kang.

Lentamente se pasó los dedos por el pelo, soltándolo en ondas que caían hasta la cintura. ¿Qué tenía ella para atraer con tanta intensidad la mirada de Maxwell? Probablemente, su pura rareza. Sin embargo, por un instante ella se permitió creer que había sido admiración. Al menos, no lo había horrorizado el hecho de que ella fuese resultado del mestizaje.

«¿Estás contenta con tu vida?», pensó. Se alejó del espejo. Por supuesto que estaba contenta. Solamente los tontos ansían lo imposible.

«¿Alguna vez has deseado conocer el país de tu padre?» ¡Dios mío, cómo lo había deseado! Los primeros doce años de su vida había esperado ilusionada el día en que su padre la llevara a Escocia como hija reconocida. En aquella época, ella no sabía lo adorable que era su padre en comparación con los demás. A sus ojos, ella era hermosa, y aunque su amor incondicional no la había preparado para lo que los otros pensaran, no podía lamentarse por haber sido su ojito derecho. Ojalá no se hubiera muerto...

Pero los deseos no pueden cambiar el destino. Se arrodilló ante el pequeño altar y prendió tres varillas de incienso en honor de su padre y de su madre. El aroma del sándalo la tranquilizó. Era afortunada por formar parte de una casa poderosa, por haber sido educada en dos culturas desde su nacimiento, cuando muchas mujeres chinas ni siquiera sabían leer ni escribir, y por tener la libertad de moverse por Cantón. Habría enloquecido si Chenqua la hubiese recluido como a una sirvienta, porque a las sirvientas no se les permitía salir de la casa.

Pero ¿era esa la vida que su padre había deseado para ella? Troth miró la espiral de humo que ascendía desde los ardientes extremos de las varillas de incienso. Su padre le habría agradecido a Chenqua que hubiese salvado a su hija del hambre; por su aspecto, ella no habría sido deseable ni siquiera como prostituta del nivel más bajo.

Pero a Hugh Montgomery no le habría gustado ver a su única hija viviendo como un empleado fraudulento, demasiado avergonzado para levantar la cabeza o para mirar a alguien a los ojos. Cuando ella era pequeña, a la hora dormir su padre le había contado las historias de María, la reina de los escoceses, que había guiado a sus hombres en la batalla con su larga cabellera pelirroja flotando a su espalda como un estandarte. Él le había explicado cómo en Gran Bretaña se tenía en cuenta a las mujeres como seres fuertes, y no humildes criaturas con menos valor que cualquier hombre.

Y la había educado para ser una buena mujer cristiana que creía en el cielo y que no tenía ninguna necesidad de hacer ofrendas a los muertos para que pudieran sobrevivir en el mundo de las sombras.

¡Maldito Maxwell! Él tenía la culpa de que ella recordase ahora sus sueños infantiles; cabalgar temerariamente por los páramos escoceses y hablar con los hombres de igual a igual. O ser mujer y enorgullecerse de ello, en vez de ocultar sus prendas femeninas como un secreto vergonzoso.

Colocó las varillas de incienso encendidas en un cuenco de porcelana y se levantó para pasearse ansiosa por la pequeña habitación. Maxwell no tenía ningún interés en ella, a no ser por lo que tenía que ver con su curiosidad de viajero. Él no se dormiría soñando con tenerla entre sus brazos mientras ella le añoraba, tumbada en su cama...

Temblando, se detuvo y se apretó la cara con las manos. Él se iría pronto y ella recuperaría la tranquilidad.

Sin embargo, cuando por fin se fue a la cama se preguntó sombríamente si alguna vez recuperaría la paz.

8

A la mañana siguiente, Kyle se despertó temprano; le dolían terriblemente los músculos por las patadas y los golpes recibidos. Troth debía de haber decidido que si Kyle estaba lo suficientemente bien como para hablar, no era necesario despertar a Gavin Elliott. Pero Gavin debía ser informado cuanto antes.

Después de lavarse la cara con agua fría, salió renqueando por el pasillo hasta la habitación de su amigo, que también daba al río. Los miembros subalternos de la compañía tenían que conformarse con los cuartos sin ventilación que daban a los estrechos patios interiores o a la muralla de la ciudad.

Cuando llamó a su puerta, Gavin dijo:

—Adelante.

Kyle entró y encontró a su amigo ocupándose de la correspondencia en su escritorio, cerca de la ventana. Vestido con un quimono suelto y rodeado de una mezcla de mobiliario occidental y oriental, era el vivo retrato de un príncipe mercader. Se había recuperado de las dificultades financieras que había heredado con la Elliott House y estaba a punto de convertirse en uno de los hombres más ricos de Estados Unidos.

Al ver los moretones de Kyle, lanzó un pequeño silbido.

—¿Qué diablos te ha pasado? ¿Pensaste que tu visita a Cantón no estaría completa sin participar en una pelea de marineros en Hog Lane?

—Ojalá fuese eso. —Kyle se sirvió una taza de té de la bandeja de Gavin y movió la cabeza en señal de aprobación—. Me gusta esta mezcla. ¿Limón?

—¡Bueno! Es la mejor, pero voy a continuar experimentando. Pero no cambies de tema: ¿qué ocurrió anoche?

Kyle se sentó con cuidado en una silla de madera.

—En Hog Lane me atrajeron ofreciéndome grillos que cantaban y luego me atacaron seis miembros de una banda. Pero parecían más interesados en matarme que en robarme.

—¡Dios mío! —Gavin dejó la pluma—. ¡Eso es insólito! Dentro de la colonia, los europeos han estado siempre a salvo. ¿Cómo te escapaste?

Kyle había preparado una versión corregida de la verdad.

—Por suerte, llevaba un cuchillo. Aunque me dieron una paliza, conseguí regresar a Hog Lane más o menos entero. Me encontré a Jin Kang; había estado trabajando hasta tarde en la Fábrica Inglesa y me ayudó a llegar hasta aquí.

Gavin se cruzó de brazos y frunció el ceño.

—¿Y Jin Kang no tiene alguna idea de por qué te eligieron para atacarte?

—Él piensa que podría ser obra de alguno de los enemigos de Chenqua. Mi condenado título otra vez: matando a un lord ocasionaría un escándalo mucho mayor que matando a una persona normal.

—¡Claro! Chenqua se ocupará de esto; es probable que los hombres que te atacaron acaben convertidos en comida para perros antes de que pasen cuarenta y ocho horas. Pero tú deberías no salir del *hong* hasta que te vayas...

—No —dijo Kyle poniéndose en pie—. Ya es bastante poco lo que puedo ver de China para limitarme a un simple almacén. Si eso hace que te sientas mejor, llevaré una pistola y no saldré solo ni por la noche.

—Sé discreto con las armas, se supone que los demonios extranjeros no las llevamos.

Kyle asintió con la cabeza.

—¿Puedo usar a Jin Kang como escolta cuando salga? Por lo menos, sabe el suficiente inglés para mantener pequeñas conversaciones.

—Seguro que es una buena elección. Él te mantendrá a salvo por el bien de Chenqua. ¿Necesitas un médico? Tienes un ojo a la funerala.

—No es el primero, y probablemente tampoco el último.

Kyle se retiró sintiéndose complacido. Había jurado no revelar el secreto de Troth, pero al menos podría disfrutar de su compañía.

Esa mañana, Troth estaba trabajando en la Elliott House, traduciendo una serie de documentos, cuando sintió una mirada en la nuca justo antes de oír una voz familiar.

—Buenos días, Jin Kang. Elliott me ha dado permiso para que me hagas de guía hoy.

Alarmada, Troth lanzó una mirada a lord Maxwell, que había conseguido que sus moretones parecieran elegantes. Si bien las palabras que él le dirigía no podían despertar la curiosidad de nadie, sin duda había algo de malicia en su mirada. Recelosa, agitó el pincel en el cuenco de agua para limpiarlo.

—¿Tiene trabajo para mí, señor?

—Como Elliott dice que conoces las mejores tiendas y salones de la colonia, me gustaría que me acompañases a comprar regalos para mi familia.

Su familia, por supuesto.

—Será un verdadero placer, señor. Estoy seguro de que su esposa y sus hijos se sentirán honrados de que usted mismo elija sus regalos.

Kyle mostró una expresión tensa.

—No tengo esposa ni hijos, pero hay un montón de otros miembros de la familia a los que hacer regalos. ¿Estás libre para salir ahora?

—Estoy a sus órdenes, milord.

Aunque era ridículo preocuparse por ello, le gustó que ninguna hermosa dama inglesa esperara con ansia el regreso de su lord. Su sobrio lado escocés le prohibía los pensamientos adúlteros incluso en sueños. A la parte china le traía sin cuidado, aunque Mei-Lian habría aceptado ser una de las esposas más jóvenes de Maxwell. O incluso una concubina sin ningún estatus legal, siempre que ella fuera la favorita...

Avergonzada por sus pensamientos, Troth siguió a Maxwell y se adentraron en la plaza, que estaba siempre abarrotada de gente bulliciosa que se ocupaba de sus negocios. La aglomeración la puso nerviosa. Resultaría fácil para un asesino empujar a Maxwell, clavarle un cuchillo entre las costillas e irse antes de que alguien lo viese.

Por suerte, él no era tonto. Tenía la serena actitud vigilante de un hombre que había sobrevivido en lugares más peligrosos que aquellos. Entre los dos, él tendría que estar a salvo. Por si acaso, ella ahora llevaba un cuchillo oculto.

Dos senderos corrían entre los *hongs* para conectar con la calle de las Trece Fábricas. Gracias a una especie de acuerdo tácito, prefirieron la calle Antigua China a Hog Lane. Mientras caminaban, Kyle dijo:

—Trata de no estar tan apesadumbrado, Jin. El objetivo del día no es sólo comprar regalos y saber algo más sobre el comercio local, sino también divertirnos.

Ella lo miró.

—¿Divertirnos, señor?

—Eres demasiado serio para ser tan joven. —Maxwell se detuvo ante un tenderete abierto y levantó un juego de bolas de marfil, cada una intrincadamente tallada dentro de una más grande—. A mi hermano le parecerían fascinantes. ¡Qué talento increíble para tallar! —dijo lanzándole la bola a Troth.

Ella estaba tan asustada que casi se le cayó.

—Un juego como este supone para un artesano muchos meses de trabajo de talla, señor —dijo, insegura de cómo manejar el humor travieso de Maxwell—. Es un regalo muy bonito. ¿Qué más desea ver?

—Juguetes pequeños e inteligentes para intrigar a los niños. Joyas y cajas lacadas, y también piezas de seda elegantes para todas las damas de mi familia. y También, tal vez, algunos muebles. —Deambuló por la tienda y se detuvo ante un conjunto de pequeñas botellas talladas en materiales preciosos como jade, ámbar y turquesa—. Cualquier tipo de objetos encantadores como estos.

Con la mirada esperanzada, el comerciante se aproximó y le dijo en chino a Troth que ella tendría una comisión por todo lo que el *fan-qui* comprase en esa tienda. Ella rechazó el ofrecimiento de manera cortante. Por una cuestión de orgullo, quería ver que Maxwell se iba de Cantón con los productos más bonitos al menor precio posible. En inglés, dijo:

—Hay cosas mejores en otros lugares, milord.

Al captar lo esencial del comentario de Troth, el comerciante protestó en un idioma macarrónico. Maxwell cooperó con ella tan hábilmente como si lo hubieran ensayado de antemano. Media hora más tarde, una considerable cantidad de botellas de marfil tallado eran empaquetadas con esmero para entregar en la Elliott House.

Continuaron por tiendas de joyas, objetos de laca y porcelana. Maxwell tenía buen ojo para la buena calidad y una habilidad impresionante para el regateo. Idearon un sistema sin palabras según el cual él le echaba una mirada a Troth y ella apenas negaba o afirmaba con la cabeza para hacerle saber si había alcanzado un buen precio o si debía continuar regateando. Era muy bueno en el gesto de encogerse de hombros con indiferencia y darse la vuelta para irse, lo que siempre ocasionaba un nuevo y mejor precio.

Troth se divertía, justo lo que Maxwell buscaba. Encontró un placer indirecto ayudándolo a gastar grandes cantidades de dinero. Aunque con seguridad Chenqua era mucho más rico, ella nunca tendría la oportunidad de disponer de cantidad alguna de su fortuna.

Al salir de una tienda donde Maxwell había comprado una cantidad abrumadora de abanicos de seda pintada y marfil tallado, Troth preguntó:

—¿Su patria es tan pequeña que puede comprar regalos para todos los de Inglaterra?

—No. —Él se rió—. Pero quiero una reserva de fruslerías apropiadas para amigos y sirvientes. Para una persona que nunca se ha alejado más de treinta kilómetros de su lugar de nacimiento, un abanico o una botella de perfume será algo raro y especial. Un resto del vasto mundo en el que vivimos. —Tamborileó con los dedos en la única botella que se había llevado consigo de la primera tienda, un encantador frasquito de cristal tallado y tornasolado con vetas oscuras—. Y, por supuesto, también quiero comprar el cariño de mis sobrinos, a los que todavía no he podido conocer.

Ella dudó de que alguna vez tuviera que comprar el cariño de alguien, pero seguro que iba a ser el tío favorito con la lluvia de regalos que iba a arrojar sobre esos niños desconocidos. Al padre de ella le habría gustado eso. Cada vez que regresaba de un viaje, Troth bailoteaba emocionada mientras esperaba a ver qué tesoros le había traído.

Aunque se divertía, antes del mediodía Troth estaba exhausta. Conocía el cansancio de comprar cuando se tenía poco dinero, pero no había caído en la cuenta de que era igual de agotador comprar todo lo se que veía.

—¿Está listo para volver al *hong* y almorzar, señor?

—No mucho. ¿Qué comen los cantoneses? —Maxwell se detuvo para mirar un puesto de fideos al otro lado de la calle—. La gente come allí. Vamos a comer.

—¡Señor, usted no puede comer en un puesto de fideos!

—¿Por qué no? ¿Los estómagos *fan-qui* y cantoneses son tan diferentes?

—No es... decoroso —dijo Troth inquieta, sabiendo que no era así como Chenqua y Elliott esperaban que ella cuidase de Maxwell.

—¿Qué es la dignidad si nos priva de experiencias interesantes? —dijo mientras, decidido, cruzaba la calle hasta el puesto.

Resignada, Troth pidió para ellos dos cuencos de sopa con fideos. Luego tuvo que explicarle cómo se usaban los palillos. Maxwell no lo hacía mal para ser su primer intento.

—¡Excelentes! —dijo él al acabar los fideos—. ¿Qué venden en los otros puestos?

Troth lo introdujo en el *congee* de arroz aromático, en las albóndigas con caldo y dulces; le siguió una visita a una casa de té para tomar tranquilamente una taza de té. En todos los sitios la gente miraba asombrada a Maxwell, ya que nunca habían visto a un *fan-qui* comiendo en la calle. Él hizo caso omiso de las miradas, al parecer estaba acostumbrado a llamar la atención en todas partes.

Troth lo observaba disimuladamente, muy intrigada por el interés que demostraba por la rutina diaria de la vida cantonesa. Maxwell contagiaba entusiasmo y tenía razón al decir que ella era lúgubre: durante años, el deber y el servicio habían definido su vida. Ahora la presencia de Maxwell le hacía ver el mundo con ojos nuevos.

Troth bebió a lentos sorbos el té, tristemente consciente de que Maxwell volvería muy pronto a Inglaterra y de que la vida de ella volvería a la rutina gris y a la soledad. Pero existía una especie de amistad entre los dos, y ella le dejaría algunos recuerdos intensos.

9

Después de la casa de té se detuvieron en una tienda especializada en perfumes. Con el pretexto de aconsejar a Maxwell, Troth gozó de una embriagante sesión de fragancias. Si le permitieran ser una mujer, ella iría siempre perfumada. La siguiente visita fue a un comerciante de esencias. Maxwell compró muestras de muchos, y al tomar el último tarro, frunció el ceño.

—Piel seca de bergamota, creo.

Troth nunca había oído hablar de eso.

—¿Bergamota?

—Un fruto parecido a la naranja.

Maxwell lo añadió a su sustancioso pedido y siguieron viaje hasta la última parada, el más espléndido salón de venta de sedas de la colonia.

El propietario había oído hablar del dispendioso paso de lord Maxwell por la calle de las Trece Fábricas y aguardaba ansioso su llegada. Cuando Troth llegó con Maxwell al local, el propietario hizo una profunda reverencia.

—Milord, con su visita honra usted mi humilde tienda. Le ruego que me permita mostrarle mis pobres mercancías.

Hizo un gesto con la cabeza y los dependientes empezaron a extender rollos de seda. Metros de telas relucientes cayeron en cascada al suelo hasta que el salón fue un festival de brillantes colores. Después de elegir dos docenas de rollos del género más fino, Maxwell dijo:

—Me gustaría comprar también vestidos de mujer cortados al estilo chino. ¿Tienes alguno?

—Alguno.

Otro pedido, y del fondo de la tienda trajeron una docena de quimonos y los depositaron con reverencias sobre una mesa. Aquellas prendas no habrían deshonrado a las damas de la corte imperial de Pekín. Tratando de ocultar su intenso deseo, Troth acarició un exquisito quimono de color melocotón confeccionado en kesi, un brocado con motivos entretejidos en la misma tela.

—La calidad es aceptable —susurró, como si sólo le interesara eso.

—Este le quedaría bien a la mujer de mi hermano, y el color le sentaría bien —dijo Maxwell.

—¿Es tan pequeña una dama *fan-qui*? —preguntó Troth, sorprendida.

—Meriel sí, pero mi hermana es alta. —Levantó la prenda más grande, de color escarlata brillante salpicado con flores y mariposas bordadas. Probablemente era un quimono nupcial, ya que el rojo era el color de la suerte y siempre se usaba en las bodas—. Lucia es casi de tu estatura.

Maxwell probó el quimono sobre los hombros de Troth.

—¿Sería una mujer así, Jin?

Cuando los dedos de él le rozaron los hombros, una oleada de energía la atravesó, más fuerte que cuando le había enseñado a usar el pincel de caligrafía. También en los ojos de él percibió la misma descarga. Tras un instante de parálisis, dijo:

—A su... a su hermana seguramente le gustará un regalo tan magnífico, milord.

Kyle tragó saliva, luego retrocedió y dejó el quimono sobre el mostrador.

—Gracias por tu opinión.

Mientras Kyle completaba sus compras, ella se replegó a un rincón de la sala. Él no había revelado su identidad, pero el hecho de que supiese que ella era una mujer lo había cambiado todo entre ellos.

Troth no podía lamentarse por ello.

Después de la expedición a las tiendas, Troth regresó a su escritorio para acabar las traducciones, aunque habría preferido irse a casa después de un día agotador en más de un sentido. Cuando terminó con su trabajo, la penumbra nocturna ya predominaba en la oficina. Acababa de despejar su escritorio cuando apareció Maxwell, que le tendió un voluminoso paquete envuelto en papel.

—Para ti. Un pequeño detalle por tu ayuda.

—No merezco ningún regalo por cumplir con mi deber, señor —dijo Troth sobresaltada.

Él bajó la voz para que nadie más de la habitación le oyese:

—Anoche me salvaste la vida. ¿No puedo darte un pequeño obsequio como muestra de agradecimiento?

—Como usted quiera, señor —dijo ella, comprendiendo que no se trataba de una obligación, sino de un deseo.

—Muy bien. Buenas noches, Jin. —Le dirigió una sonrisa cómplice y abandonó la oficina.

Aunque ardía de curiosidad, no podía abrir el paquete delante de los demás. Con la mirada perdida, Troth salió del *hong* y cruzó el río con un barquero que solía transportarla. Sólo la fuerza con que sujetaba el paquete revelaba su agitación. No había estado tan expectante desde que era niña y aguardaba que su padre regresara de un viaje.

Pero ahora había crecido, y comprendió que lo que sentía no era sólo deseo por el regalo en sí, sino satisfacción por saber que su padre había pensado en ella. También le reconfortaba saber que había estado en los pensamientos de Maxwell.

Por fin estuvo a salvo en su cuarto y pudo abrir el paquete. Al vislumbrar su contenido tuvo que ahogar un grito. Era el magnífico quimono escarlata que Maxwell le había probado en la tienda de sedas. Tocó reverencialmente el suntuoso tejido. Él había visto de qué modo ella miraba esa prenda y había notado cuánto la deseaba.

Levantó el quimono y descubrió que el paquete contenía también un frasco de cristal, ahora lleno de la fragancia más embriagadora de la tienda de perfumes. También había un largo collar de cuentas de jade tallado, un juego de peinetas y los más elegantes abanicos de marfil. Maxwell había reparado en todos los artículos que la habían impresionado, y ese era el regalo más maravilloso de todos. Nadie le había prestado tanta atención desde la muerte de su padre, hacía ya quince largos años, más de la mitad de su vida.

Con placentera parsimonia se quitó la indumentaria masculina de Jin Kang y se puso la ropa femenina y los pantalones de seda. Después de cepillarse el pelo, usó las peinetas doradas para recogérselo más bien al estilo de las mujeres portuguesas que al estilo chino. Sólo después de maquillarse se puso el quimono escarlata.

Como estaba al otro lado en la habitación, pudo verse en el espejo. El quimono le iba como anillo al dedo y contrastaba muy bien con su cabello oscuro. Troth era una exótica mezcla de Oriente y Occidente, una mezcla sorprendentemente atractiva.

Todo por el quimono, por supuesto. Con él cualquier mujer sería atractiva, pero saberlo no disminuía su placer. Estaba contenta con su aspecto por primera vez desde que era niña. Riéndose suavemente, se paseó por la pequeña habitación sintiéndose deliciosamente femenina.

¿Cómo sería ser mujer todo el tiempo?

Se detuvo y volvió a mirarse en el espejo, repentinamente seria. En su aspecto exterior, las *fan-qui* se diferenciaban más entre sí que las chinas, y si ella viviera entre ellas no llamaría la atención como en Cantón. Con su piel suave y su cabellera larga y brillante, si viviera en Gran Bretaña con un guardarropa *fan-qui* apropiado, su aspecto sería aceptable. Su estatura sería normal, y sus pies sin vendar no llamarían la atención, no serían la marca de una criada o una campesina.

Lentamente se hundió en la cama, con la cabeza dándole vueltas. El sueño de ir a Escocia se había desvanecido tan pronto como murió su padre. Tenía doce años cuando Chenqua llegó a su casa de la ladera, en Macao, para darle la noticia de la muerte de su progenitor.

Al principio no podía creer que su padre se hubiera ido de verdad, hasta que Chenqua le explicó que el barco de Hugh Montgomery había naufragado cerca de las rocas y que su cuerpo había sido arrastrado hasta la orilla e identificado. Entonces Troth se había derrumbado, presa de un dolor insoportable, hasta que Chenqua le dijo que una exteriorización como aquella de los propios sentimientos era indecorosa. Aturdida, hizo todo lo que pudo para complacerlo, guardándose las lágrimas para la noche.

Era un signo de gran amistad que un comerciante tan poderoso como Chenqua pusiera en orden los asuntos de su padre y asumiera la responsabilidad de una pobre niña de sangre mestiza. La tormenta que había acabado con su padre también se había llevado la mayor parte de sus bienes comerciales y las ganancias que hubieran sostenido la casa el año siguiente. Troth se enteró por el intermediario de su padre, un administrador sumamente experto que llevaba la casa, de que Chenqua había usado su propio dinero para pagar las deudas de su padre y evitar la deshonra de Hugh Montgomery.

Aun así, años después, en ciertas ocasiones había oído a comerciantes *fan-qui* mencionar a su padre con desdén. No saltar con vehemencia en su defensa había sido para ella la mayor prueba de autodisciplina.

Tras cerrar la casa, el comerciante del Cohong puso a Troth en uno de sus grandes juncos mercantiles y navegaron los ciento veintiocho kilómetros por el río Pearl hasta Cantón. Durante el viaje él le explicó que sus conocimientos del inglés la harían valiosa en la nueva casa, pero que debería hacerse pasar por un hombre. Demasiado joven para sentir los impulsos femeninos y queriendo complacer a Chenqua, hizo obedientemente lo que le pedía.

Antes de llegar a Cantón, Troth Montgomery había sido suplantada por Jin Kang, alguien más útil de lo que Mei-Lian habría sido nunca. Aceptó sin cuestionársela su nueva vida en Cantón, agradecida por la seguridad de la casa de Chenqua. Aunque él era un señor de alto rango, no había sido cruel con la pobre huérfana. Desde entonces se había convertido en el ancla de su existencia y la trataba de forma diferente a los demás miembros de la casa.

El pasar tanto tiempo con los comerciantes *fan-qui* le había permitido a Troth mantener vivo el inglés y aquella parte de su naturaleza, si bien su existencia era limitada, con pocas recompensas fuera de la seguridad. ¿Quería seguir siendo para siempre el espía asexuado de Chenqua? De niña, ella pensaba en inglés y se consideraba más escocesa que china. Aunque había pasado más de la mitad de su vida en Cantón y ahora pensaba en chino, su naturaleza escocesa aún perduraba. Quizá no era demasiado tarde para buscarse un lugar en la tierra de su padre.

Sin amigos ni dinero no sería fácil volver a empezar en un país extranjero. Pero aun sabiendo lo difícil que sería conseguir un billete, tal vez obtendría lo suficiente si vendiese todas sus pertenencias. ¿Soportaría vender las joyas de su madre y el hermoso quimono que Maxwell le acababa de regalar? La idea la desgarraba.

Aunque pudiera hacer reservar una plaza en un barco *fan-qui*, sería difícil abandonar Cantón. Mientras le fuese útil, Chenqua no le permitiría de buen grado que se fuese tan lejos.

Quizá algún comerciante *fan-qui* la ayudase, tal vez contratándola como traductora en Gran Bretaña. Frunció el ceño. Posiblemente alguien de la Compañía de las Indias Orientales pudiera encontrarle trabajo a Jin Kang, pero Troth dudaba de que les gustase saber que ella los había engañado durante todos aquellos años. Sin embargo, no soportaba la idea de continuar como Jin Kang cuando en gran parte la razón de ir a Gran Bretaña era poder vivir como mujer.

Suspiró al pensar en todos los problemas que tendría que superar si viajaba a la tierra de su padre. Tal vez la libertad de vivir como deseaba estaba a su alcance. Pero ¿tendría el coraje y la sabiduría para alcanzarla? Temía que no.

10

Inglaterra.
Diciembre de 1832.

Exhausta por el llanto y la agitación de su sueño, Troth estaba dormitando cuando un golpe en la puerta anunció a la doncella que traía la bandeja del desayuno. La luz nacarada de la habitación indicaba que era otra mañana nublada y gris.

La doncella se acercó a la cama con expresión vacilante.

—¿La se-ñora gus-gustaría té?

¿Dónde habría aprendido a hablar en aquella absurda parodia macarrónica?

—Té estaría muy bien, muchas gracias —dijo Troth un tanto secamente.

La doncella se puso colorada.

—Lo siento, señora, es que me habían dicho que usted era extranjera.

—Es verdad, pero algunos extranjeros hablan inglés perfectamente. —Sin querer avergonzar más a la muchacha, preguntó—: ¿Cómo te llamas?

—Sally, señora.

La sirvienta depositó la bandeja sobre el regazo de Troth, tratando de ocultar su mirada fascinada. Durante el viaje y después de su llegada a Gran Bretaña, Troth había recibido muchas miradas como esa, y también algunas indiscretas. ¿Había habido alguna vez un visitante chino en Shropshire? Incluso en Londres, ella habría sido una rareza.

—¿Desea algo más, lady Maxwell?

—No, gracias, Sally. Con esto es suficiente.

La doncella hizo una reverencia y dejó a Troth con la bandeja del desayuno, que incluía beicon, huevos y una salchicha, además de pan caliente, mantequilla y mermelada. Se había acostumbrado al desayuno británico, aunque las comidas todavía le parecían incompletas sin arroz. Hambrienta, se lo comió todo y vació la tetera, que contenía una sabrosa variedad de Young Hyson.

Preparada para enfrentarse al nuevo día, Troth se levantó de la cama y descubrió que el vestido que llevaba el día anterior había sido cepillado y colocado cuidadosamente sobre una silla. El resto de sus míseras pertenencias estaban dobladas en el armario. En Warfield Park se ocupaban realmente muy bien de sus invitados.

Después de vestirse, salió de la habitación y se encontró con lady Grahame hecha un ovillo en una silla frente a la puerta, leyendo un libro. Esa mañana la condesa llevaba un sencillo vestido verde y el pelo rubio platino recogido en una cola. Estaba tan deslumbrante como la noche anterior, cuando iba vestida de etiqueta. Aunque tenía la edad de Troth, poseía una serenidad que en China solamente podía encontrarse entre las mujeres más mayores.

Lady Grahame levantó la mirada del libro cuando Troth entró en el vestíbulo.

—¡Buenos días! ¿Has dormido bien?

—Bastante bien. Quiero daros las gracias por vuestra hospitalidad, lady Grahame.

—Me llamo Meriel. —La condesa se levantó en la silla y dejó el libro—. ¿Te gustaría acompañarme al invernadero de naranjos? Es un lugar tranquilo.

—La paz es siempre bienvenida —dijo Troth agradecida por ese intento de acercamiento.

Bajaron juntas las escaleras hacia el vestíbulo por donde había entrado la noche anterior. Kyle le había dicho que su cuñada era tan menuda como una cantonesa, y tenía razón.

—Tu esposo, ¿cómo está?

Meriel suspiró.

—Una parte de él ha muerto. Kyle había prometido regresar algún día, y creo que Dominic siempre creyó que eso ocurriría, a pesar de los riesgos del viaje.

—¡Ojalá hubiera podido hacer algo para evitarlo! —dijo Troth desconsolada.

—Mi marido me contó tu historia, y es obvio que tuviste suerte de salvarte. Gracias a ti, al menos sabemos lo que pasó. —Meriel tragó saliva—. Eso... es mejor que esperar y tener esperanzas eternamente.

—¿Conocías bien a Kyle?

—Sólo nos vimos en contadas ocasiones, pero, a través de sus cartas a Dominic, también se convirtió en mi hermano.

Meriel se quedó callada, guiando a Troth por la casa hasta que abrió la puerta al País de las Maravillas. Troth ahogó un grito cuando entró en el amplio y acristalado invernadero de naranjos; sintió que estaba de nuevo en Cantón. El cálido aire tropical estaba perfumado de azahar. También había arbustos y flores, además de serpenteantes senderos de ladrillo con bancos a los lados. Pero lo más mágico de todo era la nieve que caía tras los cristales, cubriendo el mundo exterior con una especie de encaje blanco.

—Este es mi refugio preferido en el invierno —dijo Meriel—. Un sitio para soñar y esperar la primavera.

—¡Qué hermoso! —Troth cruzó el invernadero hasta una pared de vidrio para poder mirar cómo fuera el viento empujaba los copos de nieve.

—¿Habías visto nevar alguna vez?

Troth movió la cabeza en señal de negación.

—Nunca. No tenía ni idea de que fuera tan bonito. —Se volvió hacia su anfitriona—. Cuando le conté a Kyle que el jardín de mi señor Chenqua era el más bello del mundo, él dijo que el vuestro era igual de bello. Ahora lo veo.

Meriel sonrió complacida mientras se sentaba en un banco de madera que miraba hacia un parterre cuyos bordes geométricos dibujaban delicadas formas en la nieve.

—Me alegra que pensara así. En esta estación los jardines exteriores duermen, pero cuando llegue la primavera creo que te quedarás impresionada.

Troth se sentó en el otro extremo del banco.

—Perdóname mi curiosidad; tal vez la pregunta esté fuera de lugar, pero no entiendo cómo tu esposo y Kyle son los dos lores siendo hermanos.

—El título Grahame pertenecía a mi familia y se habría extinguido al morir mi tío —explicó Meriel—. Mi suegro pensó que era tirar un título perfectamente bueno, así que solicitó al rey conservarlo y renovarlo a favor de Dominic y mío.

¿Qué madre no habría querido eso para su hijo? Kyle le había hablado a Troth de los hijos de Dominic y de Meriel, un niño y una niña nacidos después de que su tío abandonara Inglaterra. Él deseaba verlos por primera vez...

Mientras Troth tragaba saliva para aflojar el nudo que sentía en la garganta, apareció un gran gato de color anaranjado. Los luminosos ojos amarillentos la miraron inquisitivos, y de repente le saltó al regazo. Después de dar algunas vueltas, el animal se tumbó y se acomodó. Mientras Troth acariciaba con cautela su pelo lacio y brillante, Meriel dijo:

—Ahora ya eres oficialmente parte de la familia: le gustas a *Jengibre*.

—¡Eres tan amable, lady Grahame! —dijo Troth sin poder contenerse—. Kyle y yo sólo estuvimos juntos unas semanas, y no estoy segura de que el matrimonio se considerase válido. He venido sólo para traerle noticias a tu esposo. No merezco ser parte de vuestra familia.

—Cuéntamelo todo —dijo Meriel cogiéndole la mano con una gentileza tranquilizadora.

Troth respiró hondo para serenarse, y luego le relató las circunstancias de su matrimonio. Meriel la escuchaba atentamente, sin asomo de censura, y al terminar el relato dijo:

—Poco convencional, pero auténtica. Como la ceremonia es legal... —Suspiró—. Tal vez haya algún punto discutible tras la muerte de Kyle... Por supuesto, no hubo acuerdo prematrimonial, pero los derechos de pensión y su patrimonio personal te aportarán una cómoda independencia, que era claramente y sin ninguna duda lo que él quería.

—¡No puedo aceptar su fortuna! Él no me amaba. Yo sólo fui alguien de quien se sentía responsable.

—¿Tú lo amabas?

Troth tomó aire. Tenía que negarlo, pero no podía hacerlo.

Leyendo inmediatamente la respuesta en la expresión de Troth, Meriel dijo:

—Me alegro de que al final él encontrara a alguien que lo amara. Nadie cuestionará tus derechos de herencia.

Troth se tapó los ojos con una mano, al borde de las lágrimas. Sería una tonta si rechazaba la seguridad económica, pero la aceptación de la familia de Kyle era aún más importante para ella. Troth no había experimentado este sentido de pertenencia desde la muerte de su padre.

—¡Eres... tan amable! ¿Cómo puedes aceptar a alguien como yo, una extraña en tu mundo?

—Durante muchos años yo fui una extraña en mi propia casa. Es el amor lo que nos une al mundo, y tú amabas a Kyle —dijo Meriel con dulzura—. Nuestra casa es tu casa durante todo el tiempo que quieras quedarte.

Las lágrimas volvieron a brotar, y con ellas el comienzo de la curación.

11

Cantón, China.
Primavera de 1832.

—¿Más vino, lord Maxwell? —Chenqua se inclinó cortésmente hacia su invitado.

—Sí, por favor. Sus vinos son excelentes. —Kyle tomó un pequeño sorbo después de que el sirviente le llenara la copa. Gavin, otro de los invitados, le había advertido que habría al menos treinta platos diferentes a lo largo de cinco o seis horas, así que la moderación era esencial.

Kyle había aceptado de buena gana asistir a aquel banquete en el palacio de Chenqua, ya que era poco probable que viera el interior de cualquier otra residencia china. La casa del comerciante era una magnífica y espaciosa construcción suburbana de techos curvos y patios y suelos de mármol. La comida también era magnífica. Los músicos tocaban desde una galería mientras la comida francesa, inglesa y china era servida en platos de diferentes juegos de exquisita porcelana. Sin embargo, según las costumbres de los Cohong, a Chenqua se lo consideraba más bien austero.

Curioso como siempre, Kyle eligió entre los platos chinos. Las texturas y los sabores eran a veces extraños, pero interesantes, y a menudo deliciosos.

Al observar que su invitado había pedido que le trajesen palillos, Chenqua dijo:

—¿Está interesado en nuestras costumbres, milord?

—Sí, y mucho. Su cultura es la más antigua del mundo. Un bárbaro no puede esperar comprender realmente en profundidad la sociedad china, pero debo intentarlo.

Chenqua asintió con la cabeza ante esa atinada opinión.

—Una mejor comprensión entre nuestras naciones nos beneficiará a todos.

Decidiendo que no habría una oportunidad mejor que aquella, Kyle dijo:

—¿Sería posible que pudiera visitar algunos lugares de su país? Quizá acompañado de guardias para garantizar que no causo ningún problema, o viajando con los jesuitas, que ya conocen las rutas...

La mirada de Chenqua se endureció.

—Eso va a ser difícil... Muy difícil.

Kyle había aprendido que los chinos odiaban dar una negativa tajante, así que el «Muy difícil» del comerciante equivalía al «¡Ni pensarlo!» de un inglés. Para evitar que su anfitrión se sintiese incómodo, dijo:

—Tal vez en un futuro, cuando nuestras naciones hayan desarrollado vínculos más fuertes, sería posible tal viaje.

—Sí —dijo Chenqua aliviado—. En un futuro. —Y concentró su atención en William Boynton, *taipan* de la Compañía de las Indias Orientales, que estaba sentado al otro lado.

Kyle esperaba ver a Troth, pero no había ni rastro de ella. Se preguntaba si merodearía por detrás de las mamparas labradas que formaban una pared de la zona del comedor. Había oído risitas femeninas ocasionales en esa dirección, y suponía que las señoras de la casa espiaban a los invitados de su señor. Obviamente, Troth no era considerada una señora.

Después del plato decimoquinto, hubo una pausa mientras se preparaba el escenario para una función teatral. Mientras se recogían los platos, Kyle le preguntó a Chenqua:

—¿Es posible pasear unos minutos por el jardín? Me gustaría verlo.

—Por favor, hágalo. Un jardín refresca el alma de la misma manera que un banquete refresca el cuerpo.

Agradecido por la posibilidad de estirar las piernas, Kyle salió, aunque en realidad la zona del comedor era tan abierta que la diferencia entre el interior y el exterior era un tanto arbitraria. A su llegada con los otros *fan-qui*, Chenqua los había guiado personalmente por una parte de los deslumbrantes jardines. Algunas hectáreas habían sido convertidas en colinas y grutas con agua del río Pearl canalizado para formar una red de arroyos y estanques de liliáceas. No había un solo sendero recto.

Después de explorar los tramos más alejados de los jardines, Kyle regresaba a la casa cuando divisó a través de un estanque cómo dos figuras entraban en una caseta octogonal construida sobre el agua. Seguro de que la más alta era Troth, rodeó el estanque y fue tras ella.

Casi había llegado a la caseta cuando una mujer vestida de colores brillantes salió revoloteando de la construcción, balanceándose grácilmente sobre sus pies increíblemente pequeños. Justo antes de desaparecer detrás de una roca decorativa, la joven miró hacia atrás, cubriéndose con un pañuelo la parte inferior del rostro. Soltó una risita, sus ojos negros le miraron traviesos, y luego desapareció.

Sobresaltado por ver por primera vez a una dama china de alta alcurnia, la observaba irse cuando una voz dijo:

—Ling-Ling es encantadora, ¿verdad? Es la cuarta dama de Chenqua.

Se volvió hacia Troth, que lo miraba seria desde la entrada de la caseta, y dijo:

—Espero no haber violado algún tabú por mirarla.

—No pasa nada. Me imagino que Ling-Ling ha disfrutado mucho de haber tenido un encuentro cercano con un bárbaro.

—Hago todo lo posible para entretenerme.

Kyle observó el rostro de Troth. Llevaba el pelo recogido en una cola, y sus facciones poseían una fresca belleza que le intrigaba mucho más que la maquillada joven que acababa de marcharse. Recordó que no había tenido ningún pensamiento amoroso sobre Troth. No era el tipo de muchacha que uno se lleva a la cama y luego la olvida. Sus vidas transcurrían en dos mundos diferentes.

—No has ido a la Elliott House desde que salimos de compras. ¿Te he agotado?

—Me necesitaban en la Fábrica Inglesa, milord. —Troth bajó la mirada—. Muchas gracias por sus regalos. Estuvieron bien elegidos.

—Me alegro de que te gustaran —dijo Kyle, y preguntándose cómo se vería elegantemente vestida de mujer, la siguió y entró en la caseta. Era una casa de té, con las paredes como tallado en encaje. En el centro había una mesa baja octogonal, la misma forma de la construcción, y un banco acolchado de obra rodeaba las paredes—. ¡Qué sitio tan bonito! ¿Este es tu lugar preferido?

Troth se acomodó en el banco.

—Medito aquí algunas veces. Me parece el jardín más bello del mundo.

Kyle se sentó, eligiendo a propósito hacerlo frente a ella.

—El jardín de mi cuñada es igual. El estilo es diferente, pero sería imposible decir que uno es mejor que el otro.

—Nunca he visto un auténtico jardín inglés.

Kyle observó la línea del cuello de Troth, elegantemente definida por la tenue luz.

—Los jardines de Warfield Park, donde viven mi hermano y su esposa, fueron empezados hace seis o siete siglos, y desde entonces cada generación los ha ampliado y refinado.

—¿De veras? Pienso en Inglaterra como un país nuevo comparado con China.

—No hay nada en China tan antiguo como el templo de Hoshan —dijo Kyle tanteando.

—Dicen que el mismo Buda construyó Hoshan. Por supuesto que es sólo una leyenda, porque él era de la India, no de China, pero sin duda el templo es muy antiguo.

—¿Has estado allí?

—Mi señor Chenqua ha estado. En su despacho cuelga un pergamino con pinturas del templo.

Como las averiguaciones de Kyle sobre un viaje oficial por China habían resultado inútiles, quizá era hora de ver si podía preparar un viaje extraoficial.

—Llevo más de la mitad de mi vida soñando con visitar Hoshan. ¿Sabes de alguien que pueda llevarme hasta allí?

—La idea es absurda. Si le detendrían con sólo intentar entrar en Cantón, menos aún podría viajar por el país.

—Y los *fan-qui* son tan llamativos como las jirafas —dijo Kyle con impaciencia—. Ya he oído todo eso, sin embargo debe de haber un camino. ¿Quizá viajando en un palanquín? Así nadie podría ver mi fea cara.

—¿Lo está diciendo en serio? —preguntó ella mirándolo fijamente.

—Por supuesto. —Se inclinó hacia ella—. Si reúnes información para el Cohong, debes de conocer a mucha gente tanto de abajo como de arriba. Seguro que hay hombres que estarían deseosos de ayudarme por un precio adecuado.

Troth se levantó y, como un tigre nervioso, empezó a pasearse de un lado a otro por la caseta.

—Sería muy peligroso. En la colonia usted está a salvo, pero en el país podría pasarle cualquier cosa. Lo detectarían muy rápido, no importa cómo se disfrace, porque usted huele como un demonio extranjero.

—¿No huelo bien? —se preguntó Kyle, desarmado.

—Los *fan-qui* comen mucha carne. Y usted es demasiado alto, y su cara es imposible.

—¿Y qué te parece si me vendara la cara y la cabeza como si estuviese herido?

—El templo de Hoshan es conocido como un lugar de curación —dijo Troth pensativa.

—Tal vez si por unas semanas comiera sólo comida china me haría oler bien. ¿Qué más tengo que hacer? —dijo Kyle controlando su agitación.

—¿Por qué es tan importante para usted? ¿Quiere ir a donde ningún inglés ha ido para poder jactarse ante sus amigos? ¿Desea burlarse de las supersticiones paganas?

—Nada de eso —dijo Kyle con calma—. El templo de Hoshan estaba incluido en un libro con ilustraciones chinas que compré poco después de morir mi madre. Parecía una visión del cielo, un lugar sagrado de belleza incomparable, flotando en las montañas al otro lado del mundo. Me... me imaginaba que el espíritu de mi madre se había ido allí a descansar. Yo sabía que eso no era verdad, pero ese pensamiento me consolaba.

Especialmente desde el momento en que él y su hermano se distanciaron cada vez más, y Kyle necesitaba mucho consuelo.

—Existen muchas maneras más seguras de encontrar belleza y santidad.

Preguntándose cómo podría explicar la intensidad de su deseo cuando ni siquiera él mismo lo comprendía totalmente, Kyle dijo:

—¿Nunca has tenido un sueño que te cautive el corazón y el alma?

—Una vez tuve sueños —dijo Troth con voz apenas audible y la mirada baja.

Se veía tan sola que él deseó acercarse y cogerla de la mano, pero se quedó donde estaba.

—Entonces sabes por qué esto es importante para mí. Es... una especie de búsqueda. ¿Podrás encontrar a alguien que me lleve a Hoshan? Si pudiera lo haría yo solo, pero, como se me ha dicho repetidas veces, eso sería imposible.

A través de la celosía, ella miró la tranquila superficie del estanque. ¿Realmente había un jardín igual de precioso al otro lado del mundo?

—Si le pillaran, le causaría graves problemas a Chenqua.

—¿Pondría en peligro su vida o la de su familia?

Troth frunció el ceño.

—Aunque eso es probable, estoy segura de que al gobierno no le convendría destruir al líder de los Cohong, ya que él genera una gran riqueza para la ciudad y el emperador. Pero sin duda lo multarían con severidad.

—A los comerciantes del Cohong se los multa continuamente, así que eso no sería muy importante, especialmente porque yo lo indemnizaría si eso ocurriese. —La voz de Kyle se volvió persuasiva—. De verdad, no creo que lo que pido sea tan peligroso. El templo está a sólo ciento sesenta kilómetros, así que se podría hacer el viaje en dos semanas, más o menos. Estoy deseoso de hacer todo lo que sea necesario para pasar inadvertido. Todo lo que necesito es un guía de confianza.

Troth ansiaba cambiar de vida, y allí, de repente, había una perfecta oportunidad. Todo lo que ella tendría que hacer era dejar todo y a todos los que había conocido alguna vez.

Apretando los puños, Troth se volvió hacia Kyle.

—Yo le llevaré a Hoshan.

—Imposible —dijo él, asustado—. No puedo permitir que te arriesgues así.

—¿Porque soy mujer? ¡Qué galante! —dijo Troth con frialdad—. Pero es usted quien necesitará protección, no yo. ¿O el problema es que no confía en mí?

Kyle murmuró algo entre dientes.

—Me has dado sobradas pruebas de tus habilidades, señorita Montgomery. Pero necesito un guía que viva al filo de la ley, alguien que comprenda y acepte los riesgos. Si te descubrieran ayudando a un *fan-qui* a hacer un viaje ilegal, podría costarte el trabajo y tu casa. Tal vez la vida.

—Estoy deseando arriesgarme. —Lo miró fijamente—. Usted dijo que pagaría muy bien. Mi precio es ayudarme a ir a Gran Bretaña.

—Ya veo. ¿Qué clase de ayuda necesitas? —dijo tras un largo silencio.

—Una plaza en un barco británico y el dinero suficiente para mantenerme hasta que encuentre trabajo. —Troth procuró calcular cuánto necesitaría—. ¿Quizá... cincuenta libras?

Kyle frunció el ceño.

—¿Estás segura de que eso es lo que quieres? Tu inglés es perfecto, pero Gran Bretaña te parecerá muy extraña.

—Me educaron con cuentos de Escocia. Sí, será muy diferente, pero quizá yo pertenezca más a ese país que a China. Por supuesto que nunca perteneceré del todo a Inglaterra —dijo torciendo la boca—. Mi sueño era ir a la tierra de mi padre. Ya me había dado por vencida, pero, después de todo, quizá sea posible. ¿Le llevo a Hoshan? ¿O no lo desea tanto como para confiar en mí?

—No es ese el problema. —Le clavó la mirada—. Si quieres ir a Gran Bretaña, te ayudaré sin que me lleves a Hoshan.

¿De verdad él haría eso? Sí, lo haría, porque sentía que le debía la vida. Pero Troth no quería nada de él porque se sintiese obligado. Troth se había pasado quince años siendo servil. Con él, ella quería ser una igual, no una subordinada.

—Prefiero ganarme mi billete, lord Maxwell. Si abandona sus gestos arrogantes y sigue mis instrucciones, deberíamos poder hacer este viaje sin incidentes.

A Kyle se le iluminó la expresión con una leve sonrisa.

—¿Cuándo podemos ir?

—El mejor momento sería cuando los barcos *fan-qui* parten, al final de la temporada comercial. Entonces nadie notará su ausencia.

—¿Serás capaz de marcharte sin despertar comentarios?

—Pensaré en alguna forma de hacerlo —titubeó ella—. ¿Puedo llevar conmigo alguna de mis pertenencias? Sólo cosas pequeñas, porque debo pasarlas una a una de contrabando desde mi habitación.

—Por supuesto. Te conseguiré un baúl y lo arreglaré todo para que sea embarcado rumbo a Gran Bretaña junto con mis pertenencias.

—Gracias. —A Troth le alivió saber que no empezaría su nueva vida sólo con lo puesto.

—Entonces, trato hecho —dijo Kyle tendiéndole la mano.

Troth ya no se sorprendió por la oleada de chi que la invadió cuando él le estrechó la mano, pero esa reacción le hizo percatarse de que estarían juntos día y noche durante dos semanas. Tal vez más si zarpaban en el mismo barco hacia Gran Bretaña.

Una vez que se embarcaran, él sería un lord y ella no sería nadie, pero durante el viaje a Hoshan serían un hombre y una mujer juntos. Quizá, por poco tiempo, podría realizar un sueño diferente...

12

Kyle sirvió el fragante té en dos tazas.

—He estado probando con diferentes mezclas. ¿Qué opinas de esta?

Gavin bebió.

—¡Excepcional! ¿Qué esencia has usado?

—Bergamota. Encontré un poco en una tienda de la calle de las Trece Fábricas, y pensé que podría funcionar incluso mejor que el limón o la naranja habituales.

—Apunta las proporciones para poder mezclarlas en grandes cantidades. Y no le digas a nadie cuál es el ingrediente secreto, así mantendremos despistada a la competencia mientras sea posible. —Tomó otro trago de té—. Podemos llamarlo «Té Lord Maxwell».

Kyle se estremeció.

—Mi padre se horrorizaría si viera el título familiar en un vulgar producto comercial.

—¿Estás seguro? «Té Conde Wrexham» sería aún mejor.

—No.

—Mmm... ¡Bueno! Entonces quizá «Mezcla del Conde». Sin duda, él no podría oponerse a eso.

—Supongo que no. Pero me temo que en el fondo eres un auténtico esnob.

—Sólo un buen hombre de negocios. El té Mezcla del Conde hará muy rica a la Elliott House. Y además, justificas tu ociosa estancia aquí, en Cantón. —Gavin se sirvió otra taza—. La temporada comercial está casi finalizando. ¿Qué piensas de tu visita?

—China es fascinante. —Kyle decidió que era hora de darle la noticia—. Me embarcaré para Macao contigo. He hecho los preparativos para visitar el templo de Hoshan.

Gavin maldijo entre dientes.

—Esperaba que hubieras desistido de esa idea. ¿Has encontrado algún nativo criminal que quiera llevarte hasta allí? Podría ser peligroso.

—No se trata de un criminal. Jin Kang.

Gavin bajó la taza tintineando.

—¡Maldición! ¡Yo creía que ese muchacho era más sensato!

Kyle había acordado con Troth cuánto le contaría a Gavin sobre sus planes.

—No hay nada de malo en su sensatez. Cuando le pregunté si sabía de alguien que me llevara al templo, se ofreció a hacerlo él mismo. Es medio escocés y quiere que lo ayude a trasladarse a Inglaterra.

—¡Dios mío! Por cómo se oculta la cara, no tenía ni idea de que fuese mestizo —dijo Gavin aturdido—. ¿Su padre era comerciante?

—Sí, un hombre llamado Hugh Montgomery.

Kevin frunció el ceño.

—No lo conocí; pero sé que Montgomery murió en un naufragio antes de que yo llegase a Oriente. Le rodeó cierto escándalo, pero no me enteré de los detalles. Tampoco sabía que había dejado un hijo.

—¿Un escándalo? —Kyle esperaba que Troth no se enterara nunca de aquello. Era obvia su acérrima lealtad al padre—. Jin abandonó Macao después de la muerte de Montgomery. Chenqua le dio casa y le encontró utilidad a sus conocimientos de inglés. Jin habla con un agradable acento escocés cuando no finge ser un ingenuo intérprete.

—¡Caray! Si lo crió un padre escocés, debe de entender todo lo que oye.

Kyle sonrió irónico.

—Lo que te estoy contando es confidencial, pero quería que lo supieras por si ocurriese algo y él necesitase tu ayuda.

—Por supuesto. Me habría hecho feliz ayudarlo si hubiese sabido que tenía sangre escocesa. —Gavin parecía optimista—. Si lo envío a Inglaterra, ¿abandonará este absurdo plan de llevarte al interior?

—No, le hice la misma oferta y la rechazó. Jin Kang tiene su orgullo.

—Si es mitad escocés y mitad chino, su orgullo debe de competir con el de Lucifer —dijo Gavin riendo—. Realmente, me había engañado. Ya que estoy planeando instalar una oficina en Londres, le ofreceré trabajo. Con su habilidad para los idiomas y las tareas de oficina, debería serme útil.

¿Mantendría Gavin la oferta si supiese que Jin Kang era en realidad una atractiva mujer? Posiblemente; había vivido en Estados Unidos el tiempo suficiente como para adquirir algunas ideas progresistas. Kyle esperaba estar allí para ver la cara de Gavin cuando Troth le revelase la verdad.

Las dos semanas anteriores habían desarrollado sus planes en encuentros rápidos y furtivos en los rincones del *hong*. Una vez tomada la decisión de ir a Hoshan, todos los detalles se habían aclarado fácilmente. Sólo comía comida china, y por la noche, en su dormitorio, se vestía con ropa china que Troth le había suministrado. Ahora sentía natural la ropa y le resultaba más cómoda que la europea.

Troth había estado también muy ocupada, cortando en silencio los hilos de su vida en Cantón. Había investigado la ruta a Hoshan, comprado las provisiones que necesitarían y se había ocupado de que un barquero los llevara de Cantón a Macao al regreso. En Macao sería fácil encontrar un barco para Inglaterra, y la última aventura de Kyle habría llegado a su fin.

—¿Cuándo os marcháis? —preguntó Gavin.

—La semana próxima, el mismo día que tú y los otros miembros de la Elliott House os embarcáis para Cantón. Tengo que disfrazarme de lisiado mutilado y vendado.

—¡Qué listo! —Gavin sonrió irónico—. Debo reconocer que te envidio un poco. Durante años he jugado con la idea de hacer este tipo de viaje, pero si me hubieran descubierto me habrían echado de Cantón, y no puedo permitirme ese lujo.

—Con el tiempo China debería abrirse más a los extranjeros, así que sin duda tendrás tu oportunidad. Pero yo quizá no tenga ninguna más.

La punzada de dolor que le provocaba el regreso a Inglaterra se mitigó al saber que viajaría con Troth en el mismo barco durante meses. Tendría tiempo más que suficiente para aprender más sobre China. Ella podría enseñarle algo del idioma y darle clases de caligrafía. En compañía de Troth, el largo viaje se haría más corto.

Le molestaba encontrarla tan atractiva. Por lo general, las mujeres bonitas le provocaban una reacción fugaz y pasajera. Pero empezaba a conocer a Troth como persona, y ella no era alguien que se pudiera rechazar a la ligera. Su mente, tan rápida como su entrenado cuerpo, sus amplios y prácticos conocimientos, su humor cáustico y sorprendente... Aun cuando Troth le había permitido conocer los dos lados de su identidad, ella seguía siendo un enigma fascinante que lo incitaba a seguir conociéndola.

¿Cómo había sido ser arrancada de un hogar de estilo europeo y sumergida en China? Aunque Troth decía que respetaba a Chenqua y agradecía lo que él había hecho por ella, era obvio que no podía sustituir al padre adorado. Sin embargo, se había adaptado a su nueva vida y, si pensaba que el destino había sido cruel con ella, no se quejaba.

Kyle esperaba que Gran Bretaña estuviera a la altura de los sueños de Troth.

—¡Eh! —Chenqua giró el cuerpo bruscamente y arrojó a Troth al suelo.

Ella rodó sobre sí misma y se puso de pie otra vez ágilmente, lista por si Chenqua decidía contraatacar. Pero él hizo una reverencia ceremoniosa.

—Es suficiente por esta mañana. Gracias, Jin Kang. Tu chi es fuerte hoy.

—No tan fuerte como el suyo, tío. —Ella metió las manos en las mangas e hizo una reverencia con igual ceremonia, con un nudo en el estómago porque sabía que no podía retrasar más su petición—. Este ser indigno tiene que pedirle un gran favor.

—¿De veras? —Chenqua se estiró la sencilla túnica de hacer ejercicios.

—La temporada comercial está casi terminando y muchos de los *fan-qui* ya se han marchado. Como mis servicios no serán necesarios, me gustaría viajar a Macao para honrar las tumbas de mis padres. —Troth contuvo la respiración mientras esperaba la respuesta. Si le negaba su autorización, le resultaría más difícil escabullirse.

Los sagaces ojos negros de Chenqua la analizaron. Troth bajó la mirada y se esforzó por tranquilizarse, rogando por no haber despertado sus sospechas.

—¿Te embarcarás para Macao con uno de los comerciantes? —preguntó Chenqua.

—Gavin Elliott dice que puedo ir en su barco. Zarpa dentro de dos días.

—Muy bien, puedes viajar a Macao para tu honorable misión. Comunícale a la *tai-tai* cuándo piensas regresar. ¿Necesitas fondos para el viaje?

—No, tío.

Troth continuó con la mirada gacha, sintiendo una punzada de culpa ante la oferta de Chenqua de costearle su falsa peregrinación. Si bien llegaría finalmente a Macao y visitaría la tumba de sus padres, eso no alteraba el hecho de que le estaba mintiendo.

Conteniendo las ganas de confesarle la verdad, en un impulso Troth se arrodilló e hizo una solemne reverencia, tocando con la frente la hierba aterciopelada, para expresar quince años de gratitud y de respeto, y dijo:

—Le agradezco mucho su indulgencia.

—Te has ganado el privilegio. —Y, pensando ya en los asuntos del día, se dirigió hacia la casa.

En vez de seguirlo, Troth se adentró en los jardines, un poco melancólica mientras visitaba sus lugares favoritos. Todavía era temprano, poco después del amanecer, un buen momento para decir adiós a la serena belleza que había sido un bálsamo para su alma.

Se detuvo en la cascada que sonaba como una orquesta de instrumentos musicales, cada hilo de agua contribuyendo a la armonía total. Los coloridos patos del estanque estaban despiertos y buscando afanosamente su desayuno. Cada estanque, cada roca y cada nudoso árbol le traía recuerdos, y Troth trató de grabárselo todo en la memoria, con el dolor de saber que nunca más volvería a ver todo aquello.

La última parada fue en la casa de té donde meditaba y donde Maxwell le había hecho la oferta que iba a cambiarle la vida. Si él no la hubiera visto ese día, ahora ella no estaría planeando su huida.

Entró en la casa por un portón semicircular, muy diferente de las aburridas puertas rectangulares de los *fan-qui*. Incluso después de quince años, Troth no había visitado todas las dependencias de la extensa construcción. Era una casa para los hijos mayores de Chenqua y sus familias, al igual que para las esposas y los sirvientes del comerciante, y la mayor parte de las habitaciones eran privadas.

Solía perderse en los patios; los senderos de los edificios y de los jardines estaban tan entrelazados unos con otros que resultaba difícil decir dónde empezaba uno y dónde terminaba otro. En Gran Bretaña, al parecer, era mucho más raro construir casas alrededor de espacios abiertos.

Encontró a Ling-Ling en el patio del estanque de lirios, sentada en el borde y mirando las carpas doradas que se deslizaban por el fondo. Como siempre, la cuarta dama de Chenqua estaba exquisitamente vestida y maquillada, y su belleza resultaba casi irreal.

—Has salido temprano de tu habitación —comentó Troth al sentarse en el borde pedregoso del estanque.

Ling-Ling levantó la mirada ensoñadora.

—Es cierto, Jin Kang. Llevo un niño de mi señor —dijo poniéndose una mano sobre el vientre, honrando el misterio de la vida floreciente.

—¡Que maravilla! —dijo Troth, tratando de no ser muy envidiosa—. Quizá sea el primero de muchos hijos fuertes. Su señoría y la primera dama deben de estar contentos.

—Lo están —sonrió Ling-Ling—. La *tai-tai* dice que hacía mucho tiempo que no había un bebé en la casa.

La *tai-tai* era la primera y la más importante esposa de Chenqua. De pelo plateado y mirada sagaz, la primera dama gobernaba la casa con mano firme y sabiduría. Al elegir personalmente a las esposas de su marido y de sus hijos, garantizaba la armonía de la casa. De una forma distante, siempre había sido amable con la huérfana mestiza que su marido había llevado a casa.

—Dentro de dos días me voy a Macao para visitar la tumba de mis padres —dijo Troth.

—¿Quemarás objetos funerarios allí, o los cristianos no hacen eso?

—No es una costumbre cristiana —admitió Troth—, pero aun así honraré a mi madre y a mi padre al estilo chino, ya que están en suelo chino.

—No volverás, ¿verdad? —dijo Ling-Ling jugueteando con la flor dorada de un lirio de agua. Troth se quedó helada.

—¿Por qué dices eso?

—En Macao hay muchos con mezcla de sangre. Tú perteneces allí, no aquí. En Macao podrías encontrar un esposo que te honre y que te dé hijos.

—Has acertado —dijo Troth a regañadientes—. Yo... debo buscar una vida en otro sitio.

—Mi señor lamentará perderte.

—¡Por favor, no se lo digas!

—No te traicionaré. Tú tienes derecho a marcharte porque no eres una esclava, pero resultará más fácil si nadie conoce tus planes. —Ling-Ling pasó las yemas de los dedos por el agua, produciendo círculos que se extendían sobre la superficie del estanque—. Siempre he sabido que tu destino no estaba aquí, en Cantón.

—¿De verdad? —dijo Troth asustada—. Yo misma no lo sabía hasta hace poco.

—Tú tenías los ojos cerrados. Pero has conocido a un hombre que despierta tus sentidos, ¿verdad? Has cambiado en las últimas semanas. ¿Él te convertirá en una de sus damas?

Troth miró fascinada a su amiga. La juventud de Ling-Ling y sus maneras juguetonas hacían que fuese subestimada con facilidad.

—Hay un hombre que me ha hecho pensar —dijo Troth con cautela—. Me ayudará a establecerme en mi nuevo hogar, pero no tiene ningún deseo de convertirme en su dama.

Ling-Ling arqueó las elegantes cejas.

—Tienes mucho que aprender de los hombres, Mei-Lian.

—Es la primera vez que me llamas por mi verdadero nombre —dijo Troth con dulzura.

—Es lo que corresponde, puesto que te marchas para convertirte en una mujer.

—Te echaré muchísimo de menos, Ling-Ling —dijo Troth cogiéndole la mano.

En los ojos de Ling-Ling brillaban las lágrimas.

—Y yo te echaré de menos. Nadie me toma el pelo como lo haces tú. —Ling-Ling se miró los pies vendados dentro de sus zapatillas con leones bordados—. No querría tu vida. Sin embargo... a veces envidio tu libertad.

Se decía que los pies se vendaban para que las esposas no pudieran huir. Ling-Ling se enorgullecía de su posición como una de las esposas de Chenqua y nunca soñaba con escaparse, pero su vida era limitada y aún se haría más limitada. Las viudas no podían volver a casarse, de modo que con un esposo cuarenta años mayor que ella era probable que Ling-Ling pasara la mayor parte de su vida durmiendo sola. Ella podría estar contenta con eso, pero Troth no.

Sintiéndose mejor en relación a su incierto futuro, Troth regresó a su dormitorio y se lavó. Luego abrió la caja de su tesoro para elegir qué se pondría para viajar al otro lado del río.

Poco a poco había ido llevando sus pertenencias más valiosas al macizo baúl asegurado con bandas metálicas que Maxwell le había proporcionado. La Biblia de su padre había sido lo primero, seguida de las joyas de su madre y las prendas de mujer que habían significado tanto para ella durante sus solitarios años como Jin Kang.

Ese día se llevaba el último de los libros de su padre y un pergamino maravillosamente pintado, sujetándoselos en el abdomen con una banda de tela antes de ponerse la túnica. Después caminó hacia la compuerta para poder cruzar a la colonia. Ese fin de temporada los *hongs* rebosaban de actividad, pero en dos días el silencio reinaría allí y ella y Maxwell estarían en camino.

No sabía muy bien qué resultaba más intenso, si su miedo o sus expectativas.

13

El día antes de que Kyle saliera de Cantón llegaron un montón de cartas, las últimas que recibiría antes de su regreso a Inglaterra. Las dejó para esa noche; las leería después de hacer las maletas.

La letra de su padre se volvía perceptiblemente más insegura cuando describía el estado de los negocios que Kyle heredaría a su regreso. La carta de su hermana Lucia era alegre y llena de detalles de su vida, junto con un saludo irregular pero sincero del hijo mayor, el honorable Edward Justice, muy orgulloso de sus cinco años.

Como siempre, se reservó la carta de su hermano para el final. Inseparables en la infancia, se habían alejado cuando su padre los envió a colegios diferentes. A los dieciocho años, una pelea feroz los había distanciado durante varios años. Poco antes de que Kyle se embarcara hacia Oriente habían hecho las paces, pero no habían tenido mucho tiempo para rehacer la trama de la relación.

Las cartas habían hecho ese trabajo. Durante seis años habían mantenido correspondencia. Sobre el papel, Kyle había dicho cosas que le habría costado expresar en voz alta, y Dominic había hecho lo mismo. Aunque los separaba medio mundo, Kyle se sentía tan cerca de su hermano como cuando eran niños.

Saboreó las páginas, escritas párrafo a párrafo a lo largo de varias semanas. La carta de Dominic era una divertida mezcla de información personal y de respuestas a las misivas que Kyle le había enviado un año antes. Terminaba con estas palabras: «Supongo que cuando recibas esta carta ya habrás regresado. Me pregunto cuántas cartas te estarán persiguiendo por todo Oriente, todas ellas viajando mucho más que yo.

»Es bueno que regreses. Wrexham se está volviendo cada vez más frágil. Te echa de menos, aunque nunca lo admitiría. Pero te advierto que en cuanto asomes la cabeza él se pondrá a hacer el papel de casamentero. Si algo lo mantiene vivo es la posibilidad de verte engendrar al heredero de la próxima generación. Quedas advertido».

Kyle sonrió irónico, sabiendo que su hermano no bromeaba. El conde de Wrexham había detestado dejar que su heredero abandonara Inglaterra aun cuando tenía en Dominic un perfecto sustituto. Cuando el hijo pródigo regresase habría una lista de novias adecuadas.

Escribió una respuesta rápida, aun cuando no llegaría a Londres mucho antes que él mismo. Luego separó y embaló la ropa occidental en un pequeño baúl. Gavin Elliott lo llevaría hasta Macao cuando se embarcara al día siguiente, y así Kyle podría reclamar su vestuario para el viaje a casa.

Sus otras pertenencias ya estaban en alta mar. Troth se había mantenido muy firme en que él no llevara nada europeo a Hoshan. La única excepción era su pistola y las municiones. Los caminos por los que viajarían eran bastante seguros, pero nunca se sabía.

Apagó la lámpara y se estiró en la cama, mientras las sábanas le acariciaban la piel desnuda. A mediados de la primavera, las noches ya eran calurosas. Aunque en los últimos años había aprendido a tolerar el calor tropical, estaba deseando disfrutar del tonificante y fresco clima de Inglaterra.

Volvió a pensar en el matrimonio. Algunos días esa perspectiva le parecía perfectamente razonable, aun cuando nunca querría a otra mujer como había querido a Constancia. Se realizaban matrimonios sin amor; para que tuvieran éxito sólo se requería amabilidad, respeto mutuo, origen y expectativas similares. Sin embargo cuando soñaba con Constancia siempre se despertaba con la sombría convicción de que el matrimonio sería un error desastroso, lamentable para él y para cualquier mujer desafortunada con la que se casara.

No le había hablado a nadie de su matrimonio con Constancia; incluso Dominic sólo sabía que había perdido a la mujer a quien había amado con toda su alma. No había conocido a ninguna mujer que igualase la calidez, la generosidad y la pasión de Constancia, y nadie lo había comprendido como ella. Aunque habían pasado seis años desde su muerte, ella siempre sería la mujer de su vida.

Con gran dolor había acatado el último deseo de Constancia y había seguido viviendo, pero una cosa era vivir y otra muy distinta amar.

Kyle se durmió profundamente y se levantó antes del alba, impaciente por ponerse en camino. Primero se frotó la cara, el cuello, los brazos y las piernas con una loción que le tiñó de oscuro la piel. Troth le había dicho que el efecto duraría semanas.

Luego se puso la ropa que ella le había proporcionado. Los holgados pantalones y túnica azules, comprados en un tenderete de ropa usada, estaban gastados y la tela era basta. Troth no había podido encontrar calzado viejo de su tamaño, así que había comprado zapatos nuevos y los había frotado hasta que parecieron gastados.

Después de atarse una faltriquera a la cintura, por debajo de la túnica, se miró en el espejo. Parecía bastante viejo y ajado, y todo menos un inglés.

Se oyó un golpe en la puerta. Era Gavin:

—Así que irás por ahí vestido de esa manera —dijo con tono melancólico.

Kyle cerró el baúl y le dio la llave a Gavin.

—¿De verdad lo dudas?

—Supongo que no. ¡Buen viaje! —dijo mientras se daban un apretón de manos.

—Te veré en Macao dentro de aproximadamente dos semanas —dijo Kyle.

Kyle tenía ya la mano en el picaporte cuando Gavin dijo bruscamente:

—No te vayas, Maxwell. Tengo un mal presentimiento con este viaje. He tratado de obviarlo pero mis antepasados escoceses videntes siguen susurrándome al oído que te estás metiendo en problemas. Problemas serios.

—¿Te han dicho tus antepasados videntes con qué debo tener cuidado? —dijo Kyle guiñándole un ojo.

—Las premoniciones nunca son lo bastante específicas para ser útiles, pero no puedo quitarme de la cabeza la idea de que estás arriesgando tu vida. No vayas.

Con el ceño fruncido, Kyle se acercó a la ventana y contempló el río Pearl, fantasmagórico con las primeras luces del alba. Gavin no habría dicho una cosa así a la ligera. ¿Su viaje a Hoshan era sólo el capricho de un hombre rico?

No, su deseo era más fuerte que eso. Tal vez en Hoshan descubriría la fe o la sabiduría o algo que diera sentido a su vida. Lo que le aguardaba allí bien merecía el riesgo.

—Gracias por la advertencia, Gavin, pero es algo que debo hacer.

El amigo suspiró.

—Entonces, por lo menos, ten cuidado y haz lo que Jin Kang te diga.

—No te preocupes, apareceré en tu puerta de Macao antes de que te des cuenta.

Kyle abandonó el dormitorio y bajó lentamente las escaleras hasta la planta baja. Troth y él habían elegido esa temprana hora para que nadie lo viera vestido de una forma tan extraña.

Los amplios espacios del almacén estaban ahora casi vacíos, las balas de los productos almacenados allí estaban ahora de camino a Gran Bretaña y Estados Unidos, dejando sólo el fuerte aroma del té. Horas después el *hong* bulliría de actividad, cuando los empleados de la Elliott House lo cerraran por aquella temporada. Con tanto ajetreo, nadie notaría su ausencia.

Tal como habían convenido, Troth aguardaba en una oficina pequeña al fondo del *hong*, y su expresión era seria. Había reemplazado su vestimenta de empleado respetable por las ropas gastadas de un peón. Harían una buena pareja de campesinos.

—Llega tarde, milord. Me preguntaba si había cambiado de opinión.

—Nada de eso. Me he retrasado porque Elliott ha venido a despedirse.

Cuando Kyle cruzó la oficina hacia Troth, ella le dijo en tono crítico:

—Viste como un campesino, pero se mueve como un lord *fan-qui*. Póngase esto bajo el arco de los pies. —Le dio dos pedazos de cuerda gruesa y dura de unos ocho centímetros de largo.

Obediente, Kyle se quitó los zapatos y colocó dentro las cuerdas, y luego dio unos pasos por la oficina.

—Qué incómodo. ¿Por qué las necesito?

—Harán que camine como un anciano, con las articulaciones en mal estado y poco sentido del equilibrio.

—¡Qué lista! —Kyle escrutó los objetos que Troth había puesto sobre la vieja mesa—. Esa cosa parece un tejón ahogado.

—Su peluca, abuelo. —Troth le pasó una masa de pelo enmarañada.

Aunque los hombres chinos se afeitaban la parte delantera de la cabeza, para mantenerla en posición, su peluca había sido diseñada para cubrirle el cráneo desde la frente hasta la nuca antes de colgar en una larga cola que le llegaba a la cintura. El tosco pelo era más gris que negro. Kyle se preguntó de dónde la había sacado, pero se alegró de no saberlo. Se arregló la peluca en la cabeza.

—¿Qué tal?

—Se le ve algo de su cabello. —Con dedos suaves como plumas, Troth le escondió un mechón suelto detrás de la oreja.

Kyle casi se estremeció. Tal vez la amenaza que Gavin intuía era que él se olvidaría de sí mismo y se le insinuaría a Troth y que ella le rompería el cuello al rechazarlo. Después de haberla visto pelear, sabía que podía herirlo gravemente.

Esas especulaciones no tenían sentido, por supuesto. Si bien la encontraba muy atractiva, él no era ningún muchacho ávido de lujuria, incapaz de contenerse. Había una rara clase de inocencia en Troth, y él no tenía ninguna intención de violarla. Sin embargo, respiró mejor cuando ella se apartó un poco.

—¿Ahora parezco un chino?

Troth le olfateó.

—Casi. Aunque sus rasgos no fueran inapropiados, el color de sus ojos lo delataría al instante. Hay que taparlos.

Troth cogió de la mesa un rollo de gasa blanca y empezó a vendarle la cabeza. Esta era la parte que Kyle ya sabía que odiaría, pero no había otra forma de ocultar su aspecto de extranjero. Se distrajo tratando de imaginarse cómo estaría Troth con un vestido de fiesta europeo que mostrase la figura oculta bajo sus holgadas ropas. En cuanto llegaran a Macao, encargaría para ella un guardarropa apropiado.

Capa tras capa, la gasa le iba envolviendo la parte superior de la cabeza, las mejillas, las orejas y la nariz. La boca y la mandíbula sin cubrir serían como sus ojos. Cuando a Troth le pareció que la cara de Kyle estaba suficientemente tapada, separó apenas un capa de tela sobre los ojos. Después de atar el vendaje, le preguntó:

—¿Puede ver?

Kyle movió la cabeza de un lado a otro.

—Mucho mejor de lo que esperaba. El mundo está un poco borroso, pero puedo ver y oír muy bien, y hablar y respirar sin problemas.

—Bien. Pero el vendaje está demasiado limpio. —Troth pasó los dedos por las polvorientas junturas de las baldosas y se los limpió en el vendaje. Luego le colocó un bonete en la cabeza—. Así parece un abuelo.

Kyle se miró en el pequeño espejo que Troth le había colocado en la mano y vio reflejada en él la imagen de un anciano gris y renqueante. Con sólo la boca visible, nada revelaba que era extranjero.

—Eres genial, Troth.

—Lo he hecho lo mejor que he podido. Espero no olvidar nada. —La voz sonó preocupada. Kyle bajó el espejo.

—Si realmente no quieres emprender este viaje, todavía estás a tiempo de echarte atrás. Hoy podemos embarcarnos hacia Macao con Gavin Elliott.

Troth titubeó, y por un momento Kyle temió que le tomara la palabra. Entonces ella negó con la cabeza.

—No. Tenemos un trato y quiero cumplir con mi parte. Además, yo también deseo ver el templo.

—¿Y decir adiós a la patria de tu madre?

A Troth se le tensó la boca y lo escrutó atentamente.

—Quítese el anillo de oro. Ningún campesino de China llevaría una cosa así.

El anillo con el nudo celta formaba parte de él hasta tal punto que se había olvidado de que lo llevaba puesto. Mientras se lo quitaba recordó algo que había traído para Troth. Se levantó la túnica para desabrochar la faltriquera y se lo dio.

—Es para ti.

A Troth se le abrieron los ojos como platos cuando vio, en uno de los bolsillos de la faltriquera, una mezcla de monedas y lingotes de plata elegidos con esmero, gastados por el uso y con poca probabilidad de llamar la atención.

—¿Por qué me da tanto dinero?

—Tú eres la que pagará los gastos durante el viaje.

Troth arrugó la frente mientras inspeccionaba los contenidos de los otros bolsillos.

—Esto es mucho más de lo que necesitaré para el viaje.

—Si algo me pasa, necesitarás fondos para llegar a Macao y a Inglaterra. Gavin Elliott te ayudará. —Mencionó incluso la posibilidad de que Elliott la contratase para su nueva oficina de Londres—. Pero te sentirás mejor si tienes algo a lo que echar mano. —Le dio el anillo—. Guarda esto también.

Troth metió el anillo en un pequeño bolsillo vacío de la faltriquera para que no se estropease, y luego se ató el cinturón bajo la túnica y dijo:

—¿Cómo es eso de poder comprar todo lo que se quiere?

Kyle recordó lo inútil que le había resultado su fortuna para devolverle la salud a Constancia.

—El dinero no puede comprar milagros, pero te da libertad y poder. Periódicamente me detengo para agradecer que nunca he tenido que preocuparme por algo que abruma a la mitad de la gente del mundo.

Troth se tocó el duro bulto de la faltriquera.

—Libertad y poder. Apenas los he tenido.

Era una mujer valiente. ¿Tendría el coraje de alejarse de la única vida que había conocido?

—Para bien o para mal, a partir de ahora tu futuro será muy diferente a tu pasado.

—Así lo espero. —Troth se echó una mochila al hombro—. ¿Listo, abuelo? Hasta que lleguemos al establo donde recogeremos el burro, apóyese con una mano sobre mi hombro, camine encorvado y arrastrando los pies, y no hable. Nadie sospechará que usted es un demonio extranjero.

Kyle sonrió burlonamente.

—Imponga su autoridad, Macduff. O mejor: imponga su autoridad, Montgomery.

—No haremos ninguna cita de ese juego escocés, abuelo —dijo Troth esbozando una sonrisa rápida—. Nos podría traer mala suerte.

El aspecto de Troth era tan encantador que con un dedo Kyle le levantó el mentón.

—Entonces deberíamos besarnos para mejorar nuestra buena suerte.

Kyle pensó que sería un beso leve, pero tan pronto como sus labios se encontraron, el deseo les pudo. Troth gimió y se acercó más, con su ágil anatomía tocándolo desde el pecho hasta los muslos. La dificultad para ver de Kyle aumentó su conciencia de lo suave que era la boca de Troth, de lo excitantes que eran los leves movimientos de ese cuerpo contra el suyo. Al mismo tiempo, Kyle era consciente de la inseguridad de Troth. ¿Era su primer beso? Probablemente. Y el deseo de ella era tan dulce, tan acogedor...«¡Demonios!», pensó. Querer besarla porque sí era el modo equivocado de empezar. Con la respiración acelerada, Kyle dio un paso atrás.

—Un buen auspicio para nuestro viaje.

Lentamente, Troth se llevó los dedos a los labios, mirando a Kyle intensamente con sus ojos oscuros. Luego movió ligeramente la cabeza.

—Los murciélagos serían un augurio mucho mejor, abuelo. O las grullas.

Al volverse Troth hacia la puerta, él le puso la mano derecha sobre el hombro y la siguió. Con las cuerdas clavándosele en las plantas de los pies, resultaba fácil andar arrastrándose como un viejo ciego y con las articulaciones enfermas. Eso le hizo sentir compasión por su padre, aquejado de gota y con la vista débil.

Salieron del *hong* por el portón de atrás. Moviéndose como un anciano enfermo y medio ciego. Troth le guió hasta una calle que corría desde la colonia hasta las puertas de la ciudad, a unos cientos de metros. Por las noches esa ruta estaba vigilada y bloqueada con unos portalones para que ningún *fanqui* entrara en Cantón.

Llegaron a una de ellas justo cuando un guardia la estaba abriendo. Observando aburrido a Kyle, el guardia recibió a Troth con indiferencia, haciéndoles señas para que pasaran.

La puerta de China acababa de abrirse.

14

Inglaterra.
Diciembre de 1832.

—¿No montas a caballo? —preguntó Dominic sorprendido al regresar de un cubículo del establo que contenía un magnífico caballo zaino oscuro.

Troth bajó la mirada, sintiéndose culpable como si hubiera metido la pata.

—Lo siento, no. Sólo he montado un burro de vez en cuando. Como sabrás, he vivido en ciudades.

—Lamentable, pero subsanable. Es decir, si quisieras aprender a montar. —Lo último fue una idea repentina, dicho como si no pudiera imaginarse que alguien no quisiera cabalgar.

—Me gustaría intentarlo.

Sin embargo, Troth miró el caballo zaino con recelo. Era muy grande y en su mirada había una chispa de desafío.

—No te preocupes, no te subiré en *Pegasus*. Es difícil incluso para mí. —Con una expresión bruscamente sombría, Dominic acarició el magnífico hocico del caballo—. ¿Sabes?, era el caballo de mi hermano. Kyle me lo regaló el día antes de partir de Inglaterra.

Troth se imaginó rápidamente a Kyle galopando por las montañas, con su largo pelo castaño oscuro volando al viento. Él y el caballo habrían formado sin duda una magnífica estampa. Tragó saliva con dificultad. Ella y Kyle habían tenido tan poco tiempo...

Dominic la tomó por el codo, guiándola por la hilera de cubículos hasta llegar a un apacible caballo castaño.

—*Canela* será bueno para aprender. Toma, dale esto. —Le puso a Troth un trozo de zanahoria en la palma de la mano.

Un tanto nerviosa, Troth se la ofreció al caballo, pensando que la bestia podía arrancarle los dedos si quería. Pudiera ser que los caballos comieran hierba, pero esos dientes eran grandes. *Canela* cogió la zanahoria con la delicadeza de una dama refinada, tocando apenas la palma de la mano de Troth con sus suaves belfos. Encantada, Troth le acarició el hocico y el animal lo acercó a sus costillas.

—Me parece que *Canela* y yo nos entenderemos bien.

—Estoy seguro de ello. —Dominic sonrió, pero sus ojos conservaban la misma tristeza angustiada de cuando se había enterado de la muerte de su hermano gemelo. Trató a Troth con gran gentileza, como si su relación con su hermano le diera derecho a un trato especial—. ¿No viene hoy la modista? Si te habitúas a la equitación, daremos paseos a menudo.

Troth puso mala cara.

—Madame Champier ya debe de haber llegado. Será mejor que regrese a la casa, o Meriel se cruzará conmigo.

—Solamente un idiota haría peligrar la diversión de Meriel —dijo solemne Dominic, pero le brillaban los ojos. Aunque en público él y su esposa se comportaban con decoro, era fácil ver el fuerte vínculo que había entre ambos. Aunque se habían casado hacía seis años, cada uno de ellos todavía se iluminaba como una vela cuando el otro entraba en la habitación.

Mientras caminaba de regreso a la casa, Troth pensó con nostalgia en su matrimonio. ¿Habría conseguido esa intimidad con Kyle? Lo dudó, porque él ya había entregado antes su corazón; pero había sido un sueño dulce y melancólico.

El día era frío, con el viento frío persiguiendo las nubes de modo que el sol asomaba y quedaba cubierto alternativamente. Una de las primeras cosas que Meriel había hecho era conseguir una gruesa capa para su nueva cuñada. Con la vestimenta adecuada, Troth encontró las condiciones invernales mucho menos desagradables que en su primer viaje de Londres a Shropshire.

Durante aquellas dos semanas en Warfield Park, Troth había sido completamente aceptada en el hogar. Los niños, Philip y Gwyneth, corrieron hacia ella cuando entró en la casa.

—¡Tartas! —dijo impaciente Gwyneth.

—Vamos a la cocina para ver si nos dejan ayudar con el pastel de Navidad —explicó el hermano mayor—. ¿Te gustaría venir con nosotros?

—Estoy segura que lady Maxwell tiene otras cosas que hacer —dijo la niñera, Anna, adelantándose y cogiendo a los niños de la mano.

Troth rozó con los dedos la blanca cara de Gwyneth.

—Me temo que sí, pero ¿quizá en otra ocasión? Estoy segura de que eso de los pasteles durará varios días.

Gwyneth se alejó lanzándole una enternecedora mirada por encima del hombro mientras Anna los llevaba a la cocina. Con cinco y tres años, desde el principio los niños habían adoptado alegremente a Troth como tía, aunque en la presentación había habido un momento incómodo cuando Gwyneth preguntó por qué la tía Troth tenía unos ojos tan raros. Mientras Anna palidecía por la grosería del comentario, Meriel explicó con calma que Troth provenía de una parte del mundo donde sus ojos eran normales y los de Gwyneth parecerían muy extraños. La niña aceptó eso con perfecta compostura y se hicieron amigas rápidamente.

Troth habría disfrutado de los preparativos de Navidad, si las vacaciones no hubieran significado que pronto conocería a los otros miembros de la familia Renbourne. Aunque Dominic la había aceptado como si las viudas medio chinas de dudoso origen fueran normales, Troth temía que los otros, especialmente el imponente conde de Wrexham, fueran menos afables.

Llegó al salón de Meriel para encontrar a su cuñada con las piernas cruzadas sentada en medio del suelo, rodeada de rollos de tela y adornos mientras ella charlaba con la modista. Encantada por la informalidad de la condesa, Troth dijo:

—Siento llegar tarde.

La modista suspiró al observar de arriba abajo a Troth.

—¡Oh, tenía razón, milady Grahame! —dijo con un acento francés cantarín—. ¡Será un gran placer!

—¿Perdón? —Troth pestañeó asombrada.

—Le dije a madame Champier que la tuya era una belleza excepcional y ella está adelantándose al placer de vestirte —explicó Meriel.

Troth sintió que se ponía colorada.

—Te burlas de mí.

Meriel se levantó ágilmente del suelo alfombrado.

—No tienes fe en tu propia belleza, ¿verdad? —Tomó a Troth del brazo y la llevó hasta el espejo—. Mírate, no como una mujer que no es ni china ni escocesa, sino como tú eres. Tu figura elegante, tus ojos, tus hermosos huesos... Eres encantadora incluso con la ropa más sencilla. Bien vestida en el baile de Navidad harás que los hombres se queden pasmados en la pista y los jóvenes desfallezcan.

Troth se miró en el espejo, tratando de imaginar esa fantasía. Ciertamente su cutis era bello, su cabellera densa y los reflejos castaños rojizos no suponían una rareza en Inglaterra. Pero aun así parecía extraña, ni oriental ni europea. Por supuesto, Kyle había asegurado que era muy hermosa. Tal vez al inglés simplemente le gustaban las mujeres de aspecto excéntrico.

—Si tú lo dices —dijo Troth con recelo.

Meriel suspiró, pero no hizo ningún otro intento de persuadirla. En lugar de eso, empezó a discutir con madame Champier qué telas y estilos le irían mejor.

Troth soportó pacientemente las consultas y las mediciones. ¿Cómo se decía en inglés «tratar de hacer un monedero de seda con una oreja de cerdo»? Pero era obvio que Meriel estaba disfrutando con adornar a su cuñada con el mismo espíritu con el que creaba espléndidos arreglos con flores de los invernaderos. Troth le debía la diversión, porque Meriel había sido la bondad personificada.

En el otro extremo del mundo del lugar donde había nacido, finalmente era Troth Montgomery, una mujer que pertenecía a la familia Renbourne. No había experimentado ese sentido de pertenencia desde la muerte de su padre. Marcharse iba a ser difícil. Dominic y Meriel le habían dicho que si lo deseaba podía pasarse el resto de la vida en Warfield, pero era obvio que no podía aceptar el ofrecimiento. A diferencia de las tías de Meriel, dos dulces viejecitas que vivían en la casa y eran parte de la familia, Troth no era un pariente de sangre y no quería abusar de su hospitalidad.

Además, debía ir a Escocia. Se quedaría el invierno en Warfield y luego viajaría al norte. No para encontrar a los parientes paternos —dudaba de que la recibieran tan amistosamente como Dominic y Meriel—, sino porque su impulso a hacerlo era tan fuerte como el deseo de Kyle de conocer Hoshan. Tal vez buscaría una casita que se convirtiera en su hogar.

Ahora tenía libertad. Pero todavía no había comprendido lo solitaria que podía ser la libertad.

15

Cantón, China.
Primavera de 1832.

Troth sintió un cosquilleo en la nuca cuando ella y su «abuelo» atravesaron la Puerta del Dragón y entraron en la ciudad de Cantón. Aunque no se lo había dicho a Maxwell, pensaba que el paso por la ciudad era una prueba. Cancelaría el viaje si el aspecto del inglés llamaba la atención de forma peligrosa.

Si descubrían a Maxwell en Cantón sería un escándalo, aunque menor. El virrey se indignaría, Chenqua le rendiría pleitesía y se disculparía, se pagaría una multa, pero no se habría hecho ningún verdadero daño. A menudo los comerciantes *fanqui* se irritaban por las Ocho Leyes, y la transgresión de Maxwell sería considerada una travesura infantil. Ser descubiertos en el campo no pasaría como travesura y las consecuencias sin duda serían mucho más severas.

Sin embargo, la partida había resultado un buen comienzo. A Troth le preocupaba que Maxwell no se tomara muy en serio el disfraz, así que le sorprendió gratamente ver lo bien que fingía ser un débil anciano. Con los hombros caídos lograba que su estatura se notara menos y mantenía la cabeza baja, aunque estaba segura de que detrás de los vendajes Maxwell examinaba entusiasta las amplias y bulliciosas calles. Cuanto menos se le viera el rostro, mejor. Aun con el vendaje, un buen observador podría percatarse de que aquella nariz cubierta era demasiado larga y que la barbilla y la boca no correspondían a un *han* chino.

Aquella boca...

El calor la invadió al recordar el beso de Maxwell. ¿Quién demonios era él para despertarle los sentidos y quedarse tan tranquilo? Sin embargo, él mismo no se había mostrado inmutable, en absoluto. Eso la reconfortó.

Troth lo observó mientras él se apoyaba en su hombro, como había hecho desde que salieran del *hong*. Por suerte, quien la observase pensaría que ella sólo se preocupaba por su anciano acompañante. Le agradaba ver que los remolinos de gentío le respetaban las canas a Maxwell, que la gente se hacía a un lado para evitar empujarlo. Aunque el respeto por las personas de edad estaba en la base de la sociedad china, Troth no había apreciado del todo cómo el disfraz de Maxwell le evitaba ser zarandeada constantemente por los desconocidos.

Consciente de que Maxwell quería ver lo máximo posible de Cantón, Troth eligió una ruta que los llevaría por varias de las construcciones más interesantes de la ciudad. Muchas estaban demasiado atestadas de gente para explorarlas, pero cuando pasaron por la sala de examen, pagó unas monedas al portero y así pudieron entrar.

Lo condujo por un sendero largo y estrecho flanqueado por cientos de diminutas celdas de ladrillo. Cuando estuvo segura de que no había nadie cerca, dijo:

—Aquí es donde los eruditos se examinan en literatura y filosofía para ser admitidos en el servicio civil.

Maxwell se enderezó y entró en uno de los cubículos.

—¿Estas celdas son para los que fracasan? Parecen diseñadas para el castigo.

—No, en estas habitaciones se hacen los exámenes. Los candidatos deben pasarse en ellas dos días con sus noches mientras escriben sus ensayos. Son observados desde esa torre.

—¿Cuántas celdas de examen hay?

—Creo que unas doce mil.

Maxwell emitió un suave silbido muy poco chino.

—Doce mil pobres y sufrientes estudiantes, desesperados por demostrar que han estudiado lo suficiente como para poder acceder a un puesto en el gobierno. ¡Con razón la atmósfera es tan opresiva! Los ladrillos deben de estar empapados del sufrimiento de hombres jóvenes conscientes de que todo su futuro depende de que lo hagan bien.

—El suicidio no es raro entre los estudiantes que se preparan para el examen, o entre los que fracasan. —Aunque la identidad masculina le había dado a Troth la libertad para deambular por la ciudad, sólo había visitado la sala de examen una vez, hacía muchos años, y entonces no había entendido cabalmente lo que aquello significaba—. Es más bien... espantoso, ¿verdad? Pero al mismo tiempo espléndido.

—¿Espléndido?

—En cierto sentido, esta sala representa el corazón mismo de China. Durante dos mil años esta nación ha sido civilizada, creando poesía y filosofía y plantando jardines. —A Troth la asaltó una desgarradora sensación de pérdida—. Periódicamente los conquistadores llegaban desde el bárbaro noroeste y se proclamaban gobernantes, pero siempre adoptaron las costumbres chinas.

»Nuestro sistema de gobierno se remonta a Confucio, que creía que la sabiduría y la templanza de los sabios proporcionaría un estado justo y virtuoso. Todo oficial del gobierno de cualquier nivel ha demostrado su conocimiento de los clásicos de nuestra literatura y filosofía. ¿Hay alguna otra nación de la tierra que pueda decir eso?

—Ninguna, que yo sepa. Hace dos mil años, los habitantes de Gran Bretaña llevaban el cuerpo cubierto de pintura azul y Jesús todavía no había nacido —agregó Kyle—. Pero la estabilidad del sistema de Confucio también ha creado estancamiento y rigidez, junto con demasiadas leyes mezquinas y funcionarios aún más mezquinos.

—Es verdad, pero, sin embargo, es muy interesante el permitir que cualquier niño campesino capaz se examine. Si lo hace bien puede acabar de gobernador provincial o censor del imperio. A veces una aldea se une y financia a un candidato local, contratándole profesores particulares para que lo preparen con la esperanza de que honre a la aldea.

—Un sistema basado en el mérito es elogiable. No hay nada tan integrador en Gran Bretaña. —Con la cara vendada, se inclinó hacia ella, con un tono monótono inquietante—. Es la primera vez que te oigo decir «nosotros» y «nuestro» al hablar de China.

Troth se percató de que lo que decía Kyle probablemente era cierto.

—Quizá me siento más china ahora que me estoy preparando para marcharme.

—No tienes que tomar tu decisión final hasta bastante más tarde —dijo Kyle en voz baja—. Si lo decides, puedes regresar a la casa de Chenqua, o quedarte en Macao.

Troth estuvo tentada de aprovechar la comodidad que Maxwell le ofrecía, pero no podía. Aunque un bol de hierro con arroz le aguardaba en casa de Chenqua, ella había cambiado demasiado en las últimas semanas como para volver a contentarse con eso. Y había sido culpa de Maxwell.

Cuando abandonaban los terrenos de la sala de examen, Kyle se preguntó qué habría hecho él bajo un sistema como aquel. Siempre había destacado en los estudios, pero solamente porque las materias le interesaban. Jamás había tenido que poner toda su vida en la balanza. Como se solía decir, había nacido bien pertrechado. Nunca lo habían examinado realmente, no de la manera en que, por ejemplo, lo había sido Dominc durante el servicio militar.

El colorido bullicio de las calles contrastaba agradablemente con la solemnidad pétrea de la sala de examen. Después de semanas de estar atrapado en los estrechos confines de la colonia, Cantón le resultó estimulante. Por suerte, la incomodidad de las cuerdas raspándole los pies con cada paso le hizo continuar en el papel de anciano achacoso.

Varias veces pasaron por templos, la mayoría de ellos pequeños lugares de culto en aldeas y pueblecitos, excepto uno que era una gran construcción solemne y chillona decorada suntuosamente con estatuas y tallas. Nostálgico, Maxwell examinaba los edificios mientras caminaba arrastrándose en compañía de Troth. Antes de que llegaran a Hoshan tenía que conseguir que ella le enseñara las formas apropiadas del culto para poder visitar los templos sin que su ignorancia lo delatara.

El gentío era menor cuando pasaron por un lúgubre complejo de edificios con aspecto oficial. Con el pretexto de evitarle las losas rotas, Troth le cogió del codo y dijo en voz baja:

—Esta es la residencia del *yamen*, su oficina y tribunal, y también una prisión.

Kyle apretó los labios al ver a los prisioneros encadenados a los barrotes exteriores, víctimas de los insultos y las hostilidades de los transeúntes. Con la cabeza agachada y los hombros caídos, la mayoría se agazapaban contra los barrotes. Observó cómo una anciana escupía a uno de los malhechores. En una sociedad donde el «rostro» tenía vital importancia, esta humillación pública era un castigo tremendo.

De la residencia del *yamen* salió un hombre dando trompicones, con un enorme cuadrado de madera aprisionándole el cuello y las muñecas. Kyle había oído hablar de aquel artefacto, llamado «canga». Era un poco la versión personal y portátil del cepo que en el pasado se había usado en Inglaterra para castigar a los delincuentes menores.

El que llevaba la canga era un hombre pequeño que podría haber sido un vendedor ambulante. Se tambaleaba bajo el peso de la tabla de madera, sacudiendo la cabeza en un intento inútil de evitar las martirizantes moscas que le zumbaban alrededor de la cara. Al verlo, Kyle aminoró el paso, pero Troth sacudió el hombro bruscamente para que continuara caminando. El exterior de la prisión del magistrado no era un sitio para quedarse mirando.

Antes de llegar a la caballeriza que alojaba a sus burros, Kyle estaba tan empapado de imágenes y sonidos que ansiaba la tranquilidad de la campiña. Troth lo dejó a la entrada y se fue hacia el fondo llamando a alguien en chino.

Kyle habría querido explorar el establecimiento, pero se suponía que un hombre ciego y decrépito no lo haría. Se le acercaron un par de perros flacos para olfatearle los tobillos y luego gruñeron. ¿Podrían darse cuenta de que era extranjero por su olor o sólo estaban de mal humor? Se quedó muy quieto hasta que los perros se alejaron.

Pocos minutos después apareció Troth con un burro que portaba una mochila y una rudimentaria montura. Era una pequeña bestia poco cuidada, pero parecía fuerte y sana. Troth le cogió una de las manos y la colocó en el cuello del animal, como si Kyle fuera ciego, y dijo entre dientes:

—Monte torpemente.

Kyle obedeció, haciendo una demostración de torpeza y esfuerzo para conseguir que una pierna pasara por encima del lomo del burro. Cuando estuvo montado, los pies rozaban y se arrastraban por el suelo. Contuvo las ganas de sonreír al imaginarse lo que pensarían sus amigos ingleses si lo viesen. Kyle era conocido por la calidad de sus caballos.

Troth tomó las riendas y condujo a la bestia hacia la calle.

—¿Dónde está tu burro? —susurró Kyle, sorprendido.

—Sólo tenemos este.

Cuando Kyle empezó a protestar, Troth dijo bruscamente:

—¡Más tarde!

Recordando que ella era la que mandaba, Kyle se tranquilizó y observó la escena. El burro avanzaba a paso de hombre, pero no estaban lejos de una de las puertas de la ciudad y pronto saldrían de Cantón. El camino que iba hacia el norte era amplio y con mucho tráfico.

Al dejar atrás los suburbios de la ciudad, Troth dobló por una vía más estrecha, de apenas un metro y medio de ancho y con poco tráfico. Serpenteaba entre escarpadas montañas de un intenso verde en las que se habían construido terrazas para producir el máximo rendimiento posible. El cultivo más común era el arrozal, con campesinos y búfalos que trabajaban con el agua hasta las rodillas. El paisaje tenía la misma belleza un poco irreal que había visto en el libro de ilustraciones chinas que atesoraba. Los artistas de aquellas pinturas habían sido más precisos de lo que él suponía.

Después de comprobar que no había nadie cerca, Kyle preguntó en voz baja:

—¿Por qué sólo un burro?

—Un burro para llevar a un anciano se vería como algo razonable, pero dos supondrían prosperidad, y eso sería malo —explicó Troth—. Es mejor que parezcamos personas a la que no vale la pena robar.

—Me parece bien lo que dices, pero realmente no puedo ir montado todo el viaje cuando hay una dama que va a pie.

—No soy una dama, ¿lo ha olvidado? La gente se escandalizaría al verme ir montada mientras mi venerable abuelo tiene que ir andando.

—Y yo no soy un venerable abuelo. —Balanceó una pierna sobre el lomo del burro y empezó a caminar al otro lado de Troth, con una mano descansando sobre la rudimentaria silla de montar, como si necesitase que lo guiaran—. Durante el tiempo que pasé en Cantón, la falta de ejercicio me estaba volviendo loco. No puedo dejar pasar esta oportunidad para estirar un poco las piernas.

—De acuerdo, pero cuando nos acerquemos a una ciudad o a un pueblo, vuelva a montar.

—Muy bien. —Era relajante estar otra vez en el campo. Kyle observó con curiosidad las montañas, manteniendo la cabeza quieta para que nadie advirtiera que no se estaba comportando como un hombre ciego—. El paisaje está trabajado con tanto esmero que me recuerda a un parque. En Inglaterra el paisaje es mucho más salvaje.

—Cuénteme cómo es.

—En el sur, muchos de los caminos están bordeados de setos llenos de pájaros y flores y bayas de la estación. Hay bosques y ríos que eligen su curso antes de ser desviados para el riego.

—¿Y cómo es Escocia?

Kyle empezó a describir los páramos: las montañas escarpadas, las manadas de ciervos y el ganado lanar de las tierras altas de Escocia, los arroyos salvajes que bajaban de las montañas y se transformaban en cascadas en las que salía el arco iris después de una tormenta...

—Comparado con esto, aquello es un paisaje salvaje y solitario. Tengo una casa en las Highlands. Creo que te gustaría.

—Sé que me gustaría —dijo Troth con una voz cargada de nostalgia—. Mi padre creció en la región escocesa que limita con Inglaterra, pero cuando era joven hizo muchas excursiones a pie por las Highlands. Tenía planeado jubilarse algún día y llevarme de regreso a Escocia.

—¿Así que tú soñabas con las Highlands mientras yo soñaba con Hoshan? —preguntó—. Quizá estábamos destinados a encontrarnos.

—¿Acaso el concepto de destino no es mucho más oriental que cristiano?

—Me imagino que la creencia en el destino o la fortuna forma parte de la naturaleza humana. Háblame de las creencias religiosas chinas. He hecho algunas lecturas, pero todavía no he conseguido separar las tres religiones principales. El budismo, el taoísmo y el confucianismo: ¿quiénes creen en cada una?

—La mayoría de los chinos siguen las tres —dijo Troth sonriendo—. La Biblia cristiana dice que «tu Dios es un dios celoso», pero aquí creemos que es digna cualquier religión que enseñe a ser una buena persona. Hay tres Caminos. El taoísmo enseña que debemos seguir las leyes de la naturaleza y ve espíritus en todas partes. Las figuras más importantes son Lao-Tse, el Antiguo Filósofo, y los Ocho Inmortales. El tao es el yin y el yang, opuesto e igual, y el feng shui es el arte de la disposición armónica, que crea casas y jardines que nutren el alma.

—¡Estás yendo muy rápido! —protestó Kyle—. Quiero saber más.

Troth soltó una risa encantadora.

—Más tarde. El segundo Camino es el de Confucio, el Maestro, que enseñó a la gente a respetar al prójimo, a cultivar la disciplina, el estudio y la sabiduría, y a honrar a nuestros mayores y antepasados. La sociedad y el gobierno chinos arraigan en estas enseñanzas.

—¿Y el budismo?

—Fue el iluminado que enseñó que para escapar del ciclo de la muerte y del renacimiento debemos perder el apego a las cosas del mundo. Renunciar a los deseos materiales nos conducirá a la paz y a la sabiduría.

Kyle observó la línea pura y estilizada del cuello y el bello perfil de Troth.

—No hay duda de que no estoy preparado para renunciar a los deseos terrenales, pero quiero aprender más. Voy a hacerte hablar hasta que te quedes ronca, cada día de este viaje de Cantón a Hoshan y a Londres.

—Después de tantos años de ser el silencioso e invisible Jin Kang, disfrutaré mucho de tener un público —dijo Troth tranquilamente.

Kyle sonrió pensando que ese era ya un viaje maravilloso. Quizá el destino realmente los había reunido con un objetivo, por eso ella le estaba regalando China. Y a su vez, él le regalaría Escocia.

Si no hubiera estado representando el papel de un abuelo anciano, Kyle se habría puesto a silbar.

16

—Ha llegado el momento de que vuelva a montarse en su fiel corcel —murmuró Troth—. La aldea siguiente parece lo bastante grande como para tener alguna posada, y ya casi está anocheciendo.

—¿Todos los pueblos y aldeas chinos están amurallados?

—La mayoría lo están. En nuestra historia ha habido períodos en los que los bandoleros plagaban el país como langostas y las aldeas indefensas eran destruidas.

Resignado a ser cargado como una alforja, Kyle se montó otra vez en el burro y subieron por el largo camino montañoso. Observó que la aldea había sido construida sobre un pequeño saliente rocoso para no malgastar la tierra fértil. Nunca había visto la tierra aprovechada de esa manera tan intensiva.

Justo a las puertas de la aldea se levantaba una posada; su aspecto era tan inconfundible en China como en Inglaterra. Troth guió la montura y a Kyle por un amplio arco hasta un patio donde tres de los cuatro muros tenían puertas que conducían a las habitaciones de los huéspedes, mientras que el cuarto pertenecía a un cobertizo. El aire estaba impregnado de olor a animales y a tocino frito.

Antes de que Troth terminara de amarrar al burro, una mujer de mediana edad se acercó afanosamente desde el cuarto del encargado con una bandeja de té. Mientras las dos conversaban, acercó con cuidado una taza de té humeante a la mano de Kyle, que se la llevó torpemente a los labios, suponiendo que hasta un anciano ciego y sordo sería capaz de tomar té.

Cuando acabó de beber, Troth cogió la taza y se fue dentro con la mujer mientras Kyle se relajaba sobre el burro, cultivando la paciencia. En Inglaterra estaba acostumbrado a que los sirvientes se ocuparan de las tareas menos importantes de la vida, pero eso había cambiado al partir de viaje. Su ayuda de cámara de toda la vida había rehusado seguir a su amo al extranjero y el sirviente que lo había reemplazado había abandonado el empleo en la India.

Incapaz de encontrar un sustituto aceptable, Kyle había decidido arreglárselas solo mientras estuviese en Cantón, y descubrió que disfrutaba más de la privacidad de no tener un sirviente constantemente a su lado. Ahora Troth se ocupaba de todos los aspectos del viaje, y resultaba un tanto extraño volver a la ociosidad.

De todos modos, el entretenimiento surgía sólo. Un niño muy pequeño se acercó al burro con paso inseguro. Con sus grandes ojos serios miró a Kyle, se agachó, se abrió los pantalones por la costura de la entrepierna y orinó sobre el suelo del patio. Kyle lo miró todo asombrado bajo su vendaje. Aunque la ropa de los niños era de un diseño muy práctico, nunca se impondría en Londres.

Dos preciosas muchachas con los pies vendados y un cargado maquillaje golpetearon suavemente el suelo. Seguramente se trataba de prostitutas, ya que la posada era una gran fuente de negocios. Una de ellas cogió al niño de la mano y se alejó, pero la otra se quedó y observó a Kyle.

Al parecer, llegó a una conclusión favorable y le dio golpecitos en la rodilla, o más bien por encima de la rodilla, deslizando la mano por el muslo. Cuando le rozó la entrepierna, Kyle se quedó helado, violentándose al ser consciente de que su cuerpo estaba respondiendo a las caricias expertas de la mujer. ¿Era esa una costumbre local que su guía había olvidado explicarle?

Troth irrumpió desde la posada e imprecó con aspereza a la prostituta. Sin intimidarse, la muchacha respondió y se produjo un duro intercambio que terminó cuando la muchacha sonrió con picardía y pasó una mano incitante por el brazo de Troth. Luego se alejó caminando con afectación, meneando las caderas de forma provocativa.

Mascullando juramentos, Troth condujo al burro por el patio y ayudó a Kyle a bajarse agarrándolo fuertemente del codo. La habitación se abría directamente al patio y estaba ocupada principalmente por una tarima para dormir. Kyle echó un vistazo alrededor mientras ella regresaba hasta el burro en busca del equipaje. El mobiliario era escaso y las ventanas pequeñas y altas estaban cubiertas con un papel que apenas dejaba pasar una luz tenue, pero Kyle había estado en lugares peores.

Después de que Troth entrara y cerrara la puerta con una patada, él le preguntó en voz baja:

—¿Qué es lo que pasaba en el patio?

Troth descargó el equipaje bruscamente junto a la pared.

—¿No le pareció obvio? Esa putilla acosadora estaba buscando clientes.

—Eso lo he entendido, pero la discusión contigo me ha parecido un tanto larga.

—Le dije que mi abuelo era demasiado viejo para tratar con mujerzuelas, que eso ofendía su dignidad —dijo Troth mordazmente—. Después de lo cual ella me informó de que con toda seguridad usted no era tan viejo y que ella lo atendería gratis porque sentía un gran respeto por los mayores.

—¡Qué nación más hospitalaria es esta! —dijo Kyle, divertido por lo absurdo del asunto. Troth lo fulminó con la mirada.

—¿Debería llamar a esa ramera para que usted se aprovechara de su generosidad?

—Claro que no. Pero estoy... impresionado de lo lejos que lleva el precepto «honrar a los mayores» de la filosofía de Confucio —dijo Kyle entre risas.

De repente, Troth le tapó la boca con una mano.

—¡Por Dios! —dijo entre dientes—. ¿Quiere atraer a alguien en esta posada y que se nos eche encima? Si alguien le oye, sabrá que usted no es un abuelo inválido.

A Kyle se le cortó la risa cuando Troth se apretó contra él. A través del vendaje, apenas podía ver sus rasgos, pero el calor del cuerpo de ella era palpable. La prolongada excitación sexual causada por el encuentro con la prostituta le había despertado una intensa necesidad, pero no por cualquier mujer, sino por una en concreto. Le puso las manos sobre las mejillas, suaves como la seda tibia. Hacía mucho tiempo que no estaba con una mujer y mucho más que no deseaba a ninguna tanto como a Troth.

El cuerpo se impuso al cerebro, y Kyle se agachó para besarla. Chocaron los bordes de sus sombreros de paja, y el de ella cayó al suelo. Peligrosa, peligrosa locura, pero la boca de Troth era tan dulce, tan acogedora... A medida que el beso se intensificaba, Kyle deslizó las manos hacia abajo, sintiendo la suave solidez de esa espalda, la curva cálida de las caderas cuando se acercó más a ella.

Durante un momento de gran felicidad, Troth se fundió contra él. Luego se soltó, con los ojos muy abiertos y sintiéndose aturdida.

—Yo... tengo que ir a guardar el burro en el establo. Y comida. Conseguiré comida.

Troth recogió el sombrero y salió corriendo de la habitación, bajándose el ala del sombrero para ocultar su rostro.

Con la sangre bulléndole, Kyle se dejó caer en la cama. ¿Cómo podía haber sido tan estúpido? El viaje apenas había empezado y él ya había sucumbido a la tentación.

Seducir a Troth sería un juego de niños, pero él era un hombre, no un niño, y seducir a alguien inocente era totalmente innoble. Sólo un sinvergüenza se aprovecharía de su inexperiencia. En Gran Bretaña ella tendría la oportunidad de ser la mujer que estaba deseando ser. Una relación íntima con él en aquel momento le impediría serlo.

Kyle era experto en controlarse, y, por supuesto, ese era el camino correcto a seguir con Troth. ¿Por qué demonios tenía que ser tan difícil?

Troth cepilló al burro con manos temblorosas. ¡Oh, dioses, qué difícil había sido dejar a Maxwell! No quería otra cosa que llevárselo a la cama para que él le enseñara los secretos entre un hombre y una mujer. ¡Pero ese abrazo había ocurrido tan abruptamente...! El instinto le decía que entre ellos tendría que haber algo más que pasión para que el acostarse juntos no los dejase incómodos y avergonzados; ella se sentiría incómoda, y él, culpable. En cualquier caso no era el momento oportuno.

Cuando Troth terminó de cepillar al burro, la bestia estaba tan lacia y brillante como jamás lo había estado un animal de tan humilde cuna. Troth salió de la caballeriza, que era un cobertizo abierto situado a la izquierda de la entrada principal. El portón estaba cerrado ahora que había caído la noche y una sola antorcha temblorosa iluminaba el patio.

Por fortuna, sólo unas pocas habitaciones de la Posada de la Paz Divina estaban ocupadas aquella noche, lo que significaba que ella y Maxwell tendrían algo de privacidad. Se estaban volviendo expertos en conversar en voz tan baja que nadie a más de un metro podía oírles, pero cualquier fallo podía tener consecuencias graves.

Se detuvo en la cocina y recogió la bandeja con comida que le había pedido a la esposa del encargado de la posada. Al regresar a la habitación, vio con una punzada de dolor que Maxwell le había preparado un camastro en el suelo. Era obvio que se había recuperado de su anterior arrebato de pasión.

Después de que Troth entrara, Kyle dejó caer una pesada barra de madera entre los soportes a cada lado de la puerta para estar seguros. Luego empezó a quitarse el vendaje.

—Hace horas que quería quitármelo.

Troth intentó no mirar cuando los rasgos conocidos reaparecieron bajo el sucio vendaje. El dulce y vacilante abuelo desapareció, y fue reemplazado por un hombre en su mejor momento. Al quitarse Kyle la peluca y pasarse los dedos por el cabello para soltarlo, Troth apartó rápidamente la vista antes de hacer el ridículo.

—Menos mal que nadie puede vernos, abuelo. Sólo recuerde que mientras las habitaciones contiguas a la nuestra estén vacías, los ruidos se oirán más en la noche.

Kyle encendió la pequeña lámpara de petróleo que había en el centro de una mesa baja mientras Troth pasaba los platos de la bandeja a la mesa. Era una comida sencilla, a base de arroz y una mezcla de verduras picadas condimentadas con jengibre; había también una tetera y diversos utensilios para comer. Esta era la China real, justo lo que él buscaba. Troth se sentó junto a la mesa con las piernas cruzadas, buscando un tema neutral.

—En el norte, donde los inviernos son fríos, las camas se construyen con ladrillos para poder instalar debajo pequeñas estufas que den calor —dijo Troth.

Kyle se instaló junto a la mesa, frente a ella.

—Esto podría ser útil en Inglaterra. Tenemos bolsas de agua caliente para los pies, pero se enfrían rápidamente.

—Mi padre solía hablar con nostalgia de las frías brumas de Escocia. Nunca mencionó las bolsas de agua caliente. —Alegrándose de que no se prolongara la tensión de lo que había pasado antes, Troth sirvió el té para los dos y se preparó para disfrutar de la modesta comida y de la compañía de Maxwell.

La incomodidad retornó a la hora de irse a la cama.

—Me voy a la cama. Buenas noches —dijo Maxwell reprimiendo un bostezo. Se sentó en el pequeño camastro y se quitó los raídos zapatos.

—Dormiré en el suelo —dijo Troth.

Kyle puso los zapatos cuidadosamente junto a la pared.

—No.

—La cama es más cómoda —protestó Troth—. Debería usarla tanto si es un abuelo como si es un lord.

—Fuera de esta habitación estamos en China y haré lo que me digas. Pero cuando estemos en privado, tú eres una dama y yo un caballero —dijo Kyle con firmeza—. Y un caballero siempre cede el mejor lugar a las damas.

En Macao, Troth había observado cómo los europeos eran exageradamente protectores con sus mujeres, como si el género femenino estuviera hecho de cristal, sin embargo esa conducta resultaba tan extraña a las costumbres chinas que incluso la mera idea le resultaba incómoda.

—No podré dormir si usted no está cómodo.

Kyle se levantó y le hizo una reverencia llena de gracia.

—¡Ay, milady, mi conciencia me atormentará horriblemente si duermo en la cama! Usted debe aceptar mis deseos si no quiere ser cruel conmigo. —Le ofreció el brazo a Troth—. Permítame acompañarla a su lugar de descanso.

La cortesía de Kyle hizo que Troth esbozara una sonrisa. Sintiéndose como una verdadera dama, le puso suavemente la mano en el brazo.

—Cedo a vuestra cortesía, milord, pero me temo que no pegaré ojo.

Kyle la miró con los ojos brillantes.

—Estoy lo bastante cansado como para dormir sobre piedras afiladas, así que, con más razón, usted también debería poder descansar. —La acompañó la media docena de pasos que había hasta la cama y la dejó allí con otra reverencia—. ¿Puedo apagar la lámpara?

—Por favor.

Kyle la apagó. En la casi total oscuridad, Troth oyó cómo se quitaba la capa exterior de su vestimenta antes de acostarse en el camastro. También ella se quitó las prendas exteriores, y luego estiró su cansado cuerpo sobre el colchón lleno de bultos del camastro.

Aunque le dolía todo el cuerpo por el cansancio, no podía relajarse, y no sólo por el hecho de que su cama fuese más cómoda. Acostada, miraba al techo, plenamente consciente de que Kyle estaba a sólo unos pocos centímetros. Los recuerdos de su abrazo le resultaban dolorosamente vívidos.

¿Por qué había cometido la tontería de rechazar su abrazo? En parte, su intuición le decía que era demasiado prematuro, pero se daba cuenta de que también tenía miedo: del acto mismo, de lo desconocido, de Maxwell, que la fascinaba pero en muchos sentidos era un extranjero poderoso y enigmático.

Ahora, demasiado tarde, Troth maldecía sus recelos, porque él la había deseado tanto como ella a él. Si hubiera sido un poco más valiente, ahora podría estar durmiendo en los brazos de Maxwell. Ese conocimiento le hacía sentir un doloroso vacío en su interior. Un momento como ese quizá no se repetiría, porque Maxwell no era ningún libertino que se llevara a la cama a cualquiera y ella no era lo suficientemente femenina como para llevar por el mal camino a un hombre disciplinado.

A medida que los minutos transcurrían interminablemente, mientras se entretenía recordando ese beso, Troth se preguntaba si debería insinuársele aquella noche. Aunque se arriesgara a la humillación del rechazo, eso sería mejor que saber que ni siquiera lo había intentado.

Troth estaba cansada, muy cansada de esperar.

Como no tenía el suficiente coraje para atreverse a actuar, decidió dejarlo en manos del destino. La respiración de Maxwell era lenta y regular. Si él estaba dormido, ella intentaría dormirse. Pero si estaba despierto...

—¿Milord? —susurró.

—¿Sí?

El sonido de la voz profunda de Kyle la impulsó a tomar una determinación. Se deslizó de la cama y se tendió junto a él en el camastro. Puso una mano vacilante sobre el pecho de Kyle y dijo con voz entrecortada:

—Usted me deseó antes. Aquí estoy.

Kyle masculló un juramento.

—Merezco que me azoten por mi conducta. —La abrazó con ternura, sin pasión—. Tu... generoso ofrecimiento es muy tentador, pero no puedo aceptar. Puede que aquí las mujeres vivan para servir a los hombres, pero no se supone que los caballeros ingleses se aprovechen de las muchachas. Tú tendrás una nueva vida y nuevas oportunidades en Gran Bretaña. Acostarte conmigo ahora podría perjudicar tu futuro.

Troth hundió la cara en el hombro de Kyle, embriagada por el placer de estar tan cerca de él. Le encantaba su olor, tan viril y sugerente, y el tamaño y la solidez de su cuerpo.

—No hay ninguna garantía de lo que encontraré en la tierra de mi padre. No soy una muchacha deseable, milord, y ningún hombre se ha interesado jamás por mí. Usted sí, o al menos un poco. —Troth torció la boca—. ¿O eso era sólo porque todavía sentía el calor de la caricia de la ramera?

Kyle la rodeó con el otro brazo, pero aún no era el abrazo de un amante: hasta la inexperta Troth podía notar perfectamente la diferencia.

—Me pareces muy deseable, y juro que muchos hombres de Gran Bretaña sentirían lo mismo. No necesitas ofrecerte a mí porque temas no tener nunca otro hombre. Créeme, tu mayor problema será elegir el compañero que más te guste.

¡Con qué educación mentía un caballero! Troth trató de contener las lágrimas y susurró:

—¿Los hombres ingleses no tienen concubinas? Me encantaría ser suya, si me deseara de vez en cuando.

Kyle le acarició el brazo con la palma caliente, haciéndola estremecerse.

—Es verdad que algunos hombres tienen amantes, Troth, pero la infidelidad es un pecado. Si yo tuviera una esposa, nunca la deshonraría así.

Nunca antes la había llamado por su verdadero nombre, y al escucharlo se le aceleró el pulso al mismo tiempo que su espíritu se hundía.

—¡Usted me rechaza muy amablemente, milord! Pero si no puedo ser su esposa o su concubina, ¿no me permitirá ser su amante, al menos estas dos próximas semanas? No le pediría nada más.

—¡Pero deberías pedir más! —dijo Kyle con gran determinación—. Deberías exigir ser una esposa, no una amante. Para ser respetada, no usada.

—Ni siendo desvergonzada, le atraigo... —A punto de llorar, Troth empezó a levantarse.

Kyle la abrazó más fuerte, reteniéndola a su lado.

—Me atraes mucho, pero actuar así estaría mal si no puedo darte lo que te mereces.

Troth torció la boca.

—Desearía que no me respetara tanto. Usted puede decir que yo sólo debería conformarme con ser una esposa, pero los dos sabemos que un lord nunca se casaría con una mestiza pobre, y usted no permitirá nada más.

Kyle suspiró.

—No tiene nada que ver con la riqueza o la pureza de sangre. No hay ningún defecto en ti, sino en mí.

Troth sintió la tensión en el cuerpo de Kyle, y no era precisamente de deseo.

—¿Qué quiere decir?

Después de un largo silencio, Kyle dijo con tono apesadumbrado:

—Nunca le he contado esto a nadie, pero estuve casado una vez, aunque el matrimonio duró muy poco tiempo. Cuando Constancia murió... mi corazón murió con ella. Y desde entonces no estoy en condiciones de ser el esposo de ninguna mujer que pueda amarme.

Este dato fue revelador para Troth, porque daba sentido a la conducta de Maxwell.

—Lo siento mucho, milord.

Kyle le acarició la frente con los dedos, apartándole los mechones de cabello.

—Llámame Kyle, es mi nombre de pila.

«Kyle.» Troth agradeció el honor de llamarle por su nombre de pila, aunque eso era mucho menos de lo que ella ansiaba.

—¿Te casaste en secreto porque tu familia se oponía a vuestro matrimonio?

—De haberlo sabido mi padre, se habría horrorizado. Mi hermano y mi hermana quizá lo habrían entendido porque saben lo que es amar. Pero lo que yo sentía por Constancia era demasiado... demasiado íntimo para hablar de ello.

Troth le tocó el mentón, notando la barba incipiente. Tendría que afeitarse a la mañana siguiente, porque la barba no era nada china.

—Si hablas de tu amada, quizá alivies tu pena.

—Quizá... tengas razón. —Hizo otra pausa—. Constancia fue mi amante durante muchos años. Era de España, y los españoles se parecen mucho a los portugueses que conociste en Macao; tenía el pelo y los ojos oscuros, y era muy hermosa. Era cortesana y mayor que yo. Eso suena como si lo que yo sentía por ella no fuera más que el encaprichamiento de un niño con su primera mujer, pero ella fue la persona más cálida y afectuosa que jamás he conocido. Cuando estaba con ella... sentía una paz como nunca la he encontrado en ningún lugar. —La voz se le volvió casi inaudible—. Paz y pasión.

Después de conocer ese amor tan grande, con razón él no tenía ningún interés por otras mujeres.

—Al menos tuviste el coraje de casarte con ella aun cuando tu familia pensara que era un error espantoso.

—El hacerla mi esposa fue la cosa más sabia que jamás he hecho. Ojalá lo hubiera hecho antes. No es ningún orgullo que se me ocurriera sólo cuando se estaba muriendo.

Deseosa de animar el tono sombrío de Kyle, Troth dijo:

—Tarde, pero no demasiado tarde. Ha sido afortunado de haber encontrado a otra persona, milord.

Kyle la besó suavemente en la frente.

—Kyle.

—Kyle —repitió Troth obediente.

Estaba preparada para regresar a la cama, pero él apenas se movió, apoyándole la mejilla sobre el pelo. Totalmente encantada de que él le permitiera quedarse, se estrechó contra él y se durmió enseguida.

17

Inglaterra.
Navidad de 1832.

La familia Renbourne se había reunido para la Navidad. A Troth le inquietaba conocer a la hermana de Kyle, pero lady Lucia resultó tan encantadora como Dominic. Tenía también la estatura, los ojos azules y el pelo castaño oscuro ondulado de sus hermanos. Su marido, Robert Justice, era un hombre tranquilo de mirada cálida que la observaba con más amabilidad que curiosidad.

Los dos niños Justice tenían casi la misma edad que la parejita de Dominic y Meriel.

—Dom y yo nos casamos con pocas semanas de diferencia —explicó Lucia cuando los niños se saludaron ruidosamente—. ¿No te parece bien planificado?

—Ya lo creo. —Troth miró a los cuatro primos salir corriendo en pelotón, maravillada por el hecho de tener ahora cuatro niños que la llamaban tía.

Tras la llegada a mediodía de los Justice, siguió un animado almuerzo. Después, Troth se retiró a la biblioteca. No sólo porque anhelaba un poco de tranquilidad, sino también porque así permitiría a los Renbourne y a los Justice tener privacidad para hablar de la excéntrica elección de novia por parte de su hermano.

A Troth le encantaba la biblioteca, tan bien surtida que habría impresionado hasta al propio Chenqua. Escogió al azar un volumen de poesía y se acomodó para leer en uno de los sillones de orejas que flanqueaban la chimenea. Era una tarde borrascosa y el viento sacudía las ventanas. Pero allí se sentía segura y abrigada.

El libro resultó ser una antología de poetas británicos del siglo XVII: «Si tuviéramos el mundo y el tiempo suficientes, esta timidez, doncella, no sería delito alguno». Sonrió irónicamente al leer los versos. Ella había sido la que había interpretado el papel del amante tenaz, mientras que Kyle encarnaba el de la doncella tímida. En cambio, él había sido un hombre de honor.

«La sepultura es un lugar bonito y reservado, pero creo que nadie se abraza allí.» Con los ojos llorosos, Troth cerró el libro. Nunca se lamentaría de su conducta desvergonzada. El mayor consuelo que había recibido era el sosegado comentario de Dominic sobre que Kyle había muerto haciendo lo que más deseaba y que pocos hombres tenían esa suerte. Quería creerle, pero no podía dejar de pensar que era la vida lo que más se podía desear.

La puerta de la biblioteca se abrió y un hombre mayor con bastón entró con paso firme. Si no hubiera sabido que el conde de Wrexham venía a pasar la Navidad con su familia, Troth no lo habría reconocido como padre de Kyle, porque apenas se parecían. Pero tenía la inconfundible arrogancia de un aristócrata, una voluntad temible en un cuerpo frágil.

Con el corazón latiéndole aceleradamente, Troth se levantó y le hizo una reverencia.

—Lord Wrexham.

El hombre se detuvo a menos de dos metros y entornó los ojos para verla mejor. Reparó un instante en la cintura de Troth. ¿Se sentía aliviado o decepcionado al ver que no estaba embarazada? Un heredero con mezcla de sangre.

—Así que tú eres mi presunta nuera. ¿De qué parte de Escocia era tu padre?

—Melrose, al sur de Edimburgo.

—Mi esposa era de las Highlands. Por mis hijos corre sangre poderosa. —Soltó una áspera risotada—. No está mal, porque ella era mucho más guapa que yo. —Se sentó torpemente en el sillón que estaba frente a la chimenea—. ¡Condenada gota! —refunfuñó—. Háblame de la estancia de mi hijo en China.

Troth lo hizo, poniendo énfasis en el placer que Kyle había hallado en explorar un mundo tan diferente al suyo y en el coraje con que había muerto. Con expresión pétrea, el conde miraba de forma inquietante las brasas de la chimenea.

Cuando Troth terminó su relato, el anciano dijo:

—Nunca habría permitido esa boda, pero... eso no importa ahora. Si le diste algo de felicidad, supongo que debo alegrarme por eso. —Se puso de pie con dificultad—. En el futuro se te cuidará bien. —Dudó antes de añadir con voz ronca—: Te... agradezco que hayas hecho todo este camino para hablarnos de los últimos días de mi hijo.

Apoyándose con fuerza en su bastón, el padre de Kyle abandonó la biblioteca. Troth apoyó la cabeza en el respaldo del sillón y cerró los ojos, temblando. Lo peor ya había pasado. No le sorprendía saber que el conde se habría opuesto frontalmente a la boda de su heredero, pero, por supuesto, si la expedición no hubiera terminado en desastre no habría habido ningún matrimonio al que oponerse.

Como Wrexham había dicho, eso ya no importaba. Ella no daría un heredero a Wrexham, así que los honores familiares pasarían sin peligro a Dominic y a su hijo. El anciano podía permitirse tolerar la imprevista presencia de Troth en su familia.

Era menos de lo que ella esperaba, pero tal vez más de lo que se merecía.

18

En camino hacia China.

Kyle habría pensado que la noche había sido un sueño si no se hubiera despertado con Troth entre los brazos. Qué tontos habían sido de terminar en el duro suelo en lugar de hacerlo en la cama. Sin embargo, hacía mucho, mucho tiempo que no había dormido tan bien.

Aunque no podía olvidar con qué eficacia Troth había derrotado a una banda de criminales, en reposo parecía vulnerable y más joven de lo que era. Kyle se sintió profundamente protector, y sobre todo asombrado por su fuerza de voluntad de la noche anterior. Vestida como un hombre y sin más atractivo femenino que un niño, Troth todavía era tan sensual que él habría arrojado su honor por aquella ventana cubierta con papel. La parte viril y lujuriosa de su cerebro le señalaba que ella ya tenía edad y estaba más que dispuesta, pero él poseía la suficiente decencia como para resistir.

Procurando no despertarla, Kyle observó los fascinantes rasgos de su rostro. Con esa belleza tan impactante, resultaba difícil creer que Troth no se encontrara atractiva a sí misma. De camino a casa tendría que enseñarle a ser más precavida con los hombres. De momento estaba tan hambrienta de afecto y de admiración que sería presa fácil de los hombres sin escrúpulos.

Troth abrió los ojos, llenos de esperanza y dudas.

—Milord, Kyle. Me... alegro de que no me echara de la cama anoche.

—Eso habría sido lo más sensato, pero sentí tanto placer de estar a tu lado... Hacía muchos años que no tenía una compañera de cama —dijo Kyle titubeando—. El ansia por tocar a otra persona es muy fuerte, igual que el deseo. Es peligrosamente fácil confundir esas cosas con el amor, pero es mucho mejor el amor que las sensaciones físicas.

En la mirada de Troth había algo más. ¿Diversión, tal vez? Kyle debía de parecerle cómicamente solemne.

—Lo tendré en cuenta, Kyle.

Troth habló con tanto recato que Kyle sospechó que ella acababa de aprender su primera artimaña. Aprendía rápido. Antes de que llegaran a Inglaterra, Troth sería toda una experta, aunque él no le quitaría ojo a su progreso social para asegurarse de que no se descarriaba. ¿Tal vez ella querría ser presentada en Londres? Eso se podría arreglar, aunque una vez que ella tropezara con el cotilleo ácido y la formalidad acartonada de la sociedad aristocrática probablemente dejaría de interesarle.

Qué delicioso era estar tendido junto a ella, con sólo un par de capas de algodón separándolos. ¡Sería tan fácil inclinarse hacia delante y besar ese fino cuello...!

Kyle se dio la vuelta y se puso de pie.

—A juzgar por el ruido del patio, todo el mundo en la Posada del Reposo Embriagado ya está levantado y en movimiento, y nosotros deberíamos hacer lo mismo.

—Posada de la Paz Divina —dijo Troth. Se levantó y se puso la ropa exterior.

Después de vestirse y de que Kyle se pusiera la peluca canosa, Troth le vendó otra vez la cara y la cabeza, agregándole algunas manchas más. Desayunaron té, tortas de arroz y fruta, y luego reanudaron el viaje.

El camino por el que iban desembocó en uno más largo con tráfico constante en ambas direcciones. Troth le ordenó a Kyle que se montara en el burro. Esquivar el polvo y a los viajeros más rápidos no era ni por asomo tan divertido como lo había sido caminar y hablar con Troth el día anterior.

Kyle estaba a punto de preguntar si habría una ruta alternativa cuando oyeron un intenso repiqueteo por delante de ellos. Se encaramaron a una colina y vieron que en la ruta de más abajo el grueso de unas tropas en marcha empezaba a subir la pendiente hacia ellos. Los carros, peatones y jinetes se apartaban hacia los árboles para dejar pasar a los soldados.

—Los abanderados imperiales —dijo Troth entre dientes—. Probablemente sean tropas de primera de camino a Cantón.

Sin ningún deseo de encontrarse cara a cara con los soldados, Kyle dijo:

—Hay un pequeño sendero más adelante, a la derecha. ¿Lo cogemos?

Troth entornó los ojos contra el sol mientras leía los caracteres pintados que recorrían un poste indicador en la intersección del sendero y el camino principal.

—Conduce a una cascada y a un famoso monasterio. Había pensado en llevarte allí, así que supongo que es un presagio.

Troth espoleó al burro para que marchase lo más rápido posible. Antes de que se metieran en el sendero, los abanderados estaban lo bastante cerca como para verles las armaduras de bambú y los yelmos de metal. Cuando se habían adentrado lo suficiente como para quedar ocultos por la maleza, Kyle se apeó y se volvió para observar a las tropas en marcha. La tierra temblaba bajo el tronar de sus pasos.

—¿Tu gente teme al ejército imperial?

—No exactamente, pero un hombre sabio no se pone en su camino para llamarles la atención.

—Me imagino que en todas partes es así con los ejércitos.

Kyle observó las filas que pasaban en silencio. Aunque comparadas con los fusiles británicos las espadas y lanzas resultaban primitivas, los soldados parecían fuertes y resueltos. Correctamente entrenados y armados, podrían enfrentarse a cualquier ejército, pero en ese momento serían destrozados por tropas europeas entrenadas.

Deseando que eso no sucediera, Kyle se subió al burro mientras se adentraban en una zona más agreste. Subieron a un ritmo constante por aquel terreno demasiado cubierto de maleza para la agricultura. El tráfico era casi inexistente.

El sol estaba en lo alto del cielo cuando doblaron una curva en forma de herradura y se encontraron de frente con una catarata espectacular. Brotaba del acantilado de más arriba, cayendo al menos unos quince metros antes de estrellarse en un pozo azul cielo y luego bajar en cascada por la ladera en saltos de agua más pequeños. Kyle se quedó atónito ante la belleza del lugar.

—Eso se llama El Agua que Vuela. El monasterio está justo encima. A menudo se construyen en las montañas y cerca del agua. —Troth se protegió los ojos del sol mientras escudriñaba hacia arriba—. Si continuamos hasta la cima, dicen que hay maravillosas vistas de la campiña. Aunque es una subida larga, y no estoy segura de dónde está la próxima aldea.

—Lo conseguiremos —dijo Kyle, que no quería perderse una oportunidad tan interesante como aquella.

Subieron hasta la cabecera de la cascada y pasaron por delante del monasterio. A Kyle le habría gustado entrar, pero convenía evitar todo lo posible a la gente.

A pesar de lo empinado del camino, el esfuerzo valió la pena. La vista era fantástica y se extendía unos ochenta kilómetros a la redonda. En el horizonte, Cantón se divisaba borrosa, y por toda la región las corrientes de agua y los canales se introducían en la herida del río Pearl formando un entramado reluciente. Las aldeas se esparcían por los valles fértiles y las laderas. Unas débiles volutas de humo al pie de la montaña delante de Kyle y Troth indicaban que allí había una aldea.

Kyle podría haber observado la campiña durante horas, pero pronto apareció un pequeño grupo de monjes en el sendero de más abajo.

—Abuelo, los buenos monjes podrían preguntarse por qué un hombre ciego ha trepado tan alto en esta montaña —murmuró Troth.

Kyle obedeció, y reiniciaron la marcha por una senda mucho más estrecha que bajaba por la parte de atrás de la montaña a través de un desfiladero densamente arbolado y recorrido por una corriente de agua que tras las lluvias fuertes debía de convertirse en un torrente.

Aquí y allá, huertos de té colgaban de las laderas, y las plantas eran intensamente verdes en aquella estación del año.

—A las plantas de té les gustan la altura y la humedad —dijo Troth mientras un campesino que trabajaba en uno de los huertos les llamaba a gritos.

—¿Qué ha dicho? —preguntó Kyle.

—Creo que ha dicho que no pasáramos la noche en la montaña. Por los fantasmas, tal vez.

Troth lo dijo con tanta naturalidad que Kyle le guiñó un ojo.

—Fantasmas, claro.

—Están por todas partes —dijo Troth sonriendo burlonamente—. Debe rendírseles honores. —Mientras bajaban por el sendero, escudriñó el paisaje escarpado—. Hay muchas cuevas en estas montañas. Quizá podamos explorar alguna más tarde, Kyle. —Le gustaba ese nombre porque tenía la escueta simplicidad del chino.

Al ver una sombra prometedora sobre la pared rocosa del desfiladero, le hizo un gesto a Kyle para que se quedara con el burro mientras ella exploraba. Había avanzado unos cien metros cuando el monte tembló y una brillante figura negra y amarilla salió de las sombras a una media docena de metros por delante de ella. Era un tigre.

Troth se quedó paralizada. Luego, con el corazón latiéndole con fuerza, empezó poco a poco a dar marcha atrás mientras la enorme bestia la observaba con ojos asesinos.

El tigre avanzó hacia Troth con paso cansino. Si atacaba, toda su destreza en el wing chun no la salvaría de ser degollada. ¿Sería capaz de trepar a un árbol? No, no había ninguno lo bastante cerca, y de cualquier manera el tigre trepaba más rápido que un humano.

Troth continuó dando pasos atrás hasta que su tobillo se enganchó en una raíz y cayó al suelo. El tigre se dispuso a abalanzarse sobre ella. Al acercarse la bestia a toda velocidad, Troth gritó, incapaz de controlar el terror de ver aquellas fauces. Intentaría mirar al tigre fijamente a los ojos; quizá podría darle una patada en el cuello...

Una piedra del tamaño de un puño pasó silbando a su lado y se estrelló contra el hocico del tigre. La bestia se quedó paralizada por el imprevisto ataque.

Otra piedra le golpeó en el pecho rayado, rápidamente seguida por otra que le alcanzó en la parte superior de una pata. El tigre giró la cabeza para ver detrás de Troth y gruñó una rona y profunda una advertencia.

Hubo un silencio absoluto hasta que otra piedra se le incrustó en la oreja oscura y peluda. La bestia bufó irritada, pero luego giró ágilmente sobre sus patas y dio un salto hacia la maleza. Mientras el rabo desaparecía meneándose, Kyle se arrojó a los pies de Troth.

—¿Estás bien, Troth?

Ella asintió con la cabeza, todavía incapaz de hablar.

—Entonces vayámonos. Por suerte, tu amigo felino no estaba hambriento, pero debemos irnos antes de que se le despierte el apetito.

Kyle le pasó el brazo por la cintura mientras la empujaba por la espalda hacia donde había amarrado al nervioso burro.

Al verlos, el animal rebuznó y tiró de las riendas. Mientras Kyle tranquilizaba al burro, Troth preguntó:

—¿Qué clase de tonto tira piedras a un tigre?

—Un tonto que no tiene un arma. —El burro se había apaciguado, así que Kyle levantó a Troth y la depositó en la montura—. He tenido alguna experiencia con tigres en la India, y estaba razonablemente seguro de que azuzándolo con piedras lo disuadiría sin enfurecerlo. A menos que coman carne humana y estén de caza, por lo general los tigres no se apartan de su camino para atacar al hombre, pero al caerte empezaste a parecerle más comible.

—Se supone que tú eres el único que debe montar —protestó Troth mientras Kyle empezaba a guiar al burro por el escarpado sendero.

—Luego, cuando dejes de temblar como un flan. —Esbozó una sonrisita que contrastó extrañamente con el vendaje que le ocultaba casi toda la cara.

Kyle tenía razón: le temblaba todo el cuerpo. Estaba agradecida de permitir que su compañero se hiciera cargo de la situación. Era una pena que hubiera estado demasiado trastornada para disfrutar de esos brazos fuertes sentándola sobre el burro.

Tenía que recuperarse por si empezaba a tener pensamientos lujuriosos de nuevo.

—Tienes buena puntería.

—En Eton me consideraban un muy buen lanzador de críquet —dijo riéndose—. En aquel entonces nunca se me ocurrió pensar que la habilidad resultaría práctica con los tigres. Son las ventajas de haber recibido una buena educación.

Troth sonrió, tranquilizándose. La imperturbabilidad ante un inminente desastre era una de las cualidades de los británicos que más le gustaban. Su padre también había tenido esa flema. Él y Kyle se habrían caído bien.

A unos ochocientos metros sendero abajo, Troth se bajó de la montura y se hizo con las riendas del burro. Kyle dio un paso atrás y colocó la mano en la silla de montar en su posición habitual. Ella notó que, excepto cundo había acudido en su ayuda, Kyle mantenía la postura y los gestos de un anciano incluso cuando no parecía haber nadie cerca. En China siempre podía haber ojos ocultos mirando.

—Ya casi atardece y no creo que vayamos a llegar a esa aldea antes del anochecer —comentó Kyle.

Troth se estremeció sin querer.

—Me temo que no.

—No podemos pasar la noche al aire libre, porque es cuando los tigres salen a cazar. Podríamos trepar a un árbol, pero nuestro amigo que rebuzna quedaría en una posición muy difícil. —Discretamente, Kyle se bajó la tira del vendaje que le cubría los ojos para poder ver con más claridad—. Tal vez haya una cueva por aquí cerca. ¿Echamos un vistazo?

Troth asintió con la cabeza, con la esperanza de que él estuviera en lo cierto. Deseaba tener paredes sólidas rodeándola aquella noche.

Subieron gateando por la pendiente rocosa, el burro protestaba hasta que Kyle le dijo con tono severo:

—Deja de quejarte. Estamos haciendo esto para evitar que te devoren.

—Tal vez se queja porque necesita un nombre.

—Podríamos llamarlo *Asno Testarudo* —sugirió Kyle.

Troth rió y dijo:

—Es un burro chino, y debería tener un nombre chino. ¿Qué te parece *Sheng*, que significa «victoria»?

—Esperemos que haga honor a su nombre. Vamos, *Sheng*. —Kyle tiró de las riendas de la bestia para animarlo a subir la escarpada pendiente.

Mientras se acercaban a la cueva, Troth dijo, inquieta:

—¿Has notado lo bien definido que está este sendero? Espero que no lo hayan hecho criaturas hambrientas que viven precisamente en la cueva.

—Excepto con un tigre, podemos negociar.

Troth se sobresaltó al ver materializarse una pistola en la mano de Kyle. ¿Dónde la había ocultado? Desde luego, sabía salir bien pertrechado al campo.

Troth aguardó mientras Kyle se deslizaba cautelosamente por la estrecha entrada de la cueva. Con la voz haciendo un eco extraño, él dijo:

—Hay bastante espacio. Y huele a sándalo o a algo similar. Es obvio que los viajeros la usan regularmente, pero ahora está vacía. Vamos, entra.

Tirando de las riendas de *Sheng* con todas sus fuerzas, Troth lo metió en la cueva mientras las pezuñas del animal golpeaban el suelo. La cueva tenía una forma irregular, pero era espaciosa y tenía algo de luz gracias a una grieta en la montaña. A la izquierda se veía un hueco con los restos de una hoguera, y un poco más allá el agua se deslizaba hacia abajo por la roca hasta un pequeño y agradable pozo.

Había también un pequeña pila de antorchas preparadas. Kyle encendió una y exploró el lugar. Desde el oscuro fondo de la cueva, gritó:

—Aquí hay un pasadizo. Voy a inspeccionarlo para asegurarme de que no se oculta nada peligroso.

—Yo también voy. —Curiosa, Troth ató a *Sheng* a un saliente de roca y siguió a Kyle por el pasadizo que conducía montaña arriba. Se preguntaba si era un túnel natural que se había agrandado y pulido de tanto transitar por él.

Troth supo a qué se debía cuando Kyle se detuvo delante de ella y emitió un suave silbido.

—¡Dios mío, es un templo!

19

Atónito, Kyle examinó la imagen femenina tallada que había frente a él. Del doble de altura de un hombre e iluminada por rayos de luz provenientes de agujeros en el alto techo, parecía haber sido tallada en la roca viva de la montaña. No podía ni siquiera aventurar qué antigüedad podría tener. ¿Mil años? ¿Quizás dos mil?

Troth se acercó a Kyle y le dijo en voz baja:

—No «Dios mío», sino «Diosa mía». —Juntó las manos sobre el pecho e hizo una profunda reverencia—. Esta es Kuan Yin, la diosa budista de la misericordia y protectora de los niños. —A la luz suave luz de la catedral de roca, Kuan Yin irradiaba gracia y serenidad.

Kyle contempló el montón de flores secas que había a los pies de la figura.

—La gente del lugar debe de venir aquí regularmente. ¿Será una ofensa a la diosa y a los fieles que un demonio extranjero pase la noche en la cueva?

—Kuan Yin es más misericordiosa; estoy segura de que no le importará nada que te hospedes en su santuario. —Embelesada, Troth giraba lentamente mientras asimilaba cada detalle del lugar—. Pero este es un espacio sagrado. ¿Puedes sentir la fuerza del chi?

Kyle reflexionó seriamente sobre la pregunta y comprendió que sentía... algo.

—Es como la energía de un... ¿corazón que late?

Seria, Troth asintió con la cabeza.

—Esa es una de las formas de describirlo. El chi es la fuerza de la vida. Hace posible la existencia misma. Hay un gran poder aquí.

Kyle había sentido un poder similar en otros lugares; algunos de ellos eran centros de culto; otros, lugares que poseían una penetrante belleza natural.

—¿El poder viene de siglos de adoración o estaba aquí antes del templo?

—Supongo que ambas cosas. Probablemente este era un foco natural de chi, y por esa razón fue elegido como lugar para el templo. —Con expresión mística a la luz nacarada, Troth alzó la mirada hacia la alta cúpula de arriba—. Había oído que hay muchos santuarios ocultos en zonas remotas, pero este es el primero que veo. Estamos bendecidos.

Kyle asintió. Después de hacer una reverencia respetuosa a la diosa, se encaminó de regreso hacia la cámara de huéspedes. Cuando llegaron, Troth dijo:

—Traeré algo de leña y de forraje para el burro.

—No te alejes mucho. No quiero tener que rescatarte a oscuras en este laberinto.

—¡Yo tampoco, te lo aseguro!

Kyle desensilló el burro y colocó el equipaje en un hueco natural cerca de la entrada. Troth, muy inteligentemente, había incluido en el equipaje un par de mantas gruesas, algo de comida y hasta un pequeño cazo para calentar agua o té. Podrían acampar con comodidad.

Después de atar a *Sheng* en otro de los huecos formados por las irregulares paredes, Kyle empezó a cepillar al burro con un trapo. Troth regresó dos veces, una con forraje para el animal y la otra con una pila de leña. Kyle miró el cielo, que se iba oscureciendo poco a poco.

—Último viaje. Si no tenemos suficiente leña, tendremos que pasar sin ella.

Troth dejó la carga en el suelo y se sacudió las astillas de las mangas.

—De acuerdo.

Kyle levantó una parrilla de madera toscamente construida que había encontrado mientras exploraba.

—De hecho, no somos los únicos que temen a los tigres. ¿Ves cuántos soportes han sido instalados para bloquear la entrada con esto?

—La diosa sabe cuidarse.

Con la parrilla a buen recaudo, Kyle se sacó las vendas y la peluca. El disfraz resultaba una molestia infernal cuando hacía el papel de anciano débil, pero el alivio de volver a ser él mismo casi hacía que mereciese la pena. Al quitárselo podía imaginarse lo que debía de sentir Troth, que se había pasado quince años atrapada en un disfraz que no había elegido. Con razón ella añoraba Gran Bretaña y la vida como mujer.

Se dividieron las tareas en cordial silencio y se sentaron a comer, cada uno usando una manta doblada para hacer que el irregular suelo de roca fuese más blando. Kyle no podía recordar la última vez que se había sentido tan feliz.

Después de la frugal comida, dijo pensativo:

—Dentro de muchos años, cuando sea viejo y esté canoso y aburrido, evocaré esta noche y recordaré lo feliz que he sido.

—¿Feliz?

Kyle señaló lo que les rodeaba con su pequeña taza de té.

—Estoy cenando en un lugar fascinante y misterioso en un país del sol poniente y disfrutando de la compañía de una joven encantadora y extraordinaria. De niño soñaba con vivir aventuras parecidas a esta.

Troth bajó la mirada, incómoda. En Macao había oído a los comerciantes europeos halagar a sus damas. Los cumplidos eran encantadores, pero no significaban nada.

—¿Es por eso por lo que te hiciste viajero, por la necesidad de aventura?

—Sólo en parte. —Kyle se quedó mirando al vacío—. Incluso en la guardería me intrigaba el globo terráqueo y sus lugares vacíos e inexplorados. En los mapas muy viejos se decían cosas como «Aquí hay dragones». Aunque yo pensaba que quería ver los dragones, creo que la verdadera razón por la que quería viajar era... descubrir quién era yo realmente.

Troth esbozó una sonrisa.

—¿No eres Kyle Renbourne, vizconde Maxwell y heredero del conde de Wrexham?

—Esa era la parte obvia. —Kyle se inclinó hacia delante y repartió lo que quedaba del té entre las dos tazas—. Pero se esperaba tanto de mí que yo nunca estaba seguro de lo que yo mismo quería. Durante años envidié a mi hermano. Como él era más joven, era mucho más libre que yo, aunque él habría cambiado en un instante su libertad por mis responsabilidades.

—Esas dos partes tuyas parece que fueran mulos que tiran de tus riendas por la hierba sin que tú puedas hacer nada.

Kyle se rió.

—¡Así es! Finalmente, con la ayuda de Constancia, comprendí que muchas de las cadenas que cargaba me las había creado yo mismo. Cuando ella murió, me liberé de ellas y empecé el camino que me condujo hasta aquí.

—¿Y a lo largo de ese camino, has descubierto lo que realmente quieres?

—Es irónico. Yo solía sentirme atrapado por las exigencias de enfrentarme a una gran nación y la conciencia de que al final debería ocupar un lugar en la Cámara de los Lores y tomar decisiones sobre el destino de la nación. Sin embargo, ahora estoy deseando bastante las dos cosas. Siempre habrá nuevos desafíos, y creo que serviré bien a mis arrendatarios y compatriotas. —Soltó una risa reprobándose a sí mismo—. ¿Verdad que eso suena más bien presuntuoso?

Troth observó los fuertes rasgos del rostro de Kyle, pensando que él jamás sería presuntuoso y mucho menos aburrido.

—Mi padre decía que el lema de María, la reina de Escocia, era «En mi final encuentro mi comienzo». Eso es lo que tú has hecho: viajar por el mundo para descubrir que tu destino está donde empezaste. Eres afortunado.

—En muchos sentidos. —A Kyle se le ensombreció el rostro, y Troth supo que estaba pensando en Constancia.

—Aunque ya no puedas tener al amor de tu vida, tendrás un hogar, una familia, un destino —dijo Troth en voz baja—. Te envidio.

A Kyle se le suavizó la expresión.

—Yo te ayudaré a encontrar un hogar en Gran Bretaña.

Sus miradas se encontraron por encima del fuego que se extinguía. Troth deseaba poder creer que la calidez de la mirada de Kyle era amor, pero no era tonta. Le gustaba y la deseaba porque estaba en la naturaleza de los hombres desear a una mujer, pero su ofrecimiento era la ayuda de una mano amiga.

—Al menos allí no tendré que ser un hombre o un espía.

Troth dejó la taza vacía y se puso de pie, estirando los músculos antes de quitarse las vestimentas exteriores y la faltriquera que Kyle le había dado. Dormiría con la túnica ligera y los pantalones que llevaba debajo. Kyle estaba ataviado del mismo modo. Le echó una mirada furtiva mientras él se quitaba la ropa exterior, tensando con los músculos el tejido de las prendas íntimas.

Troth esperaba que Kyle propusiera extender juntas las dos mantas, pero él no lo hizo. Conteniendo un suspiro, encendió una de las antorchas con el fuego y luego subió al santuario. Allí se arrodilló frente a Kuan Yin. Había la suficiente luz para ver el desmayo de la diosa, su sonrisa compasiva mientras Troth profería una oración en silencio: «Señora, sé que este hombre no es para mí. Su corazón pertenece a otra, él está tan por encima de mi condición social como el sol sobre las nubes, y su honor le prohíbe coquetear con alguien si el amor no alimenta el deseo. Pero tú eres la diosa de la verdad y el poder femenino. Si hay un modo para que nos acerquemos, aunque sólo sea por una hora, por favor, haz que eso ocurra. Te prometo que no pediré más de ti o de él».

Luego cerró los ojos y se tranquilizó. Un hilo de energía la atravesó, al principio con calor y pronto rebosando placer cuando comprendió lo que debía hacer. Como hombre de honor, Kyle no deseaba ofender a una mujer débil e inocente, así que ella debía convencerlo de que no cometería ninguna ofensa. Y si tenía que creer a Ling-Ling, se persuadía más fácilmente a un hombre cuando se despertaba su deseo.

Pero ¿cómo se despertaba ese deseo? De regreso a la cámara de huéspedes, Troth reflexionó un buen rato. Se arrodilló sobre su manta, dio la espalda a Kyle y por debajo de la túnica se desató las anchas bandas de tela que le aplanaban el pecho. Sintió cómo la miraba mientras se desenrollaba la tira. Cuando terminó, se masajeó los pechos para estimular la circulación. Ah, sí, él miraba y soñaba lo que podría ser...

Troth se volvió hacia Kyle y se cubrió provocativamente con la túnica el cuerpo ahora femenino. Viendo que él clavaba los ojos en ella, se desató la cola de cabello y sacudió la cabeza para soltarse el pelo antes de peinárselo con los dedos para que cayera lacio y brillante sobre la espalda.

—A veces me cansa mucho tener el pelo recogido.

La mirada de Kyle no era la de un amigo desapasionado. Tragó saliva, bajó la mirada y estiró su manta para dormir.

—Es comprensible. Yo también encuentro muy incómoda esta peluca.

Como un gran latido, la energía palpitaba en todo el cuerpo de Troth: el yin, la energía femenina, fuerte y seguro de su poder para atraer al yang masculino. Con pasos lentos y seguros, Troth acortó la distancia entre ella y Kyle, dispuesta a convencerlo de que tenían que ser amantes.

—Me gustó mucho dormir contigo anoche.

Kyle se aferró a su manta.

—A mí también, pero sería más sensato dormir separados esta noche.

—¿Sensato para quién? —Troth se arrodilló junto a él sobre la manta. Cuando Kyle levantó la vista, ella se inclinó y le besó la boca abierta antes de que él pudiera protestar.

Kyle la estrechó por la cintura y la acercó hacia él. Cuando el beso se hacía más profundo, Troth se pegó a él, embriagada pero sintiendo que la pasión no lo arrebataba tanto como para olvidarse de su maldito código de caballero.

Sus temores se confirmaron cuando él puso fin al beso y se sentó sobre los talones.

—Eres una tentación muy peligrosa —dijo Kyle con una leve sonrisa—. Pero nada ha cambiado desde anoche, mi querida señorita.

Troth inclinó la cabeza, dejando que el pelo le cayera en cascada sobre los hombros.

—Mi visión de las cosas ha cambiado. Eres demasiado serio, Kyle. Porque amaste profundamente y tu pérdida te hirió terriblemente, temes hacerme daño. Agradezco tu amabilidad, pero ¿te ofenderá terriblemente si digo que no me enamoraré de ti?

En lugar de ofenderse, Kyle la miró intrigado.

—¿Cómo estás segura de eso? ¿Hay aquí alguna sabiduría china que no comprendo?

Troth le acarició la mejilla con el dorso de la mano mientras mentía.

—Conozco a mi corazón. Si estuviera enamorándome de ti, eso ya habría ocurrido. Pero me gustas y confío en ti como amigo, y me pareces muy atractivo. —Con la mano le pasó rozando apenas el pecho—. Me da miedo viajar a Inglaterra. Creo que seré más fuerte si tengo una experiencia de pasión. Me harías un gran favor acostándote conmigo.

—Estás tratando de confundirme, y lo estás consiguiendo, maldita sea. —Kyle le agarró la mano para impedir que siguiera acariciándolo—. Pero para muchos hombres la virginidad es un tesoro. Así que un regalo tan grande deberías dárselo a tu amado, no a un simple amigo.

Troth sonrió al sentir la fuerza del deseo en Kyle. Aunque la mente se resistía, el cuerpo la deseaba.

—¿Un «simple» amigo? Negarme a mí es la prueba de tu integridad. Los pretendientes podrían seducirme con mentiras y, siendo inexperta en hombres, yo sin duda les creería. Para mí es mucho más sensato probar la pasión con un amigo que sólo desea mi bien.

Con atribulada mirada azul, Kyle le cogió el rostro entre las manos.

—Nada me gustaría más que hacerte el amor, pero no quiero que luego te arrepientas.

—No habrá arrepentimiento —dijo Troth con sinceridad—. Pero juro que si continúas con tu idea del honor *fan-qui*, lo lamentaré hasta que me muera.

Kyle le sujetó el rostro con fuerza.

—Tú ganas, mi querida señorita. Me has enredado el cerebro y la voluntad como una madeja.

Se puso de pie y la cogió de la mano para levantarla y abrazarla, boca con boca, cuerpo con cuerpo, calor con calor. Esta vez Kyle estaba completamente presente, tan comprometido en la intimidad como ella.

A causa del asombro, Troth se quedó sin respiración mientras Kyle le deslizaba las manos por debajo de la túnica para rodearle los pechos. ¡Dios! ¡Aquel placer era totalmente nuevo para ella!

Mientras ella gemía por el placer que la abrasaba, Kyle le quitó la holgada túnica y los pantalones, y luego se sacó su propia túnica para que los senos de Troth se apretaran contra la carne caliente y el vello suave de su pecho.

—Me preguntaba qué tipo de figura se escondía detrás de la ropa de Jin Kang. Eres muchísimo más encantadora de lo que yo soñaba.

Esta vez, Troth creyó lo que le decía, porque había pasión en esos labios que se cerraban sobre su pezón. Tan suaves, tan cuidadosos, aunque notaba en todos sus poros la intensidad con que él reprimía el deseo.

Por un instante, Kyle retrocedió unos pasos. Troth abrió los ojos y le vio poner las dos mantas juntas para calentar el frío suelo de piedra. Luego la condujo hasta la improvisada cama y se tumbó a su lado.

—Troth —le susurró entre los cabellos—. Mei-Lian. Aunque hayas vivido como un hombre, de lejos eres una mujer pura, ágil, fuerte y hermosa.

—¿Qué... qué debería hacer yo? —dijo ella alterada, pasándole nerviosamente la mano por el vello del pecho.

—Simplemente relajarte y decirme qué te da placer. En otra ocasión... —Kyle sonrió—. Bueno, hay otras lecciones después de esta.

Antes de que su boca reclamara la de ella, los labios de Kyle encontraron una sensibilidad increíble en el hueco del cuello y a lo largo de la mandíbula de Troth.

Aturdida por la pasión, Troth le obedeció, convirtiéndose en una criatura de reacciones, y sus ahogados gemidos de placer revelaban cómo cada una de las caricias de Kyle le causaba más placer que la anterior. Donde se rozaban los cuerpos, Troth percibía el deseo de Kyle, sentía la tensión de los músculos mientras él se refrenaba.

Con una mano tibia, Kyle le acarició el vientre, excitándola terriblemente. El deseo era tan fuerte que dio un grito cuando le deslizó una mano entre los muslos.

Kyle se detuvo de inmediato.

—¿No te gusta esto?

Troth le clavó las uñas en los hombros.

—¡No! ¡No, por favor, sigue!

Suavemente, él continuó con las caricias íntimas, seguro de que ella apenas lo resistiría. Troth era todo fuego, ardiendo y ardiendo...

Troth gimió y se aferró con fuerza a Kyle mientras estallaba de placer como jamás lo había soñado. ¡Ah, dioses! ¡El único placer mayor vendría cuando él perdiera el control y llegaran juntos al orgasmo...!

Abandonada al éxtasis, comenzó a jadear con la cara hundida en el hombro de Kyle.

—Eso ha sido... un buen comienzo —dijo Troth vacilante.

Kyle todavía vestía sus holgados pantalones interiores, así que ella deslizó la mano por debajo de la cintura buscando a tientas la fuente de la cabeza dura que le presionaba el muslo.

Kyle volvió a sujetar su mano.

—Ahora vamos a dormir. Ha sido un largo día.

Troth abrió los ojos de pronto y lo miró asombrada. La cara de Kyle estaba bañada en sudor, pero su expresión era de calma. Lo había planeado todo para no ir más allá.

—Pero ¿y tú? —Troth retiró la mano libre de la de Kyle y sostuvo esa fascinante fuente de energía masculina—. ¿Me negarías la oportunidad de devolverte el placer?

Kyle estaba inmóvil, excepto por el fuerte latido entre las manos de Troth.

—Creo que has aprendido algo de lo que deseabas, aunque no se ha hecho nada irreparable.

Troth no sabía si llorar o reír.

—Milord Kyle —dijo con severidad—. ¡Basta ya de ser tan terriblemente noble!

20

De repente, la risa iluminó el rostro de Kyle.

—Tienes razón, me tomo demasiado en serio. Tampoco es que yo sea tan irresistible como para que todas las mujeres se enamoren de mí.

—Entonces seamos amigos, sin demasiado compromiso.

Embriagada, Troth le apretó suavemente el miembro, que se irguió turgente en su mano.

Kyle aspiró hondo y luego se quitó bruscamente los amplios pantalones y se colocó entre las piernas de Troth.

—Mi querida Troth —susurró antes de besarla. Con la lengua rozó suavemente la de ella mientras en una estimulante fricción le deslizó el asta caliente y húmeda por los lugares más íntimos—. Eres tú la irresistible.

Para asombro de Troth, las caricias de Kyle le desataron otra vez la pasión. El deseo se hizo necesidad hasta llegar a la desesperación de poner fin a su vacío.

—Si soy tan irresistible, ¡entonces deja de resistirte!

Kyle ahogó sus palabras con su propia boca y la penetró con una lenta y potente estocada. Troth había oído que la primera vez dolía, pero sólo sintió una rápida punzada que se desvaneció en un torrente alucinante de sensaciones abrasadoras mientras él la colmaba, antes de descubrir el ritmo intenso de su propio corazón.

Le clavó las uñas en la espalda mientras se balanceaba contra él una y otra vez. Este era el significado del yin y del yang, de lo masculino y lo femenino, dos cosas que eran un todo cuando se unían. Eran pares, iguales, consumidos cada uno en el otro...

Le mordió el hombro mientras se entregaba a un espasmo incontrolable. Sin embargo, a pesar de respirar irregularmente y de mover el cuerpo sin cesar, sentía que Kyle no se había abandonado como ella.

Cuando los temblores de Troth empezaron a disminuir, él se apartó y la estrechó con fuerza entre los brazos. Después tuvo un fuerte orgasmo contra el vientre de ella mientras gemía sin cesar:

—Mei-Lian... ¡Dios mío! Mei-Lian...

Con tristeza, Troth reconoció que incluso en plena pasión él no se permitía hacerle un hijo a una mujer que no fuese su pareja. Si bien ese era otro rasgo del honor de Kyle, lamentó la ausencia de esa intimidad final.

No debía quejarse, porque ya tenía más de lo que se había atrevido a desear. La diosa había sido generosa con su ruego. Lamió la piel salada del hombro de Kyle en el lugar donde le había hecho una marca con los dientes.

—Gracias, milord.

Kyle sonrió.

—Soy yo quien debe darte las gracias por el increíble regalo que me has hecho.

—¿Por qué me has llamado Mei-Lian?

—Supongo que... porque es tu nombre más íntimo —dijo Kyle, pensativo—. Un nombre adecuado para la máxima intimidad que un hombre y una mujer pueden compartir.

—¿Del mismo modo que Kyle es tu nombre más íntimo?

—¡Eso es! En todo el mundo, sólo mi hermano y mi hermana me llaman así todavía. —Le besó la punta de la nariz—. Y ahora tú.

—¿Tu padre no?

—Mi madre sí lo hacía: el nombre de Kyle es escocés y lo usaban en su familia. Pero he sido vizconde Maxwell desde el mismo día en que nací, así que mi padre siempre me ha llamado por mi título.

Kyle le acarició el torso con tanta ternura que Troth tuvo ganas de llorar. Aunque su corazón no estaba disponible, era el más dulce y atento de los amantes. Qué afortunada había sido Constancia al haber conocido la plenitud de su amor.

Mientras su respiración se calmaba, Troth se preguntó cuántas veces más podrían estar tendidos como ahora. ¿Quizá dos semanas, mientras viajaban a Hoshan y luego a Macao? No lo suficiente, nunca lo suficiente. ¿Acaso podrían seguir como pareja durante el viaje a Gran Bretaña? Eso llevaría como mínimo cuatro o cinco meses, o más si los vientos no eran favorables.

No. No debía engañarse. Ese éxtasis debería terminar cuando él estuviera de regreso entre los suyos. Todo lo que ella tendría sería esa noche y un puñado de días por delante. Debía aprovecharlos al máximo.

Kyle se durmió lentamente, disfrutando de tener a Troth entre los brazos. No había sentido tanta satisfacción desde antes de la enfermedad de Constancia. La amistad podía no ser lo mismo que el amor, pero obviamente era una mejor base para la intimidad que la lujuria o la transacción comercial, no importaba cuánto se disfrazara esta última.

Al despertarse, aún medio dormido, tendió el brazo hacia ella y descubrió que se había ido. Estaba amaneciendo y los objetos apenas se divisaban en la pálida luz. Como la rejilla todavía bloqueaba la salida, Troth debía de estar cerca.

Reprimiendo un bostezo, se levantó y se puso la ropa interior, y luego buscó a tientas el camino hacia el santuario. Allí la encontró bailando delante de Kuan Yin. Descalza y ataviada con la misma sencillez que él, Troth se deslizaba por el suelo de piedra con una gracia que cortaba la respiración; sus movimientos eran fluidos como un sauce al viento. Todavía llevaba el pelo suelto, y ondeaba y flotaba alrededor de ella con cada movimiento. Apenas visible a la tenue luz, tenía una belleza mágica que no era del mundo que él conocía.

Troth flotaba en un giro lento que la llevó a volverse hacia él con expresión radiante. Kyle sintió una profunda punzada al saber que ese gozo debería haber sido para otro hombre, uno que pudiera amarla y respetarla como ella se merecía.

Sin embargo, era una mujer adulta, en muchos sentidos más sabia que él, y la noche anterior le había dejado bien claro que ella sabía exactamente lo que hacía. Dada su extraña media vida en Cantón, había necesitado aceptar su feminidad para fortalecerse con vistas a integrarse en un mundo nuevo para ella. La buena fortuna le había permitido que ella lo eligiese para que le enseñara una de las mayores lecciones de la vida.

Al verlo, Troth se inclinó profundamente en una reverencia.

—Milord.

—No soy tu lord, sino tu amigo. —Le cogió las manos y la puso de pie—. ¿Qué clase de danza era esa? Nunca había visto nada parecido.

Troth sonrió.

—No es una danza sino tai chi, ejercicios para equilibrar la energía chi. En Macao, desde niña he practicado tai chi y wing chun casi todas las mañanas en los jardines. A veces Chenqua se me unía para los ejercicios en pareja y como contrincante.

—¡Dios, cuánta energía antes del desayuno! —No le asombraba que ella estuviese en espléndidas condiciones físicas—. ¿Realmente los ejercicios te hacen sentir más en armonía?

—¡Oh, sí! Si no los hago durante unos días, empiezo a sentirme mal.

—Parece algo que me beneficiaría bastante conocer. ¿Puedes enseñarme?

—¿Te gustaría realmente?

—Ahora mismo, si no te importa enseñarme.

—Entonces empezaremos con los ejercicios de una figura sencilla, la que llamamos «rechazo del mono». —Con todo el cuerpo moviéndose y levantando un brazo delante de ella, con la palma hacia arriba, Troth comenzó a deslizarse hacia atrás—. El mono que se enfrenta a un tigre se escapa poniendo una pata en el hocico de la fiera al batirse en retirada. Mientras el mono retrocede, alterna las patas, manteniendo a distancia al enemigo.

Kyle trató de imitarla en los movimientos, sintiéndose torpe. Estaba lejos de ser tan fácil como parecía.

—Esto quizá podría haber funcionado ayer, cuando te enfrentaste al tigre.

—Lo dudo, incluso aunque hubiera tenido el buen tino de intentarlo. El tigre me habría arrancado la mano de un mordisco antes de buscar mi garganta —dijo Troth entre risas—. No te esfuerces tanto, milord. Esto debería ser natural, relajado. Siente el chi fluyendo a través de ti como un río de luz.

Un río de luz. Kyle se concentró en la imagen, lo que le permitió relajarse y descubrir que los movimientos resultaban más fáciles, aunque él nunca tendría la gracia de ella.

Después de enseñarle media docena de posturas, lo guió en una versión lenta del ejercicio completo. Kyle la siguió por el suelo del santuario bajo la mirada benevolente de Kuan Yin, sintiéndose feliz, libre y completamente en paz.

—¡Muy bien! —dijo ella, riendo—. Ahora otra vez. La postura tiene que convertirse hasta tal punto en parte de ti que no necesites pensar en lo que estás haciendo. Entonces el chi fluye con libertad.

—¿El objetivo no es el que danza sino la danza?

—¡Exactamente!

Troth lo guió otra vez a través de la postura, más rápido, y luego otra vez, mientras él repetía los movimientos de ella. Poco a poco, él dejó de pensar en su cuerpo y dejó que su mente fluyera por completo mientras la seguía con la mirada. Era una mujer adorable, diferente a cualquier otra mujer del mundo, una encantadora mezcla de mente, cuerpo y espíritu.

¿Cuántas veces era uno feliz y completamente consciente de ello al mismo tiempo? Él era feliz ahora...

La postura cambió a la de la urraca posándose en una rama. De inmediato se sintió confundido, moviéndose hacia la derecha cuando debería hacerlo hacia la izquierda, y chocó con fuerza contra Troth.

—¡Lo siento!

Troth soltó una risita y se soltó, tan libre como la muchacha que no le habían permitido ser.

—Los errores se superan. En realidad, eres muy bueno para ser un inglés almidonado.

—Algunos de los movimientos evasivos que se usan en el boxeo europeo son parecidos, aunque resultan burdos comparados con tu wing chun. ¿Cómo son los ejercicios en pareja?

—El más simple es el «manos que empujan». Colocamos juntas las palmas de nuestras manos y las movemos entre nosotros, controlando los movimientos. Cuando una persona ataca, la otra debe bloquear el golpe.

—No me atrae el ataque, pero el ejercicio parece interesante. —Kyle apretó las palmas de las manos contra las de ella. Las manos de Troth eran delgadas, pero sus dedos eran largos y potentes. Ella resplandecía con fuerza y armonía—. ¡Dios mío! ¡Creo que siento algo de ese chi que viene de ti! ¿Es posible eso?

—Sí, uno debe sentir la energía del oponente para saber lo que él hará antes de que lo haga. Intenta soltarte de mis manos y yo trataré de mantenerte bloqueado.

Habiéndola visto luchar, Kyle pensó que era totalmente posible que ella supiera lo que sus oponentes harían antes de hacerlo. No importaba cómo moviera él los brazos, ella permanecía junto a él como si estuvieran pegados.

—Esto se parece más bien a un vals de lucha.

Añadió juego de piernas a las manos que empujan y empezaron a moverse como bailarines por la amplia cámara. No importaba si él presionaba hacia delante, se deslizaba al costado o se replegaba: ella no se despegaba de él, sonriéndole burlona y con los pies veloces como los de un bailarín escocés. Kyle se movía cada vez más rápido hasta que ambos acabaron jadeando, mientras permanecían tan unidos como un hombre a su sombra.

Mientras la sangre se le aceleraba por las venas, Kyle recordó la danza íntima que habían compartido la noche anterior. El deseo aumentó hasta el punto de que no pudo pensar en otra cosa. Pero ¿cómo soltarse de las manos que empujan y hacer algo al respecto?

Él no debía planificar sus movimientos, ya que ella adivinaba cada intento. Así que Kyle pensaba en esa deliciosa boca, en ese cuerpo esbelto y flexible, en la generosidad con que ella mantenía relaciones sexuales.

Al deshacerse de su pensamiento consciente en favor del instinto, Kyle bajó los brazos, rompiendo el contacto con las manos de Troth. Luego la cogió por la cintura y la arrastró al suelo.

—¡He ganado! ¡Ahora hay otro tipo de ejercicio en pareja que debemos ensayar!

Aunque le rodeó el cuello con los brazos y la cintura con las piernas, Troth jadeaba.

—Milord, dicen que es peligroso pasar del ejercicio chi al acoplamiento. El elemento fuego podría prevalecer y dañar los órganos internos.

Kyle la miró sorprendido, trastornado por la vibrante forma femenina que tenía entre sus brazos.

—¿De verdad?

—No lo sé —confesó ella—. Pero no estoy segura de querer arriesgarme.

Kyle la besó donde su cuello latía.

—Seguramente el peligro habrá pasado antes de que te lleve a la cámara de allí abajo.

Troth ahogó la risa.

—Estoy totalmente segura de que tienes razón. —Mientras él la llevaba en brazos por el pasaje hacia el lecho, Troth le mordisqueaba la oreja, susurrando como un gato.

Riendo, se tumbaron, y se quitaron la ropa, quedando piel contra piel. Su piel de marfil era como la seda, infinitamente acariciable. Kyle trató de besarle cada centímetro mientras con las manos le recorría el cuerpo, recordando lo que a ella más le gustaba.

Troth era una sinfonía de extremidades esbeltas y suaves curvas femeninas, excepto por la gloriosa opulencia de los pechos.

—Eres más deliciosa que el banquete de Chenqua —dijo con voz ronca—. Un banquete digno de reyes.

—No me gustaría estar con un rey, a menos que haga el amor como tú. —Le mordisqueó el hombro mientras encajó la cadera en la de él.

—Mei-Lian. —Kyle le separó las piernas con las rodillas—. Sauce hermoso.

Entró lentamente, por si estaba dolorida de la noche anterior, pero Troth rechazó la suavidad. Maravillosamente en forma y firme, con el cuerpo caliente por los ejercicios de wing chun, Troth era como una tigresa que exigía igual desenfreno a su compañero. Rodaron de las mantas hasta el suelo, totalmente ajenos al frío de la roca.

Kyle se detuvo de espaldas, sosteniéndola encima de él. Troth ahogó un grito cuando él le permitió imponer su propio ritmo al apareamiento, rebosante de placer mientras ella experimentaba un nuevo registro de sensaciones y el poder del mando. Hasta que el control se hizo añicos y la pasión le reclamó, en cuerpo, mente y voz.

Cuando a Troth se le normalizó la respiración, Kyle la rodeó con los brazos y rodaron otra vez hasta que él quedó encima de ella. Se permitió media docena de lentas embestidas, exquisitas hasta que casi no pudo más y se retiró apenas a tiempo. El orgasmo lo dejó completamente exhausto y semiparalizado de placer y agotamiento.

—Tú, mi querida muchacha —gimió Kyle—, estás aprendiendo las formas de hacer el amor mucho más rápido y mejor de lo que yo estoy aprendiendo tai chi.

Troth soltó una risotada que retumbó sordamente contra el pecho de Kyle.

—Entonces debes de ser mejor maestro que yo.

Kyle se puso de costado, alegrándose de que lograran acabar sobre la manta, ya que estaba demasiado agotado para moverse un solo palmo.

—O tú eres mejor alumna.

Troth deslizó la rodilla entre las de él y se relajó con un suspiro de placer.

—¡Qué espléndido es estar hechos el uno para el otro!

«Estar hechos el uno para el otro» era un eufemismo. No había sentido tanta satisfacción durante años. Tal vez nunca. Le cerró el paso a este pensamiento. El pasado no tenía cabida en ese momento.

Se quedaron tendidos y abrazados hasta que empezó a llover. Las gotas de agua caían por los agujeros luminosos de arriba y golpeteaban sobre el suelo. En tono soñador, Troth dijo:

—Los poetas llaman «nubes y lluvia» al coito porque es un símbolo del acoplamiento del cielo con la tierra. Las nubes surgen de la tierra hasta encontrarse con las húmedas lluvias que bajan del cielo.

—¿Quieres decir que algunas de las hermosas pinturas de paisajes chinos que he ido coleccionando simbolizan en realidad la unión sexual?

—Es uno de los tema favoritos de los artistas.

—Ya veo por qué. —Kyle se estiró—. Pero es hora de levantar el campamento y volver a ponerse en camino, aunque no estoy seguro de tener fuerzas para ponerme de pie, y mucho menos para caminar todo el día.

—Hay una práctica china que quizá te interese. —Troth se incorporó sobre las piernas cruzadas y empezó a peinarse el pelo—. Cuando los hombres se unen a sus esposas y concubinas suelen no soltar su *ching*, su simiente. Esta conserva el yang, su esencia masculina, de modo que pueden aparearse una y otra vez sin agotarse, sacando fuerza de la esencia yin femenina.

—¿De verdad?

Kyle se ocupó de peinarla así que pudo hundir las manos en el suntuosa cabellera de Troth. Ella inclinó la cabeza hacia atrás confiadamente mientras él le deshacía los nudos del cabello. Kyle se tomó todo el tiempo del mundo, disfrutando de la tarea, porque él se había perdido este tipo de dulce y cálida domesticidad tanto como se había perdido tener una amada compañera de cama.

—No me imagino cómo funciona eso —confesó Troth—, pero me dijeron que cuando un hombre domina esta técnica, le proporciona gran placer y una notable resistencia.

Kyle trató de imaginarse cómo se podía hacer eso. Quizá fuese posible.

—¿Eso lo aprendiste de tu amiga Ling-Ling?

—Ella era una fuente de información excelente —dijo Troth con recato—. Pero también había muchos libros en la biblioteca de Chenqua.

—Vi un libro de esos en Cantón. —Una noche, después de cenar, lo habían hecho circular junto con el oporto, con miradas lascivas y risitas embarazosas—. Por supuesto que no pude leer las palabras, pero las ilustraciones serían consideradas pornografía en Europa.

Troth frunció el ceño.

—Los hombres *fan-qui* son como niños que ríen tontamente. Cuando se habla de relaciones sexuales, el taoísmo enseña que una sexualidad satisfactoria es esencial para la vida armónica, así que en nuestro país hay muchos textos que describen cómo conseguirla.

Tal vez era por eso que Troth estaba abierta hacia el sexo, algo impensable en una virgen europea.

—No me has descrito esta parte de la teoría taoísta. Cuéntame más.

—Las mujeres tienen esencia yin interminable, de modo que un hombre debería prolongar su unión para absorberla tanto como sea posible —explicó Troth—. Es importante unirse con las de un temperamento alegre y cariñoso, porque los amantes absorben energía uno del otro y nadie desea aceptar energía contaminada. —Troth sonrió pícaramente—. Es esencial que un hombre satisfaga a su pareja, porque de esa forma él obtendrá más yin de ella.

Kyle empezó a trenzarle el sedoso pelo.

—Entiendo por qué a las mujeres chinas les gusta esta filosofía. Pero ¿qué pasa con los hogares donde los hombres tienen varias esposas y concubinas?

—Para ser un verdadero dueño de su casa, un hombre debe mantener satisfechas a todas sus mujeres. Por eso tiene que retener su *ching*, y así podrá cumplir con sus obligaciones. Diez veces por noche se considera un buen número.

Kyle ahogó un grito.

—¿Cuántos hombres cumplen regularmente en ese nivel?

—No demasiados, me imagino, pero ese es el ideal tradicional. Los libros dicen que retener el yang produce una satisfacción muy intensa llamada la Meseta del Placer. Se debería soltar la simiente sólo si se desea engendrar un hijo. Eso se llama la Cima del Ching.

Encantado por el estilo académico de Troth, Kyle dijo:

—¡Fascinante, tendré que probarlo!

Y si Troth estaba en lo cierto sobre la Meseta del Placer, él podría encontrar el placer sin retirarse. En comparación, las prácticas sexuales europeas empezaban a parecerle muy burdas.

Con una sonrisa encantadora, Troth le lanzó una mirada por encima del hombro.

—Deberías pensar que aprender a hacer esto requiere mucha práctica.

Kyle sonrió burlón a su espalda. ¡Qué magnífica perspectiva para los próximos días!

21

Inglaterra.
Diciembre de 1832.

El baúl de Troth, con sus pertenencias personales, llegó a Warfield Park dos días antes del baile anual de Navidad de sus anfitriones. Había pensado que el equipaje debía de haberse perdido, pero sólo había llegado en un barco más lento que el que la había traído a ella.

Después de la partida de los lacayos que entregaron el baúl, Troth se arrodilló y lo abrió con la llave. En el interior había recuerdos de su vida china, tal como los había embalado en el *hong* Elliott. Con tristeza, extrajo el vestido escarlata bordado que Kyle le había regalado. ¡Le había emocionado y complacido tanto su generosidad! Apartó el vestido doblado, lamentándose de que nunca hubiera tenido la oportunidad de ponérselo para él.

Rebuscó entre sus posesiones y rescató la docena de libros de su padre que había conseguido conservar tras su muerte. Se consoló poniéndolos en fila en el estante habitualmente ocupado por los volúmenes prestados de la biblioteca de Warfield. Las pertenencias ayudaban a definir quién era uno.

Unos golpes en la puerta indicaron la llegada de Meriel y de su doncella.

—Es hora de prepararte para el baile —anunció la condesa—. Las costureras han trabajado durante toda la noche para terminarte el vestido.

Troth las dejó entrar, preparándose para que la convirtiesen en una refinada dama. Habría preferido ocultarse en su habitación y leer durante el baile, pero no podía. Aunque nadie lo había dicho explícitamente, el baile era el momento que habían escogido los Renbourne para comunicar públicamente que la habían aceptado como miembro de la familia.

Mientras Meriel se ovillaba en su sillón, la doncella se disponía a peinar a Troth en un estilo que irónicamente se conocía como *à la chinoise*, que significaba cepillar el pelo hacia atrás y recogerlo en un moño trenzado, dejando delicados rizos en la frente y en las sienes. Aunque el estilo no era muy chino, con las flores del invernadero de Meriel entrelazadas en el moño, el efecto resultaba bonito.

A continuación vino la ropa interior, que incluía ballenas acolchadas, necesarias debajo de un vestido de fiesta. Troth soportó estoicamente el aprisionamiento de los lazos. Los europeos condenaban el vendaje chino de los pies, pero cualquier sociedad que inventara el corsé tenía mucho que decir.

Por último, le pusieron el vestido de fiesta por la cabeza y le ciñeron los lazos para moldearlo a su figura. Se había discutido mucho para la elección de la tela.

La señora Marks, una de las tías de Meriel —que en realidad no era una tía, sino una especie de prima—, le había explicado las normas del duelo. La muerte de un cónyuge exigía doce meses de ropa y conducta sobrias. A diferencia de China, donde el blanco era el color del luto, allí debía ponerse prendas de color negro mate durante seis meses y debía evitar las reuniones sociales. Después de eso venía el «segundo duelo», que podía incluir grises o azules apagados y toques de blanco.

Meriel se había opuesto a encargar adornos negros para su huésped porque las costumbres chinas eran diferentes, pero había estado de acuerdo con la señora Marks en que, por el propio decoro de la primera aparición pública de Troth, el aspecto debía ser el de un segundo duelo. La modista había confeccionado una hermosa seda con motivos de sombras tenues en azul lavanda que le sentaba maravillosamente a Troth.

Habiendo dejado el diseño en las hábiles manos de Meriel y de la modista, Troth se horrorizó al mirarse en el espejo.

—No puedo ponerme esto en público —dijo respirando entrecortadamente—. ¡Es... es indecente!

—¿Indecente? —Meriel frunció el ceño.

Troth se había acostumbrado un poco a las formas ceñidas de los vestidos europeos, aunque prefería la holgura de la ropa china. También le había agradado descubrir que sus pechos, que parecían vulgarmente grandes en China, en Inglaterra se consideraban muy bien proporcionados.

Pero eso no la había preparado para un vestido de fiesta a la moda. Observó la gran extensión de piel desnuda, consternada por el modo en el que el corsé conspiraba para hacer que el busto pareciera verdaderamente enorme.

—¡Esto se ajusta como una segunda piel y no tiene parte de arriba!

—Porque estás de duelo; en realidad está cortado más bien alto, para lo que son los vestidos de baile. —Meriel ladeó la cabeza con expresión pensativa—. ¿La ropa china es muy diferente de este vestido?

—El cuerpo de una mujer no debería exponerse a los ojos de ningún hombre que no sea su marido. Incluso el cuello debería cubrirse. Por esa razón las vestimentas femeninas tienen collares altos.

—¿Puedes soportar llevar el vestido? —dijo la condesa con delicadeza—. Estás muy favorecida.

Troth respiró hondo, lo que hizo que el escote fuese aún más inquietante, y trató de verse con objetividad, sin vergüenza. El vestido estaba magníficamente cortado y confeccionado, y, de no ser por los ojos, hacía que pareciera inglesa.

Ansiaba con todas sus fuerzas parecer inglesa.

—Lo soportaré... si ese es tu deseo.

—Lo que importa es lo que tú desees.

Troth se mordió el labio inferior. Si bien todos los adultos Renbourne que había conocido la animaban para exponer sus preferencias, ella todavía se deslizaba automáticamente en la complacencia. Pero ahora era una dama inglesa, una vizcondesa con derecho a tener opiniones propias.

—Me... me gustaría ponerme este vestido porque Kyle habría querido que luciera lo mejor para sus amigos y su familia.

—Muy bien. —Meriel abrió un cofre de joyas recubierto de terciopelo y sacó un espléndido collar de perlas de cinco vueltas unidas por una serie de placas de oro con incrustaciones de amatista—. Esto puede ayudar con el escote.

—¡Es precioso! —Troth acarició las suaves perlas con las yemas de los dedos—. ¿Se pueden llevar estas joyas magníficas durante el duelo?

Meriel se encogió de hombros.

—Ya nos hemos apartado un poco de otras reglas.

—Gracias por prestármelo.

Meriel le ajustó el gran collar alrededor del cuello.

—El collar y los pendientes a juego son tuyos, son un regalo de lord Wrexham.

—¿Del conde? ¿Por qué es tan generoso si apenas me conoce y jamás habría aprobado mi matrimonio?

Meriel suspiró.

—Creo que para él es una especie de duelo. No puede hacer nada por Kyle, así que le gustaría hacer algo por ti.

Troth debería haberlo adivinado por sí misma. Con cuidado, se quitó los pequeños adornos de oro de las orejas y se puso los bamboleantes zarcillos de perlas y amatistas.

El haberse perforado las orejas había resultado muy emocionante. Los pendientes eran una de las cosas femeninas que ella más había ansiado, pero, por supuesto, Jin Kang no podía llevarlos. No le importaba que los nuevos pendientes le hicieran daño porque eran pesados y sus orejas no estaban cicatrizadas del todo. Esa noche ella era una verdadera mujer, sin lugar a dudas.

—También hay otro regalo. —Meriel le entregó una pesada esclava, un aro hecho de cuerdas de oro serpenteantes.

La mirada de Troth se fijó en el anillo de Kyle, que había sido reducido para que lo llevara en la mano izquierda.

—Tiene el mismo diseño de... mi anillo de matrimonio.

—Son el tradicional nudo celta. Tanto el anillo como el brazalete provienen de la familia escocesa de la madre de Dominic y Kyle.

Troth acarició el intrincado dibujo grabado.

—Seguramente esto te pertenece.

—Las joyas de la familia no se poseen, sino que se conservan en confianza. Creo que a Kyle le habría gustado que tuvieras el brazalete.

A Troth se le enrojecieron los ojos.

—¡Eres muy amable!

—Tú has enriquecido nuestras vidas, Troth. —Meriel hizo un gesto a la doncella—. Ahora debo vestirme. Pasaré a buscarte cuando sea el momento de hacer la entrada.

La condesa regresó después de un sorprendentemente corto intervalo, deslumbrante con un vestido de color jade que intensificaba el verde pálido de sus ojos y hacía que su pelo brillara como la luz de la luna. Junto a ella estaba Dominic, que dijo:

—Estás increíblemente hermosa, Troth. Mi hermano siempre tuvo un gusto excelente.

Sonriente, le ofreció el brazo izquierdo. Con Meriel a su derecha, escoltó a las dos damas por las amplias escaleras hasta el salón de baile. Con el oscuro traje de fiesta, llamaba la atención por lo apuesto y por lo dolorosamente parecido que era a su hermano gemelo.

Para entonces, Troth había visto lo suficiente a Dominic como para no confundirlo con Kyle, pero resultaba imposible no imaginar cómo habría sido todo si ella hubiera entrado a su primer baile del brazo de su marido. Dominic no la habría mirado con un dolor profundo en sus ojos. En su lugar, Kyle la habría contemplado con la intimidad y las promesas privadas de un amante.

Tragó saliva y se concentró en conocer a los otros invitados. Los nombres y las caras pasaban borrosos: un párroco y su esposa, un general, un barón y su esposa y, sorprendentemente, un hombre de piel oscura con barba y turbante y ropa de fiesta de muy buen corte. Los invitados estaban asustados por su aspecto extraño, pero ninguno parecía despectivo.

Y algunos hombres la contemplaron con inequívoco interés masculino. Antes, Troth había ansiado esa clase de atención. Ahora la ponía nerviosa porque no podía imaginar tener como amante a un hombre que no fuera Kyle.

Su nerviosismo inicial quedó atrás cuando empezó la música. Las tías de Meriel habían decretado que Troth no debería bailar porque estaba en su segundo duelo, un criterio que ella aceptó con alivio. Aunque podía disfrutar con el baile en el momento adecuado, por ahora era mejor observar y conocer a las damas locales.

A medida que avanzaba la noche, se dio cuenta de que siempre tenía un Renbourne cerca, asegurándole discretamente que no la dejaban sola y que no debía sentirse torpe. La familia de Kyle debía de quererlo mucho para extender sus cuidados a su viuda.

Aproximadamente una hora después de comenzada la fiesta, Meriel se le acercó con el rostro acalorado por el baile.

—Troth, creo que te gustaría mucho conocer a nuestra vecina, Jena Curry. —Después de hacer las presentaciones, la pequeña condesa se alejó con paso grácil. Troth se desconcertó al ver que Meriel llevaba sus zapatillas de seda.

Jena Curry era una mujer alta y atractiva de pelo y ojos oscuros. A Troth le encantaba conocer mujeres más altas que ella, como Jena y Lucia, la hermana de Kyle.

—Llámame Jena, como todos. ¿Me acompañas a dar un paseo por el invernadero de naranjos? Hará más fresco que aquí adentro.

Troth aceptó la invitación. Era un alivio visitar el apacible invernadero, con el aire impregnado de azahar.

—Me encanta este lugar. —Jena tocó una flor de un intenso color rojo escarlata—. Algún día construiremos un invernadero en Holliwell Grange, aunque quede extraño. Es mucho menos espléndida que Warfield, en realidad sólo es una gran casa de campo.

—Contemplar esta belleza durante todo el año bien vale la pena una pequeña rareza. Me encanta venir aquí. El calor y las plantas me recuerdan al sur de China —dijo Troth.

—A mí me hace pensar en la India.

Con un frufrú de faldas, Jena se sentó en un banco rodeado de plantas exuberantes.

Troth se sentó junto a ella.

—¿Has visitado la India?

—Nací allí. Mi padre era oficial del ejército de la India.

Troth hizo memoria de los invitados y recordó a un hombre alto, de porte elegante y mirada astuta como la de Jena.

—¿El general Ames es tu padre?

—Sí. Viví en la India hasta los veinticinco años. Mi madre era una hindú de casta alta.

Troth contuvo la respiración, comprendiendo.

—Por eso Meriel quería que hablaras conmigo. —Observó el rostro de la mujer—. Tu sangre mestiza no es tan evidente como la mía.

Jena sonrió.

—Si me vieras vistiendo un sari y al lado de mi marido, que es hindú de pura sangre, yo no parecería inglesa en absoluto. Pero tienes razón: vestida como una inglesa, sólo parezco de piel oscura. Tu herencia china es más visible.

Troth se inclinó hacia delante, interesada.

—¿Cómo es para un asiático vivir entre estos ciudadanos británicos?

—La posición de mi padre me protegió de los prejuicios. —Jena torció la boca—. La única vez que realmente sufrí fue en mi primer matrimonio con un hombre que se horrorizó al enterarse de que mi sangre estaba «contaminada». Eso llevó... a una situación muy desagradable. Murió cuando yo estaba en el proceso de obtener la separación legal.

Troth supuso que había toda una historia en eso, pero era probable que Jena no hablase de ello a la ligera.

—¿Tu segundo marido es el caballero hindú alto que está aquí esta noche?

—Sí. Curry es la versión anglosajona de su apellido —dijo Jena riendo—. Puesto que ha elegido pasar el resto de su vida en Inglaterra, Kamal ha adoptado algunas de las costumbres y vestimentas locales, pero su barba y su turbante me recuerdan que no soy totalmente inglesa. Y no quiero serlo.

—¿Nunca has pensado que resultaría más fácil ser una cosa u otra?

—Quizá fuese más fácil, pero entonces no sería yo misma. —Jena observó a Troth con sus grandes y oscuros ojos—. La facilidad no es el objetivo de la vida. Me imagino que tu vida en

Cantón debió de ser difícil, pero no renuncies a tu parte china. Ser sólo inglesa te empobrecería.

Eso era fácil de decir para Jena, con sus rasgos que pasaban por europeos y una vida transcurrida bajo la protección de un padre de alto rango. Aunque el primer marido parecía desafortunado, el segundo era un hombre asombroso, que parecía inteligente y dotado para el mando, y era evidente que la pareja había sido aceptada por la sociedad local, a pesar de su sangre extraña. Jena no podía saber cómo era vivir como una paria, incapaz incluso de mantener su propia identidad sexual.

—Con mi cara, yo no podría renunciar a mis orígenes aunque quisera.

Jena analizó la expresión de Troth, pero no continuó insistiendo en el tema.

—Aunque aquí la gente es más bien conservadora, como los campesinos de todas partes, hay una tolerancia básica. Con tu matrimonio, has entrado a formar parte de una familia que te protegerá como mi padre lo hizo conmigo. Cuando finalice tu duelo, tendrás una vida rica y plena en Inglaterra.

—Así lo espero —dijo Troth sombríamente—. No he dejado nada en China.

22

Hoshan, China.
Primavera de 1832.

El sendero se cortaba abruptamente alrededor de un saliente pedregoso, y allí abajo estaba Hoshan. Kyle se detuvo, atónito por la belleza del templo. En su grabado original se veía agua, pero él no se había percatado de que el templo estaba construido sobre una isla en el centro de un lago. Con el cielo reflejado en el agua, Hoshan parecía flotar en el cielo.

Al otro lado del burro, Troth susurró con la forma de hablar especial y casi inaudible que ambos habían desarrollado.

—Es verdaderamente hermoso, ¿verdad? El color azul de las tejas de los tejados está reservado para las construcciones religiosas.

Tejas azules por el color del cielo. Kyle observó con avidez el templo y las otras construcciones desperdigadas alrededor de él; apenas podía creer que en las dos horas siguientes entraría por fin en Hoshan. Sintiendo una extraña mezcla de emoción y de temor, reanudó la marcha por el estrecho camino que se pegaba a la ladera de la montaña y descendía casi en picado hasta el lago. Por encima y por debajo de ellos se podía ver algunos peregrinos aquí y allá.

Kyle recordó que debía arrastrar los pies y llevar la cabeza gacha como un anciano débil, algo que resultaba difícil cuando se sentía más bien como un hombre joven que acaba de descubrir los deliciosos placeres de la carne. De pura euforia, esa maravilla lo hacía querer romper a cantar o bajar la montaña corriendo.

Por supuesto que Troth merecía un reconocimiento por la vigorosidad de él, porque realmente era ella la que estaba descubriendo los placeres de la carne. Apasionada y entusiasta, resultaba irresistible. Después de borrar las huellas de su estancia y dejar la cueva del santuario, continuaron viaje desde las montañas hacia las tierras de labranza más pobladas. Al anochecer se detuvieron en una posada de pueblo parecida a aquella donde habían pasado la primera noche.

La sangre de Kyle había estado todo el día en ebullición, y no bien estuvieron seguros en su habitación estrechó entre sus brazos a su compañera. Terminaron de aparearse contra la áspera pared de ladrillos de barro. Troth se comportó tan frenéticamente como él.

Después de recuperar algo de fuerzas con el arroz de la cena, Kyle había practicado las recomendaciones taoístas, descubriendo que sí era posible retener su simiente y prolongar el placer de ambos. En las noches siguientes —y en un apasionado e indiscreto intervalo junto a un umbrío arroyo— Troth había cooperado con risas y entusiasmo en sus experimentos a veces torpes. Él no sabía que era posible tener una relación con una mujer que fuese, a falta de un término mejor, una amiga apasionada.

Con Troth no había lágrimas ni reproches ni manipulaciones, ninguna implicación de ese tipo, porque eran compañeros de cama; ella le pertenecía a él. Era totalmente honesta, generosa e increíblemente abierta con su naturaleza física. Dado el modo embriagante con que habían estado dándose un festín uno al otro, fue increíble que lograran llegar a Hoshan. Pero lo habían hecho. Tres semanas de viaje, yendo más lento de lo que habían planeado porque no había ninguna razón para darse prisa, los había conducido al templo que había obsesionado a Kyle durante media vida.

Mientras elegían el camino por donde bajar, Kyle casi lamentó haber alcanzado su objetivo. Hasta ese momento, sus expectativas habían alimentado el viaje. El regreso sería decepcionante, con cada paso acercándole al final del viaje y de la intimidad con Troth.

Se oyó un ruido de guijarros por debajo de ellos en el camino: un peregrino de regreso se acercaba. Pronto aparecieron dos porteadores llevando un palanquín por el estrecho camino. Kyle, Troth y *Sheng* se pegaron a la pared en una zona ancha del sendero mientras pasaba el palanquín, que llevaba cortinas para que su ocupante no pudiese ser visto. Los vigorosos porteadores trotaban veloces, indiferentes a la lluvia.

Cuando perdieron de vista al grupo, Kyle murmuró:

—¿Se movían tan veloces porque confiaban en sí mismos o porque creían que, si caían al precipicio y morían, renacerían rápidamente en un estado mejor?

Troth sonrió.

—Es probable que se especialicen en transportar inválidos y peregrinos al templo y que hayan pasado cientos de veces por este sendero.

—Desde luego, lo hacen mejor que yo. —Kyle lanzó una mirada preocupada al abismo que se abría a su izquierda—. Desde luego, quienes construyeron Hoshan no deseaban que su templo fuera muy accesible.

—Si fuera fácil llegar a él, sería menos especial.

Al ver que se aproximaban otros peregrinos, guardaron silencio. El sendero terminaba en el lago, donde un puñado de vendedores se encargaban de las necesidades de los peregrinos. Después de acomodar a *Sheng* en la caballeriza, Troth compró un ramo de fragantes flores y una cesta de paja con más flores para las ofrendas, y las puso en los brazos de Kyle. Luego lo cogió por el codo y lo guió hasta el embarcadero, donde los aguardaba un bote para llevarlos a ellos y a algunos otros hasta la isla.

Kyle estaba cada vez más nervioso mientras, como una golondrina, el bote avanzaba rozando apenas la superficie, propulsado por los fuertes brazos de un hombre joven vestido de gris. ¿Y si había hecho aquel largo viaje para encontrar sólo belleza? Había visitado santuarios de muchos países, buscando alguna comprensión fugaz que no podía ni siquiera nombrar. En alguna ocasión había sentido que estaba cerca de alcanzar lo que buscaba. Pero nunca lo suficientemente cerca.

Al llegar a la isla, Troth ayudó a Kyle a bajarse del bote con la deferencia debida a su avanzada edad y a su estado de salud, y luego lo guió por los anchos escalones que conducían a la entrada del templo. Con el corazón latiéndole con fuerza, Kyle observaba a través del fino tejido de sus vendajes la estructura que había atrapado su imaginación, encantado tanto con las doradas bestias míticas que se colgaban de los dinteles curvos como con las proporciones armoniosas y perfectas del templo.

Sobre todo, Kyle sentía el poder puro que emanaba aquel lugar. Era como la cueva del santuario dedicado a Kuan Yin, pero multiplicado por cien. Hoshan irradiaba una energía sagrada que humillaba e iluminaba. Lo podía sentir en cada fibra de su ser.

Con unas voces extrañamente bellas, el sonido de las salmodias de los monjes salía a ráfagas de la gran entrada en forma de arco. Troth lo sujetó fuertemente por el codo. Uno tenía que ser de piedra para que Hoshan no le afectara.

Se apartaron de la luz del sol y se adentraron en el misterio. El enorme santuario tenía una cúpula con el techo ricamente encofrado de azul y oro e iluminada por muchísimas velas. El incienso de madera de sándalo perfumaba el aire tan intensamente que Kyle podía sentirlo en la lengua.

Rodeando al presbiterio estaban los altares de otras deidades, pero fue la imponente estatua de Buda, dorado y sereno, la que atrapó su atención. Allí estaba el corazón de la energía del templo, el poder innato de la imagen realzado por veinte siglos de plegarias.

Casi todos los numerosos monjes estaban sentados en posición de loto mientras cantaban sus rezos con una intensidad que resonaba en la mente; algunos de ellos se dedicaban a ayudar a los visitantes. Al aproximarse uno de ellos, Troth hizo una reverencia y le habló bajito, dándole una ofrenda de monedas de plata. El monje la aceptó con un movimiento de cabeza y le dio a Troth media docena de largas varas de incienso encendidas.

Agarrándolo con fuerza, Troth guió a Kyle para que colocaran las flores y las frutas ante el altar. Durante el viaje, Troth le había explicado que no era la imagen lo que se adoraba, sino la consciencia espiritual que ella representaba. Sin embargo, bajo aquella luz titilante el rostro de Buda parecía casi vivo, con la mirada tan profunda que resultaba fácil entender por qué algunos fieles creían que la estatua era divina en sí misma.

Después de hacer que retrocedieran algunos peldaños, Troth le pasó tres de las varas de incienso. La noche anterior ella le había explicado el ritual correcto. Primero, Kyle debía arrodillarse para rezar o meditar. Cuando finalizara sus oraciones, debía colocar las varas de incienso en el pebetero, y luego inclinarse hasta tocar el suelo con la frente en señal de respeto antes de ponerse de pie.

Kyle obedeció y se movió con la lentitud de un anciano mientras se arrodillaba en el frío suelo de mármol. ¡Por fin habían llegado al corazón de su viaje! Detrás de su vendaje, cerró los ojos y dejó que el espíritu del lugar lo colmara. Poder. Bondad. Misterios totalmente incomprensibles para los hombres mortales.

¿Por qué un pecador como él hacía este peregrinaje? Dios sabía que no era para burlarse, sino más bien para buscar la sabiduría y la gracia.

No se merecía todo aquello. El pasado vino a su mente, los recuerdos eran un nudo de hierro cuando evocaba cada instante de ira y de egoísmo. Había estado distanciado de su hermano durante una década, y la culpa de eso correspondía casi exclusivamente a su propia obstinada arrogancia. Sabía cuánto significaba él para su padre, como hijo y como heredero, y sin embargo le había negado deliberadamente el calor que el viejo conde imploraba en secreto.

Y Constancia... Ella había sido su escudo y su salvación, pero, sin embargo, hasta literalmente la hora de su muerte él había sido incapaz de expresarle cuánto significaba para él.

La desesperación lo fue invadiendo casi hasta ahogarlo. Había nacido bajo una buena estrella y había demostrado ser completamente indigno de su buena fortuna. Era frívolo, inútil, un fracaso en todo lo realmente importante. Dios mío, ¿por qué había nacido?

Cuando las lágrimas le cubrían el rostro vendado, unos dedos vacilantes le tocaron la mano izquierda. Troth. Desesperado, se aferró a ella en busca de un ancla en una tempestad de reproches a sí mismo. «Troth», pensó.

Ella le apretó la mano, y en ese apretón sintió el latido del chi de Troth. Puro y brillante, irradiando una compasión que reconfortaba en lo profundo de su oscuridad. Ese primer toque de luz creció como el sol naciente elevándose en un globo de fuego purificador, convirtiendo en cenizas el dolor y las incertidumbres, las mezquindades y los pesares. Se sentía calentado, fundido, transformado.

Sí, él había sido imperfecto, unas veces duro de entendederas y otras completamente idiota, pero nunca malvado. Nunca había usado su poder para ser cruel; incluso en los momentos de mayor furia había cumplido con su deber y tratado de vivir con honor. Tal vez ahora podría aprender cómo cumplir con su deber disfrutando de ello. Sintió una inmensa y poderosa compasión por todas las criaturas sufrientes del mundo y la entendió como una sombra de la compasión sin límites que la Divinidad sentía por la humanidad, tanta compasión que había sido suficiente incluso para él. El júbilo le inundó.

¿Era esta claridad del alma lo que los cristianos llamaban gracia? ¡Qué extraño viajar por medio mundo para descubrir lo que los sacerdotes de su propia religión habían procurado explicar en sermones que él apenas había escuchado!

«En mi final encuentro mi comienzo.» Para él, el principio era descubrir la paz en lo profundo del alma. El desasosiego que lo había guiado desde niño se disolvió como si nunca hubiera existido. La paz interior no era algo que se encontraba solo en los confines de la tierra, sino una cualidad que se podía —se debía— encontrar dentro del propio corazón.

Troth se puso a su lado y entonces se dio cuenta de que tenía los músculos entumecidos y de que le dolían las rodillas por el suelo de mármol bruñido. Se preguntó cuánto tiempo había estado perdido en su laberinto interior.

Sintiendo que renqueaba lo suficiente para su papel de anciano, colocó los cabos de las varas de incienso en el pebetero y se inclinó hasta tocar el suelo con la frente en señal de respeto, y luego se puso de pie. Troth hizo lo mismo, pero con más gracia.

Juntos dieron vueltas alrededor del santuario para mirar las capillas más pequeñas. Trató de memorizar cada imagen, cada detalle mínimo e intenso para que en el futuro pudiera regresar al templo con su mente aun cuando nunca más lo hiciera físicamente.

Al salir del templo se adentraron en los jardines de atrás. Diseñados en una serie de grutas ideales para la contemplación, resultaban exquisitos. En una parte del jardín hecha con piedras de formas increíbles, Troth dijo entre murmullos:

—¿Te importaría esperar aquí unos minutos? Quiero entrar en el jardín de Kuan Yin y presentarle mis respetos antes de irnos.

—Por supuesto.

Kyle escogió un banco a la sombra de una montaña en miniatura hecha de piedras sin pulir, contento de que ella se marchara para realizar su propia adoración íntima.

En el jardín de piedras reinaba la paz. Los cánticos eran tan débiles que el sonido podría haber provenido de otro mundo. Lo más cercano era el apenas perceptible chapoteo de un pequeño salto de agua que caía a un pozo desde las rocas. Pájaros de brillantes colores desconocidos para Kyle se bañaban en el agua, cantando alegremente. Como no había nadie cerca, se volvió y apartó el vendaje de los ojos para poder ver Hoshan con claridad una vez más antes de marcharse. Resultaba todavía más encantador si no se veía a través de las brumas del vendaje.

Su serenidad se vio interrumpida cuando un monje anciano entró en el jardín de rocas; el gorjeo de los pájaros que se bañaban en la fuente había ahogado el ruido de sus pasos. El anciano echó una mirada a Kyle y se quedó paralizado.

«¡Maldición!», pensó Kyle reprochándose haber olvidado la realidad práctica de su situación. A la luz de la tarde sus ojos azules eran inconfundibles, y una vez vistos resultaba fácil distinguir los rasgos europeos que el vendaje ocultaba.

Procuró calmarse y lo consiguió, e incluso se le ocurrió una posible solución. Antes de que el monje lanzara un grito, Kyle se puso de pie y juntó las manos sobre el pecho en el típico saludo indio de buena voluntad.

—*Namaste* —dijo tranquilamente, inclinándose como si estuviera en la India.

Al reconocer el gesto, la arrugada cara del monje se relajó en señal de aprobación. Juntando las manos, repitió:

—*Namaste.*

Kyle volvió a inclinarse reverencialmente, haciendo todo lo posible para expresar sinceridad e inocencia, y luego salió del jardín de rocas. Se encontró con Troth cuando ella regresaba del santuario de Kuan Yin.

—Me he descuidado y un monje me ha visto como *fan-qui* —dijo, lacónico—. No creo que dé la voz de alarma, pero quizá sea mejor irnos de inmediato.

Sin perder tiempo en preguntas o reproches, Troth lo cogió del brazo y lo guió hasta el embarcadero. Uno de los botes estaba a punto de partir, así que buscaron un sitio en él y en pocos minutos estaban de regreso en la orilla.

Habían considerado la posibilidad de pasar la noche en la posada a orillas del lago, pero eso ahora estaba fuera de discusión. Recogieron a *Sheng* del campo donde pastaba y pronto estuvieron haciendo el camino de regreso por el sendero. A esa hora del día había poco tráfico. Kyle calculó que deberían dejar atrás el traicionero camino antes del anochecer. Podían quedarse en la minúscula posada de la montaña donde habían pasado la noche anterior.

Al llegar al ramal de la montaña que les impedía ver el templo, Kyle dijo:

—Espera.

Troth asintió con la cabeza y los dos se volvieron para contemplar Hoshan por última vez. Con la luz menguante del anochecer, parecía aún más irreal que dentro de él.

—No veo ninguna señal de que nos persigan. —Kyle le explicó brevemente lo que había ocurrido y añadió—: Cuando el monje me aceptó sentí que me toleraba como un buscador honesto y no le preocupaba en absoluto el hecho de que yo fuese un demonio extranjero.

—Es probable que le produjera una gran satisfacción el saber que un extranjero llegara tan lejos y se arriesgara tanto para venerar a la divinidad aquí. —Troth sonrió—. O quizá pensara por tu gesto que eras hindú y no europeo. Sea cual fuere la razón, allí reinaba la paz de Buda.

Kyle titubeó, y luego le preguntó algo que le había estado preocupando desde hacía algún tiempo.

—Troth, ¿cómo describirías tu fe religiosa?

—Mi padre me educó como a una buena escocesa presbiteriana, y esa es mi primera fe —contestó lentamente—. Pero en China uno puede seguir más de un camino. En mis lecturas he encontrado mucha afinidad entre Buda y Cristo, así que no experimento ningún conflicto en mi alma cuando dirijo mis plegarías a Kuan Yin y a Buda. —Le miró—. ¿Hoshan te ha convertido al budismo?

—En realidad, no. —Kyle pensó en una pintura italiana del museo de Dornleigh. Una escena de la crucifixión que representaba a Cristo con tanta espiritualidad como la del Buda de Hoshan. Siempre se había sentido atraído por ese cuadro, y ahora entendía el porqué—. Pero creo que, por primera vez en mi vida, soy un cristiano de verdad.

Después de despedirse en silencio del templo, se alejaron del valle sagrado y continuaron su camino. El anhelo que le había llevado hasta Hoshan era quizá el impulso más genuino de toda su vida.

23

Aunque el error cometido por Kyle en Hoshan no había hecho que les persiguiesen, como precaución Troth eligió otro camino de regreso a Cantón, que no sólo los llevaría por un nuevo territorio, sino que alargaría el viaje algunos días. El saberlo le causaba un placer lleno de remordimientos, porque cada hora en su compañía era una delicia. Nunca había sido tan feliz como en aquellos momentos, viajando con un hombre que la aceptaba tal como era.

Al tercer día después de abandonar Hoshan, se aproximaron a la pequeña ciudad de Feng-tang. Troth frunció el ceño al ver las altas murallas de ladrillos de barro.

—Tal vez deberíamos pasar de largo. Esta es una ciudad prefectura de segunda clase, así que habrá muchas tropas y funcionarios del gobierno.

—Atravesamos Cantón sin ningún problema, y era mucho más grande. Además, para evitar Feng-tang tendríamos que retroceder kilómetros o bajar por los arrozales, lo que seguramente molestaría a los propietarios. Es más seguro continuar como humildes viajeros.

Troth asintió con la cabeza y tiró de las bridas de *Sheng*, continuando hacia Feng-tang. La inquietud volvió a invadirla cuando cruzaron la entrada occidental, que daba a una calle abarrotada de gente. Los niños correteaban con banderines de papel de color escarlata mientras sus mayores charlaban entre sí o miraban a los artistas callejeros. Cuando Troth huía de la explosión de un petardo de bambú, Kyle preguntó en voz baja:

—¿Qué está pasando?

Troth miró las cometas con forma de dragón que volaban por encima de sus cabezas.

—Debe de ser una fiesta local. Lo preguntaré cuando nos registremos en la posada.

Dejaron atrás dos posadas antes de conseguir la última habitación disponible en una tercera. El posadero estuvo encantado de contestar las preguntas de Troth, así que cuando estuvieron a salvo en sus habitaciones ella informó a Kyle:

—El prefecto local se llama Wu Chong, y esta fiesta es para celebrar el nacimiento de su primer hijo. Al parecer, Wu estuvo años sin que ninguna de sus esposas le diera un hijo, así que ahora lo celebra con ofrendas en todos los templos de la ciudad, una feria en las calles y por la noche un desfile con una danza del león.

—¿Una danza del león? Salgamos más tarde y veámosla.

Kyle se desenrolló el vendaje de la cabeza con manos hábiles. A Troth le encantaba el momento en el que pasaba de ser un anciano a convertirse en amante. Su amante.

Al pensar en ello, Troth se mordió el labio inferior.

—Deberíamos evitar los espectáculos públicos. En la fiesta la gente beberá y habrá bullicio.

—Confío en tu habilidad para protegerme. Realmente, me gustaría ver esa fiesta. Durante el Año Nuevo Chino estuve mirando hacia Cantón, deseando poder unirme a las celebraciones.

—Tendrás que convencerme —dijo Troth devolviéndole una gran sonrisa.

—¿Y de qué forma debería persuadirte, desvergonzada mía? —Con un brillo en los ojos, Kyle cruzó la pequeña habitación en dos zancadas y la estrechó entre sus brazos—. ¿Quieres que te posea?

Troth se colgó de su cuello.

—¡Sí, por favor!

Kyle le quitó la túnica antes de que llegaran a la cama e instantes después los pantalones de Troth salían volando. «¡Qué habilidoso es!», pensó Troth jadeando mientras él se dedicaba a poseerla concienzudamente. Algunas veces quería preguntarle si sentir un placer tan intenso era normal entre dos personas, pero no se atrevía. Quería pensar que lo suyo era especial y que cuando llegaban juntos al orgasmo ella era la única mujer en el mundo para él del mismo modo que Kyle era el único hombre para ella.

El único hombre en el mundo... Estremeciéndose, Troth hundió las manos en el pelo de Kyle y cambió el pensamiento por el éxtasis.

Después de hacer el amor, dormitaron. Los despertó una traílla de petardos que estalló justo en la calle a la que daba su ventana. Troth se movió inquieta entre los brazos de Kyle, diciéndole con voz soñolienta:

—Podemos comer algo de nuestras alforjas. Y luego puedo poseerte.

—¡Qué maravillosa oferta! —Kyle le besó la exquisita curva del hombro con persistencia, tentado de aceptar la propuesta. Sin embargo, saltó de la cama—. Pero tengo mucha hambre, esta es la única fiesta que veré y puedo ser poseído perfectamente bien más tarde.

Reprimiendo un bostezo, Troth se levantó y se vistió.

—¡Qué turista infatigable eres, milord!

—Tú tienes la culpa de ello —dijo Kyle entre risas mientras la miraba vestirse. No se vendaba los ojos hasta que cada adorable centímetro del cuerpo de Troth estuviera cubierto. Le resultaba tremendamente excitante ser el único que conocía la belleza que ocultaban sus holgadas vestimentas.

Kyle se preguntó por enésima vez si le pediría a Troth que fuera su amante en Inglaterra, pero la respuesta era siempre la misma. Troth era una amante incomparable, tan ingeniosa y amable como apasionada, pero como amante suya volvería a ser relegada a una media vida, quedaría totalmente excluida de la buena sociedad. Y se merecía más que eso: no sólo respeto, sino también la oportunidad de conocer a un hombre que la amase como ella se merecía.

¿Qué habría pasado si la hubiese conocido antes de conocer a Constancia? Ese pensamiento lo desorientaba tanto que lo reprimió. Constancia lo había convertido en el hombre que era ahora. Sin su influencia, él no habría valorado el conocimiento. Le había enseñado a amar, y al morir se había llevado su corazón.

Fue la única vez que ella le había hecho daño.

Troth tragó el último bocado de panecillo de miel, alegrándose de que Kyle la hubiera convencido para salir. Las calles bullían de alegría, llenas de faroles que iluminaban la noche, vendedores ambulantes que ofrecían exquisiteces y ancianos apostando en las esquinas con sus compinches. Una adivina tiró de la manga de Troth.

—¿Te leo la suerte, joven? Seguramente te depara salud y bellas concubinas.

Troth negó con la cabeza.

—Lo siento, abuela, ahora mismo prefiero no saber lo que me depara el futuro.

«Lo cual es verdad», pensó con ironía.

Agarrándole con fuerza el brazo a Kyle, continuaron hasta llegar a un teatro de marionetas. No se necesitaba conocer ningún idioma para comprender aquella absurda historia de unos hombres honorables, mujeres hermosas y brujos malvados. Le impresionaba la habilidad con que Kyle mantenía la cabeza gacha para simular ser un débil anciano y al mismo tiempo no perderse detalle a través del vendaje.

El espectáculo terminó y Troth arrojó una moneda a la cesta que pasaba una hija pequeña de la familia que componía la compañía teatral. Siguió adelante y le compró dos diminutas tazas de vino de arroz a un vendedor que con un cucharón vertía el fuerte licor de una gran tinaja. A Kyle le gustó tanto la bebida que le hizo una seña para que le sirviera otra taza aunque la primera lo había dejado jadeante. Troth sonrió divertida; el vino de arroz se parecía más al coñac que a los vinos europeos.

Un estruendo de tambores empezó a resonar por las estrechas calles.

—¡El desfile! Venga, abuelo, buscaremos un sitio con buena visibilidad.

Con una firme determinación, aprovechó la aparente edad de Kyle para conseguir una buena posición estratégica. Primero pasaron marchando los tambores, tronando en perfecto unísono. Luego lo hicieron los bailarines, que corrían y brincaban vestidos con llamativos trajes. Después desfiló un grupo de abanderados manchúes vestidos de negro, los soldados imperiales, y a continuación el propio prefecto en un palanquín.

Ataviado con túnicas llenas de extraordinarios bordados y rodeado por su séquito, Wu Chong saludaba gentilmente con la cabeza a los habitantes de su ciudad, aunque tenía la mirada fría de una serpiente. Troth no envidió a las esposas que no le habían dado el hijo que él deseaba.

Flautas y tambores anunciaron la aparición de los bailarines de la danza del león. Troth se quedó sin respiración, emocionada como una niña cuando el gran león brincó con los petardos golpeteándole alrededor de los pies y la cabeza de intensos colores mordiendo a los bailarines enmascarados que provocaban a la bestia con sus abanicos. Los dos acróbatas disfrazados y sus proezas convertían a la bestia en una terrible criatura de leyenda mientras la multitud rugía feliz. Troth lo observaba todo asiendo con fuerza la mano de Kyle, alegrándose de que la densidad del gentío impidiese que alguien reparase en ello.

Cuando hubo pasado el león, se unieron al gentío que lo seguía hasta la plaza principal de la ciudad. Bajo el estallido de los fuegos artificiales, el prefecto pagó a los bailarines de la danza del león atando una bolsa roja llena de monedas en lo alto de un palo largo. El león se paró en dos patas, arremetiendo repetidas veces hasta que el bailarín principal se hizo con la bolsa. La multitud vitoreó frenética y luego se dispersó en grupos más pequeños para continuar con la fiesta durante toda la noche.

Agotada pero llena de júbilo, Troth cogió a Kyle del brazo y lo condujo hasta la posada. Por suerte, ella aún tenía energía suficiente para poseerlo...

El desastre sobrevino con la rapidez de un rayo. Estaban a una calle de la posada cuando un grupo de juerguistas borrachos se acercó desde el fondo de la calle. Troth condujo a Kyle hasta un costado de la calle. Por la tensión del brazo de él, supo que estaba alerta ante un posible peligro. Gritando y cantando, la mayor parte del grupo había pasado cuando un borracho empujó a otro, haciéndolo tropezar con Kyle.

—Lo siento, abuelo.

Una de las manos de los borrachos de juerga se enganchó en el pelo de Kyle. Al apartar la mano, la peluca cayó de la cabeza de Kyle, junto con el sombrero y parte del vendaje. Cuando Troth gritó aterrorizada, el borracho miró estúpidamente la peluca bamboleante. Luego levantó la mirada, y se quedó boquiabierto al reconocer al extranjero por los rasgos que habían quedado parcialmente al descubierto.

—¡Un espía *fan-qui*!

Mientras los amigos daban la vuelta y se agrupaban alrededor de ellos, el borracho tiraba del vendaje de Kyle. Él trató de zafarse, pero en el intento el vendaje cayó del todo, desvelando con claridad su rostro europeo.

Hubo un silbido de asombro antes de que uno de los borrachos gruñera:

—¡Maldito cerdo extranjero!

—¡*Fan-qui*! ¡*fan-qui*! —bramó el enfurecido grupo, disponiéndose a atacar.

Empleando fortísimos golpes de lucha callejera, Kyle tumbó a tres hombres mientras Troth se ocupaba de otros tres con el wing chun. Haciéndole señas, Kyle le dijo bruscamente:

—¡Vámonos de aquí!

Bajaron la calle a toda velocidad. Troth gritó cuando una piedra le golpeó entre los omóplatos y vio que otras dos piedras alcanzaban a Kyle. Viraron bruscamente en un estrecho callejón lleno de basura desparramada mientras los borrachos los perseguían aullando como perros asesinos.

A la izquierda, a la derecha, otra vez a la derecha. Varias cabezas se asomaban por las ventanas mientras la gente contemplaba el alboroto. En otras circunstancias, Kyle podría haber podido huir sin ser visto, pero no con aquellos gritos de «¡*fan-qui*!» retumbando por las estrechas callejuelas.

Los tambores empezaron a redoblar, y Troth comprendió con desesperación que los soldados del desfile habían recibido la orden de perseguirles. Kyle y Troth giraron en otro callejón muy oscuro, tropezando entre la oscuridad y los escombros sólo para descubrir que no tenía salida, bloqueada por una vieja casa ocupada. Respirando con dificultad, Troth dijo jadeante:

—Ese tejado es bajo. ¡Podemos subir por él!

—¡No! —Respirando agitadamente, Kyle se detuvo junto a ella—. Con toda la ciudad buscándonos, no hay forma de que yo escape: no puedo fingir que no soy extranjero. Cerrarán las puertas de la ciudad hasta encontrarme. La única razón para correr sería que tú consiguieras huir.

Troth se aferró a la cintura de Kyle, desesperada por encontrar la pistola que él llevaba.

—Estás armado. ¡Todavía puedes escapar!

—Unas pocas balas no son de ninguna ayuda contra una turba enfurecida, así que no tiene sentido matar. ¡Ahora vete!

—¡No te abandonaré!

—¡Tú y tu maldita buena voluntad! —Un grito surgió del fondo del callejón. Antes de que Troth pudiera volver a protestar, Kyle le dio un fuerte y rápido beso, y luego la cogió por las rodillas y la levantó para que pudiera alcanzar el tejado más bajo—. ¡Lárgate de aquí! Tendrás que regresar a Cantón para arreglar lo de mi liberación. Al virrey le encantará el desprestigio que supondrá para los europeos, pero no me pasará nada.

—¡Ten cuidado!

Admitiendo que él tenía razón pero odiando abandonarlo, Troth se fue a tientas sobre las tejas y la cumbrera, y luego se tumbó sobre el otro extremo del tejado y observó la escena. A pesar de las palabras optimistas de Kyle, la turba podría muy bien despedazarlo, y ella sabía que él era consciente del peligro. Si lo atacaban, ella regresaría por los tejados y lucharía a su lado.

Con el corazón latiéndole con fuerza, Troth miró cómo Kyle se acercaba a sus perseguidores con una calma sorprendente, las manos en alto para mostrar que no iba armado. El primer hombre en llegar le pegó en la cara, y Troth casi saltó por encima de la cumbrera. Antes de que pudiera hacerlo, un oficial del ejército manchú que llevaba un yelmo puntiagudo abofeteó al agresor, apartándolo de Kyle y ordenando a gritos que el espía *fan-qui* debía ser llevado al palacio del prefecto para interrogarlo. Ante la presencia de una autoridad, los borrachos se replegaron, dejando al *fan-qui* a los soldados.

Mareada pero aliviada, Troth observó cómo Kyle se erguía de tal modo que su estatura real lo hizo descollar sobre los chinos que lo rodeaban. Sin inmutarse, dejó que le ataran las muñecas a la espalda. Gracias a Dios, había sobrevivido a la captura sin heridas graves. Aunque el ser capturado tan al interior causaría un incidente diplomático, sería menor si lo comparaban con los otros conflictos del Reino Celestial y los *fan-qui*.

Mientras Kyle se alejaba, una brusca voz militar dijo:

—El hombre que lo acompañaba debe de estar por aquí cerca. Un tipo alto.

—¿Otro *fan-qui*? —preguntó otro.

—Me parece que sí. Parecía demasiado alto para ser uno de nosotros.

—Debe de haber doblado en uno de los otros callejones o subido por los tejados, pero lo encontraremos —dijo la voz militar—. Vosotros, subid y echad un vistazo.

A toda prisa, Troth bajó deslizándose por el tejado y saltó suavemente al suelo y luego se adentró como una flecha en el laberinto de callejones. Estaba a salvo, ya que los perseguidores buscaban a otro europeo. Se detuvo un momento en la posada para recoger lo más necesario de su equipaje, incluyendo una muda de ropa. Debía abandonar el resto: sus perseguidores pronto rastrearían todos los movimientos de Kyle. También debía dejarle a *Sheng* al posadero, ya que no podría esconderse con un burro.

Permanecería en Feng-tang hasta el día siguiente, hasta que se enterara de lo que el prefecto pensaba hacer con Kyle. Probablemente, por la mañana se anunciaría que un malvado espía *fan-qui* había entrado en la ciudad, pero que los servidores del imperio habían protegido con bravura a los honorables ciudadanos. Existía la probabilidad de que Wu Chong enviara a su prisionero al virrey de Cantón. Si fuera así, Kyle estaría bien. Podría llegar a la ciudad antes de que ella lo hiciera, y con mayor comodidad.

Pero mientras Troth se perdía entre las callejuelas y los bulliciosos grupos de ciudadanos no podía evitar sentir un miedo profundo.

24

Kyle fue conducido directamente a la oficina del prefecto. Antorchas de fiesta iluminaban la entrada del palacio. Empujado con tanta violencia que a menudo tropezaba por no tener libres los brazos para equilibrarse, lo condujeron por una serie de vestíbulos con el suelo de mármol.

A la puerta de la sala de audiencias, lo registraron sin miramientos y le quitaron la pistola, el cuchillo y la pequeña bolsa de monedas de gran valor que llevaba. Kyle supuso que el espléndido revólver europeo sería entregado al prefecto, pero dudaba cínicamente de que las monedas fueran más allá del oficial manchú.

Una vez dentro de la estancia, con los ojos brillándole a la luz de los faroles, Wu Chong aguardaba en un trono tallado. Era un hombre enjuto de bigotes canosos que esperaba en silencio glacial mientras uno de los guardias empujaba a Kyle con tanta fuerza que lo hizo caer de rodillas.

—¡Toca el suelo con la frente en señal de respeto! —ordenó el guardia.

Era una de las pocas frases chinas que Kyle reconocía. Las relaciones diplomáticas entre los emperadores chinos y los diplomáticos occidentales habían zozobrado por el hecho de que a los europeos les parecía humillante agacharse y tocar el suelo con la cabeza ante un funcionario chino. Sin embargo, Troth le había explicado que ese gesto era sólo una señal de respeto similar a hacer una reverencia ante el rey de Inglaterra; así que, de forma pragmática, Kyle se agachó y tocó tres veces con la frente el frío mármol.

Habiendo cumplido con el protocolo, los dos guardias lo levantaron de un tirón, con tanta violencia que le dislocaron el brazo. Se mantuvo estoicamente de pie ante el prefecto mientras un asesor relataba sus faltas en un chino incomprensible. Tal vez también fuese sordomudo, a juzgar por lo que había comprendido. Gracias a Dios, Troth había escapado. Podría haberle servido de traductora, pero sospechaba que al ser china la habrían tratado mucho peor que a él.

Luego cruzó una mirada con Wu Chong, y se le congeló la sangre al ver el odio que este destilaba. Muchos chinos aborrecían a los extranjeros incluso aunque no hubiesen conocido jamás a ninguno, pero la cólera del prefecto iba más lejos. Wu Chong debía de considerar que la aparición de un *fan-qui* en la fiesta en honor del hijo largamente esperado era un mal augurio y deseaba vengarse.

Con su rechoncha cara sudorosa y una expresión de temor en la mirada, un comerciante regordete fue introducido en la estancia por dos soldados. Wu Chong recitó de un tirón algunas sentencias. El comerciante palideció y se produjo una conversación a tres bandas entre Wu, el comerciante y un funcionario que parecía ser el principal asesor del prefecto. Kyle tuvo la impresión de que los dos últimos no estaban de acuerdo con Wu, pero no se atrevían a contradecirle directamente.

Preparándose para lo que estaba por venir, estuvo dispuesto cuando el comerciante se volvió hacia él, transpirando profusamente. El hombre empezó a hacer una reverencia, pero enseguida se detuvo.

—Soy Wang. Usted, espía *fan-qui*.

—No soy espía —dijo Kyle con suavidad—. Sólo deseaba ver algunas de las glorias del Reino Celestial.

—Espía —repitió el comerciante con tristeza—. El prefecto castigar a usted. —Se detuvo y carraspeó.

Compadeciendo al pobre hombre, Kyle preguntó:

—¿Qué tipo de castigo?

—Muerte —dijo Wang bajando la mirada.

Aquella única y dura palabra casi hizo que se tambalease. ¡Por Dios, realmente no esperaba una sentencia tan severa! China era una nación con leyes, pero él no había sido juzgado justamente. Con pesar, reconoció que como extranjero quedaba fuera de la ley china, en posesión de los mismos derechos que una cucaracha. Si el prefecto quería su muerte, Kyle era hombre muerto.

Controlando sus emociones, preguntó sereno:

—¿Cómo?

—Como señal de respeto por malvadas costumbres extranjeras, no cortar cabeza. Morir con pistola *fan-qui*.

¡Por Dios, un pelotón de fusilamiento! Bueno, no podía decir que no le habían advertido de los peligros de desafiar la ley imperial y adentrarse en el interior del país. Con los labios secos, preguntó:

—¿Cuándo?

—Al amanecer, pasado mañana. El prefecto dar tiempo para hacer las paces con tus dioses.

—Ya... veo. —Inclinó la cabeza—. Gracias, honorable Wang, por sus explicaciones.

Al retirarse el comerciante, la mente de Kyle se aceleró. Sólo le quedaba un día y medio. Troth no podría llegar a Cantón a tiempo para pedir ayuda. Incluso un jinete con un caballo veloz sería incapaz de salvarlo. Gracias a Dios, ella había escapado, o habría sido ejecutada con él.

Reprimió mentalmente un estremecimiento instintivo y conservó su expresión perdida. No quedándole más que la muerte, de repente parecía muy importante saber cómo iba a morir. No pediría clemencia ni lloraría. Su decisión se afianzó al ver la expresión de triunfo en la cara de Wu Chong cuando los soldados se lo llevaron de la sala de audiencias.

Lo sacaron de la oficina del prefecto y lo condujeron a otro edificio del complejo gubernamental. Achaparrado y feo, apestaba a mugre y miedo. Era una prisión grande para una ciudad tan pequeña. ¿Cuántos prisioneros habrían soportado el dolor de estar encerrados entre aquellas paredes? ¿Cuántos hombres habrían muerto allí?

Una vez en los calabozos, le soltaron las cuerdas de las manos y las reemplazaron por pesados grilletes de hierro en las muñecas y en los tobillos. Luego lo bajaron por una empinada escalera de piedra hasta la mazmorra, que supuso reservada para los crímenes más graves.

Kyle y sus escoltas atravesaron pasillos fríos y húmedos flanqueados por puertas. En algunas de las diminutas ventanas divisó rostros pálidos y desesperados que miraban al nuevo prisionero. La mayoría estaban tan abatidos que ni siquiera mostraron sorpresa al ver a un *fan-qui*.

El sargento abrió con llave la última puerta maciza y la empujó para dejar ver una celda estrecha. El agua brillaba en las irregulares paredes de piedra, y un montón de paja húmeda era el único mobiliario.

Kyle habría entrado sin hacer ruido, pero el sargento gruñó «*Fan-qui*» y le golpeó en el pecho con la empuñadura de su espada. Los otros guardias se le unieron de inmediato, deseosos de hacerle daño sin matarlo.

Kyle estalló hecho una auténtica furia. Iba a morir y Troth estaba a salvo, así que no había ninguna razón para no defenderse. Haciendo girar sus cadenas como un arma, derribó al sargento, y luego tumbó a los otros. Con suerte, podría morir allí y en aquel momento, luchando; mejor que hacerlo fusilado como un traidor.

Pero los gritos de sus víctimas atrajeron a otros guardias que llegaron corriendo, y fue rápidamente inmovilizado. Aunque algunos deseaban continuar con la paliza, el sargento, que sangraba, dio una orden a gritos. Empujaron a Kyle con tanta violencia dentro la minúscula mazmorra que se estrelló contra la pared de enfrente.

Mientras daba vueltas en medio de la oscuridad, lo último que pensó Kyle fue en dar las gracias de nuevo por que Troth hubiera escapado.

La rápida visita de Troth a la posada sirvió para que se hiciese con ropa aún más gastada y más anónima que la que llevaba puesta. Acabó muy rápido. Instantes después de que ella se diera a la fuga, una patrulla militar llegó a la posada y empezó a golpear la puerta de la habitación del posadero.

Con las calles todavía llenas de gente que proseguía con la fiesta, resultó fácil pasar inadvertida y encontrar refugio. Trepó por el muro que rodeaba los jardines de un pequeño templo y pasó la noche allí, refugiándose bajo los aleros cuando llovía.

Le resultaba imposible dormir con tantos remordimientos y preguntas sin respuesta. Debería haber seguido su impulso de no entrar en Feng-tang. Deberían haber pasado la noche en la cama en vez de unirse a los festejos. Deberían haber seguido el otro camino a Cantón, que pasaba por zonas menos pobladas...

Recordó con amargura que los remordimientos no le servían para pensar cuál era el mejor modo de llegar a Cantón. Tendría que ir a casa de Chenqua: él gozaba de la confianza del virrey y en horas las tropas estarían de camino a Feng-tang para recoger a Kyle. Temblaba al imaginar la furia y la decepción de Chenqua, pero no tenía otra opción.

Abandonó los jardines del templo con las primeras luces del alba. Era día de mercado. Comprando frutas en un puesto y bollos humeantes en otro, deambuló entre la multitud, apenas observada por el gentío cuando había tantas noticias interesantes que discutir.

El mercado era un hervidero de rumores. Dos demonios habían llegado para maldecir al hijo del prefecto. Uno había sido capturado, abatiendo a cinco hombres antes de que lo detuvieran, mientras el otro huía volando y chillando en la noche. No, no eran demonios sino *fan-qui*, uno de los cuales se encontraba en las mazmorras mientras las tropas peinaban la ciudad en busca del otro. Todo el que salía de la ciudad era cacheado, a cada carro le clavaban las espadas para asegurarse de que el segundo demonio extranjero no pudiera escapar.

Era una suerte que los soldados hubieran decidido que Troth era un *fan-qui*. Así podía abandonar la ciudad sin problemas, especialmente si aguardaba hasta más tarde, cuando la intensidad de la búsqueda comenzara a disminuir.

Estaba sorbiendo té en un tenderete cuando llegó un abanderado con aire arrogante y pidió una taza. Troth se alejó, pero quedándose lo suficientemente cerca como para escuchar lo que se decía cuando el propietario del puesto de té dijo ansioso:

—¡Vamos, dígame! ¿Realmente hay un *fan-qui*?

El abanderado se bebió el té de un solo trago y tendió la taza para pedir otro.

—Lo de él es verdad. Yo fui uno de los que capturaron al Pelos Rojos. Una gran bestia horrible. Luchó como tres demonios. —Volvió a beber, esta vez más lento.

—¿Qué harán con él? —preguntó el vendedor de té.

El soldado se acicaló los bigotes alisándolos mientras hacía una pausa.

—Mañana por la mañana se encontrará con las almas de sus antepasados. El prefecto le dará una ejecución europea. Una docena de mosqueteros le dispararán al amanecer.

—¡Es una barbaridad!

El abanderado se encogió de hombros.

—Apropiado para un bárbaro.

A Troth se le nubló la vista, se tambaleó y casi se desmayó. «¡Oh, dioses!, ¡un pelotón de fusilamiento!», pensó. ¡Kyle no podía morir de esa forma, sin juicio ni acusación alguna!

Pero podía. Recordó la fría mirada de serpiente del prefecto y supo que era capaz de asesinar. Aunque pocos funcionarios ejecutarían a un europeo tan precipitadamente, Troth suponía que en privado muchos estarían de acuerdo con la actuación de Wu Chong.

Al matarlo rápido y alegar que había salvado al reino de un espía, Wu Chong probablemente sólo recibiría un rapapolvo de sus superiores. El gobierno imperial se disculparía ante los británicos, señalando que habían ejecutado a un infractor de la ley.

De hecho, la ejecución podría ser fácilmente acallada. Nadie excepto Gavin Elliott conocía el plan de Kyle, y podía haber miles de razones por las que Kyle no regresara de su viaje ilegal. Sólo Troth podría dar testimonio sobre lo que había ocurrido. Con gran inquietud, Troth admitió que quizá tanto los ingleses como los chinos deseasen correr un velo sobre un incidente que pudiera perturbar el comercio. Lord Maxwell sencillamente desaparecería y el relato de Troth sería pasado por alto por «inconveniente».

Kyle debía ser rescatado. Pero ¿cómo?

Ella encontraría el modo de hacerlo.

25

Kyle observó un rayo de luz que atravesaba la alta ventana y se movía lentamente por las paredes como granos de un reloj de arena marcando los minutos que le quedaban de vida. La mañana no había traído ninguna inspiración. Su sentencia no podía apelarse aun cuando él hablase el idioma, no si el funcionario de mayor rango de la región lo quería muerto.

Tampoco podía escapar de la mazmorra. Las ventanas eran tan estrechas que incluso una rata bien alimentada sería incapaz de salir por allí. Allí había un montón de paja húmeda y cuatro anillas soldadas a las piedras con cadenas cortas colgando de ellas, pero nada más. Con la esperanza de hallar algo que le sirviese como arma, había examinado las cadenas y había llegado a la conclusión de que sin herramientas ni tiempo sería imposible arrancarlas de las anillas.

Incluso si consiguiera dominar a los guardias sólo con sus puños la siguiente vez que le trajeran una pequeña ración de arroz y un té aguado, nunca podría hacerlo fuera del complejo de la prisión. No, se le había acabado el tiempo, y eso era maldita culpa suya.

La holgada ropa china le permitió sentarse sobre la paja húmeda cruzando las piernas como un monje budista. Mentalmente se fue separando de los moretones y laceraciones y alcanzó la paz interior que había encontrado en Hoshan. Los caminos de lo divino eran misteriosos. ¿Por esa razón lo había atraído tan intensamente la pintura del templo, porque tenía una cita con su propia muerte en China?

No, era demasiado europeo para creer en esa clase de destino. Simplemente, su suerte se había terminado. En sus viajes se había enfrentado al peligro a menudo, y algunas veces se había sobrepuesto a largas adversidades, pero la suerte no dura eternamente.

Distraído, se fijó en el hililllo de agua que corría por la pared, uno de los varios ocasionados por la fuerte lluvia de la noche. La humedad se filtraba entre las piedras y se escurría por un sumidero, en un débil intento por hacer salubre la mazmorra. Aquel lugar era una invitación a la lenta y penosa muerte por fiebres o paludismo. Al menos, él no estaría allí el tiempo suficiente para tener que preocuparse por eso.

¿Tendría que haberse quedado en su casa como un buen heredero? Si lo hubiese hecho probablemente habría vivido otros cuarenta años.

No, esa vida estrecha y consciente de sus deberes lo habría conducido a la desesperación. No podía lamentarse de perseguir sus sueños, aunque fuese una pena perder cuarenta años...

La puerta chirrió al abrirse y entró el sargento, con la espada preparada y seguido por dos guardias corpulentos. Mientras el sargento mascullaba algo que sonaba a insultos obscenos, sus hombres arrastraron a Kyle para ponerlo de pie y le quitaron la cadena conectada a sus esposas, dejándole las pesadas esposas de hierro alrededor de las muñecas. ¿Tal vez lo sacaban para otra audiencia con el prefecto?

En lugar de eso, los guardias lo incrustaron contra la pared y le sujetaron las esposas a las herrumbrosas cadenas que colgaban de las anillas soldadas en la pared. Kyle les insultó y trató de oponer resistencia, pero los guardias eran expertos. Un buen puñetazo en el vientre lo hizo desistir, y luego un veloz movimiento de cerrojos hizo que se mantuviese con los brazos y las piernas extendidos contra la pared.

Se le erizó la piel ante su absoluta impotencia pues no podía mover ninguna parte del cuerpo más que unos centímetros. Con sus dientes blancos y torcidos, el sargento le sonrió; tenía el rostro magullado que Kyle le dejara la noche anterior. Lentamente, sacó un puñal de la funda que llevaba al costado, dándole la vuelta para que la luz brillara en la afilada hoja de acero. Se podía permitir el lujo de cortar cualquier parte del cuerpo del condenado siempre que lo dejara vivo para la ejecución de la mañana siguiente.

Aunque se esforzaba al máximo por controlarse, Kyle se estremeció cuando de repente el sargento le clavó la daga brutalmente. Pero no se proponía herirlo. En lugar de ello, la holgada túnica de Kyle fue rajada desde el hombro hasta el dobladillo sin cortarle la rígida carne por debajo.

El sargento mostró los dientes con satisfacción. Otra cuchillada, ahora en la entrepierna de Kyle. Otra vez la brillante hoja cortó sólo la tela suelta. Era increíblemente afilada: Kyle pensó en la historia de las cruzadas, sobre cómo las espadas de acero del Damasco de Saladino eran tan afiladas que si un pañuelo de seda caía sobre ellas lo cortaban por la mitad.

Se puso a pensar en las cruzadas. ¿Saladino y Ricardo Corazón de León habían participado en la segunda o en la tercera cruzada? No importaba, todas las cruzadas habían sido malditos proyectos de idiotas que costaron innumerables vidas.

Concentrarse en la historia hizo que su rostro se mantuviera impasible durante los siguientes ataques del sargento. Además, sólo la mente podía aguantar tanto miedo, y Kyle había llegado a su límite.

Indignado, el sargento enfundó su puñal y, con toda tranquilidad, propinó un brutal puñetazo en el rostro del prisionero e hizo salir a sus hombres, dejando a Kyle tembloroso. Aunque su mente aceptaba la muerte, su cuerpo era menos filosófico.

Comprobó las cadenas. A pesar de la superficie oxidada, resultaban lo bastante fuertes como para sujetar a un elefante. Sentarse o tumbarse resultaba imposible. Si se quedaba dormido colgaría dolorosamente de las esposas y se despertaría desesperado de dolor. Era improbable que durmiese. Teniendo en cuenta las pocas horas que le quedaban, no quería perderse ninguna.

Aunque las esposas en sí mismas no fueran dolorosas, el no poder moverse era una sutil forma de tortura. Un hilillo de agua corría a su espalda, y pronto su ropa de algodón estaría empapada. Un mosquito zumbó alrededor de su rostro antes de posarse y darse un festín en su cuello sin que él pudiera apartarlo de un manotazo. Picores imaginarios empezaron a bajarle por las extremidades.

«Olvídate de las irritaciones físicas; al menos todavía estás en posición de tener picores. Mañana a esta hora serás un cadáver enterrado sin nombre ni honor o arrojado para que lo devoren los perros», se dijo.

Una serie de lentas y profundas inspiraciones consiguieron que empezase a recobrar la calma. Luego la puerta de la mazmorra volvió a abrirse. Se puso tenso. ¿El sargento regresaba para seguir jugando al gato y al ratón?

Entró un peón delgado y pobremente vestido; la puerta se cerró de un portazo detrás de él y la llave giró con horrible inexorabilidad. La tenue luz le impedía ver los detalles, hasta que el recién llegado levantó la vista por debajo del amplio sombrero de paja y asomaron los hermosos ojos marrones de Troth.

—¡Dios santo! ¿También te han capturado?

Instintivamente se movió hacia ella, sólo para detenerse en seco por las cadenas y porque las esposas de hierro se le incrustaron en las muñecas y en los tobillos.

Troth cabeceó y se llevó un dedo a los labios, esperando a que los guardias que la habían acompañado hasta allí se marcharan con su paso lento. Cuanto estuvo segura de que se habían ido, se volvió hacia él. Horrorizada, abrió los grandes ojos ya acostumbrados a la semipenumbra y vio cómo lo habían encadenado. ¡Dioses!

—Lograron atarme como a un pavo de Navidad —dijo Kyle con total naturalidad—. ¿Cómo lograste entrar si no eres prisionera?

Troth lo abrazó, deslizando los brazos entre él y la pared. El sombrero se le había caído hacia atrás hasta colgarle de una cuerda del cuello mientras hundía la cara en el hueco entre el cuello y el hombro de Kyle. Troth era exquisitamente cálida y suave, y le recordaba a Kyle todos los placeres mundanos.

—He sobornado a alguien para que me dejaran entrar —dijo con voz ronca—. En China puedes hacer casi de todo si tienes el dinero suficiente para pagar.

Kyle había aprendido eso en Oriente. Aun así, resultaba peligroso para ella estar allí, pero no era lo bastante generoso para desear que no lo hiciera. Restregó la mejilla contra el pelo de Troth, ansiando abrazarla.

—Me sorprende que incluso con un soborno te permitan entrar aquí para ver a un espía peligroso como yo.

Troth se puso tensa, y Kyle dijo en voz baja:

—Sé que estoy sentenciado a muerte, así que no tienes que ser la que me dé la noticia.

Troth emitió un gemido entrecortado y dio un paso atrás, con las manos de Kyle todavía en su cintura.

—Les dije a los guardias que vivía en Cantón y que conocía las costumbres de los *fan-qui*, incluyendo el tipo de ceremonia funeraria que debía realizarse. Dije que si podía visitarte y realizar los rituales que apaciguaran tu espíritu, tu familia se quedaría tranquila y los guardias no tendrían que preocuparse de que los persiguieran. Entre eso y el soborno, cooperaron con mucho gusto.

—¡Eres una china muy lista! —Kyle fijó la vista en la curva de la oreja de Troth. ¿Cómo no había advertido lo bella que era?—. Dios sabe lo contento que estoy de verte, pero será mejor que te vayas cuanto antes. Tal vez el soborno no funcione durante mucho tiempo con esos brutos.

—Pero yo he venido a ayudarte a escapar... —Miró las cadenas y se mordió el labio inferior.

—Si no estuviera encadenado a la pared, quizá fuera posible gracias a tu habilidad con el wing chun. Pero esto necesitaría una buena sierra de acero y algunas horas para liberarme de ellas, y no tenemos ni lo uno ni lo otro.

—¡Robaré las llaves!

Kyle quería creer que el rescate era posible, pero no se podía engañar.

—No, mi querida muchacha. Si existiera una posibilidad entre diez o incluso una entre cien, te diría que lo intentaras, pero lo único que conseguiría sería que tú también murieras. Y no lo permitiré.

Los ojos de Troth centellearon.

—¿Y cómo diablos ibas a impedirme intentarlo?

Esta vez Kyle se rió.

—¡Qué carácter! Pero piensa en la mazmorra, los guardias, los arqueros, por no mencionar los muros que rodean la oficina del prefecto y la ciudad, y los miles de kilómetros que hay hasta Cantón. ¿Crees realmente que tendríamos alguna posibilidad de escapar?

Los ojos de Troth se llenaron de lágrimas.

—¡No puedo dejarte aquí! ¿Qué... será de mí?

Kyle se maldijo a sí mismo. Al conseguir que lo mataran estaba rompiendo su promesa de verla a salvo en Inglaterra.

¿Qué se podía hacer? Por supuesto, Dominic y su esposa podrían ayudarla, y Gavin también si abría una oficina en Londres, pero ellos no podrían hacer por ella todo lo que él había pensado. A menos que...

—Troth —dijo con urgencia—, cásate conmigo.

26

Troth se quedó boquiabierta.

—¿Has perdido el juicio?

—En absoluto. No se puede hacer nada para salvar mi despreciable vida de *fan-qui*, pero quiero que se lo cuentes a mi familia, Mei-Lian. Deben saber lo de mi muerte. Sería cruel dejarlos haciéndose preguntas durante años.

Se refería a Dominic. Kyle casi había enloquecido cuando su hermano gemelo había resultado herido en Waterloo. ¿Su hermano intuiría lo que había pasado incluso antes de que las noticias llegaran a Inglaterra? Tal vez, pero se negaría a aceptar la mera idea de ello. Por la salud mental de Dominic, era necesario contárselo todo lo antes posible.

—Por supuesto que informaré a tu familia, pero el matrimonio no es ni posible ni necesario.

—Estás equivocada en los dos puntos. Como mi viuda tendrás una considerable herencia y la protección de la familia Renbourne. Es lo mínimo que puedo hacer por haberte metido en este lío. Sé que en China no es habitual que las viudas vuelvan a casarse, pero en Inglaterra es corriente. De hecho, ser viuda será una ventaja.

Le ahorraría las preguntas sobre la pérdida de su virginidad cuando Troth encontrara un marido adecuado.

Troth frunció el ceño, perpleja.

—Pero ¿cómo podemos casarnos aquí, sin nadie que haga de testigo?

—No se necesita ningún testigo.

—¿Sería eso legal? —preguntó Troth con descreimiento.

—En Escocia sólo es necesario que dos personas se declaren ellos mismos casados. Obviamente, estamos lejos de Escocia, pero ambos somos medio escoceses y yo poseo propiedades en las Highlands, así que es casi seguro que un buen abogado pueda exponer los argumentos a favor de la validez de nuestro matrimonio. Puesto que no hay ninguna razón para que alguien ponga en entredicho la ceremonia, será lo suficientemente legal. —Kyle bajó la voz—. Por favor, Troth. Yo deseaba hacer mucho más por ti, pero no puedo. Mi nombre es la única protección que me queda para darte.

Troth apretó los párpados, pero no pudo evitar que las lágrimas se le deslizaran por las mejillas.

—Es un gran honor que jamás he soñado, milord. Con el mayor gusto seré tu esposa, aunque sea por pocas horas.

Kyle pensó en su boda con Constancia, oficiada por un sacerdote español mientras ella agonizaba. Esta vez era él quien terminaría el matrimonio por muerte. No tenía ningún talento para ser esposo.

—El honor es mío, mi querida muchacha.

—¿Cómo nos casaremos a nosotros mismos?

—Cógeme las manos.

Troth se puso de puntillas y estiró los brazos, que eran lo bastante largos para que pudieran tomarse de las manos. La posición hizo que se aplastara contra el cuerpo de Kyle. Agradable.

—Una de las formas tradicionales de boda escocesa exigía mantener unidas las manos sobre una corriente de agua —dijo Kyle irónicamente mientras el hilillo de agua bajaba por la pared y pasaba entre los pies de ambos—. Por lo menos tenemos eso.

Troth se mordió el labio inferior.

—¿Cómo puedes bromear en un momento así?

—Preferiría que me recordaras sonriendo. Ya habrá tiempo para las lágrimas. —Entrelazaron los dedos—. Mi queridísima Troth Mei-Lian Montgomery, te doy mi palabra, honesta como tu nombre. ¿Tienes un bonito anillo para esto, verdad?

Troth le sonrió a través de las lágrimas.

—Me llamaron así por la hermana de mi padre y mi abuela. Siempre me ha gustado que me llamen Troth.

Hugh Montgomery debió de haber visto el futuro, porque si alguna vez una mujer mereciera aquel nombre, esa era Troth. Honesta, leal y valiente hasta el tuétano.

—Ahora hazme tu promesa, querida mía.

Temblándole la voz, Troth dijo:

—Kyle Renbourne, te doy mi palabra para ser mi señor y mi esposo todo el tiempo que vivamos.

—Tienes el anillo que te di en Cantón. Será perfecto como anillo de bodas.

Troth rebuscó por debajo de la túnica y extrajo el anillo con el nudo celta de oro de uno de los compartimientos de la faltriquera. Lo besó, y luego se lo puso en los labios a Kyle para que hiciera lo mismo antes de que ella se lo deslizara en el dedo anular de la mano izquierda, donde le quedaba grande. Se quitó el anillo y lo puso a buen recaudo en la faltriquera.

—No quiero perderlo. En Macao tendré que hacer que me lo reduzcan. —Tampoco era seguro para ella llevar una pieza de joyería occidental antes de abandonar China.

Pero el acto se había consumado y parecía muy correcto que un anillo escocés simbolizara su unión.

—Bésame, por favor, esposa mía —dijo Kyle con suavidad—. Todavía tenemos unos minutos. Dame la mano.

La boca de Troth buscó la de Kyle con dolorosa ternura. Increíblemente, estalló el deseo, aumentado por las perspectivas de la muerte. O tal vez la muerte desataba la pasión, como una llama brillante que desafiaba la oscuridad que se aproximaba.

Troth también la sintió. Le besó dulcemente una y otra vez en la mejilla sin afeitar, luego más abajo.

—No sabía que un cuerpo masculino pudiera ser tan bello, querido esposo —murmuró Troth, acariciando con su cálido aliento el hueco del cuello de Kyle—. Ningún otro hombre será capaz de proporcionarme tanto placer.

—¡No digas eso! —Kyle se quedó sin respiración cuando Troth le apartó la túnica acuchillada y puso los labios sobre cada cardenal y cada herida.

—Llórame un tiempo, pero tu vida no debe terminar porque termine la mía. Busca el amor, porque es el regalo más precioso que la vida ofrece.

—¡No me hables de otros hombres! Por ahora, solamente existes tú.

Troth le pasó la lengua por la tetilla y el ardiente placer hizo que los dolores de Kyle desapareciesen. Deslizó las manos casi rozándole el vientre mientras le desabrochaba los estropeados pantalones. Kyle cerró los ojos, abandonándose a la sensación, mientras ella le acariciaba la carne encendida.

Luego Troth se llevó su miembro a la boca. Kyle emitió un grito entrecortado, sintiendo como si fuera a estallar. Empezó a balancear las caderas, entre Troth y la pared, mientras la pasión se hacía cada vez más intensa. No podía tolerar que aquello acabara así, de tal modo que utilizó las técnicas de autocontrol que había desarrollado en las últimas semanas para permanecer en el filo del éxtasis.

—¡Santo Dios, Mei-Lian! —dijo jadeando—, me matarás con la más dulce de las armas, y Dios te bendecirá por ello.

Sintiendo que Kyle estaba a punto de perder el control, Troth se tumbó y se quitó los pantalones, dejándolo vibrando al aire frío por un instante. Luego puso un brazo sobre el pecho de él y con una pierna fuerte y ágil se le acopló a la cadera. Con la otra mano lo guió en el calor húmedo de su cuerpo. Troth lo provocó lentamente con pequeños movimientos que lo acercaron al orgasmo en unos segundos.

Cuando Kyle no pudo aguantar más, se impulsó desde la pared y se hundió por completo dentro de Troth. El contacto íntimo casi lo destruyó, pero Troth seguía allí, moviéndose con exquisita cadencia alrededor de él.

Troth aguardó hasta que sintió que la unión era segura y empezó a ceñir los músculos internos en un ritmo voluptuoso que armonizó el martilleo de su corazón con el martilleo de él. Un solo espíritu, una sola carne. Su marido. Sólo existía la pasión, la vida tan intensa que le negaba el futuro y la insoportable pérdida que se avecinaba.

—Troth —gimió intensamente Kyle, empezando a retirarse—. Bello Sauce.

—Si soy tu esposa, dame al menos la esperanza de un hijo —dijo Troth con tono imperioso, y encajó su cadera completamente contra él, sujetándolo contra la pared mientras los cuerpos chocaban en mutuo frenesí. El yin y el yang lucharon por llegar al final, hasta que los dos rodaron fuera de control hacia un lugar donde había solamente el demoledor éxtasis y una completitud que paralizaba el corazón.

Temblando, Troth se aferró a Kyle respirando entrecortadamente. Los dos hubieran estado en el suelo de no ser por el implacable sostén de las cadenas. El corazón de Kyle latía con fuerza debajo del de Troth, intensamente vivo, y sus pulmones respiraban agitadamente como los de ella.

La consciencia de la muerte que aguardaba era un cuchillo punzante que le atravesaba el alma a Troth. Se abrazó a Kyle con más fuerza. Sin duda, estaba a salvo mientras lo abrazaba. Juntos eran inmortales, porque habían compartido algo más que un placer mortal...

Kyle la besó en la frente.

—Gracias, mi queridísima amiga —susurró—. Tú me has dado la clase de placer que la mayoría de los hombres no encuentran en toda una vida.

Troth contuvo el llanto porque no quería que él fuera a la muerte con el recuerdo de sus lágrimas. Lentamente se soltó de él, casi sin poder soportar la separación. Sacudió las manos y le colocó bien la ropa, y luego se puso la suya. Con sus serenos ojos azules, Kyle la miró. A Troth le recordó a un ángel encadenado, victorioso e insoportablemente hermoso.

Al final del corredor, una puerta cerrada se abrió de golpe.

—Cuando llegues a Inglaterra, ve a ver a mi hermano Dominic, lord Grahame, en Warfield Park, Shropshire —dijo a toda prisa—. ¿Lo has entendido?

—Lord Grahame, Warfield Park, en Shropshire —repitió Troth—. ¿Realmente creerá que soy tu esposa?

—Lo hará por mí. Si no lo hace... bueno, pregúntale por aquella vez que se quedó atrapado en el cuchitril del cura en Dornleigh. Entonces te creerá.

—¿Qué otros mensajes he de llevar?

—Dale mi amor a mi padre y mi hermana y mis disculpas por no haberlo hecho todo mejor. —Kyle cerró los ojos un instante—. Me gustaría muchísimo abrazarte, pero no puedo. ¿Me abrazarás hasta que se nos acabe el tiempo?

Conteniendo las lágrimas, Troth lo abrazó, memorizando su olor, el sabor de su piel, la sensación de sus músculos tensos. Quería gritar que lo amaba, pero sabía que eso sólo le causaría más dolor. Él no tenía que conocer la profundidad de su angustia.

Retumbaron pasos en el corredor, acercándose cada vez más. Con suavidad sostuvo los genitales de Kyle, rogando que le hicieran un niño.

—Adiós, mi querido lord. —Le besó en los labios—. Te prometo que cumpliré con lo que me has pedido.

Los tibios labios de Kyle se acercaron ávidos.

—Ve con Dios, mi querida muchacha. Viaja sin ningún percance.

La llave giró en la cerradura. Se soltó de Kyle y se puso el amplio sombrero para ocultar su expresión de abatimiento.

La puerta chirrió al abrirse y Troth se marchó sin mirar atrás. «Ve con Dios, amor mío», pensó.

Al amanecer, Kyle estaba en un exhausto estado de gracia, reforzado por la resignación y la dulzura del encuentro con Troth. Permaneció tranquilo mientras los guardias le soltaban las cadenas, aunque le dolían los músculos por las largas horas de inmovilización. En silencio salió de la mazmorra y subió las escaleras hasta llegar a un patio donde la luz pura del amanecer tocaba primorosamente el techo curvo del palacio del prefecto. Era un lugar precioso para morir.

El pelotón de fusilamiento estaba alineado en un borde que daba a la parte de atrás del complejo. Experimentó un dulce placer al saber que iban a estropear el muro de Wu Chong.

Al cruzar el complejo rodeado de media docena de guardias, empezó a sonar un tambor al paso de sus pisadas. Barummm. Barummm. Barummm. La marcha de la muerte.

Rodeado por su corte, Wu Chong estaba sentado en una tarima que dominaba la zona de la ejecución. Kyle fue conducido ante él y el sargento gruñó:

—¡Inclínate y toca el suelo con la frente en señal de respeto!

Kyle había querido ofrecer una señal de respeto al ser capturado, pero no ahora. Cuando los segundos se hacían eternos y él no se postraba, el sargento lo empujó con fuerza por el hombro. Esperando el golpe, Kyle saltó como un muelle y le incrustó violentamente el codo en la garganta, dejándolo tirado y jadeando sobre el pavimento.

Los otros guardias se abalanzaron sobre el prisionero, pero el prefecto ordenó que le dejasen estar. Un oficial de alto rango desenvainó su espada y se acercó, con la hoja apuntando hacia Kyle como el cuchillo de un carnicero.

Pasando por alto al funcionario y a su espada, Kyle atravesó el patio para pararse ente el muro. Como un Renbourne, la arrogancia le salía de la médula. Ahora empleaba esa arrogancia a fondo. Wu y su gente podían despreciarlo, pero no se olvidarían de él con facilidad.

Se volvió para enfrentarse a sus ejecutores, alegrándose de que no se hubieran enterado de la costumbre occidental de vendar los ojos a los condenados. No quería perderse la última imagen del mundo.

La docena de mosquetes que llevaba el pelotón de fusilamiento eran primitivos según el estándar europeo y no muy certeros, pero bastarían. Los cañones parecían enormes. Cualquiera de ellos era capaz de hacerle un agujero del tamaño de un puño. Rezó para que todo sucediese rápido.

El rostro de Wu Chong irradiaba un placer maligno. ¡Que Dios ayudara a la gente de Feng-tang que vivía bajo su autoridad!

Las últimas palabras también siguieron la tradición, pero no sirvieron de mucho porque ninguno de los presentes las entendió. La única persona a quien le importaban estaba, gracias a Dios, lejos y a salvo. «Viaja sin peligro, Troth, con toda tu entereza y astucia. Y cuando llegues a Inglaterra, sé feliz.»

Con sus rostros chatos e impasibles bajo sus yelmos puntiagudos, los soldados levantaron las armas y apuntaron tras la señal del oficial.

Wu Chong movió la mano hacia abajo y gritó una orden.

«Dios, encomiendo mi alma a tus manos.»

Una multitud se había congregado al otro lado de los muros, esperando en silencio que Feng-tang quedase libre del demonio extranjero. Troth permanecía separada de los otros, con los huesos tan tensos que se hubiese roto si alguien le hubiese gritado. Sin duda, en el último día Wu Chong se había dado cuenta de que era una locura matar a un europeo. Incluso podría estar reconsiderando su sentencia.

Dentro de las paredes, una voz áspera gritó:

—¡Fuego!

La descarga irrumpió en el aire de la mañana con estruendo, retumbando por los muros de piedra del complejo. Al elevarse un humo oscuro, Troth se mordió los nudillos para ahogar un grito agónico.

Kyle Renbourne, vizconde Maxwell y lord de su corazón, había muerto.

27

Inglaterra.
Nochebuena de 1832.

«Y vino a ocurrir en aquellos días en que se había promulgado un decreto de César Augusto según el cual todo el mundo debía pagar impuestos.»

Mientras la voz sonora del párroco llenaba la pequeña iglesia de piedra, Troth cerró los ojos y se empapó de aquellas familiares palabras. De niña, su padre regresaba siempre a Macao para pasar las vacaciones con la familia y en la Nochebuena leía historias navideñas a todos los de su casa en una voz no muy diferente a la del párroco de Warfield.

Sentada en el banco familiar entre Dominic y su hermana Lucia, sintió restablecido el sentido de pertenencia que se había desvanecido a la muerte de su padre. Mientras vivió en Cantón, en Navidad, Troth leía en privado las historias navideñas de la Biblia de su padre, pero no era lo mismo. Esta noche volvía a sentirse cristiana. A su padre le habría gustado.

En auténtico estilo chino, su veneración por Kuan Yin y el Buda no quedaba disminuida por su alegría en Navidades. Kyle había comprendido su necesidad de seguir las dos sendas espirituales, pero dudaba de que muchos otros ingleses lo hicieran. Tal vez Meriel pudiera: Troth sospechaba que su cuñada era más pagana que cristiana. Sin embargo, aquella noche estaba totalmente correcta, escuchando el servicio y al coro como un sereno ángel de cabello plateado. Incluso llevaba zapatos.

El oficio religioso acabó. Con voces más suaves y sonrisas más cálidas de lo habitual, los feligreses abandonaron la iglesia para regresar a sus hogares. Los carruajes aguardaban para la fiesta de Warfield, pero cuando Troth vio que una fina capa de nieve estaba escarchando las colinas, dijo:

—Regresaré caminando. No es demasiado lejos, y ¡la noche está tan preciosa!

—Iré contigo, si no te molesta —dijo Dominic para sorpresa de Troth.

—Claro que no.

Lo tomó del brazo y se abrieron paso por el sendero que conducía a la casa, recorriendo la mitad de la distancia que el camino de los carruajes. Como siempre, encontraba un placer agridulce en la compañía de Dominic. Aunque intentaba no pensar en Kyle, en la noche nevada era imposible no soñar que todo hubiese ocurrido de otro modo.

A mitad de camino de Warfield, Dominic dijo en voz baja:

—Las vacaciones lo empeoran todo. Sigo pensando que el año pasado por estas fechas Kyle seguía vivo. Pasó la Navidad en la India y me escribió que se había quedado sin disfrutar de una celebración propiamente inglesa. Prometió... prometió que este año estaría aquí con la familia por Navidad.

—Estaba deseando regresar a casa y verte. —Los dedos de Troth apretaron el brazo de Dominic al darse cuenta de por qué el había buscado su compañía. Como era la única persona en Warfield que había visto a Kyle en los últimos siete años, la presencia de Troth lo acercaba un poco más a su hermano—. Es extraño pensar que hace tan sólo un año yo no había conocido todavía a Kyle. ¿Cómo puede una breve relación cambiar tanto una vida?

Dominic esbozó una sonrisa.

—Meriel también cambió mi mundo por fuera y por dentro en cuestión de días. El amor hace eso. —Su sonrisa se desvaneció—. En mi corazón, todavía no me resigno a creer que Kyle está muerto. Por las noches, a veces siento como si pudiera extender la mano y tocarlo. Parece que no se haya ido, pero hay un... un dolor intenso en mi espíritu cuando trato de encontrarlo.

Troth comprendía muy bien ese dolor.

—Tal vez eso es una prueba de que el espíritu sobrevive a la muerte. Kyle todavía existe en algún lugar, y siente tristeza por lo que ha dejado atrás.

Dominic la miró.

—¿Realmente crees eso?

—Quiero hacerlo —suspiró Troth.

Llegaron a unos escalones que permitían pasar por encima de una cerca. Dominic trepó a ellos y luego le tendió la mano para ayudarla a cruzar. Conocer a Dominic había hecho que Troth comprendiese los modales caballerosos de Kyle y por qué le había irritado no tratarla con la galantería que según él merecía una mujer. Le habían encantado aquellas ocasiones en que Kyle la cuidaba como si ella fuera una valiosa pieza de porcelana. Tanta belleza contrastaba con la existencia masculina que ella había vivido durante tanto tiempo.

La falda de su vestido rozó la nieve de un escalón al bajar al suelo. Apenas había caído un centímetro de nieve suave y esponjoso, lo suficiente para convertir las colinas invernales en una especie de país de las hadas.

—Kyle me dijo que, si no creías que yo era su esposa, debía preguntarte por la vez que te quedaste atrapado en el cuchitril del párroco de Dornleigh. Pero no has dicho nada. Seguramente se te ha debido pasar por la cabeza que yo podría ser una impostora.

—Jamás. —Dominic la tomó del brazo otra vez mientras se acercaban a un tramo del sendero cubierto de hielo—. Tu amor por él era inequívoco. Una impostora no lo habría mostrado de esa manera.

Troth pestañeó para evitar las lágrimas. ¿Había sido tan transparente? Se preguntó si Kyle sabía lo que ella sentía por él. En aquella época, ella había tratado desesperadamente de ocultar sus indecorosos sentimientos. Él había buscado una guía y una amante, no una mujer locamente enamorada. Ella había echado mano de todas las estrategias refinadas de engaño para mostrarle la cara que Kyle quería ver.

Deseó con amargura haberle dicho la verdad, pero ahora era demasiado tarde.

LIBRO SEGUNDO

El largo camino a casa

28

Macao, China.
Primavera de 1832.

Desolada, Troth salió con sigilo de Feng-tang y echó a andar a campo traviesa, prefiriendo los caminos estrechos y los pueblos pequeños, durmiendo donde podía para no llamar la atención. Su única ambición era que no la identificaran como cómplice del *fan-qui*; la cárcel le impediría cumplir los encargos que Kyle le había hecho.

Sin atreverse a pasar por Cantón, donde podrían reconocerla, dio un rodeo por el oeste y caminó los ciento treinta kilómetros adicionales hasta Macao, de tal modo que el cansancio aplacaba su dolor. Sintió un bendito alivio cuando finalmente un barco de pesca la transportó en el último trecho a través del canal hasta la ciudad isleña, el único sitio de China donde podían vivir los europeos.

Mientras caminaba por la Praya Grande tuvo una conmovedora sensación de estar de nuevo en casa. Macao era su hogar en un sentido en el que Cantón jamás lo había sido. En las calles había personas de todas las razas conocidas, y rostros de sangre mestiza parecidos al suyo. Su vida habría sido muy diferente si después de la muerte de su padre no la hubiera recogido Chenqua sino un comerciante de Macao. A esas alturas quizá estaría casada y tendría hijos.

Pero nunca habría conocido a Kyle, y en vez de tener un matrimonio feliz podría haber sido obligada a prostituirse y habría muerto joven. Lo más conveniente era no poner en duda el destino. Encontró un rincón tranquilo; sacó el anillo de Kyle de la riñonera y lo cogió con la mano izquierda, cerrando bien los dedos para que no se le cayera. Su anillo de boda.

Después de hacer algunas preguntas en la calle, llegó a la residencia de Gavin Elliott, en lo alto de la colina. Aquel lugar no quedaba lejos de la casa donde ella había nacido, y tenía la misma galería ancha y la misma vista espectacular sobre la ciudad y el río Pearl. Rezando por que Elliott no hubiera salido de Macao en viaje de negocios, tocó el timbre.

El criado que abrió la puerta miró su ropa andrajosa y sucia y dijo:

—Lárgate, muchacho. Aquí no queremos mendigos.

Se quedó sin respiración al reconocer al viejo que había sido el portero de su padre. Como entendía un poco de inglés y portugués, no era nada sorprendente encontrarlo en otra casa europea.

—Un saludo más bien pobre, viejo Peng —dijo ella quitándose el sombrero hecho jirones.

El hombre se quedó boquiabierto.

—¿Señorita Mei-Lian?

—La misma. —Pasó junto a él entrando en la casa como si todavía fuera la joven ama—. ¿Está en casa el honorable Elliott? Tengo que hablar con él.

Peng asintió.

—Sí, tiene usted suerte. Dentro de dos días partirá para Singapur. Le diré que está usted aquí.

—Anúncieme como Jin Kang. Me conoce por ese nombre.

Peng enarcó las cejas al oír el nombre masculino, pero se alejó obedientemente. Un minuto más tarde, Gavin Elliott bajó saltando los escalones de tres en tres.

—¡Qué suerte que hayas vuelto, Jin! Tendrías que haber llegado hace semanas. ¿Dónde está Maxwell?

Con un nudo en la garganta, Troth señaló la sala y cerró la puerta para tener privacidad.

—Lord Maxwell está muerto.

El rostro de Elliott palideció.

—Santo Dios. Tenía un mal presentimiento con el viaje, pero me había convencido de que esa preocupación era innecesaria. —Se acercó con paso airado a una ventana y miró por ella mientras se estrujaba las manos a la espalda—. ¿Qué ocurrió?

Con voz entrecortada, Troth describió cómo por accidente se había revelado la identidad de Kyle, y su arresto y ejecución. Las palabras dichas en voz alta por primera vez hacían que esa muerte pareciera más real que nunca hasta ese momento. No era una pesadilla de la que se despertaría en cualquier momento.

—Al menos... fue rápido. —Elliott soltó por lo bajo una feroz maldición—. ¡Qué desgracia! No creo que Maxwell comprendiera hasta qué punto podía ser odiado a causa del color de su piel y la forma de sus ojos.

Eso era cierto. A pesar de su educación aristocrática, Kyle había disfrutado sin fanatismos de la diversidad del mundo.

Elliott dejó de mirar por la ventana y contempló a Troth con ojos sombríos.

—¿Qué va a ser de ti, Jin? Maxwell me dijo que tu padre era un comerciante escocés, Hugh Montgomery, y que tú habías nacido aquí, en Macao. ¿Sigues queriendo ir a Inglaterra?

—Tengo que ir. Le prometí a Kyle que llevaría personalmente a su familia la noticia de su muerte.

Las cejas de Elliott se enarcaron un poco ante la mención de ese nombre conocido. Con gesto desafiante, Troth se soltó el pelo como le gustaba a su marido.

—Kyle dijo que usted no sabía que Hugh Montgomery había dejado un hijo. No lo sabía porque no había tal hijo. Mi padre sólo dejó una hija débil e inútil llamada Troth.

—¡Dios bendito! —Elliott la miró fijamente—. ¿Durante todos estos años has ido disfrazada de hombre? Increíble... Pero, ahora que te miro, no entiendo cómo me dejé engañar.

—La gente ve lo que se supone que tiene que ver. —Salvo personas como Kyle, que se fijaban más—. Como hembra, a Chenqua no le servía para nada, así que Troth Montgomery desapareció.

—Como desaparece hoy Jin Kang.

Troth se relajó un poco, agradecida de que él hubiera entendido con tanta rapidez el dilema que había dominado su vida durante tantos años.

—Eso no es todo, señor Elliott.

Troth levantó la mano izquierda para mostrar el anillo celta de Kyle.

—Kyle se casó conmigo en la cárcel el día antes de morir. Pensé que estaba loco, pero dijo que lo único que se necesitaba en Escocia era una promesa mutua. No sé si es legal, pero es lo que él quería.

—Y también lo que tú querías, supongo —dijo Elliott con suavidad.

Esa percepción hizo que la fuerza de voluntad que la mantenía entera desde la muerte de Kyle se desmoronara. Se echó a llorar con terribles sollozos que le sacudían el cuerpo. Apartó la cara, humillada por esa pérdida completa de control pero incapaz de dominar los desgarradores sollozos.

La rodearon unos brazos cálidos, como si fuera una niña.

—Muchacha, veo que lo has pasado muy mal —murmuró Elliott—. Pero ahora estás a salvo.

Qué extraña la diferencia de trato ahora que sabía que era mujer y medio escocesa. Aunque siempre había sido cortés y respetuoso con Jin Kang, a Troth Montgomery la trataba con la amabilidad de un hermano mayor. Se hundió entre aquellos brazos, llorando la pérdida de una vida rica y vital que tanto tenía para ofrecer al mundo. La pérdida del hombre que había amado y que apenas había empezado a conocer.

Cuando dejó de llorar, se apartó y vio que los ojos de Elliott estaban húmedos. No sólo había perdido un socio, sino también un amigo.

—Pediré algo de comida —dijo él, recuperando el sentido práctico—. Tienes aspecto de no haber comido en una semana. ¿Quieres té o algo más fuerte?

—Té. Y cualquier tipo de comida.

Cansada, se hundió en un profundo sillón mientras él llamaba a un criado y pedía una comida rápida para su invitada.

Elliott se sentó en el sillón de enfrente.

—Perdóname la impertinencia, pero ¿es posible que estés esperando un hijo que sería el heredero de Maxwell?

—No. —Troth cerró los ojos. La noche que lo había sabido se había acurrucado angustiada y había llorado hasta el amanecer—. Por desgracia.

—Lo siento... pero eso facilita un poco tu situación —dijo Elliott, pragmático—. Lo más probable es que, si no te ve como una amenaza, la familia Maxwell no cuestione tu matrimonio. Aunque se pongan difíciles, yo estoy dispuesto a aceptarte como su heredera, lo cual significa que una cuarta parte de la Elliott House es tuya.

Los ojos de Troth se abrieron de par en par.

—Yo... yo nunca había pensado eso.

—Tu cabeza ha estado ocupada con cosas más importantes. Aunque los Renbourne se nieguen a reconocerte como lady Maxwell, tu parte de la Elliott House te proporcionaría ingresos suficientes para vivir con comodidad. Si puedo, más que con comodidad.

—Parece... parece demasiado, ya que estuvimos casados menos de un día.

—Maxwell se casó contigo para asegurar tu futuro. No creas que está mal aceptar lo que quiso darte. —Elliott la miró con atención—. Estoy haciendo planes para abrir una sucursal en Londres. Si eres mi socia y vives en Londres, estarás en buena posición para dirigirla. Sabes cosas de China que ningún *fanqui* sabrá jamás.

Troth, que no estaba preparada para el nuevo mundo que se abría ante sus ojos, se tapó los ojos con las manos. Después de haber sido un pequeño empleado, resultaba difícil comprender que ahora era socia de una poderosa empresa comercial norteamericana.

—Esto quizá te sorprenda —dijo Elliott leyéndole el pensamiento—, pero dispondrás de cinco o seis meses para prepararte para el papel de viuda lady Maxwell. Tendrás que ir paso a paso.

Ir paso a paso.

—Tendré... tendré que hacerme ropa europea. No tengo más que la que llevo puesta.

—Y cuanto antes la tengas, mejor. Yo conozco a una costurera que se especializa en ropa para mujeres europeas. Ella se encargará de todo.

Apareció un criado con una bandeja de comida y una tetera. Elliott tomó una taza mientras Troth comía. Ella no se había dado cuenta del hambre que tenía.

—Peng me ha dicho que usted viajará a Singapur dentro de dos días —dijo cuando terminó.

Elliott arrugó el ceño.

—Es verdad, y lo siento. Quizá pueda postergar la salida un día, pero no más.

—No hace ninguna falta que cambie sus planes por culpa mía. —Troth ensayó una sonrisa glacial—. Estoy acostumbrada a arreglármelas sola.

—Pero no ahora. Para eso se casó contigo Kyle.

De nuevo al borde de las lágrimas, Troth se sirvió otro té.

—Lo más importante de todo es que hagas lo necesario para recuperar su cuerpo, de manera que pueda ser enterrado en Inglaterra. Creo que te conviene ver al señor Boynton, el director de operaciones chinas de la Compañía de las Indias Orientales.

—Buena idea... Tiene más influencia sobre el virrey en Cantón que cualquier otro europeo. Iré esta tarde a contárselo todo. Como Maxwell era un noble inglés, la compañía cooperará sin reservas.

Elliott frunció el entrecejo.

—¿Chenqua sabe lo que ha pasado?

Cuando ella negó con la cabeza, él agregó:

—Tendrás que contárselo.

Elliott tenía razón, por supuesto. Durante la larga caminata desde Feng-tang, había tratado de escribir mentalmente una carta. Aunque no le había gustado el papel que le había asignado, Chenqua, como encargado de su casa y como guardián de Troth, había actuado de manera honorable. Troth tenía con él una deuda de gratitud por lo que había hecho. Y aunque le tenía un poco de miedo, también sentía respeto y afecto hacia él.

—Le escribiré antes de irme de Macao.

—Por supuesto, te quedarás aquí cuando yo me marche. —Elliott arrugó el ceño, pensativo—. Ahora está en el puerto un barco inglés. Zarpará hacia Londres a comienzos de la semana próxima. Tiempo suficiente para que te encargues de todos los preparativos y te compres ropa.

Cuanto antes, mejor. Ansiaba huir de China y de todos sus fantasmas.

—¿Hay una habitación de huéspedes preparada? —preguntó mientras se levantaba—. Estoy muy cansada.

—Por supuesto.

Elliott llamó al encargado que llevaba la casa y después acompañó a Troth hasta la puerta del salón.

—Si quieres algo, sólo tienes que pedirlo.

Troth lo miró con una sonrisa torcida.

—Es usted muy amable. Kyle ha dejado mi porvenir convenientemente asegurado al casarse conmigo por compasión.

Elliott le levantó la barbilla con una mano y observó su rostro, la sorprendente afabilidad de su mirada.

—No se casó contigo por compasión, Troth Montgomery.

Después de ese críptico comentario, la dejó en manos del encargado y se fue a la oficina de la compañía. Agradecida por no tener que seguir soportando sola el peso de la muerte de Kyle, Troth entró en su habitación y se desplomó sobre la cama sin quitarse la mugrienta ropa.

Durmió durante veinticuatro horas.

Aunque había vivido en la casa de un hombre poderoso durante quince años, ese poder nunca se había ejercido en su favor. En los días siguientes, Elliott organizó su vida con vertiginosa rapidez y eficiencia. Al partir hacia Singapur, un día después de lo planeado, Troth tenía reservado el viaje a Londres y el proceso de confección de su ropa estaba muy avanzado. También preparó una carta de crédito a cargo de su banco de Londres y explicó que aquel dinero eran los beneficios adeudados a Kyle. Troth se sintió cuidada de verdad.

La costurera cloqueó con desaprobación cuando Troth insistió en usar colores oscuros y estilos sobrios en su vestuario *fan-qui*. Aunque era una bastarda que había llevado una vida muy irregular, tendría un aspecto respetable cuando visitara a la familia de Kyle.

Lo peor eran las obligaciones personales. La primera fue escribir una carta a Chenqua en la que le explicó sus actos y la muerte de lord Maxwell. Aunque le pedía perdón por su desobediencia, no estaba dispuesta a regresar a Cantón y a su vida anterior. Había pagado un precio demasiado alto por la libertad para renunciar ahora a ella.

Después visitó el cementerio protestante donde estaban enterrados sus padres, uno al lado del otro. Era un lugar tranquilo, cercado por un muro, que parecía más un jardín que un cementerio. Su padre había contribuido a comprar la tierra y a fundar el cementerio, que había sido muy necesario porque el único cementerio existente era católico y ni los católicos ni los chinos aceptan dar sepultura a los protestantes.

Pero Hugh Montgomery no esperaba ser enterrado en aquel lugar. A veces hablaba de la iglesia presbiteriana a la que acudía su familia y de la excelente vista que tenía de las colinas escocesas. Sin embargo, Troth presentía que él hubiese estado contento de yacer en la exótica tierra donde había pasado la mayor parte de su vida adulta.

—Adiós, papá —susurró mientras ponía flores en la tumba—. En tu honor, te juro que visitaré Escocia. Ojalá... ojalá pudieras ir conmigo.

Su hermosa madre había sido cristiana sólo de palabra, pero, como correspondía a una china, también había adorado a los dioses con los que se había criado.

—He hecho grabar una lápida con tu nombre y con el de papá —le dijo Troth—, y le rendiré homenaje mientras viva. Tu espíritu no pasará hambre ni sed en la otra vida.

Encendió unas varas de incienso de sándalo y las dejó ardiendo al lado de la lápida junto con una ofrenda de naranjas. Después salió del cementerio, sabiendo que no volvería a verlo nunca más.

Por último, caminó por la pequeña península de Macao hasta donde se estrechaba formando el llamado Tallo de Loto, de no más de cien metros de ancho. Allí, la Gran Muralla le impidió seguir adelante. Llamada la Barrera, había sido construida para impedir que los europeos pusieran el pie en territorio chino. Por propia decisión, Troth se estaba desvinculando irrevocablemente de la tierra donde había nacido. Antes de alejarse miró la muralla un largo rato.

«Así sea», pensó.

29

Feng-tang, China.
Verano de 1832.

Aquel día Kyle sería fusilado... otra vez. Rezó para que esa vez fuera de verdad.

Se había preparado para morir bajo las armas del prefecto, y le impresionó descubrir que seguía de pie mientras se disipaba el humo. Aturdido, se preguntó si estaría mortalmente herido, demasiado grave para sentir dolor.

Después miró a Wu Chong y vio una cruel satisfacción en el rostro del viejo. No habían cargado las armas con balas, sino ¡sólo con pólvora y relleno! El fusilamiento había sido la atroz y sofisticada forma de tortura mental ideada por Wu Chong.

Kyle estaba todavía de pie ante el paredón, rígido, cuando Wang, el rollizo comerciante, se le acercó y meneó la cabeza como pidiendo disculpas.

—Wu Chong consultó al adivino. Momento inoportuno para fusilamiento de *fan-qui*. Después de la luna nueva se cumplirá la sentencia al estilo chino.

—¿Decapitación?

—Muy rápida, sin dolor —le aseguró Wang.

Kyle prefería haber sido fusilado. Aferrándose a la dignidad que le quedaba, volvió a la prisión rodeado de guardias. Delante de la celda, algunos aprovecharon para molerlo a expertos golpes antes de arrojarlo sobre la paja húmeda.

Faltaban tres semanas para la luna nueva.

Para no enloquecer, durante este tiempo ideó varios ejercicios físicos que le permitieran mantenerse mínimamente en forma. Para la mente, recorría metódicamente los cursos de Cambridge, empezando por el trimestre de otoño del primer año. Filosofía, matemáticas, los clásicos en latín y en griego. Era sorprendente lo que podía recordar un hombre si no tenía nada mejor que hacer.

Trataba de evitar los recuerdos de Troth y de su casa porque le resultaban muchísimo más dolorosos que recitar los pasajes de la *Odisea* que recordaba de memoria. Pero no podía controlar los sueños. Por las noches estaban a su lado Constancia, cálida y cariñosa, o Troth, dulce y apasionada. O pescaba con Dominic, o paseaba a caballo por las colinas de Dornleigh con su hermana y su padre.

Despertar era como volver al infierno.

Estaba seguro de que la segunda ejecución sería la definitiva. Después de todo, la decapitación era el método preferido por los chinos, y se decía que los verdugos eran muy expertos.

La perspectiva de la decapitación era especialmente desagradable, a pesar de las promesas de Wang de que sería indolora. Le costó más mantener una expresión impasible mientras lo sacaban al patio. La barba hirsuta le ayudaba a ocultar las pérdidas de control.

Cuando lo obligaron a arrodillarse ante el verdugo, pensó en Hoshan y en la serenidad que había experimentado allí. El martilleo de su corazón casi ahogó el redoble de tambores que señalaba que la espada estaba en alto.

El aire frío le rozó la cara cuando la hoja cayó y se clavó en el suelo, a apenas un centímetro por delante de su cabeza. Ya esperaba que llegase el segundo y definitivo golpe cuando empezó a creer que había sido perdonado, pero Wu Chong era demasiado sutil para eso.

Kyle fue devuelto una vez más a la hedionda mazmorra. Hacía un calor terrible. Había comenzado la estación de los monzones y el agua corría sin cesar por las paredes mientras las lluvias se alternaban con una sofocante humedad.

Todas las noches Kyle hacía otra marca en la pared y se preguntaba cuánto tardaría el prefecto en cansarse de su juego y terminar con aquello de una vez.

La tercera ejecución fue fijada como ahorcamiento, otra concesión de Wu Chong a las costumbres occidentales. A Kyle ya no le importaba, porque había pillado la malaria. Como había pensado al principio, la cárcel era un caldo de cultivo ideal para las enfermedades, y la buena salud que lo había protegido en sus viajes ya no era suficiente.

Reconoció la enfermedad cuando empezó a sentir escalofríos en la parte baja de la espalda que se extendían por todo el cuerpo a pesar del calor tropical. Vio de modo desapasionado cómo los dedos se le ponían cadavéricamente pálidos y las uñas adquirían un tono azulado. Sin tratamiento, hasta las formas más leves de malaria podían ser letales.

A los escalofríos les siguió una ardiente fiebre. Desesperado, se frotó la cara contra las paredes húmedas tratando de bajarla, ya que los intensos temblores musculares lo hacían sufrir tanto que le dolían incluso los huesos. El guardia que le llevaba la comida lo empujó con la punta de su bota antes de abandonarlo a su suerte.

Doce horas después de los primeros síntomas, la fiebre bajó y tuvo un corto período de simple dolor. Como había visto que hacían otros enfermos de malaria, aprovechó esos momentos para comer arroz y tomar la mayor cantidad de agua posible. La malaria solía atacar todos los días a la misma hora, como si estuviera regida por un mecanismo de relojería, y necesitaba conservar sus fuerzas para el siguiente ataque.

Al mediodía volvieron los escalofríos y el espantoso ciclo comenzó de nuevo: escalofríos, fiebre seca, sudor. Perdió la cuenta de los días porque estaba demasiado enfermo para hacer marcas en la pared. A veces, cuando temblaba de frío, imaginaba que Troth estaba a su lado calentándolo con su cuerpo. Cuando jadeaba a causa de la fiebre, sentía que ella le pasaba sus frescas manos por la cara, hasta que regresaba al horror de la mazmorra.

Tuvieron que transportarlo hasta el tosco cadalso, aunque logró mantenerse erguido mientras le colocaban el nudo alrededor del cuello. La tercera vez sería la definitiva: unos minutos espantosos y el sufrimiento habría terminado. «Perdóname, Dom, por no cumplir la promesa de volver», pensó.

Pero el verdugo era un aficionado, y la ejecución, una farsa. En vez de dejarlo caer lo suficiente para desnucarlo, como habría hecho cualquier verdugo inglés competente, Kyle quedó ahogándose con la soga al cuello, hasta que se desmayó. Después cortaron la cuerda.

Resultaba difícil ser arrogante tendido allí en el suelo y vomitando todo lo que tenía dentro, pero Kyle hizo todo lo posible por conseguirlo. Wrexham se habría sentido orgulloso. Como decepcionado porque su prisionero no fuera a durar mucho más, Wu Chong hizo una seña para que lo devolvieran a la mazmorra.

Cuando llegó el diario ataque de fiebre, de lo único que logró alegrarse Kyle fue de que Troth y su familia creyeran que había tenido una muerte rápida.

Había querido conocer el mundo. Ahora ese mundo no era más que paredes de piedra, enfermedad y desesperación.

—Beba.

Se resistió a tragar la amarga pócima que le metían en la boca. Quería volver al sueño sobre Inglaterra. Si incluso los sueños funcionaban como un castigo, la muerte sería una auténtica bendición.

—¡Beba!

Despertó a medias, tosiendo y escupiendo, y se dio cuenta de que un hombre chino bien vestido estaba tratando de hacerle beber algo amargo. ¿Una medicina? ¿Veneno? Como le daba lo mismo, se lo bebió, y después volvió a hundirse en la oscuridad.

Tenía una vaga sensación de que lo transportaban, de traqueteo en algún tipo de vehículo. Los largos ratos de inconsciencia eran interrumpidos por breves ráfagas de febril consciencia.

Al recuperar del todo sus facultades se encontró en una cama maravillosamente limpia. Poco a poco, su mirada fue recorriendo biombos tallados y colgaduras de seda. En una mesa había un jarrón de porcelana con una flor perfecta. Estaba en la casa de un chino rico. ¿Sería la casa de Wu Chong?

Una criada de avanzada edad le echó una mirada y después salió de la habitación. Unos minutos más tarde llegó otra mujer. Aquella también estaba entrada en años, pero iba vestida como la señora de la casa.

—¿*Tai-tai*? —dijo Kyle, vacilante, mientras ella le ponía una mano fresca en la frente.

Su voz sonó ronca, pero la mujer sonrió agradecida de que él reconociera su posición y le hizo beber algo. Otra vez amargo. Ahora se dio cuenta de que contenía quina. Rara y cara, procedía de Sudamérica y era el tratamiento más eficaz contra la malaria cuando se podía conseguir. Cuando volvió a despertarse, la criada salió deprisa y regresó con Chenqua, jefe del Cohong. Entendiendo por fin, Kyle inclinó la cabeza.

—Hola, lord Chenqua. Supongo que le debo la vida. Ha hecho usted más de lo que merezco.

—Por supuesto —dijo el comerciante con inequívoca sequedad—. Sus delitos me costaron muchos taels de plata, pero al menos está vivo. Su muerte me costaría mucho más.

Kyle cerró los ojos, sintiéndose como si tuviera cinco años y su padre le estuviera regañando.

—Lo siento. No debí entrar en China, pero... deseaba tanto ver Hoshan...

Con un tono un poco menos severo, Chenqua dijo:

—Comprensible, pero estúpido.

—¿Estoy en Cantón? —Cuando Chenqua asintió, prosiguió—: ¿Volverán a meterme en prisión ahora que me he recuperado un poco?

—No. Irá a Macao y regresará a Inglaterra. Wu Chong dice que nunca pensó en matarlo, solamente quería mantenerlo en prisión mientras avisaba, sin prisas, de su detención a Pekín. —La expresión del comerciante se volvió satírica—. No se puede probar lo contrario.

Por lo tanto, no se podía castigar a Wu Chong por abuso de autoridad. Si Kyle hubiera muerto de fiebre, habría sido lamentable, pero no culpa del prefecto. Los simulacros de ejecución eran simples bromas, mucho menos de lo que el *fan-qui* se merecía. Al menos, eso es lo que diría la historia oficial. No habría ningún incidente diplomático, sólo un británico transgresor de la ley gentilmente devuelto a su país por el gobierno chino.

—¿Cómo se enteró de mi cautiverio?

—Por la compañía, y por una carta de Mei-Lian.

Así que le debía la vida —otra vez— a Troth, y Chenqua sabía algo de su relación. A esas alturas, ella debía de estar llegando a Inglaterra. Su familia tendría que soportar meses de duelo antes de saber que él estaba vivo. Pero nada se podía hacer para remediarlo. Esperaba que la noticia no matara a su padre, pero nunca podría librarse de esa culpa.

Preguntándose cuánto le habría costado a Chenqua su infracción de la ley, Kyle dijo:

—Le reembolsaré la multa que ha tenido que pagar.

—No. Váyase a casa y viva con el conocimiento de lo que costó su insensatez.

—Usted sabe regatear —dijo Kyle, muy serio.

—Siempre. —Chenqua se envolvió en la túnica y entonces titubeó—. Usted me ha robado a mi mejor intérprete. Júreme que se encargará de ella.

—Ya me he comprometido.

Kyle observó el rostro del comerciante, tratando de leer su expresión. ¿Qué había significado Troth para él? No era una hija ni una amiga, pero sin duda había afecto.

—¿Tiene algún mensaje para Mei-Lian?

Chenqua vaciló.

—Dígale que... echo de menos su kung fu.

—Lo haré.

Cuando el comerciante se marchó, Kyle se recostó, agotado. Su última y maravillosa aventura había terminado en humillación y casi en la muerte. ¿Merecía la pena?

Había soportado meses de sufrimiento, el abrumador conocimiento de su imprudente estupidez, y una enfermedad que lo perseguiría durante meses, quizá años. También había contraído un matrimonio pensado para durar horas y no toda una vida. Queriendo ayudar a Troth, le había fallado.

Era un tonto por partida triple.

30

Shropshire, Inglaterra.
Principios de la primavera de 1833.

Troth tiró del caballo hasta detenerse en lo alto de la colina que dominaba el largo camino a Warfield. Mientras contemplaba el cielo azul pálido y los primeros y tímidos brotes verdes, de la primavera dijo:

—Empiezo a creer que en Inglaterra pueda haber un verano de verdad.

A su lado, Meriel rió.

—No puedo culparte por dudarlo, pero es verdad que se acerca la primavera. Es mi época favorita del año, cuando todo adquiere nueva vida.

—Estoy deseando ver tus jardines en todo su esplendor.

—Tienes que ayudarme a diseñar un jardín chino —dijo Meriel con los ojos brillantes.

Dominic también había parado su caballo, pero no se había unido a la conversación. Parecía tenso, con el pensamiento claramente en otro lugar, aunque había sido él quien había propuesto aquella cabalgada vespertina. Él y Meriel montaban como si hubieran nacido sobre una montura, pero deseaban adaptarse a la más modesta habilidad de equitación de Troth. Aunque hacía progresos, todavía agradecía la naturaleza dócil y el modo suave de trotar de *Canela*.

Habían transcurrido meses desde su llegada a Inglaterra. Era el momento de que abandonara su refugio. Debía cumplir la promesa que había hecho en la tumba de su padre y visitar Escocia. Después de eso, tenía que decidir cómo y dónde quería vivir.

—Necesito sentarme con Dominic y enterarme de cuál es mi situación financiera. Tengo entendido que debería poder permitirme una pequeña casa.

—Mucho más que eso, pero deberías quedarte aquí —dijo Meriel de inmediato—. Los niños te adoran. Igual que Dominic y yo.

Troth sonrió pero negó con la cabeza.

—No puedo vivir aquí para siempre.

Meriel echó una mirada a su marido y frunció el entrecejo cuando vio que él no estaba escuchando.

—Dominic, ¿te pasa algo?

Él dio un respingo cuando las palabras de Meriel rompieron su ensoñación.

—Lo siento, he estado teniendo unos pensamientos muy extraños. —Vaciló, como inseguro de si debía decir algo más, antes de continuar con tono pesaroso—: Yo... yo sigo sintiendo como si Kyle fuera a cruzar cabalgando las puertas en cualquier momento. Lo he soñado esta misma noche. Es ridículo, por supuesto, pero no... no puedo dejar de desear que sea así.

Con mirada compasiva, Meriel le acarició la mano en silencio. Troth comprendía la dificultad que Dominic tenía para aceptar la muerte de su hermano. Ella también tenía un presentimiento y soñaba que Kyle volvía a casa montando a caballo, riéndose de que su muerte hubiera sido un malentendido y de seguir sano y salvo. Ella corría a sus brazos, y a partir de ahí su sueño se hacía tan explícito que se ruborizaba al pensar en ello a la luz del día.

Para cambiar de tema, Meriel dijo:

—Cabalguemos hasta el castillo. En un día como este tendríamos que poder ver casi hasta el otro lado de Gales.

Empezaron a bajar sin prisa la colina justo cuando a lo lejos las puertas de la propiedad se abrieron y entró un carruaje. Troth había aprendido a reconocer los diferentes tipos de vehículos, y este no parecía el de un vecino que llegara de visita. De hecho, se parecía al carruaje alquilado que la había traído a Shropshire.

Dominic lanzó un grito mientras miraba el carruaje con angustiada fijeza.

—¿Qué diablos...?

De repente espoleó a su caballo y bajó la colina al galope, como alma que lleva el diablo. Después de un instante de susto, Meriel lo siguió a toda carrera.

Preguntándose qué demonios estaba ocurriendo, Troth continuó a un paso más tranquilo. ¿Les visitaba algún pariente querido? Aquel carruaje no pertenecía a Wrexham ni a lady Lucia y su esposo; Troth los habría reconocido.

Dominic cruzó el camino e hizo señales al conductor del carruaje para que parase, luego saltó del caballo y abrió de un tirón la portezuela del vehículo. Emergió una figura delgada que casi cayó en los brazos de Dominic.

¡Dios mío, no podía ser! ¡No podía ser!

Con el corazón latiéndole con fuerza, Troth pateó su montura en un galope enloquecido, aferrándose a la silla de montar desesperadamente mientras galopaba a toda carrera para unirse al pequeño grupo que estaba junto al carruaje.

No podía ser, pero allí estaba. Demacrado, Kyle abrazaba a su hermano mientras las lágrimas surcaban el rostro de Dominic.

Apenas consiguiendo tirar de *Canela* para detenerlo sin ningún percance, Troth desmontó en una ráfaga de faldas, pero luego vaciló, sintiendo que no estaría bien interrumpir el encuentro de los hermanos. Atragantándose, murmuró:

—Esto no puede estar ocurriendo.

Meriel miró a Troth.

—En realidad, no le viste morir.

El comentario dio en el corazón de lo que había pasado. Troth se había enterado de la sentencia de muerte y había oído los disparos de las armas, pero no había visto muerto a Kyle. Se tapó la boca con una mano mientras aceptaba que milagrosamente Kyle estuviera realmente allí, pálido y ojeroso, pero vivo. ¡Vivo!

Kyle se volvió hacia las mujeres, aunque Dominic continuaba rodeándole con un brazo, tanto como gesto cariñoso como para sostenerle. En aquel momento, resultaba difícil apreciar que eran gemelos: mientras Dominic rebosaba salud, Kyle parecía convaleciente de una grave enfermedad.

Su deseo de abrazarlo chocó contra la mirada de Kyle, perdida y sombría. ¡Santo cielo, no podía haberla olvidado! O quizá —se le hizo un nudo en el estómago al pensarlo— ya no deseaba verla.

Entonces una débil sonrisa le curvó los labios.

—Troth. Me alegra que estés aquí, a salvo.

Al menos la había reconocido. En Inglaterra como en China, estaba mal visto que el marido y la mujer demostraran su afecto en público. Incluso una pareja tan unida como Dominic y Meriel solían contenerse en presencia de otros. Diciéndose que lo único que él hacía era seguir la costumbre inglesa, tartamudeó:

—Estaba... estaba segura de que habías muerto, milord.

—No podía creer que nos hubieses dejado, Kyle —dijo Dominic, con el rostro radiante—. Sin embargo, después de escuchar el relato de Troth sobre tu ejecución, tuve que hacerlo.

—Y casi fue así. Extraño sentido del humor el de Wu Chong. Le gustaba simular ejecuciones. —Kyle se encogió de hombros—. Gracias a los mensajes de Troth a Chenqua y a la compañía, me rescataron de Feng-tang antes de que la malaria acabara conmigo.

Se alejó un paso de su hermano y casi se cayó. Alarmado, Dominic lo sujetó de nuevo.

—¡Tienes mal aspecto...!

—No pasa nada, Dom —dijo Kyle entre dientes mientras se tambaleaba—. La malaria lleva un largo tiempo para curarse del todo. Troth sabrá cómo se trata.

—Estoy segura de que lo sabe, pero sube a la casa ahora mismo. Yo iré contigo en el coche. Meriel, ¿llevas mi caballo de regreso? —Sin esperar respuesta, Dominic ayudó a subir a su hermano al coche y salieron otra vez.

Troth decidió que era la enfermedad que volvía tan frío a Kyle. Estaba agotado por su encarcelamiento y el largo viaje a casa, y la malaria no era una enfermedad de la que uno se recuperase rápidamente.

Sin embargo, lo cierto es que se sentía enormemente herida mientras llevaba a *Canela* hasta una roca para volver a montar. La había tratado como a una conocida ocasional, no como a su amada esposa.

Mientras se subía a la montura con dificultad, la consciencia de lo que el regreso de Kyle significaba la golpeó con la fuerza de un puñetazo: él le había propuesto matrimonio sólo para protegerla, nunca había tenido la intención de convertirla realmente en su esposa. Ella había sido su amante. De no ser por la sentencia de muerte, eso era todo lo que habría sido. Las manos empezaron a temblarle.

Meriel se balanceó sobre la montura con facilidad.

—No debes preocuparte en absoluto por el estrecho vínculo entre Dominic y Kyle —dijo con gravedad—. No te quita nada a ti ni a mí. Creo que su estrecha relación los ha hecho saber amar mejor a sus esposas.

Troth tragó saliva, sin saber si alegrarse o lamentarse de que Meriel fuese tan experta en leer el pensamiento.

—Tal vez su vínculo no te quite nada a ti, porque Dominic te ama. Pero entre Kyle y yo... es diferente.

Meriel empezó a montar, guiando al caballo de Dominic.

—Sí, diferente. Vosotros nunca tuvisteis la oportunidad de conoceros en circunstancias normales. —Miró a Troth—. Pero tú lo amas y él jamás te habría propuesto matrimonio si no te hubiera querido mucho. Por ahora él está exhausto por la enfermedad y el viaje. Ten paciencia.

Troth no tenía otra opción, pero mientras subía por el camino recordó sombríamente el sueño en el que su marido regresaba milagrosamente de la muerte y la estrechaba entre sus brazos. ¡Qué tonta había sido! El matrimonio contraído con intenciones honorables había salido desastrosamente mal.

Kyle se despertó ahogando un grito —la pesadilla se desarrollaba en la prisión de Wu Chong— y encontró un cálido cuerpo femenino tendido junto a él. La luz de la vela de la mesa de noche mostró una nube de pelo negro desparramado sobre el hombro de él. Completamente vestida, Troth estaba acostada a su lado por encima de las mantas. Debía de haber estado sentada con el enfermo y decidió dormir un rato.

Le exigió cada jirón de voluntad que le quedaba no darse la vuelta y abrazarla. No con pasión: el deseo había muerto en

Feng-tang. Sin embargo, todavía sentía un ansia débil y desesperada de aferrarse a ella para consolarse, sobre todo cuando las imágenes del horror vivido le atormentaban.

Durante el largo viaje de regreso a Inglaterra, había tenido tiempo más que suficiente para pensar en Troth. Aunque la legalidad de su matrimonio fuese dudosa, no habían tenido otra elección que hacer lo que correspondía en aquella situación. Ahora él tenía el deber de liberarla de una obligación que jamás había querido adquirir más que por unas pocas horas. Ella quería —y merecía— libertad para elegir su propia vida.

Sin embargo, ahora que había sido pública y privadamente aceptada como lady Maxwell, sería terriblemente difícil romper su unión sin provocar un escándalo. Kyle le debía a Troth una reputación intachable tanto como la libertad.

Había esperado no encontrarla en Warfield. Lo ideal hubiera sido que ella llegara a Inglaterra sin ningún percance, llevara la noticia de su muerte a Dominic y luego siguiera camino a Escocia, así él no se hubiera enfrentado con la tentación de volver a verla.

Se había quedado aturdido al verla con Dominic y Meriel. Vestida con su traje de equitación parecía tan hermosa e inglesa que al principio no la había reconocido. El tímido Jin Kang y la valiente Mei-Lian se habían desvanecido por completo. De no ser por los hermosos ojos orientales de ella, habría pensado que se trataba de una de las modernas amigas de Meriel.

Levantó una manta doblada al pie de la cama y la tapó con ella. Aunque el día había sido primaveral, la noche era sin duda invernal. Al cubrirla con la manta, recordó vívidamente cómo ella se reía mientras hacían el amor. Pero aquella pasión y aquella picardía parecían haberle ocurrido a otro hombre. Ahora él era un desconocido para ella y para sí mismo.

Aunque intentaba no despertar a Troth, ella abrió los ojos y lo miró con indudable cautela.

—Dominic se quedó contigo hasta que Meriel se lo llevó a rastras para darme una oportunidad. Espero que hoy te sientas mejor, milord.

—Mucho mejor. —La aprensión de ella resultaba dolorosa. Debía asegurarle que él no tenía intención de obligarla a negociar algo que jamás había querido hacer—. Lo siento, Troth. Mezclé terriblemente las cosas. En mi arrogancia pensé que podía visitar Hoshan y regresar a Macao sin ningún problema. En lugar de eso, casi conseguí que te mataran, causé un enorme sufrimiento a mi familia y le costé a Chenqua mucho dinero y a los comerciantes europeos un gran desprestigio. Y todo esto por no ser razonable.

—Lo que se ha hecho no se puede deshacer —dijo pragmática Troth—. Cuéntame lo que pasó.

Lacónicamente le describió la parodia de la ejecución, limitándose a los hechos. Incluso meses después y al amparo de la oscuridad, Kyle no soportaba hablar de un miedo y un sufrimiento que le parecían vergonzosos. Y menos con ella.

—Entonces, ¿Chenqua te rescató?

—Sí, aunque llevó tiempo. Al principio no hubo prisa porque se me suponía muerto, así que el virrey y sus burócratas se movieron lentamente. Tan pronto como Chenqua se enteró de que no me habían ejecutado, envió a su hijo mayor y a su médico a Feng-tang, junto con una compañía de abanderados por si Wu Chong presentaba problemas. —Kyle forzó una sonrisa—. En apariencia, el prefecto era todo cooperación. Aunque, por supuesto, podían llevarse al demonio extranjero, él había escrito a Pekín para pedir instrucciones (sospecho que enviando la carta con un carro tirado por burro), pero si el virrey estaba deseoso de hacerse cargo del prisionero, a Wu le encantaba hacerle un favor. No me enteré de eso hasta mucho después.

—¿Qué pasó con Chenqua?

—Me reprendió como si yo fuera un niño que se había portado mal y se negó a que le reembolsara la multa que él había pagado en mi nombre.

—¿Estaba enfadado por lo que yo había hecho? —El rostro elegante de Troth seguía siendo de mármol.

—Dijo que echaba de menos tu kung fu. —Sabiendo lo importante que aquello debía de ser para ella, Kyle habló despacio—: Sentí que él lamentaba mucho haberte perdido, y no sólo porque le resultaras útil. No estaba en absoluto furioso, solamente... apenado y deseando que estuvieras bien.

La expresión de Troth se relajó.

—Me alegro.

—¿Tuviste algún problema después de abandonar Fengtang? —preguntó Kyle.

—Ninguno. Gavin Elliott se portó muy bien y toda tu familia ha sido muy amable, incluso tu padre, el viejo ogro.

—El viejo ogro, qué buen nombre para él. A propósito, puede que venga en cualquier momento. Tan pronto como llegué a Inglaterra le envié mensajes a él y a mi hermana. —Kyle debería haber ido primero a Dornleigh, pero nunca había pensado hacer eso. El vínculo de toda la vida entre él y su hermano era más fuerte que la a menudo tensa relación con el conde. Más fuerte incluso que el deber.

Troth ocultó la cara en el hombro de Kyle.

—¿Qué ocurre ahora?

—¡Que me condenen si lo sé! Lo que tenía perfecto sentido en una mazmorra china parece más bien una locura aquí en Inglaterra. —Miró al techo—. Lo importante es cómo liberarte a ti, pero sin crear un escándalo.

Troth se quedó completamente quieta.

—¿Quieres romper nuestro matrimonio, si es que se le puede llamar así?

La pregunta no era sobre sus deseos, sino sobre lo que era correcto. Eligiendo las palabras con cuidado, Kyle dijo:

—Tú tienes todo un mundo de posibilidades por delante, mientras que yo... bueno, yo nunca quise volver a casarme y no creo que fuera un buen esposo. Te mereces algo mejor.

—¡Qué generoso eres! —dijo Troth secamente.

Kyle se rió un poco por primera vez en meses.

—No soy generoso, estoy confundido, pero intento hacer lo correcto. —Cediendo a la tentación, continuó—: Pero, bueno, a menos que tengas prisa por irte, podemos esperar hasta que yo me sienta más fuerte y tú hayas tenido tiempo para decidir lo que quieres. Todavía debes de estar conmocionada por mi milagroso retorno de la muerte.

Troth asintió enérgicamente con su oscura cabeza.

Él le tocó con suavidad la sedosa cabellera.

—Lo siento. No tenía sentido escribir, porque yo llegaría al mismo tiempo que las cartas.

—Esa parte la entiendo. —La voz de Troth se volvió fría—. En cuanto al resto... Supongo que no quieres que nos... nos comportemos como marido y mujer mientras tú decides la mejor forma de separarnos.

Kyle se estremeció. ¿Se imaginaba Troth que él temía que, si volvían a ser amantes, no encontraría jamás la fuerza necesaria para dejarla marchar? Entonces trató de hacer una broma de todo ello y dijo:

—Cuando veas Dornleigh, estarás ansiosa por romper nuestro matrimonio. Es el caserón más lúgubre de Inglaterra.

—Pero es tu hogar.

—Para mi castigo, sí. —Kyle sonrió burlándose de sí mismo—. Debo admitir que estoy deseando regresar. Siete años es mucho tiempo para estar fuera.

Pero había sido suficiente para cumplir todos sus sueños, sin dejar... nada.

31

Dornleigh hacía justicia a su fama. Elevándose contra el cielo frío y lluvioso, la desmesurada construcción debería llevar escrito en la puerta: «Quien aquí entre, que abandone toda esperanza». Troth se retiró de la ventana del carruaje, sin saber si alegrarse porque el deprimente viaje llegaba a su fin o lamentar que su destino fuese tan poco atractivo como Kyle le había advertido.

Estaba sentada enfrente de su marido y de su suegro en el pesado y lujoso coche de viaje. Habían compartido el espacio durante dos largos días, cada uno evitando mirar a los otros.

Los últimos quince días habían sido agotadores para todos. El carruaje de lord Wrexham había llegado dos días después del regreso del hijo pródigo, una hora más tarde que lady Lucia. A pesar de su habitual actitud brusca, el conde se había comportado como una gallina a la que le acababan de devolver el polluelo perdido. Kyle aceptó la atención de todos con cansada cortesía, aunque Troth sospechaba que él habría preferido tener más paz y privacidad.

Las opiniones de Troth no importaban demasiado. Desde el día de la llegada de Kyle le dieron una habitación para él solo, y ella se sintió menos su esposa que cuando lo creían muerto. Nadie era descortés y no hubo ninguna insinuación de que ella no encajase en aquella reunión familiar de los Renbourne. Pero se sentía... de más. Durante los largos días y las largas noches, a menudo se recordó a sí misma que la actitud distante de Kyle no era sólo hacia ella.

La única persona cuya compañía Kyle recibía calurosamente era la de su hermano. Dominic estaba tenso e impaciente con todo el mundo excepto con Kyle, y Troth tenía la sensación de que el chi fluía entre ellos, con la energía de Dominic reforzando la de su hermano gemelo. Aunque tal vez todo fuesen imaginaciones suyas. En la pragmática Inglaterra, las creencias propias de China empezaron a parecerle supersticiones.

Por suerte, la conducta de Meriel no había cambiado ni un ápice. Mantuvo a Troth entretenida con los niños, con la equitación, con el trabajo en los invernaderos anticipándose a la siembra de primavera.

Pero no habría ninguna Meriel que la ayudara en Dornleigh. Después de diez días en Warfield, Kyle había considerado que era el momento de regresar a la sede familiar. Wrexham estaba ansioso de llevarlo allí, como si sólo entonces la vuelta al hogar de Kyle estuviese completa. O quizá quería separarlo de Dominic para poder tener a su heredero para él solo. Troth tuvo un sombrío presentimiento de que ella no figuraba para nada en los planes del conde.

A pesar de ansiar la atención de su marido, Troth practicó la paciencia y esperó que la situación mejorara junto con la salud de Kyle. Se vestía y hablaba y se comportaba como una perfecta dama inglesa, esforzándose por ganarse la aprobación de Wrexham. De vez en cuando notaba la mirada perpleja de Kyle, como si apenas la reconociera, y suponía que estaba sorprendido de lo bien que había aprendido a imitar el comportamiento de las féminas distinguidas. Troth siempre había tenido el talento de no desentonar y su madre le había enseñado cómo ser una mujer refinada.

El carruaje se detuvo ante la puerta de Dornleigh y un lacayo bajó a toda prisa los escalones hasta el carruaje. Aliviada, Troth salió a la lluvia. Aunque le habían venido muy bien dos días a solas con Kyle, la presencia de Wrexham lo cambiaba todo. Sin duda el conde pensaba lo mismo acerca de ella. ¿Y Kyle? Seguramente a él le gustaba tener tres personas en el viaje, ya que así no tendría que mantener conversaciones íntimas.

Aguardando dentro del vestíbulo de Dornleigh —el frío, resonante y yermo vestíbulo— había un ejército de sirvientes formando una fila en honor del regreso del heredero. Kyle pasó entre ellos cortésmente mientras Troth esperaba a un lado, invisible excepto para las miradas curiosas.

Para su sorpresa, cuando Kyle hubo terminado de pasar revista a las tropas de Dornleigh, la tomó del brazo guiándola hacia delante.

—Mi esposa, lady Maxwell.

Una chispa de esperanza brilló en el interior de Troth ante el reconocimiento público. Sin embargo, cuando Kyle la presentó a los sirvientes de mayor rango, vio que Wrexham observaba con muda desaprobación. Mientras el ama de llaves la conducía a sus nuevos aposentos, Troth renovó su promesa de ser paciente y de actuar siempre como una irreprochable dama inglesa.

Más allá de eso, no había nada que pudiera hacer, salvo esperar y rezar.

Una semana en Dornleigh le hizo entender perfectamente por qué Kyle había huido de allí. El feng shui era terrible: ángulos discordantes, una combinación de amontonamiento en algunas zonas y vacíos muertos en otros, y un tono general de penumbra.

Tal vez eso se adecuaba a su marido, que deambulaba por el antiguo caserón como un fantasma. Cortés pero distante, estaba como ausente en las raras ocasiones en que hablaban. A todas luces Kyle sufría de un malestar peor que la enfermedad y el cansancio. En cierto nivel profundo su espíritu había sido gravemente herido. La intensa curiosidad y la alegría de vivir que poseía cuando lo conoció habían desaparecido, dejándole un caparazón de hombre educado.

Deseaba ayudarlo, pero no sabía cómo y temía hacerlo mal. Además, ya le resultaba bastante difícil darse ánimos a sí misma tras una larga semana atrapada en ese mausoleo mientras afuera llovía sin parar.

Troth pasaba el tiempo leyendo, explorando y estableciendo de forma prudente relaciones con los sirvientes de mayor rango. Pero sobre todo esperaba algún signo de su marido que la animara. Las dudas —y el poder— estaban en manos de él. Él debía hacer el primer movimiento.

¿Cómo se las arreglaría Kyle en la gran recepción de bienvenida que Wrexhman iba a dar en su honor la noche siguiente? Toda la gente importante de la región había sido invitada. Aunque él debía de conocer a la mayoría de los invitados, una reunión de ese tipo sin duda lo agotaría. Para Troth las perspectivas eran francamente aterradoras, y pensaba quedarse en su dormitorio. A diferencia del baile de Navidad en Warfield, no notarían su ausencia.

Por fin salió el sol. Aquella mañana, mientras se cepillaba el pelo para hacerse su trenza nocturna, se regaló la vista con las magníficas colinas de Northamptonshire. La lluvia había hecho que una gran cantidad de plantas primaverales y macizos de brillantes narcisos amarillos floreciesen en árboles y setos. Ahora comprendía por qué Kyle quería regresar: no por la lúgubre casa, sino por aquella encantadora tierra.

Mientras se recogía el pelo en un recatado moño en la nuca, se le ocurrió de repente la feliz idea de preguntarle a Kyle si le apetecía ir a dar un paseo a caballo. Tal vez él disfrutaría enseñándole los alrededores de la propiedad. Como la gota de Wrexham le impedía montar, ella y su marido tendrían una o dos horas de privacidad. Tal vez recuperaran algo de la conversación fácil y el placer de la compañía del otro que habían conocido en China.

Optimista ante la perspectiva, llamó a Bessy, la doncella que le habían asignado, y le pidió que le trajera el traje de equitación. Si Kyle rechazaba su invitación, iría a cabalgar sola. El cuerpo le pedía actividad física después de haber estado encerrada tanto tiempo.

No había practicado los ejercicios de chi desde antes de visitar Hoshan. Primero había estado muy ocupada viajando; luego había estado apretujada en el minúsculo camarote del barco. De vez en cuando se había planteado empezar otra vez en Warfield, donde habrían aceptado cualquier excentricidad sin pestañear, pero ese tipo de actividades tan poco inglesas no pertenecían a la vida de la decorosa lady Maxwell.

Troth se zampó un rápido desayuno a base de té, pan tostado y mermelada. Podía enfrentarse al almuerzo y la cena con Kyle y Wrexham, pero se permitía desayunar en su habitación como una evasión de la tensión que reinaba en la casa.

Con la ayuda de Bessy, se puso el traje de equitación, de un sobrio azul marino pero que la costurera había adornado con galones dorados al estilo militar; el efecto general era más bien elegante.

Se levantó las amplias faldas y bajó saltando la escalera, sintiéndose alegre y optimista. Tal vez a Kyle le gustara montar tanto como le había interesado otra clase de galope más íntimo...

Se reprendió a sí misma por aquellos pensamientos tan bajos, aunque los tenía a menudo. Kyle podía estar demasiado exhausto para sentir deseo, pero ella no; y era una tensión constante no tocarlo, no arrojarse a sus brazos, besarle y esperar que se encendiera una llama de deseo mutuo.

Paso a paso. Al ver al mayordomo, le preguntó:

—Hawking, ¿sabe dónde está lord Maxwell?

—Creo que está en su estudio, milady —contestó lanzando una mirada de aprobación al equipo de equitación que Troth llevaba—. Un bonito día para montar a caballo, milady. Estoy seguro de que a lord Maxwell le encantaría eso.

—Eso espero. —Nacido y criado en Dornleigh, Hawking le tenía mucho afecto al joven amo. Troth sentía que ella y él tenían un pacto tácito con respecto a Kyle.

Durante sus exploraciones de la semana anterior, Troth se había enterado de que el estudio era una habitación acogedora que daba a la biblioteca principal. Con una chimenea, un escritorio y varios cómodos sillones, resultaba la más acogedora de las estancias comunes. Sería agradable sentarse allí y leer al lado de Kyle por las noches...

Cruzó la biblioteca y estaba a punto de abrir la puerta del estudio cuando oyó voces procedentes del interior. Wrexham decía con tono brusco:

—¡Así que aquí estás, Maxwell, no puedes esconderte de mí para siempre!

—¿No? —replicó Kyle quitándole importancia—. Hasta ahora se me ha dado bastante bien.

Ya que ninguno de los dos hombres la veía, Troth se detuvo, preguntándose si debería dejarlos discutir sus asuntos; pero no se podía desperdiciar un día tan bonito, especialmente cuando Kyle necesitaba aire fresco y sol.

Una silla chirrió al sentarse Wrexham.

—¿Cuándo vas a ocuparte de esa chica?

Troth frunció el ceño.

—Supongo que te refieres a mi esposa —dijo Kyle con voz intimidatoria.

—No es tu esposa —replicó su padre—. Esa ridícula ceremonia habría sido irregular hasta en Escocia. En China eso no tuvo ningún maldito valor. Debes deshacerte de ella para poder elegir una esposa adecuada.

—Aunque su legalidad sea cuestionable, los dos consideramos vinculante la ceremonia.

—¡Ella era tu maldita amante! No te culpo por ello: es una muchacha atractiva y totalmente dócil, pero jamás habrías pasado por esa farsa de matrimonio si no hubieras pensado que morirías al día siguiente.

—Es verdad que fue la sentencia de muerte lo que me dio la idea —dijo Kyle, cansado—, pero eso es irrelevante. Al haberme comprometido de buena fe, ahora no puedo dejarla como si no hubiera pasado nada.

—¡Puedes dejarla y la vas a dejar! Yo estaba dispuesto a aceptarla como tu viuda, pero de ningún modo como la próxima condesa de Wrexham.

—¿Por qué no?

—¡Por Dios, no te hagas el tonto! —dijo Wrexham, indignado—. ¡Es china, y no permitiré que un futuro conde de Wrexham tenga los ojos rasgados!

Temblando de un modo irrefrenable, Troth se hundió en el sillón de la biblioteca. Todos los esfuerzos que había hecho por comportarse como una dama inglesa habían sido totalmente inútiles. A los ojos de Wrexham, el hecho de que ella no fuera de sangre pura siempre pesaría más que cualquier rasgo de inteligencia o de carácter.

—Por ley de vida, estarás muerto mucho antes de que este muy hipotético hijo asuma tus títulos —dijo Kyle secamente—. Le prometí a Troth protegerla y le di voluntariamente mi apellido. ¿Qué clase de conde de Wrexham sería yo si no cumpliera mi palabra porque las cosas salieron de manera muy diferente a lo que esperaba?

Kyle no mencionaba para nada el amor o la pasión, o incluso la amistad. Para él, Troth se había convertido en una obligación, una carga.

—Puesto que te ayudó a salir de la cárcel, no puedes pedirle simplemente que se vaya —agregó Wrexham—. Permítete ser generoso. Un acuerdo de dos mil libras al año la convertirá en una mujer rica. Puede ir a Londres y coleccionar todos los amantes que quiera. Está claro que tú no fuiste el primero, y seguramente no serás el último.

Mientras Troth se tapaba con las manos el rostro enrojecido, Kyle dijo con voz de hielo:

—El honor y la virtud de Troth son irreprochables, y no permitiré que la insultéis ni tú ni ningún otro hombre. ¿Lo has entendido?

Confusa, Troth supuso que al menos debería estarle agradecida por aquello. Pero, una vez más, él hablaba solamente de deber y no de afecto.

Incapaz de soportarlo más, se levantó, dejó atrás las voces que se peleaban y corrió hacia el vestíbulo de la entrada. Gracias a Dios, no había nadie que la viera subir volando a su dormitorio. Una vez allí, se ovilló sobre la cama, temblorosa.

¿Su matrimonio se había acabado? ¿Matrimonio? Ni siquiera era eso: aunque ella sintiera que Kyle era su esposo, era obvio que él nunca la había considerado su mujer. Era sólo un *souvenir* inoportuno que Kyle había adquirido en sus viajes.

Aun cuando él todavía la quisiera, no podría haber ningún matrimonio ante la firme desaprobación de Wrexham. Kyle podría enfadarse, pero al final se rendiría porque un hijo debe obedecer a su padre. No había sitio para Troth en Dornleigh, y puesto que jamás se habían casado de verdad, no había razón alguna para quedarse.

Además, ella no quería quedarse. ¡Al diablo con Wrexham y Maxwell! Ella era una hija del Reino Celestial, y el rechazo de ellos demostraba que los *fan-qui* eran realmente unos bárbaros. Prefería morir que quedarse allí. No necesitaba a los Renbourne ni la compasión de ningún hombre.

Con una furia que nunca había conocido, llamó a la doncella y luego empezó a recoger sus cosas. El baúl era demasiado grande para llevárselo, pero tenía un par de bolsas de tela. Una la llenó con un vestuario básico de ropa práctica, y la otra con las más queridas de sus posesiones chinas. Quizá enviara después a buscar el resto de sus cosas: los Renbourne se alegrarían tanto de poder liberarse de ella que enviar un baúl sería un placer.

No, ella simplemente desaparecería. Liberado de su molesta cuasiesposa, Kyle podría casarse con una de aquellas muchachas rubias y sosas que se lo comían con los ojos después de los servicios religiosos en Warfield, y se volvería gordo y aburrido, como correspondía a un típico caballero inglés.

Cuando Bessy llegó, Troth le ordenó:

—Ayúdame a quitarme este traje, y luego pide un carruaje.

—¿Señora? —La doncella la miró con los ojos como platos, y luego a las bolsas a medio llenar.

—¡Ni una palabra a nadie!

Mordiéndose el labio inferior, la muchacha desabrochó el complicado traje y luego salió para pedir el carruaje. Troth se cambió y se puso un sencillo vestido de día, el tipo de ropa que podía ponerse sin ayuda de una doncella. El traje de equitación lo dejó arrugado en el suelo, donde podía sumarse al mal feng shui de Dornleigh.

La cortesía exigía dejar una nota, y Troth tenía que mostrar más educación que aquellos demonios extranjeros. Rápidamente garabateó: «Lord Maxwell, tú y tu familia deseáis libraros de mí. Deseo concedido». Firmó con los caracteres chinos de Mei-Lian.

Con una bolsa en cada mano, se dirigió al vestíbulo superior y se asomó a la ventana del costado para ver si había llegado el carruaje. Para su alivio, ya estaba esperando. Se apresuró a bajar la escalera sin ser vista. Una vez fuera, le dijo al conductor:

—Lléveme a la posada de posta más cercana, por favor.

Al igual que Bessy, se quedó boquiabierto al ver el equipaje.

—¿Señora?

Le clavó la mirada de un *tai-tai* contrariado. A toda prisa, el hombre escondió las bolsas y la ayudó a subir al carruaje.

Tan pronto como el vehículo se puso en movimiento, Troth se echó hacia atrás, apoyándose contra el respaldo de terciopelo, y se permitió temblar. Todo había acabado. Ella era una querida que abandonaba a su último amante y que debería haberlo hecho antes.

Entre las monedas que Kyle le diera antes de partir de viaje y los fondos de Gavin Elliott tenía lo suficiente para sobrevivir durante varios meses. Iría a Escocia. Quizá en Edimburgo habría una compañía mercantil que necesitara una empleada que hablara y escribiera chino. Si no era así, con sus capacidades podría sin duda encontrar empleo en Londres. ¿Gavin Elliott todavía querría sus servicios, ahora que ella era la última amante, y no la viuda, de su socio? Si no era así, no importaba. Ya encontraría algún trabajo.

Con mirada glacial, echó un último vistazo a Dornleigh. Había buscado la ayuda de lord Maxwell para llegar a Gran Bretaña, y la había obtenido, junto con el suficiente dinero para que le durara hasta que se estableciera. Cada uno había cumplido con su obligación para con el otro, y ahora no quedaba nada entre ellos.

Nada.

32

Kyle había estado haciendo grandes esfuerzos por controlarse y para no tener en cuenta las palabras de su padre, pero tomó plena conciencia de ellas cuando el conde llegó demasiado lejos. Kyle cerró los puños para alejar el deseo de agredir a su propio padre.

—El honor y la virtud de Troth son irreprochables, y no permitiré que la insultéis ni tú ni ningún otro hombre. ¿Lo has entendido?

Wrexham se quedó boquiabierto.

—¡Cómo te atreves a hablarle así a tu padre!

—Un hombre honesto se debe más a su esposa que a su padre —dijo Kyle, tajante—. Actúas como si yo mereciera a alguien mejor que Troth. En realidad, ocurre lo contrario. Ella se merece a alguien mejor que yo.

El conde hizo un gesto exasperado.

—Si insistes, diré que es pura y virginal y un orgullo para su sexo. Pero no es tu esposa.

—¡Si no la aceptas como esposa mía, yo no soy hijo tuyo! Puedes desheredarme.

El rostro de Wrexham se puso rojo de ira.

—¡Sabes perfectamente que no puedo hacer eso! El título y casi todas las propiedades están vinculadas a ti. Todo pasa de hijo mayor a hijo mayor... Así tiene que ser.

Kyle le lanzó una mirada feroz.

—Eso significa que yo puedo hacer lo que quiera y tú no puedes impedirlo.

—Sí, es cierto. ¿Es mucho esperar que actúes con sabiduría y honor?

Kyle se levantó y empezó a pasearse, enfadado, por la habitación. Le latían las sienes. Hasta entonces, había evitado quedarse a solas con su padre porque sabía que tendrían esa discusión y que él no sabría resolver el conflicto entre lo que le debía a Troth y lo que Wrexham creía que su heredero debía al apellido. Pero no podía seguir eludiendo el tema. ¿Cómo demonios terminar esa discusión antes de que él y su padre se hicieran un daño irreparable?

La relación de Kyle con el conde siempre había sido una compleja mezcla de afecto, deber y tensión. El conde había heredado un patrimonio al borde de la quiebra financiera y con inmenso esfuerzo lo había llevado de nuevo a la prosperidad. Había llegado a ser un hacendado innovador y un concienzudo miembro de la Cámara de los Lores. Pero con respecto a su familia era ferozmente protector y de una rigidez agobiante.

Recordando las cualidades más admirables del conde, Kyle dijo más tranquilo:

—Padre, cuando estuve fuera de aquí te eché de menos. No he vuelto para seguir discutiendo.

El rostro de Wrexham cambió de expresión.

—Nunca me llamas «padre».

—Quizá es hora de que lo haga. Tu opinión me importa mucho, pero ya no puedes controlar mi vida como hacías cuando Dominic y yo éramos niños.

—¡No quiero controlar tu vida! Sólo quiero... sólo quiero que no cometas errores desastrosos.

Kyle sonrió con tristeza. Aunque su padre era un tirano, tenía buenas intenciones.

—Tener buen criterio ayuda mucho, pero sólo se aprende de los errores.

La boca de lord Wrexham se torció esbozando una sonrisa involuntaria.

—Sé que tienes razón, pero cuesta mucho quedarse quieto mientras tus hijos echan su vida por la borda.

—¿Como tuviste que quedarte quieto tú, viendo cómo tu padre arruinaba a toda la familia Renbourne?

—Sí... supongo que sí. —Wrexham se frotó la mandíbula con cara de perplejidad—. La verdad es que nunca me lo había planteado de esa manera.

Durante los meses que había pasado en la mazmorra de Wu Chong, Kyle había pensado muchas cosas y había relacionado muchas ideas que hasta aquel momento no se le habían ocurrido. El sufrimiento, como el mal criterio, era producto de la educación. Era hora de utilizar lo que había comprendido para mejorar la relación con su padre.

—Dudo que Troth y yo podamos cimentar un verdadero matrimonio, pero es ella quien tiene la última palabra. Si decide libremente que será más feliz no estando a mi lado, le diré adiós y le daré mi bendición. —Intentó obviar el insoportable dolor producido por la idea de perderla—. Si prefiere quedarse como lady Maxwell, y no entiendo por qué podría querer hacerlo, me casaré con ella de nuevo por la Iglesia anglicana para que nadie cuestione nunca la legalidad de nuestra unión. Pero la decisión es suya.

—Que el sentimiento de compromiso no te impida pensar, Maxwell —dijo su padre con tristeza—. Estaréis mejor cada uno por su lado. Si ella es el dechado de virtudes que tú dices, podrá encontrar un marido que la adore, y tú, cuando estés preparado, podrás elegir una esposa adecuada. Alguien que sepa lo que significa ser condesa.

—¿Por qué sientes antipatía hacia Troth? ¿Sólo porque es medio china? El mundo está cambiando, padre. Lord Liverpool tenía un veinticinco por ciento de sangre hindú y fue primer ministro durante quince años. La familia real británica tiene sangre africana que se remonta a la realeza portuguesa. A medida que crezca el imperio, habrá más y más matrimonios entre personas de diferentes etnias. ¿Por qué los Renbourne no han de ser también pioneros?

—No es que le tenga aversión, pero no quiero sangre china en la familia. —Wrexham frunció el entrecejo—. Además, la condenada me pone nervioso. Es tan... sumisa. Demasiado anodina. Demasiado ladina y reservada. Siento que pasan por su cabeza cosas que yo nunca entenderé, y eso me pone incómodo.

—¿Troth anodina? —Sobresaltado, Kyle se puso a recordar las últimas semanas. Era cierto que ella había estado tan callada que casi había pasado inadvertida, pero con él había ocurrido lo mismo—. Supongo que lo único que ha hecho es comportarse adecuadamente en una situación incierta. Pero puedo asegurarte que no es anodina ni reservada. Es única, y es su formación la que la convierte en una persona tan especial.

Tras un largo silencio, su padre dijo:

—Te interesa de verdad.

—Sí. —Era una respuesta moderada, pero no estaba dispuesto a admitir los sentimientos profundos y complicados que ella le suscitaba—. Nos unió el destino. Si me deja, que así sea, pero si quieres que te dé nietos, tendrá que ser con Troth o con nadie más. —Sonrió sin ganas—. Tendrás que rezar para que me abandone.

El padre se levantó pesadamente.

—Rezaré para que seas feliz. Aunque quizá sea mucho pedir.

Kyle miró la puerta del salón que Wrexham acababa de cerrar. Era típico del viejo terminar una discusión diciendo algo perspicaz. ¿Se habría dado cuenta alguna vez de lo inquieto que era su heredero?

Kyle se quedó en el estudio un largo rato, pensando en su vida. Desde su detención estaba en un pantano negro, acosado por pesadillas y paralizado por la indecisión. Tenía que calmarse, por el bien de su familia.

Y, por supuesto, por Tooth, que no había exigido nada y había tenido una paciencia infinita. Necesitaba reunir las fuerzas y la resolución necesarias para dejarla en libertad y no seguir atrapándola con su silencio en Dornleigh. La echaría de menos como echa de menos un soldado la extremidad perdida, pero no tenía derecho a enjaularla en ese lugar, donde no podía ofrecerle el afecto incondicional que se merecía.

Abrió los ojos y descubrió que era un hermoso día de primavera. Quizá él y Troth podrían ir a dar un paseo a caballo. Dominic había dicho que ya montaba de manera bastante aceptable, y quizá una actividad de ese tipo les permitiría hablar con más facilidad.

La idea de montar a caballo le hizo pensar qué habría sido de *Sheng*, el burro. Había llegado a sentir mucho apego por el animal, a pesar de su huesudo lomo.

Animado, llamó al mayordomo. Cuando apareció Hawking, le preguntó:

—¿Sabe dónde está lady Maxwell? Se me ha ocurrido que podría apetecerle salir a dar un paseo a caballo.

Hawking enarcó las cejas.

—¿La señora no lo encontró? Ella había tenido la misma idea y lo estuvo buscando por aquí hace un rato.

—¿De veras? No la he visto esta mañana.

Kyle tuvo una idea horrenda. Si había ido a buscarlo al estudio, podía haber llegado en el momento en que estaba discutiendo con Wrexham. Si había oído algunas de las cosas que se habían dicho...

Alarmado, subió rápidamente a la habitación de Troth con la esperanza de no encontrarla allí llorando. El conocimiento de que el padre de Kyle despreciaba su sangre mestiza podía resultar insoportable.

Cuando llamó a la puerta no hubo respuesta. Después de llamar por segunda vez, hizo girar con cautela el picaporte.

Lo que encontró era peor que las lágrimas. El dormitorio había sido saqueado, con cajones y puertas abiertas, ropa tirada sobre la cama y arrugada en el suelo. Costaba creer que la meticulosa Troth viviera allí. De hecho, no era así: el estado del dormitorio mostraba a las claras que se había ido. Kyle salió de la habitación y llamó a la criada. Quizá la muchacha —¿Bessy?— supiera adónde había ido su ama.

Mientras esperaba a la doncella, vio una nota apoyada en la repisa. Se preparó mentalmente, desdobló el papel y leyó: «Lord Maxwell, tú y tu familia deseáis libraros de mí. Deseo concedido».

Mientras arrugaba la nota con la mano, la joven criada entró e hizo una nerviosa reverencia.

—Milord.

—¿Sabes adónde se ha ido lady Maxwell?

Kyle se asombró de la firmeza de su voz.

—No lo sé con certeza, señor, pero me pidió que llamara a un carruaje.

—¿El de viaje o uno de los pequeños?

—Uno pequeño.

Kyle pensó rápidamente en todas las posibilidades. Sabiendo que no podría emprender un largo viaje sin que el cochero le hiciera algunas preguntas, lo más probable era que hubiera viajado al cercano mercado de Northampton, donde podría encontrar un coche que la llevara a Londres. No, no a Londres: Troth iría a Escocia. Él había tenido la intención de llevarla allí, pero, como en todo lo demás, le habían faltado energías para ponerlo en práctica.

Ahora tendría que sacar energías de algún sitio. Fue a grandes zancadas hasta su habitación y se puso con rapidez ropa de montar. Abajo se cruzó con su padre.

—Tienes suerte —dijo con mordacidad—. Troth ha oído parte de nuestra conversación y se ha marchado. Espero poder persuadirla de que regrese, pero la comprendería perfectamente si se niega a volver.

—Maldición. No era eso lo que yo deseaba. —Wrexham arrugó el ceño—. Quizá esté más dispuesta a volver si yo me marcho de aquí. El Parlamento está reunido y yo tendría que estar en Londres. No puedo irme antes de la recepción en tu honor, que tendrá lugar mañana por la noche, pero me marcharé a la mañana siguiente. Daos tiempo, tú y la muchacha, para resolver las cosas.

Kyle pestañeó, sobresaltado por la oferta de su padre.

—No sé si eso servirá para algo, pero es muy amable por tu parte. Gracias.

Wrexham sonrió con ironía.

—Supongo que es mejor tener nietos, aunque sean medio chinos, que no tenerlos.

Dicho esto, dio media vuelta y se alejó llamando a gritos a su secretario.

En el establo Kyle ensilló un caballo bayo que le recordó a *Pegaso*. El jefe de los mozos de cuadra, Malloy, que había enseñado a los gemelos a montar a caballo hacía más de treinta años, apareció cuando Kyle estaba apretando las cinchas.

—¿Tiene ganas de montar un caballo travieso, señor?

Ese comentario no parecía muy prometedor.

—¿Quieres decir que este tiene tendencias homicidas?

El mozo de cuadra rió entre dientes.

—No, sólo es muy nervioso. Le gustará montar a *Nelson.*

Malloy tenía razón con lo de que era nervioso. Cuando Kyle lo montó, el caballo se puso a corcovear hasta que lo arrojó dolorosamente al suelo. Mientras un mozo de cuadra sujetaba a *Nelson*, Malloy se acercó corriendo, asustado.

—¿Se ha hecho daño, señor?

Jurando por lo bajo, Kyle pidió al mozo que se apartara.

—Estoy bien.

Se sacudió el polvo y después se acercó a *Nelson* con inflexible determinación. Qué estupidez haber olvidado que hacía más de un año que no montaba a caballo. *Sheng* no contaba. Con un animal fogoso como *Nelson* era esencial demostrar quién mandaba desde el principio. Durante casi toda su vida, el ejercicio de la autoridad había sido algo natural, pero en China había perdido la costumbre.

Con la postura y los movimientos de alguien que sabe que es quien manda, cogió las riendas y pasó un minuto acariciando al caballo, sin permitirle retroceder. Cuando creyó que se había hecho entender, volvió a montar. Esa vez estaba preparado para las pruebas de *Nelson* y logró responder a cada desafío.

Cuando Kyle logró que *Nelson* se detuviera, obediente, Malloy dijo:

—Veo que no ha perdido su toque.

—Todavía estoy un poco oxidado, pero no soy del todo incompetente.

Kyle salió trotando de la caballeriza y después espoleó al caballo e iniciaron un enérgico galope por las colinas hacia Northampton.

No dudaba de que encontraría a Troth... pero ¿qué ocurriría después?

33

Cuando Kyle entró en Northampton el agotamiento se imponía al placer de cabalgar. La malaria había minado sus fuerzas y su resistencia tanto como la prisión en Feng-tang había abatido su espíritu y sus sentimientos.

Puesto que había viajado a campo traviesa, el carruaje de Troth no podía haber llegado allí mucho antes que él. Con un poco de suerte, la encontraría en una posada de posta. Y si ella ya se había marchado, bueno, su aspecto inconfundible le ayudaría a seguirla.

Pero ¿qué diablos debía decirle cuando la encontrara? Había evitado hablar con Troth por la misma razón que había evitado hacerlo con su padre. Sabía que cualquier discusión sería desgarradora, y no se sentía a la altura de eso. Inevitablemente, la tardanza había empeorado la situación. Por el estado del dormitorio de Troth, supuso que ella se había marchado de Dornleigh hecha una furia, y sin duda también profundamente herida en sus sentimientos.

Lo terrible era que Troth debía marcharse para poder empezar la vida con la que había soñado. La lealtad y la buena educación la habían retenido en Dornleigh, aun cuando era evidente que aquel lugar no le gustaba. Sin embargo, no soportaba que se separaran de esta forma, con dolor y furia.

Rezando para que Troth se encontrara allí, se metió con el caballo en la caballeriza de la posada de George, entregó a *Nelson* a un mozo de cuadra y entró en busca del posadero. Cuando el hombre apareció, Kyle dijo:

—Soy Maxwell. ¿Ha estado aquí una mujer alta, bonita, de aspecto extranjero?

—Sí —dijo el posadero, con cautela profesional pero sin resistirse al aire de autoridad de Kyle—. ¿Tiene alguna relación con ella, señor?

—Soy su marido.

—¡Ah! Entonces no es la señorita Montgomery, sino la señora Maxwell. La dama está en un salón privado, esperando al coche que va en dirección norte. Por aquí, señor.

Agradecido por haberla encontrado con tanta facilidad, Kyle siguió al posadero. El salón privado tenía una mesa de comedor y media docena de sillas gastadas pero cómodas. Troth estaba sentada a la mesa, picoteando de una fuente con pan, queso y cebollas. Al entrar Kyle, ella levantó la vista y palideció.

—Según parece, esta mañana has escuchado las palabras de mi padre en una de sus exhibiciones de cabezonería —dijo Kyle sin rodeos—. Lo siento.

—¡Lo siento! —Con un destello de furia en los ojos, Troth se puso de pie—. Tu padre me desprecia, y tú me consideras una obligación desafortunada, como si fuera un sabueso viejo que ya no sirve. Seguramente, debería disculparme ante los Renbourne por contaminar el puro aire inglés de Dornleigh.

Kyle se estremeció.

—Mi padre dijo un montón de cosas horribles, pero al final llegamos a un acuerdo.

Antes de que Kyle dijera nada más, Troth le espetó:

—Un acuerdo... Una vez decidido que nuestro llamado «matrimonio» era inválido, el único problema es averiguar cuál es el mejor modo de deshacerse de mi inconveniente persona. Bueno, yo lo he solucionado. A partir de hoy no volveré a molestarte. —En su mirada había ira y dolor verdaderos.

—¡No, Troth! —dijo Kyle acercándose a ella, incapaz de soportar verla angustiada—. El matrimonio fue real para mí, y yo creía que también para ti. Por favor, vuelve a casa para que podamos hablar de ello.

—¡Nunca más volveré a ese lugar horrible! —Agarró un afilado cuchillo para el queso que había sobre la mesa—. ¡Antes prefiero morir!

Kyle se detuvo en seco.

—Seguramente la situación no es tan desesperante...

La cara de Troth enrojeció de furia.

—¡No entiendes nada, pero, si quieres desesperación, la tendrás! —Se acercó la punta del cuchillo al cuello, y luego se echó hacia delante para que la hoja se clavara.

Completamente horrorizado, Kyle se abalanzó sobre ella, agarrándola con fuerza por las muñecas y desviando el cuchillo, al tiempo que caían los dos sobre la gastada alfombra. Mientras ella luchaba por liberarse, él le sujetó la mano contra el suelo de modo que el cuchillo no hiriera a ninguno de los dos. Troth lo atacó con furia, pataleando y arañándole para recobrar el control del cuchillo.

—¡Maldito! —dijo jadeando—. ¡Malditos seáis todos!

—¡Dios mío, Troth, no hagas esto! ¡No lo hagas!

Ella era ágil e increíblemente fuerte, capaz de frustrar el ataque de media docena de hombres peligrosos, pero Kyle no se atrevía a usar ninguno de los bajos trucos de lucha callejera que había aprendido en los bajos fondos por miedo a herirla. Con las fuerzas muy mermadas, tuvo que inmovilizarla con el peso de su propio cuerpo.

Mientras Kyle se sentaba encima de ella, inmovilizándole los brazos y el cuchillo, dijo con desesperación:

—¿Cómo hemos llegado a esto, si había tanta amabilidad entre nosotros?

Troth dejó de luchar, respirando con dificultad.

—Porque lamentas haberme conocido. —Empezó a llorar con gran desolación.

—Eres tú la que tiene motivos para maldecir haberme conocido. —Troth no opuso resistencia cuando él le quitó el cuchillo de la mano y lo lanzó lejos. Luego Kyle se incorporó y la acercó a su pecho, abrazándola—. ¡Júrame que nunca volverás a intentarlo, Troth! Suicidarte no es la solución, no importa lo mal que vayan las cosas.

—¿Para qué vivir en un mundo donde no pertenezco a ningún sitio? —dijo entre terribles sollozos—. Al menos en Cantón tenía un sitio, aunque no me gustara.

A Kyle la culpa le carcomió las entrañas.

—Si yo hubiera tenido los medios para matarme en Fengtang, lo habría hecho, y eso habría sido un error. Los últimos meses no han sido buenos, pero han sido mejores que la mazmorra de Wu Chong y, si Dios quiere, con el tiempo las cosas van a mejorar todavía más. También mejorarán para ti.

—Pero tú eres de aquí. Yo no, y nunca lo seré.

Kyle le acarició la sedosa cabellera; reflejos de caoba brillaban en la oscuridad.

—No te culpo por querer marcharte de Dornleigh: lo menos que se puede decir es que es lúgubre, y yo he sido un perfecto inútil. Lo siento. Mi obligación era protegerte, y te he fallado.

—¡Tu obligación! —Troth se incorporó, rompiendo a llorar de nuevo—. No nos debemos nada, lord Maxwell. Yo te llevé a Hoshan y tú me trajiste a Inglaterra. Cada uno ha cumplido con su promesa y es libre de seguir su propio camino.

—Sin duda hubo más que una obligación entre nosotros durante el viaje a Hoshan. —Con dolor, Kyle observó el exótico y hermoso rostro de Troth, con los rasgados ojos hinchados por el llanto—. Pero fue una tontería creer que convertirnos en amantes era tan sencillo como lo parecía entonces.

Troth bajó la mirada.

—Ser amantes fue sencillo: nunca se me ocurrió casarme. Sin embargo, después de la ceremonia, empecé... empecé a sentirte como mi marido. Pero eso nunca fue real, ¿verdad? Estabas en lo cierto, nadie tendría motivos para poner objeciones al matrimonio si te creían muerto. Pero ahora estás vivo y yo nunca he sido tu esposa.

—La ceremonia fue tan verdadera para mí como para ti. En ese momento nos pareció una idea maravillosa. —Le tocó la mejilla, pero al rechazarlo Troth, dejó caer la mano—. Regresa a Dornleigh, aunque sea por poco tiempo. No soporto que nos separemos enfadados.

Troth cerró los ojos y otra vez se le cayeron las lágrimas.

—No. Hice un gran esfuerzo, pero nada de lo que haga será lo suficientemente bueno. Nunca seré una dama inglesa porque soy una puta china.

—¡No uses contigo misma esa palabra tan desagradable! Es una mentira vil y horrible.

—No para tu padre.

—Está equivocado.

—Pero es tu padre.

Eso no se podía rebatir.

—¿Por qué diablos quieres ser una dama inglesa? Yo no te lo he exigido, y dudo que Dominic y Mariel lo hayan hecho.

—Durante gran parte de mi vida me despreciaron por ser diferente —susurró—. Creía que en Gran Bretaña no desentonaría. Pero aquí soy tan extranjera como lo era en China.

Kyle le tomó una mano entre las suyas.

—Algunas personas odian a los que son diferentes. A otras les cautivan y fascinan esas diferencias. ¿A cuáles preferirías tener como amigos?

Troth soltó un pequeño hipido de sorpresa.

—Yo... nunca lo he pensado de esa manera.

—Es comprensible, dado que te has pasado la mayor parte de tu vida sintiéndote una extraña. No voy a mentirte, Troth. Vayas a donde vayas en Gran Bretaña, llamarás la atención por ser diferente. Pero si les das una oportunidad, la mayoría de los británicos son realmente tolerantes. En cualquier lugar que elijas para vivir podrás cultivar un círculo de amigos que te querrán por la mujer excepcional y atractiva que eres.

—Haces que parezca fácil.

—No es fácil, pero tampoco imposible. —Le apretó la mano—. Regresa a Dornleigh y buscaremos la forma de que obtengas tu libertad sin arruinar tu reputación.

Troth torció el gesto.

—Dornleigh fue diseñada por el diablo para oprimir a los espíritus libres.

—Entonces cámbialo. Me contaste lo del... feng shui, ¿verdad? El arte de la disposición armónica. Tienes mi autorización para convertir Dornleigh en un lugar más feliz. En realidad, me encantará cualquier mejora que hagas, ya que allí me enfrento a una sentencia de por vida.

—Dudo de que lord Wrexham lo aprobase.

—Te garantizo que te dará permiso para hacerlo. También ha decidido que ya era hora de que se marchase a Londres y a la Cámara de los Lores. Se irá al día siguiente de la recepción.

Troth se mordió el labio inferior, intrigada, y luego negó con la cabeza.

—¿Qué sentido tiene? Cuanto antes me vaya, más rápido se desvanecerá el escándalo. Si voy a Escocia con mi propio nombre, ¿quién sabrá o se preocupará de que fui lady Maxwell por un tiempo?

Kyle no deseaba que se fuera. Pero su deseo egoísta no era motivo suficiente para pedirle que se quedase.

—Creo que he encontrado la forma de separarnos sin escándalos. Nadie salvo mi familia más cercana sabe exactamente lo que pasó entre nosotros en aquella mazmorra, y ellos no van a discutir nuestros asuntos privados con los extraños. Nosotros nos comprometimos en una ceremonia matrimonial muy antigua, pero hay otro rito escocés llamado «compromiso rápido».

—¿Compromiso rápido?

—Es una prueba de matrimonio para decidir si dos personas son compatibles. Al cabo de un año y un día pueden irse cada uno por su lado si una de las dos partes o las dos lo deciden.

—¿Y qué pasa si hay un bebé?

—El padre se responsabiliza de la manutención del niño. A menudo la pareja decide contraer una unión permanente, pero si no lo hacen, pueden separarse sin ningún estigma y encontrar después una nueva pareja.

—Los escoceses tienen costumbres matrimoniales muy extrañas —dijo Troth con sequedad—. ¿Eso en qué nos ayudará?

—Podemos decir que yo quería ayudarte a salir de China, así que te convertí en lady Maxwell mediante el compromiso rápido. Al cabo de un año y un día serás libre para marcharte. Entretanto, eso explica por qué has sido presentada como lady Maxwell: por ahora es verdad. No hemos estado... cohabitando, así que debería ser bastante fácil decir que sólo hemos contraído un matrimonio de conveniencia temporal para ayudarte.

Troth lo miró con recelo cuando Kyle mencionó la cohabitación, pero sólo dijo:

—Tienes una mente muy retorcida, lord Maxwell.

—Gracias.

Troth hizo un mohín de enfado.

—No era un cumplido.

—Ha sido un año duro. Necesito cumplidos. —Alegrándose de ver que Troth esbozaba una sonrisa, se puso de pie y la ayudó a hacer lo mismo—. Puede que esta versión de los hechos no sea verdadera literalmente, pero se acerca bastante al espíritu de lo que ocurrió y además proporciona una explicación que no daña tu honor.

—No soy lo bastante importante como para tener una reputación, pero el compromiso rápido suena más respetable que un falso matrimonio.

—¿Eso significa que no te marcharás de Dornleigh hasta que pase un año y un día? —Eso le permitiría seguir gozando de la compañía de Troth—. Imagino lo bien que te lo pasarás poniendo aquel mausoleo patas arriba para hacerlo más habitable.

Troth frunció el ceño, pensativa.

—Supongo que lo soportaré. Durante ese tiempo, ¿me llevarás a Escocia? Será más fácil si vienes conmigo.

Si intentaba encontrar a los parientes de su padre, lady Maxwell sería recibida con más cortesía que si fuese simplemente la señorita Montgomery.

—Será un placer, aunque deberíamos esperar unas semanas hasta que el tiempo mejore. Y una vez allí, me gustaría llevarte a nuestra casa de las Highlands. Estar en Kinnockburn te enseñará tanto sobre Escocia como los relatos de tu padre.

—Si regreso, no lo haré como una decorosa dama inglesa —le advirtió Troth—. Me he pasado gran parte de mi vida fingiendo ser algo que no soy, y estoy harta de hacerlo.

—Lo comprendo. Tuve que viajar por medio mundo para descubrir quién era yo. Tú también has cruzado medio mundo, así que quizá Dornleigh sea un buen sitio para que descubras tu yo verdadero. —Le estrechó con más fuerza la mano que todavía le sujetaba—. Pero, por favor, prométeme que nunca más intentarás hacerte daño.

Troth mostró un rictus de sonrisa.

—Habría desviado el cuchillo en el último instante, pero tenía que hacer algo impresionante para demostrarte hasta qué punto estaba furiosa.

—Pues lo conseguiste. Y es probable que ahora me hayan salido canas —dijo Kyle—. Aunque nunca he tenido el encanto de Dominic y jamás he empujado a una mujer a intentar suicidarse para alejarse de mí. Muy mal para mi *amour propre.*

—¿Crees que tu hermano es más encantador?

—Sí, seguro, él tiene mucho mejor carácter. Yo he heredado la frialdad de mi padre. Intentaré hacerlo mejor.

—Una sabia decisión. —Troth le lanzó una mirada felina—. La casa no es la única cosa que necesita ser mejorada.

Troth salió majestuosamente de la habitación, dejando que Kyle recogiera sus bolsas. Su actitud ya no era la de una muchacha recatada y casi invisible, sino la de una gran dama, alguien mucho más imprevisible. Kyle se preguntó cómo sería Troth ahora que ya no iba a intentar ser lo que los demás esperaban que fuese.

Sospechó que sería todavía más fascinante de lo que era en aquel momento.

34

Después de regresar a Dornleigh, Troth decidió que había muchas razones para darse por vencida. Mirándolo bien, reconocía que había estado acariciando secretas esperanzas de que Kyle decidiría que la amaba y que deseaba hacerla su esposa para siempre si ella se esforzaba lo suficiente, si era respetable y servicial.

Sus falsas ilusiones se diluyeron cuando se hizo obvio que él nunca había considerado la posibilidad de seguir casado. Ella le gustaba, la deseaba mucho y se sentía obligado para con ella, pero nunca la había considerado su esposa. Al menos, a diferencia de su padre, la decisión de Kyle no se debía a la intolerancia.

Qué afortunada había sido Constancia de que la amara un hombre con un corazón tan fiel.

En lugar de esperanza, Troth obtuvo una libertad intensa y solitaria. A excepción de Kyle, ya no le preocupaba lo que cualquiera de aquellas personas pensasen de ella, puesto que pronto se habría marchado. Saludó a Wrexham con un frío movimiento de cabeza, sin molestarse en ser amable, ya que había sido juzgada y considerada inapropiada por razones sobre las que ella no tenía ningún control.

Wrexham desvió la mirada; parecía avergonzado de lo que le había dicho a su hijo, pero no hizo ningún intento de disculparse. Troth dudaba de que supiera cómo hacerlo. Prefería admirar su total falta de hipocresía. Él la despreciaba y pensaba que le arruinaría la vida a su hijo, y punto. Así de sencillo.

Qué agradable que se fuera a Londres. Ella se aseguraría de estar lejos para cuando volviera. Eso los haría felices a ambos.

Resultaba irónico darse cuenta de que, desde el regreso de Kyle, ella había tratado desesperadamente de comportarse como una dama inglesa, pero se encontró a sí misma tan sumisa como la más dócil y oprimida de las mujeres chinas. Pero eso se había acabado: a partir de ahora se comportaría como una hembra escocesa rebelde y tozuda. Eso significaba adoptar completamente su herencia china y no ser aceptada por la mentalidad de la gente del lugar.

Le gustaba la idea de dejar leyendas extrañas sobre la china loca que uno de los herederos Renbourne había traído de sus viajes. Esa era el tipo de casa donde ese tipo de historias sobrevivirían durante generaciones, haciéndose cada vez más complejas con cada nueva versión.

Al día siguiente se levantó al alba, se puso una holgada túnica y pantalones de algodón que había traído de China y atravesó la silenciosa casa hasta llegar a los jardines. Los arriates y macizos de diseño formal carecían en lo más mínimo de la imaginación y la belleza de los jardines de Chenqua y de Meriel, pero los pimpollos de primavera se estaban abriendo y la tierra estaba llena de vida. Iba a ser otro día encantador.

Lentamente, adoptó una postura de tai chi. ¡Dioses, no estaba en forma! Tenía las articulaciones rígidas, los músculos débiles a causa de los meses que habían pasado desde la última sesión de ejercicios. Si Chenqua hubiera estado allí, la habría ayudado a volver a estar en forma en segundos.

Lamentó en lo más hondo de su corazón saber que nunca más volvería a entrenarse con Chenqua. Aunque nunca se había sentido del todo cómoda con él, habían mantenido una relación realmente especial, una relación que ninguno de los dos podría mantener nunca con nadie más. «Gracias, honorable Chenqua, por encontrar un lugar para una mujer de sangre mestiza en tu mundo», pensó.

Trató de imaginarse el chi fluyendo desde la tierra hasta sus pies y sus piernas. Al principio no fue fácil, pero gradualmente empezó a sentir la energía. El chi era real, no importaba lo que pensaran los poco imaginativos ingleses. El pulso de la vida latía siempre en todas partes, y en su equilibrio se encontraba la fuerza y la armonía.

Una hora de ejercicio cada vez más intenso la dejó sin aliento, pero con una sensación de bienestar que no había sentido durante muchos meses. Había sido una tonta por haber renunciado a aquello.

Después de bañarse, Troth visitó el salón de desayuno por primera vez desde su llegada a Dornleigh. Un impresionante surtido de alimentos aguardaba bajo tapas de plata, y ella tenía suficiente apetito para disfrutar de una buena comida.

Casi había terminado cuando Kyle apareció y se sirvió una taza de café humeante.

—Me han dicho que estabas aquí. ¿Te importa que te acompañe?

—Como tú quieras. —No volvería a mirarlo con ojos de perro obediente, implorando que se quedara. Especialmente porque él nunca se había percatado cuando ella lo hacía.

Sin embargo, no podía evitar mirarlo mientras Kyle se servía. Todavía estaba muy delgado, y seguía moviéndose con rigidez.

—Te mueves como si estuvieras magullado.

—Demasiada equitación ayer, por no mencionar que *Nelson* me tiró antes de abandonar las caballerizas. —Terminó el té de Troth, un souchong bastante bueno, y se sentó frente a ella—. Ayer se me ocurrió que montáramos a caballo... luego me enteré de que habías tenido la misma idea, con las lamentables consecuencias que ya conocemos.

—No, lamentables no. Más bien... instructivas y un poco inesperadas.

—Ya lo creo que inesperadas. —Se movió, incómodo, en la silla—. Preferiría evitar la montura por uno o dos días, pero ¿te apetecería montar a caballo antes de que termine la semana? Quiero mostrarte la propiedad, y yo también necesito volver a familiarizarme con ella.

Era exactamente lo que ella tanto había deseado el día anterior. El universo se burlaba de ella. Sin embargo, disfrutaría del paseo a caballo.

—Me gustaría, si tu cuadra tiene un caballo que no se empeñe en tirarme.

—Estoy seguro de que eso se puede arreglar. —Kyle probó los huevos y el jamón—. Esta noche habrá mucho jaleo en la casa por la recepción. Asistirás, ¿verdad?

—No encuentro ninguna buena razón para hacerlo. No voy a convertirme en una residente permanente, y no me gustaría que me viesen.

—Si no asistes, parecerá que estamos ocultado algo, porque a estas alturas todos nuestros vecinos han oído hablar de ti. En realidad, es la ocasión perfecta para lanzar la historia de que estamos unidos por la ceremonia rápida y no casados de forma permanente. Cuanta más gente conozca la versión oficial, más rápidamente será aceptada. —Le mostró una sonrisa de oreja a oreja—. Y yo disfrutaré más si estás presente.

¡Maldito hombre! Otra vez iba a convertirla en un perro obediente. Pero lo que le pedía era razonable.

—Muy bien, asistiré para que todos me vean.

Kyle sonrió burlonamente.

—Los dos podemos esfumarnos cuando nos cansemos.

Era verdad, pero se esfumarían por separado, no juntos.

Aquella noche se tomó todo el tiempo del mundo para bañarse y luego para lavarse y cepillarse el cabello. La mayoría de los invitados ya habían llegado cuando empezó a vestirse de mala gana. Iba a ponerse el ajustado vestido de seda azul lavanda que le habían hecho para el baile de Navidad de Warfield. Era el vestido más espléndido que poseía.

Bessy lo sacó del ropero y se lo tendió con aire reverente.

—¡Qué hermosa estará con esto!

Troth acarició la pesada seda, recordando el baile de Navidad. Había temido aquella noche, pero al final la había disfrutado. Entonces se había sentido bienvenida y aceptada. Aquella noche era muy diferente.

Al pensar en el baile recordó lo que le había dicho Jena Curry, la amiga medio hindú de Meriel y Dominic: «No renuncies a tu parte china. Ser sólo inglesa te empobrecería».

Troth había rechazado el consejo porque su mayor deseo había sido encajar con los Renbourne. Pero nunca lo haría: lord

Wrexham lo había dejado brutalmente claro. Aunque Troth había creído que la joya que le regalaba era una señal de aceptación, Meriel había admitido que el regalo había sido por Kyle, no por ella misma.

¡Al diablo con lord Wrexham! Ella había renunciado a intentar complacerlo, y el matrimonio con Kyle ya no existía a efectos prácticos. Aquella noche sería lo que siempre había querido ser: una gran dama china.

—He cambiado de opinión.

Troth abrió el cajón de arriba de la prensa para planchar ropa y sacó los regalos que Kyle le había hecho en Cantón. Había pasado aquellas piezas del baúl al cajón con sus propias manos, así que Bessy no las había visto nunca.

Las prendas interiores, los pantalones, las joyas y los cosméticos salieron del cajón, seguidos por la espléndida túnica escarlata bordada con flores y mariposas. Con cuidado, la extendió sobre la cama. Gracias a Dios, casi no estaba arrugada.

Bessy tocó la túnica como si temiera que se disolviera entre sus dedos.

—¡Oh, milady! ¿Es ropa china?

Troth asintió con la cabeza.

—Me la pondré esta noche.

—Yo... no sé cómo ayudarla a ponerse esto —dijo Bessy, con una mirada inquieta.

—No se necesita ayuda. La ropa china es más fácil de poner que la europea. —Después de enfundarse la ropa interior y los pantalones, Troth se colocó la túnica, abotonándola desde los hombros hasta las rodillas. Por un instante se quedó mirando su imagen en el espejo: una mujer vestida de novia escarlata que no era una verdadera novia. Ahogó un suspiro—. ¿Qué te parece, Bessy?

La doncella abrió los ojos como platos.

—¡Nunca había visto una cosa así! Pero los pantalones... bueno, ¿no son indecentes para una mujer?

—No en China.

Troth sonrió al sentarse en la silla ante el espejo del tocador, recordando su propia reacción al ver el escotado vestido azul lavanda. Ahora estaba recatadamente tapada hasta el cuello y mucho más cómoda que con el encorsetado vestido azul lavanda. Con manos expertas se recogió el pelo cuidadosa y estilizadamente, asegurando los pesados moños con horquillas de oro.

Luego abrió la caja de cosméticos lacada, donde las paletas se disponían en forma de loto. Estuvo tentada de aplicarse el maquillaje de máscara típico de la corte, pero desistió, aunque eso realmente habría hecho que los de Northamptonshire arquearan las cejas. En lugar de ello, se aplicó color en las mejillas y en los labios y se oscureció las cejas.

Por último, se puso el collar de jade tallado dándole dos vueltas, y en el cuello y en las muñecas se puso un poco del perfume que Kyle le había regalado. Mientras la embriagante fragancia se liberaba, gracias al calor de su cuerpo, Troth levantó el delicado abanico de marfil y se volvió hacia la doncella:

—¿Los escandalizaré?

Bessy cabeceó.

—Nunca habrán visto algo así, milady.

—Bien. —Sonriendo y con un profundo deseo de dejar atónitos a los ingleses, Troth bajó las escaleras para unirse al espectáculo del conde.

Era agradable ver a los viejos amigos y vecinos, aunque resultaba bastante agotador. En realidad era muy, muy agotador. Pero Kyle tendría que aguantar toda la noche, ya que Wrexham tenía un incipiente ataque de gota y quizá necesitara retirarse temprano. No podían desaparecer los dos. Por suerte, la reunión no era un baile formal, sino que la gente bailaría, habría una sala para jugar a las cartas y sería una gran oportunidad para charlar con los invitados mientras se disfrutaba de buena comida y bebida.

La rubia y hermosa hija de lord Hamill, que vivía cerca de Kettering, se acercó atropelladamente a Kyle. Él había oído hablar de aquella familia, pero no conocía a sus miembros: Hamill tenía varias hijas rubias y hermosas.

—He hecho una apuesta con mis hermanas de que no recuerdas quién soy yo —dijo alegremente la muchacha—. ¿Demostrarás que estoy equivocada?

—Eres una de las hermosas señoritas Hamill —respondió Kyle mientras se estrujaba el cerebro.

—Esa parte es fácil, pero ¿cuál de ellas? —preguntó la muchacha con los ojos brillantes.

—La más bella, por supuesto.

La muchacha soltó una risita y le dio un golpecito en el brazo con su abanico.

—Una respuesta inteligente, pero no es suficiente. Antes sabías mi nombre. Una pista: nuestras iniciales están en orden alfabético.

La muchacha tendría unos veinte años, lo que significaba que iba a la escuela cuando él había dejado Inglaterra. Probablemente fuese la más joven de las hijas de Hamill. Veamos: Anne, Barbara, Chloe, Diana...

—Sin duda eres la señorita Eloise.

—¡Qué inteligente eres! Vale la pena perder mi apuesta por presenciar semejante demostración de memoria e inteligencia. —Le guiñó un ojo con una mezcla de burla y de seriedad, haciéndolo sentir... muy mayor.

¿Dónde diablos estaba Troth? Kyle empezaba a preguntarse si no habría cambiado de opinión sobre lo de asistir a la recepción.

Luego oyó los murmullos de sorpresa de los invitados a su alrededor. Se dio media vuelta y el corazón se le paralizó cuando la vio entrando en el salón de baile. Alta, esbelta y envuelta en brillante oro y escarlata, Troth era un magnífico pavo real entre palomas. El oscuro pelo recogido en lo alto dejaba ver una elegante nuca, mientras que su expresión enigmática la convertía en una mujer llena de misterio.

Se abanicaba lánguidamente mientras recorría el salón con la mirada. Apenas arqueó las cejas cuando lo vio junto a Eloise Hamill. Olvidándose de la existencia de la muchacha, y haciendo gala de sentido común y autocontrol, Kyle atravesó el salón y tomó a Troth de la mano.

—Estás deslumbrante —susurró—. ¿Has decidido que te recuerden en Northamptonshire durante más de diez años?

—En absoluto. —Los ojos le brillaron con malicia al mirar a Wrexham, que la contemplaba estupefacto—. Voy vestida como una recatada dama china.

—Algo que no se ha visto jamás por aquí. —Kyle no podía dejar de mirarla. Parecía una exquisita concubina china que bien valía un imperio.

La escoltó hasta el lugar donde su padre charlaba con un grupo de terratenientes locales, incluido el duque de Candover, el representante de la Corona en el condado. Candover saludó a Kyle con la cabeza.

—Cuánto me alegra ver que ha logrado regresar sano y salvo, Maxwell.

—Ni la mitad que yo. Permítanme presentarle a mi esposa, señores. Nos hemos casado por la ceremonia rápida.

Wrexham puso mala cara, pero Kyle prefirió atribuírsela al dolor de gota antes que a la desaprobación pública de su nuera provisional. Troth hizo una reverencia llena de gracia. Habría sido divertido hacer una reverencia integral, hincándose de rodillas y tocando el suelo con la frente, pero Kyle se alegró de que no lo hubiese hecho. La buena sociedad de Northampton se habría quedado estupefacta.

Candover le devolvió la reverencia.

—Encantado de conocerla, lady Maxwell.

—¡Vaya, es realmente bella! —exclamó lord Hamill.

—He oído que los hombres chinos pueden tener todas las esposas y concubinas que quieran —dijo sir Edward Swithin, interesado—. ¡Qué afortunados son!

El anciano lord Whitby, conocido por su llaneza, se mofó:

—Una ceremonia rápida... ¿así que puedes probar la mercancía y luego seguir viaje? ¡Qué listo eres, Maxwell!

—Al contrario —dijo Troth con su seco inglés con acento escocés—. La ceremonia rápida fue sólo una formalidad. Yo tenía dificultades y lord Maxwell intervino valerosamente para ayudarme a salir de China y venir a Gran Bretaña.

Se hizo un silencio glacial mientras los hombres asimilaban las palabras de Troth. El duque de Candover fue el primero en reaccionar. Con un brillo de humor en los ojos, dijo:

—Es sorprendente lo bien que entiende nuestra lengua, lady Maxwell.

Troth lo miró con sus brillantes ojos.

—Mi padre era escocés, así que hablo inglés desde la cuna.

—¿Escocés, eh? Con razón tiene un aspecto tan extraño —dijo sir Edward.

Tras el momento de incomodidad por el comentario, todos se rieron, incluso Troth.

—Mi padre se revolvería en su tumba si supiera que me he casado con un inglés, aunque sea en una ceremonia rápida. Pero pronto estaré libre.

—Alguien podría cuestionar la legalidad de la ceremonia rápida al no haberse celebrado en suelo escocés, pero las circunstancias lo requerían —dijo Kyle, deseoso de que Troth no insistiera en hablar de la naturaleza de su compromiso.

Sir Edward dijo:

—Ningún caballero habría obviado la petición de ayuda de una dama tan hermosa.

Apesadumbrado al recordar que sir Edward era soltero, y muy rico, y que reunía todos los requisitos necesarios para casarse, Kyle dijo:

—¿Te gustaría bailar, querida?

—Gracias. Me encantaría.

Kyle la condujo hasta el salón de baile.

—¿Bailaste el vals en Warfield?

—Casi nada, estaba de luto por mi marido. Pero observé el baile de cerca.

Troth se puso en la posición de bailar el vals, colocando una mano sobre el hombro de Kyle y tomándole la otra mano. Cuando ella le lanzó una mirada seductora, Kyle se dio cuenta de lo poco prudente que era bailar con ella. El deseo largamente dormido empezaba a despertar. La indumentaria china de Troth no incluía los guantes, y él era ridículamente consciente de los dedos desnudos que se apoyaban en su propia mano enguantada.

Troth apenas necesitó instrucciones para seguir los pasos del baile. Sus observaciones, unidas a su natural gracia atlética, le permitían aprender rápidamente a seguir a su pareja.

—Tienes talento para esto —dijo Kyle.

Sus ojos le brillaron bajo las oscuras pestañas con un aire maliciosamente provocador.

—Bailar el vals no resulta muy distinto a entrenarse en wing chun.

Con inquietud, Kyle se dio cuenta de que Troth volvía a entrenarse. Supuso que estaba furiosa, no especialmente con él ni con su padre. Más bien, Troth se había acorazado contra un mundo que no estaba a la altura de sus sueños nostálgicos.

Kyle recordaba vívidamente la cueva del templo donde habían hecho el amor por primera vez y donde ella le había enseñado a sentir el chi. En el corazón de una montaña, ambos habían descubierto la pura felicidad. Pero a la larga la relación con él le había costado a Troth algo precioso. A él sólo le cabía esperar que en el futuro ella fuese capaz de quitarse la coraza y encontrar la ilusión y la confianza con otro hombre.

El deseo se iba intensificado a medida que giraban por la pista. ¡Maldición, no debía sentir aquello en aquel momento! Cuando Troth se marchara, le faltaría la presencia de ella de una forma abominable, y el deseo sólo agravaría su malestar.

Era mejor esperar que el año y el día pasaran antes de que él recobrara toda la fuerza, porque la cercanía sin intimidad física iba a ser cada día más difícil. Sin embargo, en las semanas que quedaban sería incapaz de resistirse a la compañía de Troth, porque necesitaría sus recuerdos cuando ella se marchara.

Necesitaba esos recuerdos con desesperación.

35

Troth esperaba que la recepción del conde representase un desafío, y así fue, incluso con el apoyo de Kyle. Los hombres no fueron un gran problema. Con cinismo, supuso que para muchos ella representaba una fantasía exótica, así que, por supuesto, se mostraron amigables, excepto unos pocos ancianos que la miraron con recelo.

Con las mujeres la cosa era muy distinta. Cuando Kyle la presentó a un grupo de las damas más influyentes del condado, una docena de pares de ojos la escrutaron con diversos grados de curiosidad y hostilidad. No sólo porque era extranjera, sino porque les había robado a uno de los solteros más codiciados de Inglaterra y la mayoría de ellas probablemente nunca habían oído hablar de la ceremonia rápida, que significaba que Kyle pronto volvería a estar disponible.

Antes de que pudiera empezar cualquier conversación, un sirviente se acercó a Kyle y le dijo algo en voz baja. Kyle frunció el ceño y luego miró a Troth.

—Lo siento, debo retirarme unos minutos. Volveré lo antes posible.

Troth notó que no quería dejarla a merced de las líderes de la sociedad local. La primera en hablar fue lady Swithin, la madre viuda de sir Edward, que dijo en un tono de fría cortesía:

—¿Cómo encontró Northamptonshire, lady Maxwell?

Reprimiendo el deseo de decir que era muy fácil, que bastaba con alquilar un carruaje y que el conductor se encargaba de todo, Troth respondió:

—Es un lugar muy bonito, aunque bastante más frío de lo que esperaba.

Una de las mujeres murmuró algo que se suponía que Troth no debía oír:

—¡Qué criatura más extraña! ¿Dónde crees que la encontró Maxwell?

—Estoy segura de que no fue en ningún lugar que unas damas como nosotras conociéramos —fue la respuesta maliciosa de su amiga.

Con una mirada de desaprobación a las dos mujeres, lady Swithin dijo:

—Estoy segura de que su incorporación a nuestra sociedad será un placer, lady Maxwell.

La conversación llegaba a un punto muerto cuando se unió al grupo una dama fastuosamente vestida.

—Lady Swithin, haga el favor de presentarme a esta encantadora joven —dijo con voz baja y cálida.

—Ella es lady Maxwell, su señoría. —Lady Swithin miró a Troth—. La duquesa de Candover.

El dorado pelo de la duquesa estaba atado con lazos de plata y las arrugas alrededor de los ojos revelaban que ya pasaba de los cuarenta, aunque conservaba una belleza deslumbrante. Por el modo en que habían reaccionado las otras mujeres, Troth supo que era la *tai-tai* de aquella sociedad particular. Troth hizo una reverencia.

—Es un honor.

—El honor es mío. Siempre me ha fascinado China. Espero que esté dispuesta a contarme más sobre ella. —La duquesa tocó la manga del vestido de Troth. Al hacerlo, guiñó un ojo gris verdoso—. El vestido es magnífico. Nunca había visto un bordado como este.

La abierta aprobación de la duquesa calentó la atmósfera. La insulsa muchacha que había estado hablando con Kyle dijo ingenuamente:

—Siempre pensé que los chinos eran amarillos, pero vuestra piel es tan clara como la de una inglesa.

—La piel de los chinos es de diferentes tonos, pero ninguno de ellos amarillo —explicó Troth—. Mi madre era de una zona de China donde la gente tiene la piel muy clara y, por supuesto, mi padre era escocés.

Una vez roto el hielo, algunas de las mujeres jóvenes empezaron a preguntarle a Troth sobre su traje, sus cosméticos y la vida de las mujeres chinas. Realzar su belleza interesaba a las mujeres en todas las partes del mundo. Troth sabía también que el lenguaje era clave para que la aceptaran. Como hablaba como una de ellas, las mujeres pronto se olvidaron de su aspecto fuera de lo común y le hablaron como si fuese una inglesa más. O, al menos, como a una escocesa.

Kyle apareció cuando Troth bebía champán a sorbos y charlaba con la duquesa, que no sólo era igual de cordial que Meriel, sino que al parecer tenía un pasado de lo más pintoresco. Troth se preguntó si tendrían la oportunidad de conocerse mejor. Probablemente no, para su pesar.

—Con tu joven dama has mejorado la calidad de la conversación en Northamptonshire, Maxwell. ¡Muy bien! —le dijo la duquesa a Kyle.

Kyle sonrió afectuosamente a la mujer.

—Supuse que disfrutaríais de haceros mutua compañía. ¿Me permite sacar a bailar a mi esposa?

—Si insistes... —La duquesa inspeccionó el salón—. Es hora de que saque a mi marido de ese grupo de aburridos para que baile conmigo. —Saludó amablemente con la mano y se alejó.

Al empezar a bailar, Kyle dijo:

—Si le agradas a la duquesa, estás en camino de que te acepten —dijo con una sonrisa afectuosa—. Me enamoré locamente de ella cuando era un muchacho. Fue muy comprensiva con mi encaprichamiento.

Troth se preguntó si había tenido algún romance con la duquesa; ella era ese tipo de mujer.

—¿Sucede algo? ¿Por qué has abandonado el baile?

—Mi padre quería hablar conmigo antes de retirarse.

—¿Se ha ido de su propia recepción? —preguntó Troth mientras Kyle la hacía girar para evitar a otra pareja. Realmente era un bailarín maravilloso.

—Sufre un ataque de gota. Es una inflamación terriblemente dolorosa de las articulaciones; en el caso de mi padre, en el dedo gordo del pie. Está en su dormitorio, insultando a su ayuda de cámara.

A su pesar, Troth sintió compasión por el conde.

—A veces mi padre sufría de gota. Hay un sencillo tratamiento chino para eso. No cura, pero reduce el dolor.

—¿Estarías dispuesta a ayudar a mi padre después del modo en que él te trató?

—Quiero que se sienta lo bastante bien para marcharse mañana, como tenía previsto —dijo de manera cortante.

Kyle sonrió.

—Esa es una buena razón. ¿Te llevo con él?

Troth asintió con la cabeza, y cuando el baile terminó salieron de la estancia y subieron la escalera mientras los otros invitados empezaban a cenar. En el dormitorio de Wrexham, el anciano ayuda de cámara estaba indeciso en un rincón mientras el conde ocupaba un enorme sillón de orejas. Tenía el pie derecho en alto sobre un taburete acolchado y bebía una copa de licor.

De inmediato Kyle quitó a su padre la copa de licor y la licorera que tenía en la mesa junto a él.

—A menos que tu médico haya cambiado de opinión, tienes prohibido beber esto, especialmente cuando te da un ataque.

—¡Dame eso, mocoso maleducado! —bramó Wrexham mientras le arrebataba la copa. Falló y se echó hacia atrás en el sillón, con la cara reluciente por el sudor—. ¿Y por qué diablos la has traído aquí?

—Mi padre sufría gota. El *tui na*, un masaje chino, solía ayudarle —explicó Troth.

—¡Que me parta un rayo si dejo que practiques conmigo tus técnicas paganas!

—Como usted quiera, milord. —Troth hizo una reverencia y se dispuso a retirarse.

—¡Aguarda un segundo! —La voz de Wrexham la detuvo—. ¿Qué harías?

El viejo dragón debía de estar en una situación desesperada para estar dispuesto a escuchar.

—Por el cuerpo fluyen líneas de energía. Si se presiona en el lugar correcto, se puede cambiar el flujo de energía y aliviar el dolor; a veces incluso curar una enfermedad. Pero comprenderá que yo no soy una curandera experta. Sólo conozco las técnicas específicas para la gota. —Le señaló la pierna derecha—. Presionaría muy fuerte en algunos puntos de la parte interior de su tobillo. Con suerte, el dolor disminuirá.

El conde se movió, incómodo, en el sillón.

—Supongo que no me hará daño intentarlo. Pero tú regresa con los invitados, Maxwell. No podemos ausentarnos los dos.

Cuando se marchaba, Kyle lanzó una mirada de aliento a Troth. Ella hizo señas al ayuda de cámara de Wrexham para que se acercara.

—Mire cómo lo hago. Si esto le ayuda, usted podrá hacer lo mismo en el futuro.

Nervioso pero dispuesto, el ayuda de cámara observaba cómo Troth presionaba fuerte con el pulgar sobre un punto en la parte interior del tobillo del conde. El anciano se estremeció, clavando las uñas en el sillón, pero sin pedirle que parara.

Esperando recordar los puntos de presión correctos, Troth se puso manos a la obra, explicándole tranquilamente al ayuda de cámara lo que iba haciendo. Después de hacer todo lo que podía, se puso de pie.

—¿Se siente mejor?

Wrexham la miró con recelo.

—Me duele menos, pero quizá hubiese bajado el dolor de todos modos.

—Es muy probable —asintió Troth—. Buenas noches, lord Wrexham.

De nuevo, lord Wrexham la hizo detenerse antes de que abandonase la habitación.

—En realidad, el dolor ha bajado bastante —dijo con voz áspera—. ¿Por qué me has ayudado?

—Es de buen cristiano ayudar a los enemigos —dijo Troth sonriente—. Y cuando uno lo hace, el enemigo después siente remordimientos.

Wrexham soltó una carcajada.

—No entiendo por qué creía que eras insulsa.

—Usted nunca ha intentado conocerme, milord. —Troth hizo una reverencia y luego se retiró, sabiendo que se había ganado un poco del respeto del viejo dragón. No es que le importara, porque se marcharía pronto, pero no le molestaba la idea de que sintiera remordimientos de conciencia por el modo en que se había comportado.

A pesar de haberse acostado tarde, a la mañana siguiente Troth se levantó temprano para hacer sus ejercicios chi. Había una neblina fría que calaba los huesos, así que tuvo que moverse para permanecer caliente.

Se disponía a hacer su segunda serie de ejercicios cuando Kyle apareció y en silencio empezó a imitar sus movimientos. Troth no sabía si reírse o enfadarse.

—Te queda mucho camino por recorrer antes de llegar a dominarlo, milord —dijo en tono seco mientras empezaba la lenta y serpenteante figura llamada «brazos de nube».

—Lo que significa que más vale aprovechar la oportunidad de aprender de la única experta que hay en Gran Bretaña. —Kyle repetía los movimientos gráciles de Troth, un poco dolorido—. Todavía estoy dolorido de montar a caballo. ¿Te molesta si me uno a tu entrenamiento? Te prometo que estaré callado, aunque lo entenderé si prefieres estar sola con el chi y la neblina.

Troth disfrutaba de su soledad, pero el ofrecimiento de Kyle para marcharse le hizo comprender que disfrutaba más si él se quedaba.

—Como quieras. A propósito, ¿cómo está lord Wrexham?

—Lo bastante bien como para marcharse —dijo con una sonrisa burlona—. Lo has dejado impresionado.

Contenta de que el viejo dragón no se quedara durante el tiempo que ella todavía permanecería en Dornleigh, Troth reinició sus ejercicios de tai chi. Kyle era rápido y recordaba lo que había aprendido en el viaje a Hoshan. Para cuando ella se fuera de Dornleigh, él estaría razonablemente preparado. El ejercicio lo ayudaría a restablecer su equilibrio energético, que todavía estaba algo bloqueado.

Deslizándose hacia un estado de meditación, Troth casi olvidó la presencia de Kyle mientras realizaba movimientos cada vez más rápidos. Luego lo vio doblado sobre la hierba húmeda, agarrándose un costado.

—¡Kyle! —Se dio la vuelta y cayó de rodillas junto a él, poniéndole la mano en la frente—. ¿Qué te pasa, tienes un ataque de malaria?

—Nada tan dramático —dijo jadeando y agarrándose las costillas con una mano—. Sólo una punzada en el costado por el esfuerzo. Troth, estoy en muy malas condiciones.

Ella se sentó sobre los talones.

—La verdad es que estás demasiado vivo para ser un muerto —dijo Troth.

—Las noticias de mi muerte se exageraron mucho. —Desdobló el cuerpo con cautela—. Creo que lo peor de la malaria es lo que tarda en curarse. Tuve mi último ataque en algún lugar cerca del cabo de Buena Esperanza, pero aunque hayan pasado meses, no podría vencer a un cachorro de buen tamaño.

—Yo podría vencerte con las dos manos atadas a la espalda —admitió Troth.

—Humillante, pero cierto. —Se levantó tambaleante, con un gesto de dolor—. Será mejor que lo deje por hoy antes de que me tengan que llevar a casa en camilla.

—Yo también tengo suficiente por hoy. —El sol había disuelto finalmente la niebla y la mañana se iba haciendo cada vez más calurosa, al menos para los criterios británicos—. Nos vemos más tarde. Quiero explorar los jardines; he visto muy poco a causa de la lluvia.

Kyle acomodó su paso a las rápidas zancadas de Troth cuando ella empezó a caminar.

—¿Ya estás planificando cómo cambiarlos para mejorar el feng shui?

—Dudo mucho de que se pueda hacer algo en el tiempo que me queda: a un buen jardín se le debe dar forma a lo largo de muchos años. Aunque quizá se pueda hacer algo con el agua. Las cascadas y los pozos son relajantes.

Kyle miró la mole gris de la casa.

—He pensado construir un invernadero de naranjos como el de Warfield. ¿Eso sería un buen feng shui?

—Podría ser. Si deseas continuar los ejercicios de chi, deberías incluir una zona en el invernadero donde poder practicar rodeado de cosas vivas. Y sería muy buen chi y muy útil tener una zona de ejercicios interior, dado el tiempo horroroso que hace en esta pequeña isla.

—Quizá puedas ayudarme a diseñarlo. —Kyle la guió por un sendero de ladrillos que conducía a la parte trasera de los jardines—. ¿Puedes explicarme los principios del feng shui, o es demasiado complicado?

—No soy una experta, como comprenderás. Pero el tema me interesaba, así que cuando veía trabajar a un profesional del feng shui lo seguía y le hacía preguntas.

¿Por dónde empezar? Troth pensó en el *ba-gua* y su división en sectores, las miles de reglas que gobernaban el color, la forma, la colocación y muchos otros aspectos del medio ambiente.

Recordando lo que le había dicho un viejo geomante de Macao cuando era niña, Troth dijo:

—Básicamente, se cree que el feng shui estimula un equilibrio de energía sano en toda una estructura y que en el proceso mejora la fortuna de uno. Warfield Park tenía un chi muy bueno. Meriel no había oído hablar nunca del feng shui, pero ella y Dominic son sensibles a lo que les rodea, así que las decisiones que tomaron han producido un buen resultado. Creo que lo mismo se puede decir de la época que les precedió. Warfield parece una casa muy amada por los que viven en ella.

—Mientras que a Dornleigh la han soportado, pero no amado. ¿Dónde harías los cambios?

Troth volvió la mirada hacia la casa que se levantaba en el horizonte.

—Yo pondría enredaderas para que suavizaran aquellos bordes afilados. Les llevará tiempo crecer, pero al final harán la casa más acogedora.

—Hiedra... ¡qué solución tan sencilla! —Observó la construcción de piedra gris—. ¿Qué más?

—Los bordes y los ángulos afilados son negativos. En particular, el camino que conduce directamente desde el portón hasta la puerta de entrada de Dornleigh. Eso es una «flecha envenenada» que cae sobre el corazón de la casa. —Le lanzó una mirada insinuante, preguntándose si se mostraría reacio a aceptar sus consejos—. Cambia el recorrido del camino para que se curve suavemente delante de la casa.

Kyle pensó en ello.

—No sería fácil mover la parte de abajo del camino porque transcurre entre las hileras de castaños, pero la parte de arriba puede cambiarse sin mucho problema, y creo que se verá mejor. ¿Con eso será suficiente?

Troth asintió con la cabeza, una vez más impresionada por la flexibilidad de Kyle.

—Esos cambios ayudarían mucho en el exterior. Dentro de la casa se puede hacer mucho con la disposición de los muebles y los cambios de colores y tejidos. Se mejoraría casi todo.

—¿Puedo seguirte a todas partes y hacerte preguntas?

Troth casi sonrió. Sin duda, Kyle estaba recuperando algo de su interés por la vida.

—Como quieras. Sólo recuerda que no tengo todas las respuestas. —Aunque no hiciera otra cosa, cuando se marchara dejaría a Kyle en una casa más feliz.

Conduciéndola por debajo de una glorieta de rosales trepadores, sin flores en el invierno, Kyle preguntó:

—¿Y qué pasa con el pequeño templo griego? Era el refugio favorito para mí y para Dom.

Troth asintió con la cabeza en señal de aprobación al detenerse en un claro cubierto de hierba.

—Muy bonito tal como es. Se puede sentir el buen chi.

Kyle empezaba a comprender la relación que había entre el buen chi y un medio ambiente atractivo y agradable. ¡Qué tesoro era Troth! Habían ocurrido demasiadas cosas como para recuperar la intimidad que habían compartido durante el viaje a Hoshan; Kyle podía sentir las barreras que ella había levantado. Pero al menos ahora mantenían una relación civilizada, incluso cordial.

Mientras se encaminaban hacia el templo circular, una diminuta criatura salió a toda carrera y se metió entre los pies de Troth. Ella sonrió encantada y se puso de rodillas, llamándolo con la mano.

—¡Un gatito! ¿Vendrás conmigo, pequeño?

Era un pequeño animal de gruesa cola, en su mayor parte gris con una mancha blanca en el pecho. Cuando se abalanzó juguetón hacia Troth, ella lo levantó.

—¡Qué preciosidad! ¿Sabes de dónde es este gatito?

—De las caballerizas. Lo he visto jugueteando con sus hermanos. Es el más amistoso de la camada. Y también audaz, para alejarse tanto.

El gatito trepó por la manga de Troth y se detuvo a descansar en su hombro, con los bigotes blancos temblando de curiosidad. Troth le rascó entre las orejas puntiagudas.

—Cuando vivíamos en Macao teníamos un perro. No estoy segura de lo que le pasó cuando me marché y cerraron la casa, pero siempre sospeché que terminó en una olla.

Kyle se estremeció. Sabía que los chinos comían carne de perro, lo que no era diferente de comer conejos o palomas, pero él era demasiado inglés como para no encontrarlo repugnante.

—Tal vez tu perro terminó cuidando otra casa.

—Así lo espero. Los perros guardianes eran bien tratados porque eran útiles. En casa de Chenqua yo quería una mascota, pero era imposible tener más que un grillo o un pájaro pequeño, que no era lo que yo deseaba.

Kyle tragó saliva al observar la inconsciente sensualidad con que Troth frotaba la cara contra la suave piel.

—Te puedes quedar con el gatito. Es lo suficientemente grande para separarse de su madre y estoy seguro de que la caballeriza tiene gatos de más.

La cara de Troth se le iluminó un instante con el brillante placer que recordaba del viaje a Hoshan.

—¡Oh, Kyle! ¿Puedo?

—Supongo que Malloy, el jefe de mozos de cuadra, te agradecerá que le saques un gatito de las manos. —Gustoso habría colmado a Troth de diamantes, pero si un pequeño regalo viviente hacía que sonriese de aquella manera, podía tener todos los gatitos del reino.

—¿Te gusta ese sofá? —preguntó Troth.

Kyle contempló el mueble en cuestión, una reliquia del llamado estilo egipcio de hacía algunas décadas. El sofá había estado en el salón de mañana desde que tenía memoria y lo había aceptado como una realidad inalterable.

—No me gusta ese sofá. De hecho, me desagrada mucho. Las patas de cocodrilo tienen un cierto encanto, pero es terriblemente incómodo y de un color verde muy desagradable.

—Entonces, fuera. —Troth hizo señas a un par de lacayos que con diligencia levantaron el sofá y lo sacaron trabajosamente de la habitación.

Las dos últimas semanas Troth había trabajado a su manera en las principales habitaciones de la casa, siguiendo algunos principios básicos del feng shui: una habitación no debía contener nada roto, nada de desorden y ningún objeto que no gustase a los residentes.

En sus dos siglos de vida, Dornleigh se había abarrotado de cosas. Con mirada dura, Troth se abrió camino a través de montones de muebles viejos, malas pinturas, alfombras raídas y otros objetos acumulados a lo largo de décadas. Kyle caminaba detrás de ella, juzgando sobre las cosas que ella quería desterrar. Si se sentía apegado a algún objeto en particular, Troth permitía que se lo quedara, pero descubrió que cuando ella cuestionaba algo, probablemente era prescindible.

Los cambios que Troth introdujo en el despacho de la casa le confirmaron su fe en el feng shui. La pequeña habitación contenía todo lo que se había escrito sobre agronomía y contabilidad, pero él siempre había odiado aquel lugar. Sólo entraba allí cuando ya no era posible seguir eludiendo las tareas administrativas de la propiedad.

Después de una inspección exhaustiva, Troth había movido el escritorio para que todo el que lo usara no estuviera de espaldas a la puerta. En cuanto Kyle se sentó al escritorio en su nueva posición, se dio cuenta de cuánto le desagradaba la idea de que alguien pudiera entrar a hurtadillas por detrás de él mientras estaba trabajando.

Troth hizo muchos cambios menores, incluyendo la eliminación de un par de sillas altas y una mesa sin estrenar, y colgó un cuadro de un paisaje que siempre le había gustado. Kyle ya no tenía que obligarse a trabajar en los asuntos de la propiedad.

La mayor parte de la planta baja se había beneficiado igualmente de los cambios y se estaba diseñando un nuevo camino de acceso. Llevaría más tiempo poner en práctica las otras sugerencias de Troth, como la hiedra y la nueva pintura, y así como el empapelado y los cortinajes en algunas habitaciones, pero él ya se sentía más cómodo que nunca en Dornleigh.

El proceso del feng shui lo hizo cambiar de opinión sobre la casa en la que había crecido. Siempre había sido muy consciente de que él era sólo uno más en el extenso árbol genealógico de los Renbourne. Nominalmente, la casa y la propiedad serían suyas algún día, pero él era sólo un guardián encargado de cuidar de su herencia y dejarla en buen estado a su heredero. Ese conocimiento siempre lo irritaba por las restricciones que conllevaba su herencia.

Ahora, los cambios de Troth lo llevaban a reconocer todo lo que podía reformar su medio ambiente. Aunque su patrimonio seguía siendo una carga sagrada, el peso de Dornleigh disminuyó en su mente. Y cuando los muebles, los objetos de arte y las curiosidades que él había enviado durante sus viajes llegaron y se incorporaron al nuevo aspecto de la casa, empezó a disfrutar del hogar. Era asombroso.

La propia Troth era una bendición ambivalente. Ansiaba su compañía y pasaban buena parte del día juntos; empezaban con los ejercicios chi en el jardín o dando un paseo por la propiedad, y luego Troth trabajaba en el feng shui. En muchos sentidos, ella era una compañía agradable y estimulante, interesada en todo y llena de información fascinante sobre su propia vida.

Pero había una dolorosa falta de algo personal entre ellos. Aunque Troth era siempre afable, no revelaba ninguno de sus pensamientos íntimos.

Peor aún, a menudo mencionaba el tiempo que faltaba para que finalizase la vigencia de la ceremonia rápida. El constante recordatorio se había convertido en una espada de Damocles sobre la cabeza de Kyle.

—Smith, coloque eso contra la pared. ¿Qué le parece, milord? —decía Troth.

Devuelto de nuevo al presente, Kyle estudió el espejo circular de marco dorado que un lacayo mantenía colgado.

—Apártalo un poco. Es interesante cómo el espejo ilumina la zona y la hace parecer más grande, más viva. ¿Dónde lo has encontrado? No recuerdo haberlo visto antes.

—En el desván. Allí hay suficientes muebles como para redecorar dos veces la casa. —Lo miró pensativa—. Ahora le toca tu dormitorio.

Kyle parpadeó, sobresaltado.

—¿Es necesario?

—Sí. —Sin más discusión, Troth salió majestuosamente del salón de mañana y subió las escaleras hasta el dormitorio de Kyle.

Antes de alcanzarla, Troth ya estaba de pie en medio de su dormitorio, escudriñándolo con los ojos entornados.

—Puesto que es tu zona privada, necesita un cambio cuidadoso para mantener tu energía en armonía —dijo con tono de eficiencia—. Con ese gran globo terráqueo, por supuesto que estabas siempre suspirando por salir corriendo. Lo peor es la cama, que está en posición de ataúd y debe ser cambiada de inmediato. No me extraña que todavía no te hayas recuperado.

—¿Posición de ataúd? —Kyle observó la cama con dosel situada en la pared de enfrente, con los macizos pies tallados sobresaliendo hacia la puerta.

—Antes del funeral, los cuerpos son colocados con los pies orientados hacia la puerta. Algo bueno para el muerto, pero malo para el vivo. —Troth consultó la brújula que había pedido para usar en el feng shui—. Para que descanses mejor, es necesario mover la cama hacia esa pared.

—La habitación siempre ha estado dispuesta de esta manera.

Troth enarcó las cejas.

—Y tú siempre querías marcharte a toda prisa, ¿no? Tus instintos eran correctos.

Kyle pensó en las pesadillas espantosas sobre la cárcel que todavía lo perseguían. Si durmiendo de otra forma pudiese hacerlas desaparecer, valía la pena intentarlo.

—Muy bien, cambiémosla de lugar.

—Vas a dormir mejor, mucho mejor.

Recortándose contra la ventana, Troth estaba bellísima con su vestimenta europea. Llevaba las faldas con gracia y atractiva sensualidad, revelando libremente que era una mujer. Kyle sintió un rápido y perturbador impulso de arrastrarla hasta la cama y hacerle el amor.

Definitivamente, estaba recuperando las fuerzas.

Mientras cambiaban de lugar los muebles, Troth salió para reunir algunos objetos decorativos que necesitaba la habitación. Al regresar, los lacayos habían terminado su trabajo y Kyle estaba repantigado en un sillón de orejas con el gatito de Troth, ahora llamado *Madreperla*, en su regazo. Se preguntó si él había cogido a *Madreperla* para evitar que malinterpretara la situación, pero el minino, pequeño traidor, estaba totalmente feliz de estar allí y ronronearle.

Sobre una mesa en el rincón sudoeste de la habitación, Troth colocó un florero de cristal tallado con flores del invernadero. Ella misma había hecho el arreglo y dado órdenes a la doncella para asegurarse de que las flores estuvieran siempre frescas. Las flores marchitas eran un mal feng shui.

—Este es un lugar adecuado para el cristal tallado.

Kyle se entretuvo contemplando la nueva posición del globo terráqueo.

—Creo que me gustarán tus cambios.

—Te gustarán. —Troth sacó un par de patos mandarines de cerámica que había encontrado arrumbados en el desván. Era su broma íntima, o tal vez su regalo, para mejorar el feng shui en el sector del dormitorio de Kyle que gobernaba el sexo y las relaciones. Los patos mandarines eran un símbolo de sexo y de fidelidad. Siempre dos, no uno ni tres, sino dos.

En silencio, equilibraba los sectores de toda la casa sin explicar lo que estaba haciendo. Kyle debería de casarse en un año. Quizá hasta el propio Wrexham encontrara una viuda bonita al regresar de Londres y ella pasara unos meses en la casa. O quizá no. Había acordado con Kyle no tocar los aposentos privados del conde sin su consentimiento.

Troth colocó los patos junto al reluciente florero.

—Estos patos mandarines son chinos. Muy prometedor.

—Me gusta tener un trozo de China aquí dentro.

Troth movió los patos para que quedaran enfrentados y después dijo:

—Quedan veintiocho días.

La sonrisa de Kyle se desvaneció.

—Troth, ¿adónde irás cuando te vayas de aquí? ¿Qué harás? ¿Qué te gustaría hacer?

Troth se tranquilizó jugueteando con los brillantes adornos de cerámica.

—Tal vez me quede en Escocia. Buscaré una casita y criaré ovejas.

—Una vida solitaria.

—Al menos podré mantenerme. Aunque tal vez no sea posible. Aún conservo el dinero que me diste antes de salir de Cantón, más la suma que me entregó Gavin Elliott como heredera de tu parte en la Elliott House. Para ser exactos, todo eso te pertenece, y debería devolvértelo. Pot tanto, he pensado en buscar un trabajo como administrativa en alguna empresa de Edimburgo o Londres.

—No se te va a dejar en la miseria —dijo Kyle en tono exasperado—. Siempre he pensado en darte una renta, la suficiente para que puedas vivir cómodamente el resto de tu vida.

Troth torció el gesto.

—Wrexham sugirió dos mil libras al año, pero eso sería un gran gasto de dinero. No hay necesidad de comprarme, puesto que me marcharé gratis.

—¡Demonios, Troth! ¡Tienes más espinas que un erizo! —Kyle puso a *Madreperla* en el suelo y se levantó de la silla—. Basta de torturarme con las ideas obcecadas de mi padre. No se trata de «comprarte». Tú me salvaste la vida. Y puesto que yo le doy un gran valor a eso, ¿por qué no debería darte una renta anual como prueba de agradecimiento?

Agradecimiento. Otra forma de obligación. A punto de estallar de rabia, dijo:

—Unas cien libras al año serán suficientes. No debes malgastar tu patrimonio en una ex amante. Es mejor que guardes el dinero para tus hijos.

Kyle caminó hasta la mesa y la fulminó con la mirada por encima del ramillete de flores.

—Déjame que te lo repita una vez más: no habrá tal problema con mis hijos, porque no tengo intención de volver a casarme. No sirvo para eso.

Troth nunca lo había visto así de furioso, no con ella. ¿Por qué lo provocaba, insinuando que él y su familia la maltrataban? Su padre era un viejo intolerante y brusco, pero Kyle siempre había sido asolutamente honesto con ella. No era culpa suya si no la amaba.

De repente recordó la noche en Feng-tang, cuando él la había obligado a abandonarlo para salvarla de la furia de la turba. Si ella le había salvado la vida, él también la había salvado a ella. No tenía derecho a enfadarse. Había llegado el momento de dejar eso a un lado, antes de que le corroyera el alma.

—Puede que no tengas planes de volver a casarte, pero la vida da muchas vueltas. No cierres la puerta a las oportunidades.

Madreperla eligió ese momento para dar un gran salto hasta la mesa. Al abalanzarse con entusiasmo la gatita hacia el arreglo floral, Troth la sacó de allí.

—Milord, creo que será mejor que mantengas la puerta cerrada, o las hembras peligrosas podrían entrar y asaltaros a ti y a tus posesiones.

Con el gato en el hombro, Troth rodeó la cama y se dirigió hacia la puerta, preguntándose qué mujer terminaría compartiendo esa cama con él.

No ella; ella nunca.

36

¡Y vaya si ayudó cambiar la posición de la cama! El habitual horror de las pesadillas que lo despertaban temblando por las noches cedió un día tras otro, y ahora sólo tenía malos sueños de vez en cuando. Una gran mejoría. También era notable la mejora de su energía.

Por desgracia, nada de eso ayudaba en su relación con Troth, que lo trataba con una amabilidad exquisita pero distante. Era bueno que ella guardase las distancias, ya que el aumento de fuerzas iba acompañado de una dolorosa conciencia de la presencia de Troth allí.

Aquel año Inglaterra gozaba de una primavera temprana y agradable. Así que muy pronto llegaría el momento de ir en dirección norte hacia Escocia, y cuando eso ocurriese Kyle sabía muy bien que Troth no regresaría con él.

Pero al menos le dejaba los ejercicios chi. Tras las sesiones matutinas se quedaba tranquilo y relajado, listo para enfrentarse a lo que el día le ofreciera. Le habían hecho a medida varios conjuntos holgados de ropa al estilo chino, junto con otros dos para Troth, para que ella no tuviera que usar el mismo conjunto todos los días.

Todas las mañanas Troth salía en silencio de la casa, como un gato, sin que en apariencia le importase si Kyle se le unía o no. Él jugaba a tratar de cortarle el paso cuando salía o a encontrarse con ella en los jardines, ya que ella cambiaba los lugares donde hacía sus ejercicios dependiendo del clima o de su estado de ánimo. Aquella mañana Troth estaba casi en la puerta cuando la divisóo desde la ventana de su dormitorio, así que tuvo que buscarla.

Se había hecho diestro en adivinar dónde estaba, así que no le sorprendió hallarla en un pequeño bosquecillo de árboles frutales, al fondo del jardín. Con los árboles florecidos en una perfecta mañana de primavera, el lugar era irresistible; cada ráfaga de aire hacía que los pétalos cayesen suavemente sobre la hierba.

Kyle se detuvo en el borde del bosquecillo, con el corazón acelerado mientras Troth se movía con gracia entre los rayos de sol que atravesaban el ramaje. No existía nadie como ella, ni en China ni en Europa ni en las Américas. Esa mañana llevaba el pelo suelto; su oscura cabellera caía de forma seductora sobre sus hombros mientras danzaba a través de las posturas chi y el aire perfumado de flores.

Troth se volvió y lo miró, invitándolo a unirse a ella con la sonrisa más afable que Kyle le había visto en semanas. Kyle entró fácilmente en las posturas del tai chi y se imaginó que la energía fluía a él desde la tierra. La paz que se expandía en su interior era un bálsamo. Aunque pronto practicaría solo, de alguna forma Troth siempre estaría con él.

Después de guiarlo en tres ejercicios, Troth levantó una rama caída y la partió en dos.

—Ahora que estás más fuerte trataremos de practicar algo de lucha. ¿Alguna vez has visto los palos que pelean?

—No al estilo wing chun, pero en Inglaterra y en la India he visto la lucha de los bastones de madera largos. —Se preparó una rama—. Estas se romperán fácilmente.

—Sería mejor que fuesen de bambú, pero no importa, no vamos a hacernos ningún daño. —Kyle apenas había preparado su vara cuando Troth golpeó el suelo con la suya, usando el rebote para enviar el golpe hacia él. Kyle lo bloqueó apenas a tiempo, apartándola.

Atacando y contraatacando, se enredaron en un rápido simulacro de combate, complicado por el hecho de que sus varas no eran lisas. A Kyle no le gustaba la idea de hacerle daño a Troth; sin embargo, ella tenía menos inhibiciones y descargó algunos golpes muy duros. Pero aun así no luchaba en serio: si quisiera podía hacerle más daño.

Al darse cuenta de lo experta que era Troth en bloquearlo, Kyle se volvió más audaz y empezó a luchar más agresivamente. Con un ataque veloz, lanzó su vara de modo que rozó las ramas bajas de un árbol, desencadenando una lluvia de flores. Riendo, Troth dijo:

—¡Lo haces muy bien! ¿Aprendiste a luchar con una vara cuando eras niño?

Kyle negó con la cabeza.

—No, fue practicando esgrima con el mejor maestro de Londres. No es igual que luchar con un palo, pero se le parece.

Con un grito teatral, Troth saltó del árbol, balanceando la vara. Kyle golpeó otra vez y recibió un fuerte golpe al romperse las dos ramas.

Arrepentida por el golpe propinado, Troth miró el pedazo que le quedaba en las manos.

—Así termina la sesión de lucha con palos.

Kyle arrojó lejos su rama rota, pero no estaba dispuesto a dejar la lucha cuando los dos estaban disfrutando tanto.

—¿Podríamos practicar ahora el ejercicio de las manos que empujan?

—Vale. —Troth levantó los brazos y Kyle se acercó.

Lentamente ella empezó a trazar círculos en el aire mientras él procuraba mantener el contacto. ¿Era aquello que sentía fluir hacia sí la energía de Troth, sutilmente sazonada con su perfume? ¿O era sólo que estaba bajo el embrujo de aquellos ojos marrones y aquella figura perfecta y encantadora? El chi no era la única clase de energía que fluía entre ellos. La atracción que se había estado cimentando durante semanas era todavía más intensa aquella mañana.

Sonriendo con malicia, Troth aumentó el ritmo y empezó a añadir juegos de pie al ejercicio, echándose hacia atrás o haciéndose a un lado hábilmente. Algunas veces ella casi lo eludía, pero él siempre conseguía permanecer junto a ella.

—Has aprendido mucho —dijo jadeando ligeramente—. Tal vez debería intentar tumbarte. El suelo es lo bastante blando, así que no te haría daño.

—¿Nos fiamos, no? —dijo Kyle con una sonrisa burlona—. No te preocupes, haz lo que tengas que hacer.

Troth avanzó, cambió el peso del cuerpo antes de deslizar rápidamente una pierna por detrás de la de Kyle y lo arrojó al suelo. Tal como había dicho, el suelo era blando.

Se puso de pie y se pegó a las manos de ella otra vez.

—Con sólo algunos años más de entrenamiento seré capaz de hacértelo a ti.

La mirada juguetona de Troth se evaporó.

—Milord, sólo tienes algunos días para aprender. Veintiuno, para ser exactos.

¿Por qué diablos seguía recordándoselo? Con una punzada de irritación, empujó fuerte contra la mano derecha de Troth. Cuando ella contraatacó sin esfuerzo, Kyle extendió una pierna por debajo de la de ella y la lanzó al suelo.

Al caer, Troth se agarró y tiró de él, empujándole el pie para que los dos se desplomaran al suelo, con el torso de Troth encima de él. Ella reía, con la cara a centímetros de la de Kyle.

—Aprendes muy rápido, milord. Recuérdame que no vuelva a subestimarte.

El pelo de Troth caía en una sedosa cascada sobre la cara de Kyle y sus pechos se aplastaban contra él, tentándolo como la manzana que la serpiente ofreció a Eva. Sus miradas se cruzaron y la frivolidad se esfumó al desatarse entre ellos los instintos más primarios.

Kyle debería haberse soltado, haberse puesto de pie y haber pasado por alto lo que veía en los ojos de Troth. En cambio, dijo con voz ronca:

—Me estás sobreestimando si crees que puedo resistir semejante tentación. —Cogió la cabeza de Troth y la besó. Hacía tanto tiempo, tanto tiempo que...

Troth abrió la boca y metió su lengua en la boca de Kyle. Él respondió como un hombre hambriento que recibiese el maná del cielo. ¿Cómo podía haber olvidado la atracción salvaje que había entre ellos? Le pasó el brazo por la cintura, atrayéndola con fuerza hacia él.

—¡Por Dios, Mei-Lian, te he necesitado tanto! Tocarte, tenerte, amarte...

—¿Y qué... qué pasa con el chi? —dijo ella con voz entrecortada—. No queremos arriesgarnos a perder el control.

—Yo ya lo he hecho.

Con la sangre borboteándole, hizo que rodaran y le besó la suave curva del cuello. Troth metió las manos por debajo de la amplia túnica de Kyle y le acarició la piel desnuda, erizándola. Mientras ella deslizaba sus manos con frenesí por la espalda de Kyle, él le levantó la túnica y descubrió sus pechos. Troth se arqueó y gimió cuando le cubrió el pezón con la boca y se lo chupó hasta endurecerlo.

Después de casi un año de privación, Kyle no se cansaba de ella. La delicada piel de Troth estaba ligeramente salada. Al quitarle los amplios pantalones, una brisa de pétalos rosados se esparció por el torso de ella, un acento de seda mientras él le besaba el vientre. Al notar la mano de Kyle, Troth separó las piernas, brindándole sus rincones femeninos más recónditos para que él pudiera adorarlos con la lengua y la boca.

Troth gritó al recibir un beso íntimo, empujó las caderas con urgencia y hundió los dedos en el pelo de Kyle con un tremendo poder erótico.

—¡Oh, Kyle, Kyle!

La pasión de Troth lo encendió, haciendo que él deseara devolvérsela multiplicada por mil. Hacer que durara, darle un placer interminable, absorber el indómito desenfreno de sus gritos que retumbaban entre los árboles. Después de un orgasmo que seguía y seguía y seguía, Troth gimió:

—Basta. Dios mío, basta o me moriré.

Jadeante, Kyle apoyó la cabeza sobre el vientre de Troth, aspirando el embriagador perfume de la sexualidad, mientras ella le acariciaba el pelo con suavidad.

Cuando recobró la respiración, Troth susurró:

—Ven a mí ahora, milord —dijo tirándole del cabello—. Mi yin te llama.

Kyle se desnudó y el fresco aire primaveral refrescó su piel ardiente. Troth decía la verdad, porque su feminidad lo completó cuando él se hundió en ella. El yin y el yang, la completitud del cuerpo y el espíritu expresándose en un intenso movimiento y en una repentina calma tensa.

Juntos subieron más y más alto hasta que Troth tuvo otro orgasmo, arrastrándolo con ella en una sensacional meseta de éxtasis. El tiempo se había desvanecido: quedaban sólo las sensaciones y aquella cautivante mujer entre sus brazos.

Al agotarse los dos disminuyeron el frenético acoplamiento hacia un ritmo más suave en el que encajaban a la perfección, aliento contra aliento, pulso contra pulso. Casi exhausto, Kyle inclinó la cabeza y la besó largamente, deseoso de inhalar la esencia de Troth.

—En esto, milord, eres un maestro —dijo Troth respirando sobre sus labios mientras empujaba las caderas hacia arriba y se estrechaba contra él con voluptuosa fuerza.

Kyle estalló en una convulsión final y su simiente largamente retenida la inundó por dentro. El éxtasis de confusión mental que lo paralizó se convirtió en enfado por su vergonzosa pérdida de control.

—¡Maldición! —Respirando con dificultad, Kyle se dio la vuelta y la estrechó contra él, como si protegiéndola con los brazos pudiese protegerla de su error—. Lo siento, Troth. No era mi intención que ocurriera esto.

Las palabras de Kyle fueron como un torrente de agua helada y convirtió el agotador juego en cenizas. ¿Cómo podía haber sido tan tonta como para no darse cuenta de que era su cuerpo lo que él amaba y no a ella?

—Por supuesto que ha sido un accidente. Coquetear con una concubina no debería tener nada que ver con el serio asunto de tener hijos.

—¡No hables así! —Kyle le sostuvo la cabeza contra el hombro, como si el suave contacto pudiese mitigar el amargo aguijón de sus palabras—. Lo que sucede es que uno no hace niños de manera irresponsable con una mujer que no los quiere.

Troth se soltó de un tirón y se sentó sobre la hierba con los ojos centelleantes.

—Qué dilema si tuvieras que decidir entre tener una esposa a la que no quieres o envilecer a tu propio hijo. No te preocupes, no me quedé embarazada aquella vez en Feng-tang, y es poco probable que suceda ahora. Tú y tu precioso patrimonio estáis a salvo.

Kyle se levantó y la miró como si ella fuese una bomba a punto de explotar.

—¿Realmente crees que soy tan intolerante que rechazaría a un hijo porque tuviese sangre mestiza?

Troth bajó la mirada, sabiendo que había sido injusta.

—No creo que seas intolerante.

Al contrario, él era el hombre más abierto que había conocido jamás, pero la tolerancia no era un remedio para el abismo que los separaba.

—El deseo no conduce a nada, e incluso es peligroso, cuando no existe un cimiento profundo —dijo Kyle.

Cuando no había amor. Pero ahora que habían hecho el amor otra vez, ¿cómo podrían mantenerse alejados mientras vivieran bajo el mismo techo? Sería imposible. Y solamente había una solución.

—Ha llegado la hora de que me vaya —dijo Troth con dolorosa seguridad.

Kyle abrió los ojos como platos, impactado. Tratando de negar el verdadero significado de lo que Troth decía, dijo:

—Podemos salir para Escocia mañana.

—No iremos juntos, Kyle. —Le acarició la mejilla con expresión triste—. Somos más que ex amantes, pero mucho menos que una pareja. Estar juntos sólo nos hace daño a los dos. Iré a Escocia sola.

Kyle tensó la mandíbula.

—No ha pasado un año y un día.

—El compromiso rápido fue... una invención social. No hay ningún motivo para respetar el trato cuando la realidad es que no estamos casados y nunca lo hemos estado. El compromiso seguirá su curso mejor si estamos separados. Mucho mejor. —Troth se puso de pie; necesitaba alejarse de la tentación de tocarlo—. Me marcho con o sin tu aprobación, Kyle.

Con los rayos de sol moteándole el cuerpo desnudo, Kyle se sentó sobre la hierba, inmóvil como una estatua griega excepto por el puño de una mano, que se abría y se cerraba. Finalmente, dijo:

—Coge el coche de viaje, será más cómodo. Y... y si decides regresar, estará listo para traerte de vuelta.

—No regresaré, milord —dijo Troth en voz baja—. ¿Para qué lo iba a hacer?

Se puso la ropa y se recogió el pelo, preguntándose si se habrían comportado tan intempestivamente si lo hubiese llevado recogido de forma recatada en lugar de provocativamente suelto. No, eran sus ganas de jugar entre ellos lo que había demostrado ser la perdición de los dos.

Kyle también se puso de pie y se vistió con torpeza.

—¿Al menos escribirás de vez en cuando? Sin duda existe un vínculo lo bastante fuerte entre nosotros para hacerlo.

—Tal vez, pero primero necesito irme muy lejos. —Troth se puso de puntillas para besarlo en la mejilla, una caricia absurdamente casual después de la febril intensidad que los había unido hacía unos instantes—. Me alegra mucho haberte conocido, mi querido lord.

Kyle le cogió la mano y se la besó.

—Y yo a ti. Me gustaría... que las cosas fuesen diferentes.

—A mí también —dijo Troth lamentándose en lo más profundo—. A mí también.

El coche de viaje le permitiría ir a paso de tortuga, con todos sus bienes materiales a la espalda. No le llevó mucho tiempo hacer las maletas. Se despidió con calma de los sirvientes que conocía mejor, como si su partida formara parte de un plan previsto con mucha anticipación. Bessy, la doncella, y Hawking, el mayordomo, la miraron con grandes ojos acusadores, pero no hicieron ningún reproche. Troth se preguntaba qué sabían ellos de la situación entre ella y Kyle.

A la mañana siguiente, justo antes de bajar hacia el coche, Troth se dio cuenta de que todavía llevaba el anillo. Se lo quitó y lo dejó en el tocador; allí estaba también la pulsera con el nudo celta que Meriel le había dado. Los tesoros familiares se cedían en custodia, y ella ya no era una Renbourne. En realidad, nunca lo había sido. Puso la pulsera alrededor del anillo para que formaran círculos concéntricos, como en el tronco de un árbol.

Controlando su ira, se dio media vuelta y se alejó caminando por última vez.

37

Había momentos y lugares para emborracharse, y Kyle estaba en uno de ellos. Había conseguido despedirse de Troth vestido con ropa apropiada, darle dinero en efectivo y un cheque de su banco de Edimburgo para que ella tuviera con qué mantenerse hasta que él preparase un acuerdo.

Troth se había comportado con formalidad, maneras impecables y expresión inescrutable. Después de todo, los dos sabían que eso iba a suceder. Sólo que... no tan pronto.

Después de un movimiento de cabeza amable, Troth subió al coche de viaje. Había rechazado el ofrecimiento de que la acompañara una doncella; podía cuidarse sola y así lo haría. Su única compañía era la pequeña gata, transportada a salvo en una cesta cubierta.

Kyle memorizó el perfil silencioso de Troth antes de que el lacayo cerrase la puerta. Era difícil recordar que veinticuatro horas antes habían estado unidos por la máxima intimidad.

Después de que el coche se perdiera de vista por el camino de entrada recién curvado, Kyle subió las escaleras hasta el dormitorio de Troth. Nunca había entrado mientras ella estuvo allí, pero no se sorprendió al ver que la habitación había cambiado con respecto a sus vagos recuerdos de hacía siete años. El mobiliario estaba dispuesto de otra forma y la decoración y los cortinajes habían cambiado.

El efecto era agradable, pero glacialmente vacío. Todas las pertenencias de Troth viajaban en el coche que se dirigía al Gran Camino del Norte. No quedaba ninguna prueba de que ella hubiera vivido allí, excepto el anillo y la pulsera abandonados. Había una terrible irrevocabilidad en el modo en que los había dejado, uno dentro del otro.

Ensilló a *Nelson* y salió a galope tendido por las colinas. Cuando ambos estuvieron exhaustos, Kyle convirtió el paseo a caballo en visitas a los inquilinos, como un auténtico terrateniente verificando el estado de la siembra de primavera.

Cuando era más joven, estas responsabilidades lo agobiaban, puesto que le recordaban que estaba atado de por vida a la propiedad. Curiosamente, ahora disfrutaba del trabajo, aun cuando nunca había sentido la pasión genuina por la agricultura que sentía Dominic. En el pasado había sido siempre un concienzudo administrador de las propiedades familiares. En el futuro también encontraría satisfacción en formar parte de los ciclos eternos de la tierra.

Los documentos de la propiedad y la correspondencia lo mantuvieron ocupado hasta la hora de la cena. Cenó solo, con expresión impasible. Luego se retiró al despacho con la intención de emborracharse. No demasiado rápido, porque eso resultaría vulgar. Antes de medianoche, una progresiva disminución del nivel del coñac de la licorera debía transportarlo a un estado de agradable confusión, y una o dos horas después debería estar preparado para subir las escaleras, probablemente por su propio pie.

Tal vez debiera ir a Londres. Allí había muchas distracciones: fiestas, amigos que no había visto en años, pasar más tiempo con su padre...

Y jóvenes casaderas con madres ambiciosas ansiosas por cazar al heredero de Wrexham. Se estremeció con sólo pensarlo. Lo mejor sería evitar Londres durante una temporada.

Iba por su cuarta copa de coñac cuando oyó voces lejanas en el vestíbulo de entrada. Hawking y alguien más, probablemente un lacayo.

Luego se abrió la puerta del despacho y entró su hermano con la ropa sucia por el viaje. Se dirigió a él de modo tan informal como si hubieran cenado juntos una hora antes.

—¡Ah, perfecto! Una o dos copas de coñac me quitarán el frío. Ha sido un viaje largo.

Kyle le miró sorprendido, sabiendo que no estaba lo suficientemente borracho como para tener alucinaciones.

—¿Qué diablos haces aquí?

—Sólo pasaba por aquí, así que pensé quedarme esta noche en Dornleigh. —Dom se sirvió una copa de coñac y se instaló en el otro sillón de orejas.

—Dornleigh no pilla de camino desde Shropshire hacia ninguna parte.

—Está bien, te he mentido —dijo Dominic en tono sereno.

Un lacayo entró con una bandeja de comida. Dom le indicó que la dejara en una mesa lateral, y luego le pidió que encendiera el fuego. Kyle aguardó a que el sirviente cumpliera las órdenes y se fuera para decir en tono seco:

—¡Adelante, estás en tu casa!

—Bueno, ha sido mi casa durante muchos años, y si alguno de los sirvientes no quiere obedecer mis órdenes, puedo siempre fingir que soy tú. Aunque necesitas aumentar de peso. En este momento es muy fácil distinguirnos. —Dominic estiró los pies hacia la chimenea—. También deberías permitirte más lujos como este fuego, en una noche tan fría.

—No después de algunos coñacs.

—¡Ah! —Dominic dejó su copa de coñac por una cerveza y un sándwich de pan crujiente y gruesos trozos de jamón—. ¿Pasa algo, Kyle? Desde ayer por la mañana siento como si me hubieran dado una patada en el estómago. A mí no me la han dado, así que debes de ser tú.

Kyle suspiró.

—¿Cómo sabes siempre cuándo las cosas no van bien?

—Tú también lo sabes. Además de ser gemelos, creo que los dos hemos heredado de nuestra madre el toque de clarividencia de las Highlands. ¿Recuerdas esa mala caída que tuve cuando cazaba en los condados rurales de Inglaterra? Tú lo supiste de inmediato, y a los dos días estabas a la cabecera de mi cama, dándome la lata.

Kyle recordaba muy bien aquello, junto con el miedo casi insoportable que había sentido cuando su hermano luchaba en Waterloo y los días posteriores, cuando Dominic había desaparecido en combate. Esa consciencia era el lado oscuro del vínculo de gemelos que los dos compartían.

Terminadas las frivolidades, Dominic dijo:

—Sabía que te había pasado algo horrible en China. Yo... no podía creer que estuvieras muerto, pero pensé que debía de estar engañándome porque el horror no pasaba. Aunque se suavizó después de que te sacasen de la prisión, nunca se me ha ido del todo. Durante mucho tiempo me pregunté si tu alma estaba en el purgatorio. —Bajó la voz y susurró—: Parece que aún sigues allí.

La última frase de Dominic quedó flotando en el aire como una pregunta indirecta.

No tenía sentido demorar lo inevitable.

—Troth se ha marchado a Escocia esta mañana.

—¿Por cuánto tiempo?

—No va a volver. Nunca más.

Dominic lo miró con el rabillo del ojo.

—Por eso la botella de coñac.

—Nunca pensamos en casarnos de verdad, así que le dijimos a la gente de aquí que habíamos contraíado matrimonio mediante una ceremonia rápida simbólica como forma de ayudar a Troth a salir de China. Pasado casi el año y un día, ella se ha marchado, como es natural.

—Para ser alguien que no quería casarse, estás consumiendo demasiado coñac por la ausencia de una mujer que no es tu esposa —dijo Dominic con escasa convicción.

Kyle cerró los ojos. Le latían las sienes.

—Yo... quiero mucho a Troth. La echo de menos.

—¿Así que ella era la única que quería acabar con vuestro compromiso? ¡Qué extraño! Yo tenía la impresión de que ella sentía por ti algo más que un poco de cariño.

—El matrimonio no es una cuestión de simple cariño.

Terminado el sándwich, Dominic volvió a su coñac.

—Kyle, ¿voy a tener que sacarte las palabras con fórceps? Lo haré si es necesario, pero será más fácil para los dos si me cuentas directamente qué diablos pasa.

Kyle miró fijamente las llamas y se sintió reconfortado por su calor. No se había dado cuenta de que tenía frío hasta que llegó Dominic.

—Ha sido... difícil para mí y para Troth. Como ella dijo, éramos más que ex amantes, pero menos que una verdadera pareja. No me ha gustado verla marcharse, pero era la única cosa justa que podía hacer. Ella se ha pasado casi toda su vida sintiéndose una extraña. Se merece encontrar un hombre que la convierta en el centro de su mundo para siempre.

—¿Y tú no puedes?

—En una ocasión vez amé de esa forma, y no soy capaz de hacerlo otra vez.

—Déjame ver si lo entiendo... Estás diciendo que no amas y no puedes amar a Troth, así que, aunque su pérdida te está destrozando, ¿eso no es amor?

—No del modo en que amé a Constancia. —Kyle cerró los ojos, recordando—. Nunca te lo he dicho, pero me casé con Constancia antes de que muriese en España. Una parte de mí murió con ella. No puedo amar a nadie como la amé a ella.

En lugar de mostrar algún tipo de amable compasión, Dominic dijo:

—Por supuesto que no puedes. Tus sentimientos por ella eran únicos, arraigados en las cualidades que la hacían especial para ti. Más que eso: Constancia fue tu primer amor, y un gran amor. Pero el perderla no significa que no puedas amar a otra mujer de una forma diferente pero igualmente intensa.

—Nunca he sido muy mujeriego ni he tenido un corazón fuerte como tú —dijo Kyle con tono seco.

—Hasta que conocí a Meriel, nunca había estado enamorado, aunque eso fue suficiente para enseñarme que cada momento y cada mujer es diferente. Gracias a Dios, nunca he perdido un gran amor. Si algo le ocurriera a Meriel... —A Dominic se le ensombreció el rostro—. No hablemos de eso. Lo que quería decirte es que el amor no es una materia finita que se usa y nunca se repone. La manera en que amaste a Constancia demuestra que tienes una tremenda capacidad para amar. ¿No es posible que ames ya a Troth, aunque sea un poco, y que puedas llegarla a amar más con el tiempo?

Kyle abrió la boca para negarlo, pero se detuvo.

—¿Cómo defines el amor?

—Tú no crees en cuestiones simples, ¿verdad? —Dominic lanzó distraídamente algunas gotitas de coñac al fuego, donde ardían con una llama azulada—. La pasión es la semilla del amor romántico, y con los años ha florecido de maneras que nunca habría imaginado cuando me casé con Meriel. Pero hay mucho más: amistad, diálogo, confianza, la desazón que me embarga cuando no la veo durante un rato, la ternura que hace que mi corazón esté radiante con sólo pensar en ella. —Otra ráfaga de llamaradas de coñac—. El hecho es que yo daría mi vida para salvar la suya con tanta naturalidad como respiro.

Kyle pensó en lo que Dominic acababa de decir. ¿Pasión? Desde luego que él y Troth la compartían. También amistad y conversación. Dios sabía cuánta desazón le embargaba en su ausencia, y ella siempre le había inspirado una ternura protectora. No dudaría en sacrificarse por ella, pero eso era evidente, porque ella habría hecho lo mismo por él. Había arriesgado su vida al visitarlo en la prisión y lo habría ayudado a escaparse aun sabiendo que fracasaría. Sin embargo, ninguna de esas cualidades igualaban la profundidad de la relación que había tenido con Constancia.

—¿No es el amor algo más que la suma de todas esas partes?

—Sí, pero no tengo palabras para describirlo —dijo Dominic lentamente—. Salvo decir que Meriel es mi corazón. Sin embargo, por extraño que parezca, cuando nació Philip, descubrí que en mi corazón había mucho sitio para él, y para Gwynne cuando llegó. Si tenemos otro hijo habrá amor más que suficiente esperándolo.

—En el amor eres mejor que yo.

—Kyle, no somos diferentes. Creo que para ti es más difícil dejarte llevar por tus sentimientos porque tuviste que protegerte más cuando éramos niños. Pero tienes mucho para dar, y también una fuerte necesidad de recibir. —Dominic miró el fuego con el ceño fruncido—. ¿Constancia habría querido que la lloraras para siempre?

—Por supuesto que no, ella era la más generosa de las mujeres, y sus últimas palabras fueron que yo debía seguir adelante y vivir. Pero saber que ella lo aprobaría no significa que mi corazón sea capaz de obedecer.

—Tú y Constancia estuvisteis juntos durante muchos años. Cuando la conociste, ¿sentiste que no volverías a amar a nadie si la perdías?

—No... no lo sé. —Kyle frunció el ceño—. Nunca he pensado en eso. Supongo que no.

Dominic no dijo nada y dejó que su argumento hablara por sí mismo. Kyle intentó comparar lo que sentía por Troth con lo que había sentido por Constancia en el primer o el segundo año de su relación, pero resultaba imposible. Cuando pensaba en Constancia, sentía que diez años de experiencias compartidas habían entretejido el amor profundo que había llegado a sentir por ella.

Además, según Dom, él probablemente no debería tratar de comparar sus sentimientos hacia las dos mujeres.

—Tú dices que es demasiado pronto para decidir que nunca podré amar a Troth como amé a Constancia. Pero aun cuando sea verdad, eso no tiene en cuenta los deseos de Troth. Ella fue la que decidió que había llegado el momento de marcharse.

—Muy bien, tomemos en cuenta sus deseos. ¿Cuál es el mayor deseo de Troth?

—Que la acepten —dijo Kyle sin vacilar—. Un sentido de pertenencia que ella cree que no encontrará aquí. Una semana después de nuestra llegada a Dornleigh oyó por casualidad una discusión que mantuve con Wrexham a causa de su cerrada mentalidad, y media hora más tarde estaba en camino al Gran Camino del Norte. Conseguí persuadirla para que regresara, pero creo que el incidente la convenció de la imposibilidad de establecer una relación duradera conmigo.

—Así que maltratada y herida, metafóricamente si no físicamente hablando, decidió que era hora de marcharse. Pero si ella está la mitad de abatida que tú, quizá sea mejor hacer un último intento. El amor no cae del cielo. Por lo general se debe conseguir a base de errores.

—No sé si tendré el valor de intentarlo y fracasar.

—¿El fracaso sería peor que preguntarte para siempre si podrías haber tenido un verdadero matrimonio con Troth? Ella es única.

—Según tú, eso sería verdad de cualquier mujer.

—¡Tienes razón! Todas las personas son únicas, pero algunas son más únicas que otras. Nunca volverás a encontrar una mujer como Troth.

Kyle lo sabía, pero eso no significaba que él tuviera derecho a retenerla.

—Me has preguntado por lo que quiere Troth. ¿Y tú que quieres, Dom?

—Cincuenta años más de los que tengo ahora —respondió su hermano de inmediato—. Meriel, mis hijos y algún día mis nietos, y saber que lo que hago como terrateniente y magistrado ayuda realmente a la gente de Warfield y Shropshire. Kyle, soy un terrateniente vocacional. Tú necesitarás algo más para mantener el interés, pero la política debería ser interesante para ti. Una oportunidad de hacer el bien en una escala mayor.

Su hermano lo entendía bien: sentarse en la Cámara de los Lores y contribuir a perfilar el destino de su patria era la parte de su herencia que él más deseaba.

—¿Recuerdas que te prometí la propiedad Bradshaw si ocupabas mi lugar con mi prometida loca?

—Es algo que no he olvidado, puesto que tu descabellado plan me cambió la vida.

—De todos modos pensaba darte Bradshaw. Siempre he contado con que algún día lo iba a hacer, puesto que era la única propiedad que era mía.

Dominic enarcó las cejas.

—Cuando éramos niños yo suponía que algún día firmarías la cesión de una propiedad de tamaño mediano, pero estuvimos en desacuerdo durante mucho tiempo, así que decidí que habías cambiado de opinión. Pero si pensabas darme la propiedad Bradshaw, ¿por qué diablos no lo hiciste antes en lugar de dejar que me aburriera en Londres durante años?

Kyle esbozó una sonrisa.

—Tenía la esperanza de que usaras tu libertad para hacer algo interesante, como viajar a China.

Dominic rió.

—Ese era tu sueño, no el mío. Es increíble que durante muchos años te haya envidiado por haber nacido primero. Pero fui yo el afortunado, ¿verdad? Crecí sin la constante presión que tú tenías que soportar.

Wrexham había controlado de cerca el comportamiento y los estudios de su heredero, empuñando personalmente el látigo cuando Kyle no vivía de acuerdo con los criterios del conde. Había sido difícil, pero Kyle había aguantado estoicamente. También se enorgullecía del hecho de que algunas veces había sido capaz de desviar la ira de su padre hacia Dominic. Como hermano mayor, consideraba que era su deber, y siempre había cumplido con su deber.

—A veces me he preguntado: si yo hubiese nacido primero, ¿yo sería tú y tú yo? —dijo pensativo Dominic—. Quiero decir, ¿habría sido yo el gemelo responsable mientras tú serías el rebelde? ¿O las diferencias entre nosotros son tan innatas que nuestros temperamentos serían los mismos aunque hubiésemos nacido en el orden inverso?

—No tengo ni idea, Dom. Y tratar de resolverlo esta noche seguramente me dará dolor de cabeza.

—El dolor de cabeza que tengas será por el coñac. —Dominic se puso de pie, reprimiendo un bostezo—. Me voy a dormir. Nos veremos mañana.

—Gracias por venir —dijo Kyle en voz baja.

Dominic le puso la mano sobre el hombro.

—También te dará dolor de cabeza hacerte preguntas sobre Troth. Tal vez sería más sencillo que te preguntaras si lo pasas mejor con ella o sin ella.

Cuando su hermano se marchó, Kyle apartó el coñac. Ya no quería beber para olvidar. La última frase de Dominic no era de ninguna ayuda. Aunque él se sintiera mejor con Troth que sin ella, para ella las cosas no eran así.

¿Cómo había sido su primer año con Constancia? Obviamente, había habido una embriaguez sexual, y no sólo porque él era virgen y ella una cortesana exquisitamente hábil en dar placer a los hombres. Sus relaciones sexuales siempre habían contenido un poderoso elemento emocional que iba más allá del intenso placer físico, aunque le había llevado una década darse cuenta de lo mucho que la había amado.

Dominic tenía razón en que no podía comparar su amor maduro hacia Constancia con los turbulentos sentimientos que tenía hacia Troth. Con Constancia había sentido una profunda sensación de paz y de pertenencia. Aunque deseaba a Troth como creía que nunca podría volver a desear a una mujer, el cimiento de la relación no era la paz, sino una salvaje necesidad que odiaba reconocer porque podía destruirlos a los dos. Él podría llegar a despreciarse por su debilidad, mientras que ella podría despreciarlo por aferrarse a ella con tanta desesperación. Eso no encajaba con ninguna definición cuerda del amor.

Pero si ahora él era demasiado cobarde para explorar las posibilidades de mantener una relación con Troth, nunca se perdonaría a sí mismo.

Además, Kyle la quería, la quería más de lo que había querido a ninguna mujer en su vida. Conseguir que lo aceptase no sería fácil, pero quizá no fuese imposible.

La neblina de la enfermedad y la depresión que lo habían paralizado había desaparecido por fin. Tal vez no estaba tan necesitado ni tan desesperado como para perder a Troth.

Sólo había una forma de saberlo.

38

Melrose, región escocesa
que limita con Inglaterra.

—Estoy aquí, padre.

Troth soltó una carcajada cuando el viento le levantó la capa, haciéndola flamear como una bandera oscura mientras exploraba las ruinas de la abadía de Dryburgh. Sentía una profunda satisfacción al cumplir la promesa que había hecho ante la tumba de su padre.

La abadía era uno de los lugares favoritos de su padre según sus relatos, y Troth casi podía sentir su presencia junto a ella. Las repetidas batallas entre ingleses y escoceses habían convertido las construcciones sagradas en ruinas sin techo donde pacían las ovejas. Aquel escenario hacía que Troth se sintiese como la heroína de una de las novelas góticas que había leído en Warfield.

En algún lugar de aquellas ruinas debía de haber algún villano acechando a la inocente doncella. En el último instante, justo antes de que el villano la atacase, aparecería el héroe, que le demostraría su amor en un valiente combate. Por supuesto que Troth no era ninguna doncella inocente y era muy capaz de vencer sin ayuda a cualquier villano, pero el ser rescatada por un apuesto y encantador héroe tenía un atractivo romántico.

Se detuvo respetuosamente ante la tumba de sir Walter Scott, que había vivido en las cercanías y había sido enterrado allí el año anterior. Su padre había conocido al escritor en la niñez. Durante el invierno había devorado sus elegantes cuentos históricos, llenos de historias de amor en Escocia. Sir Walter Scott había elegido un lugar agradable para el descanso eterno, aunque aquel día parecía que ni héroes ni villanos iban a hacer acto de presencia.

¿O sí? A través de una ventana sin vidrios alcanzó a ver una figura masculina vestida de oscuro que exploraba las ruinas. Le pareció que era Kyle, pero le había pasado lo mismo con muchos hombres durante el viaje al norte. La perseguía la sombra de un hombre que no estaba muerto.

Si él estuviese allí, ¿qué papel haría, el de héroe o el de villano? Sonrió ante sus fantasías y se desvió para evitar al extraño, prefiriendo la soledad. No necesitaba compañía. Por ahora era suficiente estar en Escocia. Había recibido las habituales miradas curiosas ante su aspecto extraño, pero los escoceses poseían una profunda cortesía natural y casi todos se volvían con expresión amigable cuando escuchaban su acento.

Decidida a echar un vistazo al río que corría por detrás de la abadía, salió de la iglesia y casi se murió del susto cuando estuvo a punto de chocar con el otro visitante. ¡Por Dios, realmente era Kyle!

Lo miró con el corazón latiéndole con fuerza.

—¿Milord?

Kyle dio un paso atrás.

—En persona. Lo siento. No quería asustarte.

Intentando controlarse, Troth dijo con frialdad:

—¿Has venido a recuperar tu carruaje?

—He venido a verte. —Su mirada penetrante la inquietaba.

—¿Cómo me has encontrado?

—No es difícil seguirle la pista a un coche con un emblema en las portezuelas, sobre todo si una vez mencionaste que la familia de tu padre vivía cerca de Melrose. En cuanto a encontrarte aquí, el propietario de la posada donde te hospedas me dijo que ibas a pie hacia la abadía, así que decidí seguir el camino. Es una buena caminata.

—Pero ¿por qué? —dijo Troth sin poder contenerse.

—Para hablar contigo. —Escudriñó las ruinas—. ¿Estás lista para regresar a Melrose o quieres quedarte aquí un poco más?

—Por hoy ya he visto suficiente. —Sería imposible seguir visitando aquel lugar ahora que Kyle había aparecido.

Kyle le ofreció el brazo y ella aceptó automáticamente, incapaz de resistirse a disfrutar de su compañía. Después de caminar un trecho del camino en silencio, él dijo:

—Tu acento escocés es ahora más fuerte. ¿El país responde a tus expectativas?

—Así es. —Troth levantó la cabeza y sintió la brisa fresca en la cara—. Es un triunfo de la naturaleza sobre la educación: me encanta el aire frío y los cielos siempre cambiantes. Es como... estar en casa. Las sombras y la luz y las colinas son tal como las había soñado. Tengo la sensación de haber vivido aquí en otra vida.

—Tal vez lo hayas hecho.

—Sin duda se te ha pegado algo del budismo.

—Creo que sí. Es cierto que algunos lugares nos llegan al corazón. Es lo que me pasó cuando contemplé mi libro de ilustraciones chinas. Sentí que China era parte de mí y que nunca sería feliz si no iba allí.

—Tu pasión tuvo la ventaja de hacerte menos estrecho de miras que la mayoría de los hombres de tu clase. —Lo miró y recordó el viaje que habían hecho a Hoshan—. ¿Querías quedarte en China?

—Si hubiera tenido la oportunidad, me habría convertido en un comerciante de China como tu padre, y hubiese pasado la mayor parte del tiempo en Macao y en Cantón —dijo Kyle pensativo—. Sin embargo, dado que mis obligaciones están en Gran Bretaña, estoy razonablemente contento de haber estado un tiempo en China.

—Si has aprendido a estar contento, entonces el último año no se ha desperdiciado. Cuando te conocí, la palabra «inquieto» fue la primera que me vino a la mente.

Kyle la miró de nuevo con aire decidido.

—Seguro que el último año no se ha desperdiciado, aunque hubo momentos muy difíciles.

Queriendo evitar una discusión profunda, Troth se levantó un poco la falda y saltó un charco que había dejado un aguacero reciente.

—Es extraño que llamen a esta parte de Escocia las tierras bajas cuando es más empinada que gran parte de Inglaterra.

—Cierto, pero estas montañas son modestas comparadas con las Highlands donde nació mi madre. —Kyle miró hacia el neblinoso norte—. En teoría, Inglaterra y Escocia ahora son una nación, pero dudo de que eso sea así eternamente.

—Mi padre habría estado de acuerdo contigo. —Desvió la mirada, preguntándose por qué Dominic era solamente apuesto mientras que Kyle, con el mismo aspecto, lograba que le temblaran las rodillas.

—¿Todavía no has logrado encontrar a ningún miembro de tu familia?

Troth se aferró a su brazo con más fuerza.

—Sé que tenía un hermano llamado James Montgomery, pero cuando le pregunté al posadero de Auld Bruce dijo que había cinco hombres con ese nombre en el distrito. No sé si quiero seguir preguntando. Quizá me quede en Melrose uno o dos días más, y luego iré a Edimburgo.

—Si quieres, puedo ayudarte a encontrar el hombre que buscas y acompañarte a visitarlo.

Incómoda al darse cuenta de que él conocía perfectamente sus temores, Troth volvió a la pregunta anterior.

—Kyle, dame un motivo más creíble de tu presencia aquí. ¿Quieres que volvamos a amargarnos la vida?

—Espero que no —dijo Kyle titubeando—. Supongo que he venido a cortejarte.

Lo miró sorprendida.

—¿Tú quieres cortejarme?

—Mejor tarde que nunca. —Sonrió con ironía—. Unas doce horas después de que te fuiste, apareció Dominic y en lo esencial me dijo que era un completo idiota por cómo me había comportado contigo. Sin duda tiene razón.

A Troth se le encogió el corazón.

—¿Qué se supone que significa eso?

—Todavía no sé si alguna vez podré ser la clase de marido que te mereces —dijo Kyle con dolorosa sinceridad—. Pero no quiero desperdiciar lo que hay entre nosotros si existe una posibilidad de que haya algo más.

—Quizá es demasiado tarde para eso.

A punto de llorar, Troth bajó la cabeza. Lo amaba, lo había amado casi desde el principio, pero ya no creía que pudieran tener un futuro juntos. ¿Por qué tenía que aparecer allí y volver a enredarlo todo cuando ella había reconocido por fin el camino que debía seguir?

Aunque era demasiado pronto para una prueba concluyente, sentía en los huesos que habían concebido un hijo al hacer el amor entre los manzanos florecidos. Se sentía diferente de un modo que no podía expresar con palabras, y estaba segura de que el bebé sería un varón porque sentía un brillo de energía yang en su interior.

Esas perspectivas la colmaban de alegría, pero también tenía claro que no deseaba que un hijo suyo creciera en Dornleigh con un abuelo que despreciaba su sangre mestiza y un padre que había tratado por todos los medios de evitar dejar embarazada a su amante. Su hijo crecería con amor y aceptación, aunque tuviera que regresar a Macao para encontrar eso.

—¿Estás segura de que ya es demasiado tarde? Troth, nunca hemos estado juntos en condiciones normales: o fingías ser un hombre, o estábamos haciendo un viaje ilegal y peligroso, o yo estaba confundido y convencido de que lo caballeroso era decirte que te fueras. ¿No sería bueno simplemente disfrutar cada uno de la compañía del otro sin ninguna complicación y ver lo que podría pasar?

—No puedo imaginar que las cosas puedan resultar tan sencillas entre nosotros.

—Podemos empezar por no ser amantes. —Kyle suavizó la expresión de su boca con una ligera sonrisa—. Se supone que un verdadero cortejo no incluye la cama.

—No estoy demasiado segura de poder estar a tu lado sin pensar en la cama.

Kyle la miró con abrasadora intensidad.

—¿No es esa una buena razón para tratar de cortejarte y ver lo que podría resultar?

Nerviosa, Troth se arrebujó en la capa.

—¿De qué vale intentarlo, Kyle? Yo no pertenezco a tu mundo, y nunca lo haré. Eso sería cierto aunque tu padre me aceptara, algo que, desde luego, no hace. ¿Cómo podrás encontrar la felicidad si desobedeces sus deseos?

—En Gran Bretaña los hijos no obedecen a sus padres como suelen hacerlo en China, ni mucho menos. Además, Wrexham dijo antes de marcharse a Londres que prefería tener nietos míos con sangre china que ninguno en absoluto.

—¿Eso significa que aprobaría nuestra relación? —dijo Troth en tono mordaz.

—En su caso, sí. —Kyle la tomó de la mano y continuó caminando, desviándose ante dos ovejas que pacían tranquilamente—. Puede que Wrexham no sea el suegro ideal y que tu vida haya estado tan alejada de su propia experiencia que lo inquietes de una manera que va mucho más allá de tu sangre china. Pero si decidimos casarnos como corresponde, te garantizo que te aceptará en la familia y que te defenderá ante el mismísimo rey si es necesario. Y mi hermano y mi hermana, bueno, ellos ya te consideran una Renbourne. Será muy duro para mí si dejo que te marches.

—Todo eso está muy bien, pero no me convence.

—Convencer lleva tiempo, por eso se ha inventado el cortejo. —Le apretó las dos manos—. Troth, dame tiempo hasta que venza la ceremonia rápida. Si al año y un día de nuestro compromiso en Feng-tang decidimos que no tenemos un futuro, podemos separarnos con dignidad y sin reproches.

Troth se mordió el labio. Si realmente estaba embarazada, le debía a su hijo no nacido no rechazar el último intento de construir un verdadero matrimonio.

—Muy bien. Hasta que venza la ceremonia rápida.

Kyle la acercó a él y le levantó la barbilla para darle un largo y dulce beso en el que la pasión estaba contenida a propósito. Los labios de Kyle eran tibios y dolorosamente familiares.

Aunque una parte de ella ansiaba estrecharse a aquel cuerpo cálido y amado, deseaba aún más la sencillez de lo que él le ofrecía. Pero era demasiado tarde para eso.

Kyle retrocedió, respirando aceleradamente.

—Gracias, Troth. En las próximas semanas haré todo lo que pueda para ser mejor compañía que hasta ahora.

—Eso no será difícil.

—Tienes toda la razón. Durante el último mes he estado tan confundido que apenas podía soportar mi propia compañía. No me extraña que te marcharas. —La tomó del brazo y continuaron caminando—. En lo realtivo a la familia de tu padre, creo que visitarlos sería un riesgo, pero es evidente que te gustan sobremanera los desafíos, Troth Montgomery. ¿Hago algunas averiguaciones?

Troth respiró hondo.

—Encuéntralos por mí, Kyle. Es hora de que conozca a los únicos familiares de sangre que tengo.

Aunque nunca estuvieran hechos el uno para el otro, ella bien podría contar con la ventaja de su presencia para que la ayudase a enfrentarse a los temores que le inspiraba su familia.

Por suerte, la posada Auld Bruce era lo suficiente grande como para tener una sala privada donde Kyle y Troth pudieron cenar, ya que los dos eran huéspedes. Ella trajo del dormitorio a la gatita para que le hiciera compañía, o quizá de carabina, pues a *Madreperla* le gustaba mucho sentarse en su regazo, lo que tendía a hacer que uno se lo pensara dos veces antes de sucumbir a la pasión.

A Kyle le pareció bien: él necesitaba de todas las distracciones posibles, ya que sentía unos deseos casi irresistibles de estrecharla entre sus brazos, y eso no era conveniente, dados los recelos de Troth. Debía moverse lenta y cuidadosamente con ella, ganarse otra vez su amistad y su confianza o perdería la última oportunidad que le había dado.

Después de regresar de la abadía, Kyle había ido a buscar información sobre la familia paterna de Troth, pero esperó a que terminaran de cenar para darle las noticias.

—Esta tarde he hablado con el pastor local, y creo que he localizado a tu tío.

Troth sujetó con fuerza la taza de té.

—¿Estás seguro?

—Sí. Puede que haya unos cinco Montgomery, pero sólo uno tuvo un hermano llamado Hugh que se fue a China a hacer fortuna. Después de marcharse de Escocia sólo regresó dos veces, la última hace más de veinte años, pero no lo han olvidado. No ha sido difícil dar con el James Montgomery que buscamos.

Troth se inclinó hacia delante.

—¿Qué más averiguaste sobre mi tío?

—Que, igual que lo fue su padre, es maestro de escuela.

—¡Sí! Lo había olvidado, pero recuerdo que papá me habló de que su padre y su hermano eran maestros. —Sorbió el té con la mirada perdida—. Supongo que por eso se interesaba tanto por mi educación. Él mismo me enseñó cosas sobre Europa y se aseguró de que yo tuviera buenos profesores particulares de lengua, literatura e historia chinas.

—A los escoceses siempre les ha apasionado la educación. Mi madre fue una de las mujeres más aficionadas a la lectura y mejor informadas que he conocido. Como tú.

Troth bajó la mirada y acarició a la gata.

—¿Vive cerca mi tío?

—Vive con su familia en una casita justo en las afueras de Melrose. Se puede ir a pie. —Kyle hizo girar el vino en su copa, rogando que el tío fuese un hombre educado que recibiera bien a su exótica sobrina aunque hubiera nacido de forma irregular para las normas británicas.

Si Montgomery la rechazaba, Kyle estaba dispuesto a...

No estaba seguro de lo que estaba dispuesto a hacer, pero era una pena que batirse en duelo fuese ilegal.

39

Tensa como la piel de un tambor, Troth agarraba con fuerza la Biblia de su padre mientras ella y Kyle caminaban por el camino que llevaba a la casa del maestro James Montgomery.

—Debe de ser ahí —dijo Kyle señalando una casita de piedra bien conservada, más alargada de lo habitual, con las paredes blanqueadas y un gato dormitando junto a la puerta. Miró a Troth—. Lo peor acabará pronto.

Con la boca demasiado seca para hablar, Troth asintió con la cabeza. Kyle llamó a la puerta. La abrió enseguida un hombre alto que dijo en tono agradable:

—¿Puedo ayudarles en algo?

Troth se quedó sin respiración. ¡Dios mío, cómo se parecía a su padre! La misma estatura y la misma cara alargada y huesuda, el mismo cabello poblado marrón rojizo, ahora muy mezclado de gris. Recordó que era un poco más joven que su padre.

—¿Usted es James Montgomery, hermano del difunto Hugh Montgomery de Macao?

El hombre enarcó las pobladas cejas.

—Sí.

Kyle tomó a Troth del brazo y la acercó al hombre.

—Permítame presentarle a su sobrina, Troth Montgomery, que ha llegado a Inglaterra hace poco.

Montgomery se quedó con la boca abierta, y había tanto asombro en sus grises ojos que Troth habría salido corriendo si no fuese porque Kyle la tenía firmemente cogida del brazo. Luego el hombre alzó su vozarrón de maestro:

—¡Madre, Jeannie, la hija de Hugh está aquí!

La cogió de la mano y la hizo entrar en la casita. En segundos, dos mujeres aparecieron de la habitación de al lado, limpiándose las manos enharinadas en el delantal. Una era una atractiva pelirroja de mediana edad que debía de ser la esposa de Montgomery y la otra, una anciana alta y erguida de pelo blanco como la nieve.

Mientras dos perros empezaban a ladrar, la mujer de pelo blanco se detuvo frente a Troth. Debía de rondar los ochenta años, pero tenía buen aspecto.

—¡La hija de mi Hugh! —exclamó mientras los ojos se le llenaban de lágrimas—. ¡Cómo te pareces a él, hija!

Era una afirmación tan descabellada que, en los brazos de la anciana, Troth se echó a llorar.

—No... no sabía que tenía una abuela.

Había previsto muchas escenas posibles, desde el doloroso rechazo hasta el reconocimiento mezquino, pero nunca había pensado que la recibirían tan de inmediato y con una bienvenida tan calurosa. Mientras la abuela la conducía hasta un banco de roble donde poder llorar a sus anchas, oyó que Kyle se presentaba como Maxwell y su tío le presentaba a su esposa Jean y a su madre, Mairead. James terminó diciendo:

—Pensábamos que te habías ahogado en el naufragio con Hugh. ¿Dónde has estado todos estos años, muchacha?

—En Cantón —respondió Kyle, ya que Troth no podía articular una respuesta—. Un comerciante chino amigo de su padre se la llevó con él cuando quedó huérfana.

Mientras Troth intentaba calmarse, uno de los perros lanudos se paró a su lado y le acercó el húmedo hocico a las mejillas. Riendo y llorando al mismo tiempo, Troth se enderezó y buscó a tientas un pañuelo. Kyle le dio el suyo.

Después de sonarse la nariz y secarse los ojos, dijo:

—Perdón por dar este espectáculo, pero... no sabía si sería bien recibida.

—¿No recibir bien a la única hija de mi hijo? —dijo Mairead—. ¿De dónde has sacado una idea tan descabellada?

—Porque soy medio china y mis padres no estaban debidamente casados por las leyes escocesas —dijo Troth.

—Tus padres se casaron por la tradición escocesa, y aunque no lo hubieran hecho, tú sigues siendo la hija de mi hermano —contestó James.

—¿Mis padres estaban casados? —dijo Troth asombrada.

—Sí —respondió Mairead—. Hugh y Li-Yin se prometieron según el antiguo rito escocés, sólo ellos dos ante Dios —dijo mientras le alisaba el cabello de la coronilla con ternura.

Fascinada, Troth preguntó:

—¿Ese tipo de matrimonio es legal en Macao?

—Si le sirvió a él, a nosotros nos sirve —dijo Jean con suavidad—. ¿Tus padres nunca te hablaron de ello?

—No, y nunca pensé en preguntárselo. —Troth había supuesto que Li-Yin era una concubina, una condición legítima en China. Lo del matrimonio nunca se le había ocurrido.

Ahora que sabía que sus padres se habían casado, entendía por qué nunca se había mencionado el tema.

—En Macao, muchos *fan-qui* tenían concubinas chinas e hijos de sangre mestiza, pero si un europeo se hubiese casado con su amante habría causado un gran escándalo. Al hombre que hiciera eso lo habrían obligado a retirarse inmediatamente de su compañía comercial. Por eso mi padre debió de haber decidido que era bastante más discreto mantener su compromiso en privado.

Montgomery llamaba a Li-Yin «milady», algo que a Troth siempre le había parecido extremadamente cortés y romántico. Ahora que pensaba en eso, se daba cuenta de que el código moral de su padre no le habría permitido vivir en pecado, así que se había casado con Li-Yin a la manera tradicional, contándoselo solamente a su familia al regresar a casa. No había ninguna necesidad de que la comunidad europea de Macao supiera que, de forma deshonrosa, él había convertido a su amante china en su esposa legal.

—Creo que es la hora de tomar una taza de té. —Jean, que había estado en la cocina, apareció con una bandeja donde llevaba un plato de galletas de mantequilla y una gran tetera de té humeante—. Tanto drama despierta el apetito.

Los nervios le habían impedido comer antes, así que recibió con entusiasmo el tonificante té y las magníficas galletas, recién salidas del horno. Cada bocado era tan sabroso como se lo había descrito su padre. Una vez aplacada el hambre, interrogó al círculo de parientes recién descubiertos.

—¿No tenéis ninguna duda de que yo sea la que digo que soy? He traído la Biblia de mi padre, por si la queréis mirar.

Mairead le hizo señas para que apartara el libro.

—No es necesario. Te pareces mucho a él, por más sangre china que tengas. Tienes sus mismas orejas, algo de la forma de su cara y una mirada parecida. Hugh sabía cuánto deseaba ver a mi nieta, así que a menudo me escribía sobre ti. Se sentía orgulloso de lo bonita e inteligente que eras y decía que hablando dos idiomas serías una gran ayuda para su negocio. —Movió la cabeza con tristeza—. Le pedí que viniera a visitarnos con su familia, pero no quería separarte de tu madre y pensó que el viaje sería duro para ella.

Su padre tenía razón, porque su madre habría odiado embarcarse en el largo viaje por mar hasta aquella extraña tierra del norte, aunque lo habría hecho para complacerlo. Pero su padre no habría obligado a Li-Yin a que hiciera algo que a ella le disgustara. El rechazo a coaccionar a una mujer era un buen rasgo en un hombre, y Kyle lo compartía.

—Ahora que estás aquí, puedo entregarte la fortuna de tu padre. Me alegra liberarme de esta carga —dijo James—. Como en su testamento te lo dejó todo a ti y nosotros pensamos que te habías ahogado, el dinero vino a la familia.

—Pero ¿cómo puede haber algo de dinero? —preguntó Troth, asombrada—. Al morir mi padre estaba endeudado. ¡No puede ser que Chenqua, el comerciante que se hizo cargo de mí, mintiera cuando dijo que estaba en la miseria!

—Es probable que el señor Chenqua no conociera el estado de la cuenta británica de Hugh —dijo James—. Tu padre enviaba la mayor parte de sus ganancias a un banco de Edimburgo, dejando sólo lo necesario en Macao para comprar nuevas mercancías. Quizá eso era todo lo que sabía tu amigo comerciante.

—Debe de haber sido así —asintió Kyle—. Aunque Chenqua hubiera sabido que había más dinero en Gran Bretaña, habría supuesto que tú estabas en la miseria porque las mujeres chinas no pueden heredar, ¿verdad?

Aliviada, Troth aceptó la explicación de Kyle. Por supuesto que había sido así. Era imposible imaginar que Chenqua fuese deshonesto. Había sido comerciante durante cuarenta años y en sus transacciones nunca había usado otro contrato más formal que la palabra dada.

Troth escrutó otra vez las caras cordiales de los Montgomery. Qué diferente habría sido su vida si a alguno de los miembros de la comunidad de comerciantes británicos se le hubiera ocurrido enviarla con su familia paterna. Habría crecido allí, aceptada y amada, aunque no hubiese sido heredera.

—¿Cuánto dinero dejó mi padre?

—Se ha gastado un poco —dijo James—, pero dejó unas diez mil libras.

Troth se quedó con la boca abierta. Diez mil libras eran una modesta fortuna, lo suficiente para vivir cómodamente el resto de su vida si era cuidadosa. Nunca más volvería a ser pobre, ni a sentirse impotente.

—¿Por qué no habéis gastado más, comprando una propiedad o mudándoos a Edimburgo o Londres? —preguntó Troth, totalmente alucinada.

Mairead la miró sorprendida.

—¿Por qué querríamos hacer un disparate como ese? Melrose es nuestro hogar y aquí tenemos todo lo que queremos.

—Una parte del dinero se usó para enviar a nuestros dos muchachos y a un par de tus primos a la universidad —añadió James—. Nuestro hijo mayor, Jamie, es doctor en Edimburgo, y el menor, que se llama Hugh en honor a su tío, también está estudiando allí. Quiere regresar aquí y ser profesor. A nuestras hijas les dimos una casita a cada una cuando se casaron, por eso de que es bueno ser el dueño del techo que tienes sobre tu cabeza. —Se quedó pensativo—. Por supuesto que te devolveremos el dinero, aunque nos llevará un poco de tiempo.

—No olvides que también utilizamos una parte del dinero de Hugh para construir la nueva cocina —dijo entonces Jean con mirada preocupada—. Debemos hacer bien los cálculos para devolvérselo a Troth.

—¡Tonterías! —dijo Troth de inmediato—. Estoy segura de que mi padre habría querido que sus sobrinos tuvieran una educación y tú una buena cocina. Y en caso de que no fuera así, bueno, yo sí lo quiero.

—Eres generosa, muchacha —dijo Jean más relajada.

—Es fácil ser generosa con un dinero que nunca supe que tenía —dijo Troth sonriendo.

—¿Cuáles son vuestros planes ahora? Espero que os quedéis algún tiempo con nosotros.

Troth lanzó una mirada a Kyle.

—Pensábamos visitar la casa de Kyle en las Highlands y luego pasar unos días en Edimburgo.

—Pero, desde luego, primero pasaremos algunos días aquí —dijo Kyle—. Y tú puedes regresar a Melrose después de nuestra visita a Kinnockburn.

—¡Bien! Tenemos tiempo para celebrar una gran *cèilidh* de bienvenida para nuestra hija recuperada —dijo Mairead con entusiasmo.

Troth frunció el entreceño.

—¿Qué es una *cèilidh*?

—Una gran fiesta con música, comida y baile —explicó Jean—. Haremos que Jamie y Hugh vengan de Edimburgo. Querrán conocer a la prima tanto tiempo perdida.

—Deberíamos invitar a Caleb Logan, el antiguo socio de Hugh —sugirió James—. Está de visita en su casa y me envió una nota para que yo lo supiera. Muy cortés por su parte. Troth, ¿lo recuerdas de tu época en Macao?

Ella lo había conocido en Cantón, pero todavía no estaba preparada para hablar de esa parte de su vida.

—A veces mi padre mencionaba a Logan, pero mi madre y yo nunca conocimos a sus socios. —Excepto Chenqua, que a veces visitaba a Li-Yin y con toda solemnidad le entregaba pequeños obsequios a Troth.

—Entonces una *cèilidh*. —Mairead echó un vistazo a su hijo y a su nuera—. Por supuesto que Troth debería quedarse aquí mientras esté en Melrose. La habitación del desván que usaban las chicas es un lugar cómodo. ¿Os gustaría?

—¡Me encantaría! —exclamó Troth, con el corazón rebosante de felicidad.

Mairead hizo valer su autoridad ante su hijo y Kyle.

—¡Fuera vosotros! James, ve a darle la noticia a tus hijas. Jean y yo necesitamos hablar con nuestra muchacha.

Troth miró tan feliz a Kyle que lo conmovió profundamente. Lo había mirado como al principio de conocerse.

Kyle adivinó lo que la abuela de Troth estaba pensado y no se sorprendió cuando James se detuvo para encender una pipa de barro en el camino y dijo:

—Señor Maxwell, no creo que haya mencionado su relación con mi sobrina. ¿Están prometidos?

—Somos amigos. —Kyle sopesó qué versión de la verdad sería la mejor—. Como Troth, yo también soy medio escocés, así que, para ayudarla a salir de China, propuse celebrar una ceremonia rápida. Su legalidad es discutible, pero pronto pasará el año y un día, así que ella quedará libre.

Y cuando eso ocurriera, sospechó que se instalaría en Melrose para siempre, rodeada del calor de la familia que siempre había ansiado. Kyle estaba feliz por ella —¿quién podía ver su cara radiante y no alegrarse por ello?—, pero reconocía con tristeza que ahora que ya tenía una familia y una modesta fortuna, ya no lo necesitaría más.

Por su naturaleza, los maestros de escuela eran muy hábiles para descubrir mentiras y evasivas.

—Hay muchas cosas que te callas, muchacho —dijo James, sagaz—. ¿Tienes realmente intención de casarte como es debido? Parecéis mucho más que amigos.

—Ella me salvó la vida en China. Me dieron por muerto y regresé a Inglaterra algunos meses después de Troth. Ahora estamos tratando de decidir si queremos casarnos de verdad.

—Pero ¿tú quieres hacer lo que corresponde?

—Yo sí. Ella tiene dudas, dudas razonables. —Respondiendo a la mirada inquisidora de James, Kyle agregó—: No soy un libertino, si es lo que está preguntándose, pero es lord Maxwell y no señor Maxwell. Soy el heredero del conde de Wrexham y Troth no se siente segura de encajar en mi mundo. O de si querría intentarlo.

—Tiene la sensatez de su padre, y también su generosidad. Verla aquí es como un milagro. —Pensativo, James dio una calada a su pipa—. Si ella decide casarse contigo, al menos no tiene que preocuparse de que vas tras su fortuna, puesto que es obvio que fue una sorpresa tanto para ti como para ella.

—Una sorpresa, pero una buena sorpresa. No importa lo que pase, Troth tiene suficiente dinero para asegurarse su futuro. Sin embargo, no necesito su herencia. La mía propia es más grande de lo que podría desear un hombre cuerdo.

El tío de Troth lo miró con sagacidad.

—Así que has aprendido que el dinero es más bien una maldición que una bendición. Por esa misma razón hicimos poco o nada con la herencia de Hugh. Es mejor que nuestros hijos sean doctores y maestros a que sean unos petimetres disolutos. —Señaló con la pipa la casita próxima—. Allí vive mi hija Annie. Tiene tres hijas, así que prepárate para los chillidos cuando les dé la noticia. No todos los días encuentra uno una prima nueva y fascinante.

Ni todos los días se pierde una mujer tan fascinante, pero Kyle sentía que eso es lo que estaba ocurriendo, dolorosamente, irrevocablemente.

40

Los Montgomery organizaron una *cèilidh* memorable. Se realizó en la sala de actos junto a la posada y contó con montañas de comida, ríos de bebida, una banda de músicos y lo que parecía ser la mitad de la población de Berwickshire.

Como invitada de honor, Troth era constantemente requerida para bailar y conversar. Kyle la observaba desde un rincón tranquilo. Esa era su noche y se merecía disfrutar cada minuto. Estaba muy hermosa con el rostro encendido y el pelo al viento. Sabiamente había elegido uno de sus vestidos menos elaborados, de modo que no llevar ropa demasiado elegante para la ocasión, junto con su gracia atlética, había hecho que cogiese sin ningún problema el ritmo del eufórico baile escocés.

Parecía que hubiese nacido para aquel lugar y aquella gente. De hecho, así era. Sólo que le había llevado un largo tiempo encontrar el camino a casa.

Como Troth se había mudado de la posada a la casa de la abuela, Kyle la veía menos y nunca a solas. Había esperado más de su cortejo, pero quizá eso era lo mejor. Iba aceptando la amarga realidad de que él la necesitaba mientras que ella ya no lo necesitaba a él.

Dos mujeres de mediana edad que cruzaban la sala se detuvieron delante de él. Mirando a Troth, una dijo:

—Parece buena chica, pero tiene un aspecto muy extraño.

—A los Montgomery no parece importarles —dijo la otra—. Aunque por supuesto que no me gustaría que mi hijo se casara con ella.

—¿Aun cuando dicen que es la heredera de una considerable fortuna?

—Bueno, yo sería una mala madre si impidiera la felicidad de mi hijo —dijo la otra con sorna.

Kyle estuvo tentado de enfrentarse con las dos mujeres, pero ni Troth ni su familia recibirían bien que hiciera una escena en plena *cèilidh*, así que se alejó.

—¡Maxwell! ¿Te tomas una copita conmigo?

Kyle se dio la vuelta y vio a Caleb Logan, el comerciante de China de Edimburgo, acercándose con una botella y un par de copas pequeñas. Aunque Kyle solía toparse con él en Canton, no sabía que Logan había sido socio de Hugh Montgomery, ya que en ese caso habría intentado en privado saber algo más del padre de Troth.

—¡Bebamos por Escocia y por la muchacha más rara de la región fronteriza con Inglaterra! —dijo Logan jovialmente mientras le tendía una copita de whisky de color ámbar claro.

—Por Escocia y por Troth Montgomery. —Kyle se tomó la fortísima bebida alcohólica, alegrándose de no haber tenido muchas razones para brindar hasta ese momento de la noche. Logan era uno de los comerciantes más exitosos de Cantón, y un prototipo de su generación: astuto, pragmático y decidido a hacer una fortuna lo bastante grande para retirarse a Escocia por todo lo alto—. Me alegro de volver a verte. ¿Cómo fue tu viaje de vuelta desde China?

—Muy bien. Viajé con un cargamento del mejor té Bohea y lo vendí a un precio elevado. —Logan bebió de su copita y se sirvió otra—. A Hugh le habría gustado saber que su hija ha regresado a su hogar de Escocia.

—Cuando Montgomery murió en el naufragio, ¿nadie pensó en enviar a Troth de regreso con su familia? —preguntó Kyle con curiosidad.

Logan negó con la cabeza.

—No, que yo sepa. Él las mantenía a ella y a su madre muy apartadas. Ni siquiera yo la vi nunca, aunque trabajaba con Hugh todos los días la primera vez que fui a Oriente. Después de que Hugh muriera ahogado, Chenqua me dijo que la niña se iba a vivir con sus parientes chinos, lo que parecía muy razonable. No tenía sentido desarraigar a la muchacha y enviarla a la otra punta del mundo si tenía una familia cerca.

¿Chenqua había dicho que Troth tenía parientes chinos? ¡Qué extraño! Li-Yin provenía del norte del país y no había tenido ningún contacto con su familia después de ser vendida como concubina.

Un pensamiento inquietante le vino a la mente. ¿Podría Chenqua haberle dicho a Logan que Troth tenía familia para beneficiarse de las habilidades lingüísticas de Troth? A Kyle no le cuadraba la idea de que Chenqua hubiera convertido a Troth prácticamente en una esclava por razones puramente egoístas. Obviamente, desde el punto de vista de Chenqua, él le estaba haciendo un favor a Troth ofreciéndole a una niña de sangre mestiza sin ningún valor la oportunidad de ser útil.

—Debió de haber sido un golpe duro para tus negocios que Montgomery y su barco se hundieran.

—Sí, tuve que trabajar mucho, hacer malabarismos con las finanzas y la ayuda de Chenqua para evitar la bancarrota. Sin embargo, antes del año siguiente, las cosas mejoraron y desde entonces me ha ido muy bien.

Recordando lo que Gavin le había dicho, Kyle comentó:

—En Cantón oí algunas insinuaciones de algún tipo de escándalo sobre Montgomery. ¿Qué pasó?

Logan lo miró muy serio.

—No tiene sentido hablar mal de un muerto.

—¿Montgomery hizo algo malo?

Logan hizo un gesto negativo con su copa.

—No quiero que pienses que Hugh fue un criminal. En muchos sentidos, fue un socio y compañero excelente, pero... quizá un poco hipócrita.

¿Montgomery comerciaba con opio a pesar de predicar en contra? ¿O era un viejo escándalo? Logan tenía razón: no tenía sentido desenterrar viejas historias si podían hacer daño a Troth. Deseó que nunca se enterara de que los comerciantes de China menospreciaban a su padre. Cambió de tema y preguntó:

—¿Tienes familia aquí en Escocia?

—Sí. Mi esposa fue conmigo a Macao al principio, pero odiaba el clima y, después de tener un par de críos, decidió regresar a casa por miedo a las fiebres y a las enfermedades de allí. Es por eso que regreso regularmente, para recordar a mi familia quién es su amo y señor —dijo riendo—. Por supuesto que cuando estoy aquí echo muchísimo de menos a mi chica china, pero me darán una bonita bienvenida cuando vuelva a Macao. —Detuvo su mirada sobre Troth—. No cabe duda de que las mujeres chinas tienen algo con lo que no pueden competir las hembras europeas.

—Quizá deberías haber traído a tu concubina para entretenerte —dijo Kyle en tono seco.

—Lo pensé, pero se habría armado la gorda. A propósito, ¿qué es eso que escuché sobre ti y la hija de Hugh? Algunos dicen que estáis casados, y otros que no.

Kyle contó una vez más la historia oficial.

—Sólo hemos celebrado un compromiso rápido simbólico para ayudarla a venir a Gran Bretaña. El plazo vencerá pronto.

—Ah, eso tiene sentido. Seguramente es una muchacha muy bonita, pero es obvio que un hombre de tu posición no se podría casar de verdad con ella.

Si Logan hubiera insinuado que Kyle había celebrado el compromiso rápido sólo para acostarse con Troth y luego deshacerse de ella, él le habría roto la botella de whisky en la cabeza. Por suerte, Logan se cuidó mucho de hacerlo. En lugar de eso, le lanzó una mirada pícara.

—He comprado algo de la mezcla de Té del Conde de la Elliott House. Es muy bueno. ¿Qué lleva?

Kyle sonrió.

—Puede que no sea un verdadero comerciante, pero sé cómo contestar a eso.

—Merecía la pena intentarlo. No importa, dame un tiempo y descubriré la mezcla —dijo Logan sin inmutarse—. En el amor, la guerra y los negocios todo vale.

—¿Cuándo regresas a China?

—En julio, así puedo llegar a Cantón antes de que se abra la nueva temporada de comercio. Quería pasar la primavera en Escocia. Echo de menos los veranos, aunque no los inviernos. Me he enterado de que tú y tu prometida vais a hacer un viaje a las Highlands.

—Pasado mañana nos vamos a Kinnockburn, al norte de Stirling. Mi madre había nacido en las Highlands y dejó allí algunas propiedades.

—No dejes de llevar a la hija de Hugh al Castillo de la Muerte, que está de camino. Eso le dará una visión poco común de las Highlands. Sin duda habrás estado allí.

El Castillo de la Muerte era el sobrenombre de las ruinas de una fortaleza en la cima de una montaña muy abrupta, y tenía las vistas más espléndidas de la Escocia central.

—Hace muchos años que visité el lugar, pero tienes toda la razón, a Troth le encantaría. Haremos un alto en el camino a Kinnockburn.

Kyle estaba decidido a hacer que el viaje le resultara inolvidable a Troth, porque sospechaba que sería su última oportunidad para ganarse el corazón de Troth.

Troth estaba tan feliz con su nueva situación que había abandonado todas sus reservas. Se escapó hasta donde estaba Kyle y le tomó de las manos.

—Ven, milord. Te juro que eres el único hombre de aquí con el que todavía no he bailado.

—No has bailado conmigo —dijo Caleb Logan, con los ojos brillantes de tímido deseo. Troth se imaginó que era uno de esos hombres a los que le estimulaba la idea de poseer a una mujer exótica.

Sin sonreír, Kyle dijo:

—Troth Montgomery, te presento a Caleb Logan, un antiguo socio de tu padre.

—Buenas noches, señor Logan. —Troth le hizo una graciosa reverencia, como si no lo hubiera visto a menudo en Cantón. Pero era obvio que Logan no relacionaba para nada al intérprete Jin Kang con la hija de su antiguo socio, y ella no se lo iba a explicar—. Por supuesto que sabía de usted por mi padre, aunque eso fue hace muchos años.

—¿Y qué decía? —preguntó Logan, curioso.

—Que usted prometía mucho como comerciante y que acabaría haciéndose rico.

Logan rió.

—Hugh debió de tener la facultad de la clarividencia.

Mientras el comerciante seguía riendo, Troth cogió a Kyle por el brazo y lo condujo a la pista en el momento que empezaba un nuevo baile.

—Espero que no hayas bebido tanto whisky como para caerte redondo al suelo.

Kyle sonrió ante la malicia de Troth.

—Soy lo bastante escocés como para bailar mejor cuando he bebido dos o tres copitas.

También eso era verdad. Kyle bailó la antigua danza escocesa con pasión, velocidad, seguridad en los movimientos de los pies y un abrazo que la mareó con su proximidad cuando llegó el momento de hacerla girar. Sin importarle las consecuencias, Troth se abandonó a la magia del momento porque el baile era lo más parecido a hacer el amor que ella se atrevía a compartir con él.

Al terminar la danza escocesa, Kyle la cogió del brazo y la condujo a una mesa donde se ofrecía limonada fresca y ácida. Mientras la bebían a sorbos, Kyle preguntó:

—¿Has estado haciendo tus ejercicios chi? Estas dos últimas mañanas me he paseado por los jardines de los Montgomery, pero no te he visto.

—Me temo que no. Mi abuela y mi tía me han mantenido muy ocupada. No tenía ni idea de que existían tantos primos en el mundo —dijo Troth en tono culpable, sabiendo que podría haber encontrado el tiempo si hubiera querido. Pero al principio de su relación con su familia paterna no quería hacer nada tan extraño como el wing chun en los jardines. Aunque habían aceptado sin reservas a Troth Montgomery, esperaría un poco antes de presentarles a Mei-Lian—. ¿No sería Mairead una maravillosa *tai-tai*?

—Creo que ya lo es —dijo Kyle, riendo.

James Montgomery se subió a una silla para pedir un momento de silencio.

—Ahora que estamos todos aquí, tan contentos, me gustaría proponer un brindis, así que, si no tenéis una copa en la mano, ¡coged una!

Cuando todos obedecieron, levantó su copa hacia Troth.

—Siempre es una alegría encontrarse y una tristeza separarse, y una nueva alegría volver a encontrarse. Brindo para que el sol brille siempre para ti, sobrina, porque has traído a mi hermano a casa.

Con lágrimas en los ojos, Troth aferró su limonada mientras todos bebían a su salud. Quería responder algo, pero tenía un nudo en la garganta.

Luego Kyle dijo con una voz que llegó a todos los rincones de la sala:

—Y otra por los Montgomery de Melrose, que han demostrado que no hay en el mundo hospitalidad comparable a la de Escocia.

Todos bebieron gustosos por eso. A Troth casi se le cayeron las lágrimas cuando Kyle le dirigió una profunda sonrisa. Nadie más en el mundo podía entender lo que esa noche significaba para ella.

Un salvaje sonido de gaitas interrumpió las conversaciones, dejándolos a todos paralizados.

—¡Vienen las gaitas! ¡Sí, ya están aquí las gaitas!

Mientras la gente iba saliendo al patio, Kyle mantuvo abrazada a Troth para evitar que la apretujaran. Siempre la hacía sentir a salvo cuando había una amenaza física. Eran las situaciones emocionales que la habían vuelto cautelosa.

Las antorchas lanzadas al viento en el patio iluminaron a un gaitero de las Highlands que se acercaba, vestido de gala, con la falda balanceándose y la gaita gimiendo de modo emocionante. Troth lo observó embelesada. Con razón los soldados seguían al gaitero hasta el infierno.

También comprendió por qué las gaitas se tocaban al aire libre: el sonido debía resultar terrible en un interior. Cuando terminó la primera melodía y la multitud aplaudía, le preguntó a Kyle en voz baja:

—¿Las gaitas no eran más bien de las Highlands?

—Sí, pero todos los escoceses lloraron cuando el traje y las costumbres de las Highlands fueron suprimidas después de la rebelión jacobita. Ahora que las faldas y las gaitas escocesas son legales otra vez, son bien recibidas en todas partes de Escocia, especialmente desde que los regimientos de las Highlands ganaron ese honor al luchar contra Napoleón. Él los llamaba los «diablos con faldas».

James Montgomery salió de la multitud con dos espadas, las cruzó ceremoniosamente sobre el suelo, y luego anunció:

—El marido de mi hermana, que peleó en Waterloo con los montañeses de Gordon, hará un baile de espada.

Troth había conocido a Tam Gordon, un tío político suyo, delgado y silencioso, pero no sabía nada de su pasado militar. El gaitero empezó a tocar y Tam dio un paso adelante. Levantando los brazos y moviendo los pies con asombrosa agilidad, bailó alrededor de las espadas con rostro exultante.

—Se consideraba un buen augurio de victoria para el día siguiente si la danza se bailaba sin tocar las espadas —le dijo Kyle al oído.

—¿Puedes bailar la danza de las espadas?

—La aprendí cuando era niño, pero para hacerlo como es debido se debe llevar falda. Los pantalones son demasiado ceñidos para bailar la danza de las Highlands. —Le pasó una cálida mano sobre el hombro—. Dominic quiere mucho a Escocia, pero no con tanta intensidad como yo. Quizá sea porque me pusieron un nombre escocés y a él no.

Troth tuvo una imagen breve y vertiginosa de Kyle completamente vestido al estilo de las Highlands. Una imagen así habría quitado el aliento a cualquier mujer. La piel le picaba al recordar sus relaciones sexuales entre los manzanos de Dornleigh. Por un instante, allí, los pensamientos y las dudas no los separaban...

Terminada la danza de las espadas, el gaitero empezó a tocar un baile escocés. Al formarse las parejas, Kyle tomó a Troth de la cintura y la hizo moverse con la danza.

—Uno tendría un corazón de piedra para no sentirse como un escocés esta noche.

—¡Y mi corazón no es de piedra, milord!

Riendo, dejó que él la guiara, balanceando las faldas con el pelo suelto al viento mientras bailaban con la intensa libertad que habían conocido sus antepasados. Bajo el cielo negro y a la luz de las brillantes antorchas, Troth se olvidó del pasado y del presente, se olvidó de todo excepto del salvaje gemido de las gaitas y del hombre cuyas magistrales manos y cuyo poderoso cuerpo calentaban la noche y encendían todos sus sentidos.

Trató de recordar sus buenos motivos para no acostarse con él. Pero el dolor y el orgullo parecían distantes e irreales, mientras que la llamada de la sangre era explosiva y urgente e infinitamente más persuasiva.

Tal vez en el viaje a las Highlands podrían tener una última aventura, y el diablo se atendría a las consecuencias.

41

A pesar de haber trasnochado en la *cèilidh*, a la mañana siguiente Troth se levantó lo suficientemente temprano para hacer sus ejercicios de chi y wing chun. Tenía esperanzas de que Kyle apareciera, pero no lo hizo.

Después del vigoroso baile de la noche anterior, sus músculos agradecieron los suaves ejercicios de chi. Pero hacía frío. Incluso a esas alturas de la primavera, los amaneceres de Escocia eran vigorizantes, aunque no fuese el mejor lugar del mundo para hacer ejercicios al aire libre. No obstante, practicar durante un rato hizo que entrase en calor y se relajase.

La voz de su abuela la sobresaltó, arrancándola de sus pensamientos.

—¿Se trata de algún tipo de danza pagana?

Troth se volvió, sintiéndose un poco incómoda por haber sido sorprendida con aquella ropa china tan suelta.

—En realidad no es una danza. En China se cree que el chi, la energía de la vida, lo es todo, y que hacer movimientos adecuados ayuda a equilibrarla.

Las cejas de Mairead se alzaron con escepticismo.

—Supongo que el ejercicio es bueno si no pillas una pulmonía por ir por ahí con esos pantalones indecentes. He salido a ver si querías desayunar algo después de una noche tan cansada.

—Fue una maravillosa *cèilidh*, y me encantaría desayunar.

Como había dejado de moverse, Troth comenzó a sentir frío, así que entró en la casa con su abuela y corrió a ponerse un vestido mientras Mairead freía huevos y tostaba pan.

Vestida ya con el atuendo correcto, disfrutó de la comida y del distendido rato a solas con su abuela, ya que James y Jean no estaban en casa. Poco antes de que terminaran el desayuno, Mairead desapareció un momento y volvió con un montón de papeles atados con una cinta que dejó sobre la gastada mesa de pino de la cocina.

—He oensado que te gustaría leer algunas cartas de tu padre —le dijo Mairead mientras servía más té.

Troth contuvo el aliento al coger la primera carta del montón. Era evidente que había sido leída muchas veces, pero podía reconocer en cualquier sitio la letra clara y enérgica de su padre. Como había sido maestro, le habían enseñado a escribir con buena letra.

El primer párrafo decía, exultante: «¡Tenemos una hija! Li-Yin está bien, aunque un poco avergonzada de no haberme dado un hijo. Hemos puesto a la niña Troth Mei-Lian ("Sauce Hermoso"), y me enamoré de ella en el momento en que abrió los ojos, porque es el bebé más bonito que uno pueda imaginar».

Mordiéndose el labio, Troth fue leyendo las cartas, escuchando la voz de su padre en su interior. Había olvidado cuánto la habían querido de niña, durante la época de Cantón.

Cuando las lágrimas enturbiaron su vista y no pudo seguir leyendo, la abuela le dio un pañuelo.

—Tú fuiste la alegría de su vida, Troth. Ojalá Hugh hubiera vivido lo suficiente para traerte él mismo.

Troth hundió la cara en el cuadrado de tela bordada, preguntándose si aquel llanto fácil sería señal de embarazo.

—Gracias por permitirme leer las cartas, abuela. Siento como si él estuviera sentado aquí, a mi lado.

—A veces, cuando no soportaba la idea de que estuviera muerto, releía las cartas y hacía como si estuviera sano y salvo al otro lado del mundo. —Con ternura, volvió a atar las cartas con la cinta—. No es bueno sobrevivir a los hijos.

Troth se sentía muy próxima a su abuela y quiso hablar de lo que ocupaba sus pensamientos.

—Creo... Es posible que esté embarazada —dijo titubeante.

Mairead levantó de pronto la mirada.

—¿Estás segura?

—Es demasiado pronto para saberlo con seguridad... pero mi corazón está convencido.

—Entonces quizá tengas razón: una mujer sabe esas cosas mucho antes de tener pruebas. —Mairead sonrió—. Así que te casarás con Maxwell para siempre. Supongo que el bebé será suyo, no me gustaría pensar otra cosa de mi nieta.

—Es suyo, pero en cuanto a casarme, tengo mis dudas.

Mairead arrugó el ceño.

—James habló con él, y Maxwell le dijo que estaba dispuesto a hacer lo correcto contigo. ¿Es un inglés mentiroso?

«Lo correcto.» La resistencia de Troth se endureció.

—No dudo de que haría lo correcto, pero no quiero que se case conmigo por obligación. Ni siquiera sé si quiero casarme. Creía que con un contrato de matrimonio rubricado con un apretón de manos la mujer no sufriría deshonra si la pareja decidía no seguir unida. Kyle no tiene por qué enterarse, porque puedo mantener al niño sin su ayuda.

—Eso es cierto en los habitantes de las Highlands, pero por aquí no es un trato muy común, sobre todo entre la gente educada. ¿cual es el problema con Maxwell? ¿Te maltrata?

—¡No, Dios mío! Siempre ha sido amable y considerado.

—Entonces dame una razón mejor para no casarte con él que esas tonterías románticas. —Mairead ladeó la cabeza—. ¿O esa es una manera china de pensar?

Troth sonrió sin ganas.

—Todo lo contrario. En China, durante demasiados años, me dijeron cómo tenía que comportarme, y no quiero que me sigan dando instrucciones.

—No hay duda de que eres hija de Hugh. —Mairead tamborileó con los dedos en la mesa—. Eres una mujer adulta, y no podemos obligarte a actuar contra tu voluntad. Pero tienes que pensar muy bien si lo que más te conviene es salirte con la tuya a toda costa. Para hacer un bebé hacen falta dos personas. ¿Quieres privar a tu hijo de su padre y a Maxwell de su hijo? No parece un hombre indiferente.

Troth no tendría que haber sacado el tema. Por supuesto, el embarazo no era algo que pudiera ocultarse más que unos pocos meses.

—Si decido no casarme con Maxwell, ¿dejaré de ser bien recibida en esta casa?

La expresión de Mairead se suavizó.

—Seguirás siendo mi nieta, querida. Pero no faltará gente en el pueblo que te mire con malos ojos, exista o no el compromiso del apretón de manos. Y eso haría difícil la vida para tu hijo si lo crías aquí. ¿Y qué harías si quisieras tener más?

—Podría casarme con algún otro hombre—dijo Troth con terquedad.

—Dudo que haya aquí muchos hombres que te gusten. Supongo que podrías irte a Edimburgo; mi nieto Jamie frecuenta buenos círculos, y quizá podrías encontrar marido allí. —Se levantó y empezó a ordenar la mesa—. Pero piensa qué quieres de un marido que Maxwell no tenga. Es bastante hombre para hacer que una mujer virtuosa se plantee violar sus propias promesas.

—¡Abuela! —dijo Troth, escandalizada.

La vieja esbozó una sonrisa pícara.

—Seré una viuda de ochenta años, pero todavía no estoy muerta. Si no quieres a Maxwell, quizá decida averiguar si le gustan las ancianas.

Riendo, Troth se retiró a su habitación a preparar las maletas para su viaje a las Highlands. Pero algo en lo más hondo de su ser se resistía a la idea de casarse con Kyle sólo porque era lo que todo el mundo esperaba. Había ido a Gran Bretaña a buscar libertad. No iba a ceder fácilmente.

—Entonces te veremos dentro de unos quince días.

Mairead abrazó con fuerza a Troth. Troth le devolvió el abrazo y después se volvió para abrazar a su tía Jean. Aún no se había ido y ya las echaba de menos. La mayor parte de sus cosas y *Madreperla* se quedarían allí, esperando su regreso. El mero hecho de que sus baúles tuvieran derecho a permanecer bajo aquel techo le producía una sensación muy placentera.

—Prometo cuidarla —dijo Kyle.

—Más vale que lo hagas —dijo Mairead con tono serio mientras Kyle ayudaba a Troth a subir al pequeño y tosco carruaje que había alquilado para el viaje a Kinnockburn.

Troth se arrodilló en el asiento, mirando hacia atrás, y saludó con la mano hasta que perdió de vista a su abuela y a su tía. Entonces se volvió y se sentó.

—Espero que no le pase nada malo a *Madreperla* mientras estoy fuera.

—Estoy seguro de que no le pasará nada. Tu abuela ha criado a cuatro hijos, así que seguro que puede ocuparse de una pequeña gata durante quince días. Incluso de una gata tan empeñada en crear problemas como *Madreperla*. —Kyle conducía el carruaje por el camino hasta la carretera principal que atravesaba Melrose—. ¿Has decidido vivir aquí?

—¿Significa eso que has renunciado a la idea del cortejo?

La respuesta de Kyle tardó en llegar.

—En Melrose parecías tan feliz y tan integrada... Cuesta imaginar que necesites un marido.

Al principio, Troth había soñado con tener una casita desde donde pudiera ir andando hasta la casa de su abuela y sus tías y sus tíos y sus primos. Había planeado aprender a cocinar y a trabajar el huerto, pedir libros a Edimburgo, comprar un caballo manso para ir a pasear por las colinas. Los que miraban con recelo su rostro de extranjera pronto se acostumbrarían a ella y a su hijo, que probablemente tendría más aspecto de escocés que de otra cosa.

Pero su conversación con Mairead del día anterior la había devuelto a la realidad. En los primeros momentos de satisfacción por el buen recibimiento de la familia de su padre, no había comprendido que había diversos niveles de aceptación. No dudaba que los lazos de sangre eran fuertes y le garantizaban el cariño y el apoyo de los Montgomery. Pero la sangre no garantizaba que vieran siempre el mundo como ella o que aprobaran todos sus actos.

Melrose era una población pequeña, con una población limitada y homogénea. Allí, hasta un oriundo de las Highlands como su tío Tam Gordon era considerado extranjero. Hiciera lo que hiciese, ella siempre sería la hija china de Hugh Montgomery.

No sólo no llegaría nunca a ser un miembro de pleno derecho de la comunidad, sino que tendría muy pocos vecinos interesados en el ancho mundo que se extendía fuera de Escocia.

En muchos sentidos, estaría muy aislada incluso rodeada de su familia paterna.

—Todavía no me he decidido —dijo con forzada ligereza—. Melrose es encantador, pero pequeño. Sería difícil tener amantes secretos que llenaran mi vida de yang.

—El yin y el yang son un aspecto con el que no hemos tenido problemas.

—Pero eso no es suficiente. —Comprendiendo que convenía aclarar las cosas al comienzo del viaje, Troth prosiguió—: No te entiendo, Kyle, ni entiendo tus reservas en cuanto al matrimonio. ¿Por qué crees que estás incapacitado para ser un buen marido?

—Veo que ya has abandonado la sutileza oriental por la franqueza escocesa —dijo Kyle con sequedad, volviendo a mirar la carretera.

—Eso no es una respuesta.

—Si tuviera una respuesta clara, te la daría. —Su mandíbula se puso tensa—. Me temo que... me falta algo...

Mientras recorrían una amplia colina, Troth estuvo pensando qué habría querido decir él. Decidida a intentar un camino más indirecto, preguntó:

—¿Por qué tenías tantas ganas de viajar? ¿Era sólo para ver las rarezas del mundo o había razones más profundas?

—Las dos cosas. —Detuvo el carruaje al encontrarse con un rebaño de ovejas sueltas en el camino—. Me encantaba ver tierras diferentes y aprender cosas nuevas sobre costumbres e ideas, pero más que conocimiento buscaba... comprensión.

El conocimiento estaba en cualquier libro, pero la comprensión era mucho más escurridiza.

—¿La encontraste?

—En alguna ocasión, pero sobre todo en Hoshan, donde tuve una profunda sensación de paz. Un atisbo de comprensión del lugar que me correspondía en el universo. —Torció la boca—. Pero todo lo que creía haber encontrado desapareció en Feng-tang.

—Lo que te falta debe de ser parte de tu alma, que es la base de una persona, y un agujero en la base debilita toda la estructura —dijo pensativa.

—Quizá tengas razón, pero ¿cómo se repara un agujero en el alma? —Sin ningún esfuerzo, Kyle calmó a los inquietos caballos, nerviosos a causa del río de ovejas que corría a su alrededor—. Ahora que hemos hablado de mi incapacidad para el matrimonio, ¿qué me dices de ti? No sabes si debes quedarte en mi mundo. ¿Qué partes de ese mundo no puedes aceptar?

—No puedo imaginarme en el papel de condesa, sobre todo como gran anfitriona londinense —dijo, eligiendo la barrera más obvia.

—¿Por qué? ¿Por timidez, por falta de aptitudes sociales, por ser extranjera?

—Por todas esas cosas.

—Pero cuando quieres puedes deslumbrar a una sala de baile llena de aristócratas con tu belleza, tu inteligencia y tu encanto. Lo demostraste en Dornleigh, y podrías hacer lo mismo en Londres si quisieras.

—Si impresioné a tus vecinos de Northamptonshire fue porque estaba tan enojada que me tenía totalmente sin cuidado lo que pensaran.

—En realidad, el secreto de muchas grandes bellezas es exactamente ese: que no les importa si impresionan o no a otras personas. Como tienen confianza en sí mismas y no les importa en lo más mínimo agradar a la gente simple, resultan fascinantes aunque no sean hermosas, algo que ocurre con frecuencia, al menos de manera objetiva.

—Si la belleza no es necesaria, al menos en eso soy la persona adecuada.

—Al contrario. Posees una belleza que quita la respiración a los hombres y una modestia que hace que te quieran las mujeres. Les deslumbraste a todos, tanto en la *cèilidh* como en Dornleigh. —Le lanzó una mirada burlona—. Además, fingiste muy bien que te divertías.

Troth reconoció, incómoda, que eso era cierto: las dos veces lo había pasado muy bien.

—Según tú mismo has reconocido, lo máximo que puedo esperar de tu padre es tolerancia. No quiero eso, y no quiero que tengas que escoger entre el deber hacia tu padre y el deber hacia mí, porque primero están los padres.

—Esto no es China. —Kyle se volvió hacia ella con los ojos brillantes de exasperación—. Escúchame bien, Troth Montgomery. Como esposa mía, siempre estarías en primer lugar. Si no quieres vivir bajo el mismo techo que mi padre, no hay problema. Podemos vivir en otra parte. Si quieres evitar las reuniones sociales, no hay problema, aunque creo que cuando te sintieras cómoda en tu nuevo mundo te convertirías en una dama muy importante y admirada. Si no quieres vivir en Londres durante los meses en que debo acudir al Parlamento, podrías quedarte en Melrose, aunque me harías tanta falta como el combustible al fuego. ¿Eso contesta a tus objeciones al matrimonio?

Troth lo miró, conmovida por la pasión de aquellos ojos. Kyle se estaba convirtiendo en el hombre que había conocido en Cantón: lleno de convicción y vitalidad. Y si seguía diciendo que ella era bonita, algún día podría llegar a creerle.

—No... no sé qué decir.

—Todavía no tienes que decir nada. Tenemos tiempo suficiente para que tú presentes tus objeciones y para que yo las rebata. Pero ya que te lo piensas, ten en cuenta esto.

Kyle le rodeó los hombros con el brazo libre y la apretó con fuerza contra su cuerpo, buscándole la boca. Los labios de Troth se abrieron al sentir el roce, y asió los brazos del hombre como si reaccionara contra su voluntad. En la abadía de Dryburgh, él la había besado con tiernas promesas. Esta vez le marcaba cada fibra de su ser con recuerdos de la intimidad, el asombro y el peligro y el éxtasis que habían compartido.

Troth había llegado a valorar su independencia, pero ¿qué independencia podría tener si claudicaba ante aquello? Mientras eran amantes, ella había sido su esclava, dispuesta a hacer todo lo que le pidiera.

Ahora era poco lo que él le pedía, apenas la oportunidad de complacerla. Pero si se enteraba de que ella podía llevar en el vientre un hijo suyo, Kyle exigiría su cuerpo y su fidelidad para el resto de su vida, y no estaba preparada para ceder en ninguna de las dos cosas. Al menos en cuanto a la fidelidad. Su cuerpo estaba dispuesto a entregarse en aquel momento...

Kyle se apartó, pero su mirada no era triunfal, sino que mostraba el mismo anhelo que la mirada de Troth.

Temblorosa y agitada, Troth se rozó la boca con el dorso de la mano.

—Creía que lo que proponías era un noviazgo sin cama.

—Esto no ha sido una maniobra de seducción, sino sólo algo en lo que hay que pensar. —El rebaño de ovejas había pasado por fin, así que volvió a poner en marcha el carruaje—. Me pareció que si yo tenía que controlar mis deseos, tú podrías hacer lo mismo.

Troth miró el perfil de aquel hombre con furiosa indignación. Si lo que él quería era despertar su deseo, lo había logrado.

«¡Maldito! ¡Maldito sea!», pensó.

42

Castillo de Doom.
Highlands, Escocia.

Kyle se protegió los ojos con la mano mientras estudiaba la nítida silueta del castillo que coronaba el peñasco que tenían frente a sus ojos.

—Había olvidado lo lúgubre que puede resltar este lugar. Me hiela los huesos.

—Pero recordaste perfectamente que era una colina muy escarpada —dijo Troth—. ¿Los caballos pueden subir hasta allí?

—Yo no los obligaría. Tú y yo iremos a pie, y sabremos si los ejercicios de chi han producido algún efecto.

Saltó del carruaje y ayudó a Troth a bajar. Después llevó a los dos caballos hasta un pequeño arroyo para que bebieran.

—¿Qué origen tiene el nombre? Parece el título de una novela gótica.

—El nombre original era gaélico y tenía varias sílabas más, pero la primera sílaba era Doom, y resultaba tan adecuada que se quedó así. Es una fortaleza del clan Campbell que fue destruida por los ingleses después de la rebelión jacobita. Desde entonces nadie ha vivido aquí.

Recogió del interior del carruaje una cesta con comida preparada por la mujer del dueño de la posada donde habían pasado la noche anterior. El viaje hacia el norte había sido relajado, sin prisas, lleno de rodeos para ver cosas que Kyle pensaba que a Troth le gustarían.

Tal como había esperado, la tranquilidad del viaje había creado un ambiente distendido y cómodo. Excepto cuando él le había dado un beso de buenas noches. Con espíritu de venganza femenina, Troth había decidido devolverle el beso con una intensidad que casi lo llevó a suplicarle de rodillas que compartieran la cama.

Lo más difícil era saber que ella hubiese aceptado de buena gana. Pero él apostaba por cosas más importantes que una sola noche de placer, así que siempre volvía solo a su habitación.

Mientras pasaban por un tosco puente de tablas tendido sobre el arroyo, Troth dijo:

—Esto parece el fin del mundo, como si no hubiera pasado nadie por aquí durante décadas.

—Por aquí no viene casi nadie. No pasan cerca los caminos principales, y el último tramo es casi intransitable incluso para un carruaje como el nuestro. —Miró de reojo hacia el cielo. ¿Aquello que salía del castillo era una voluta de humo? No, debía de ser el fleco de una nube—. Hace muchos años lo visité con Dominic, y no creo que haya cambiado nada. Pero a poca distancia de aquí, en las Hébridas, modernos barcos de vapor de lujo transportan a la gente entre las islas. Es un gran contraste.

—¿Barcos de vapor? Me gustaría viajar en uno algún día. Pero me gusta más este lugar agreste.

La conversación se interrumpió cuando empezaron a subir por el escabroso sendero que serpenteaba por la colina hacia el castillo.

—Descansemos un momento —dijo Kyle, sin aliento, cuando sólo habían recorrido una cuarta parte del camino—. Necesito recuperarme.

—Apuesto a que la gente que vivía en el castillo no bajaba nunca para no tener que volver a subir. —Troth se sentó, agradecida, en el pequeño muro de piedra que protegía a los viajeros de la brusca pendiente—. Me alegro de que me hayas sugerido traer pantalones chinos. Esta no es una excursión para damas.

—Decididamente no lo es para los medrosos ni para los débiles de pulmón.

Categoría que en ese momento incluía a Kyle, aparentemente aún no repuesto del todo de la malaria.

El ascenso la había hecho entrar en calor, así que Troth se aflojó la manta escocesa que envolvía su esbelta figura. Le había encantado encontrar una tienda de tartanes en Stirling, pero se había sentido decepcionada porque no hubiera una manta.

Kyle la había consolado con una manta Campbell, diciéndole que tenía derecho a usarla porque su madre había sido una Campbell. Troth y la manta verde estampada se habían vuelto inseparables. Cuando la usaba con túnica y pantalones chinos, el efecto era raro pero encantador.

Miró por encima del muro.

—No hay un arroyo, sino dos. Y ambos se unen al otro lado de la colina.

—El de allá abajo se llama Arroyo de la Pena, y el otro es el Arroyo de la Desesperación. Otro motivo para llamar a esto Castillo de la Muerte.

Troth hizo un mohín.

—Qué macabros eran esos montañeses.

—Hay algo de verdad en las historias románticas que Walter Scott y otros han escrito acerca de las Highlands, pero aquí la vida siempre ha sido dura. —Miró al norte, hacia Kinnockburn—. Creo que mi madre se casó con mi padre sobre todo para traer dinero inglés a su cañada y que los campesinos no se murieran de hambre. Era la doncella de Kinnockburn, la jefa hereditaria de su rama de los Campbell. El único bien que tenía era su belleza, así que fue a Londres y se buscó un lord que se enamorase tan locamente de ella que aceptase sus condiciones matrimoniales.

—¿Wrexham, enamorado? —pregunto Troth asombrada.

—Difícil de imaginar, pero cierto. La adoraba. —Kyle le ofreció el brazo para reanudar la ascención—. En el acuerdo matrimonial entre ellos se especifica que la herencia de ella debe quedar en un fondo fiduciario permanente para que no se le puedan poner cercas y obligar a los campesinos a irse de la cañada, como ha sucedido en demasiados lugares de las Highlands.

—¿Tu padre aceptó? Quizá termine estando de acuerdo con él, muy a mi pesar.

—Es una persona difícil, pero su sentido de la justicia es admirable. Comprendió el intenso cariño de mi madre por la cañada y su necesidad de servir a su gente. Pasaba varios meses del año en Escocia como doncella de Kinnockburn, corriendo por allí descalza y envuelta en una manta como cualquier mujer de campesino. Nosotros, los niños, también pasábamos allí mucho tiempo. Sobre todo yo. Y ahora, en última instancia, es responsabilidad mía que la cañada prospere.

—¿Tú también ibas descalzo?

—Por supuesto.

—Eso explica muchas cosas —dijo Troth, pensativa—. Los campesinos tienen la fortuna de que tu madre haya contado con la voluntad y la capacidad necesarias para hacer ese trato. ¿Ella y tu padre se amaban?

—Creo que sí. Los dos ponían su deber por delante de los placeres personales. Ese era quizá uno de los vínculos más fuertes que había entre ellos.

—Tu madre debió de ser una mujer maravillosa.

—Te habría gustado mucho, Troth. Y tú a ella.

Troth se arrebujó en la manta Campbell.

—Ojalá la hubiera conocido.

—Lucia se le parece mucho. Los tres tenemos aspecto de montañeses.

El sendero era cada vez más empinado, y empezaron a zigzaguear por la pendiente, lo que alargaba la distancia pero facilitaba el ascenso. Aunque tuvieron que descansar varias veces más, Troth nunca propuso regresar.

Aun así, cuando entraron por la vieja puerta que daba al más bajo de los tres niveles del castillo, Troth fue tambaleándose hacia la sombra del árbol más cercano.

—La próxima vez que menciones una colina empinada —jadeó—, recuérdame que huya en la dirección opuesta.

Iba a dejarse caer en el suelo cuando un erizado felino saltó de la maleza que había junto al árbol, gruñendo y mostrando los dientes. Troth, asustada, soltó un chillido y retrocedió.

—¿Qué es eso?

Kyle la cogió del brazo y la apartó de allí.

—Un gato montés. ¿Ves las rayas y los bigotes? En realidad es un pariente cercano del gato de tu abuela. Tiene mucho pelo, pero no es mucho más grande que un gato doméstico.

—La diferencia está en que al gato atigrado de mi abuela le caigo bien. Y, en cambio, este gato montés parece que se me quiere merendar.

Troth dio una vuelta alrededor del árbol sin dejar de mirar al fiero gato.

—Esta es la estación de las crías, y debe de tener la guarida cerca del árbol. Que la guarida esté tan cerca del sendero demuestra que por aquí no pasa casi nadie; normalmente, los gatos monteses son muy tímidos.

—¿El amor maternal hace que una hembra sea peligrosa?

—Eso dicen. Estoy seguro de que tú también serías una madre feroz.

Ella lo observó un instante y después desvió la mirada.

—Tengo mucha hambre. Quizá podríamos comer en este nivel antes de trepar a las ruinas más altas.

Él también tenía hambre, así que sacó las cosas de la cesta, empezando por una basta manta que extendió debajo de otro árbol, desde donde podían admirar las escarpadas montañas y las pintorescas ruinas. Mientras comían se levantó una fuerte brisa que hizo susurrar las hojas y empujó las nubes.

—Parece que va a estallar una tormenta. Deberíamos poner fin a nuestra visita turística y regresar al carruaje antes de que empiece.

—El tiempo cambia constantemente —respondió ella—. No sabía lo que era estar al sol y sentir la lluvia en la cabeza hasta que llegué a Escocia. Has hecho bien en alquilar un carruaje con capota.

—Todo forma parte de la experiencia romántica escocesa que querías.

Troth era una compañera tan perfecta que costaba imaginar no tenerla al lado. Le encantaría llevarla a Italia, a Francia, a España, a todas partes.

Pero lo más probable era que pronto le anunciase que el compromiso rápido había terminado y que había llegado el momento de que él se olvidase de ella para siempre. Esa idea le resultaba tan dolorosa que sintió un fuerte impulso de seducirla allí mismo, para que los dos recordaran para siempre la rara pasión que los unía.

Él estaba a punto de inclinarse sobre ella para besarla cuando Troth se tapó la boca para ocultar un bostezo; después se acurrucó sobre la manta.

—¿Hay tiempo para que duerma una siesta? Estoy cansada por la ascensión.

Kyle se obligó a relajar sus tensos músculos.

—Tenemos tiempo. Si doy una vuelta por ahí, no me alejaré demasiado.

Troth dobló una parte de la manta debajo de la cabeza y se tapó con el resto. Aunque quizá lo más acertado sería distanciarse de ella, Kyle se quedó mirando cómo dormitaba, relajada como una gatita. Qué hermosa mezcla de Oriente y Occidente había en aquel rostro, de rasgos fascinantes y piel de seda. Aquel día llevaba el pelo recogido con una cinta, y el sol convertía aquellos mechones sueltos en caoba oscura y brillante. Y aquel cuerpo ágil y femenino era tan fuerte como elegante...

Notando una fuerte tensión en sus genitales, Kyle recogió los restos de una tarta de carne y riñón de vaca que Troth había probado —no le había gustado— y después caminó hasta donde habían visto el gato montés. Puso la tarta en el suelo y después se alejó y se quedó observando. El gato montés no tardó en salir de los matorrales y echar un cauto vistazo antes de coger la tarta y desaparecer de nuevo. Kyle sonrió. El gato y sus crías cenarían bien.

Como prefería esperar a Troth para visitar el castillo, se fue a pasear por el nivel inferior. A pesar de la luz del sol, ofrecía una persistente sensación de desasosiego.

El recinto del castillo ocupaba toda la parte superior del peñasco. La mayor parte de aquel nivel había estado ocupada por jardines, pero encontró una capilla semioculta en un rincón de la parte de atrás. Sorprendentemente, la pequeña construcción de piedra estaba intacta, y su techo de pizarra estaba bastante bien conservado. Los soldados ingleses que habían destruido el Castillo de la Muerte para impedir que se convirtiera en una amenaza en el futuro debían de haber tomado la decisión de no tocar la capilla, quizá por temor a la ira divina.

En su primera visita, Kyle no había visto aquella capilla. Compitiendo con su hermano Dominic para ver quién llegaba primero a la fortaleza, no había prestado mucha atención a aquel nivel. Los niños, qué criaturas más irreflexivas. Como era de esperar, llegaron al nivel más alto prácticamente al mismo tiempo. Quizá habría habido menos competencia entre ellos si no fueran tan iguales.

La gran puerta revestida de hierro se abrió con un chirrido oxidado. Entró en un santuario de paz y de luz. Aunque habían anidado pájaros en la pila bautismal, la sencilla cruz de madera continuaba en el altar y los robustos bancos de roble, aunque polvorientos, seguían en su sitio. Los campesinos de las colinas cercanas debían de cuidar la capilla.

Se sentó en el primer banco, a pesar del polvo que lo cubría. Cuando contratara a otro ayuda de cámara, tendría que empezar por quemar todo el vestuario de Kyle a causa de los abusos que había sufrido.

Los vitrales habían desaparecido hacía mucho tiempo, y en su lugar quedaban tracerías de piedra que proyéctaban sombras de intrincada belleza por donde entraba el sol. Cerró los ojos, y en aquella capilla sencilla y abandonada sintió lo sagrado con la misma intensidad que en los dorados espacios de Hoshan. Siglos de oraciones la habían santificado.

«En mi final encuentro mi nuevo comienzo.» Volvió a oír las palabras que habían resonado en su cabeza cuando estaba en Hoshan. Entonces le había parecido una ironía recorrer medio mundo para atender a las percepciones espirituales que no había podido absorber en su propia iglesia. Ahora había vuelto a casa, cerrando el círculo. Pero si Hoshan había producido una ardiente sensación de transformación, ahora sentía una lenta y potente marea de conciencia.

La marea creció, llenándole de un gozo cálido y sereno. Su mente se dirigió hacia otros lugares sagrados que lo habían impresionado profundamente. Quizá el alma no era como los cimientos de una casa, sino como un mosaico compuesto por miríadas de pequeñas percepciones y momentos trascendentales. Había viajado por el mundo recopilando piezas para su mosaico personal y ahora podía ver finalmente el dibujo completo.

Aunque no había oído sus pasos en el suelo enlosado, no se sorprendió cuando la mano de Troth se deslizó en la suya.

Cuando ella se hubo sentado en el banco que había a su lado, abrió los ojos.

—Creo que finalmente he encontrado la pieza de mi alma que me faltaba.

Ella le miró con aire serio.

—¿Cómo ha sido?

—En Hoshan tuve una profunda e intensa experiencia espiritual —dijo con lentitud—. Empezó con un reconocimiento devastador de mis fracasos y defectos. Cuando mi orgullo y mi arrogancia quedaron destrozados pude experimentar una compasión divina tan infinita que conseguí perdonarme todas mis debilidades y me sentí lleno de luz. Para aquellos de nosotros que no somos santos, creo que es imposible permanecer en un estado de exaltación como aquel, pero me fui de Hoshan sintiéndome más cerca de la gracia de lo que lo había estado jamás. Entonces fui encarcelado, y pareció como si hubiera olvidado todo lo que había aprendido. Ahora veo que en prisión he aprendido otra lección fundamental.

—¿Sufrir para sentir más compasión?

—Sin duda eso forma parte de la lección, pero lo más importante fue resistir la completa falta de control. —Sonrió con ironía—. Durante la mayor parte de mi vida, he tenido el poder de dar forma a mi mundo. En la cárcel, no lo tuve en absoluto. Mi sustento, mis movimientos físicos, incluso mi propia existencia, estaba en manos de otros. Cuando me atacó la fiebre, no fui dueño ni de mi propio cuerpo. Al final de mi cautiverio, rezaba para que me llegara la muerte. Era como si la esencia de mi ser me hubiera sido arrancada.

—No me extraña que estuvieras en una situación tan horrible cuando volviste a Inglaterra. Tu alma fue separada de tu cuerpo, y tardaron en volver a encontrarse.

—Es una buena manera de explicarlo. —Él observó su cara—. Tu experiencia fue parecida, ¿no? Tu cautiverio fue más llevadero, tu celda, mayor, pero también estabas encarcelada, sin poder ser una mujer o revelar los dos aspectos de tu naturaleza. No es de extrañar que, ahora que has salido de una prisión, te resistas a entrar en otra.

Troth le miró con los ojos como platos.

—¡Es exactamente eso! El matrimonio es como una cárcel.

—Nunca te encerraré en una jaula, Troth Mei-Lian —le dijo con ternura—. Si mi experiencia en Feng-tang me enseñó que sólo puedo tener el control de mi vida que Dios ha dispuesto, sería un loco de atar si tratara de domeñar un espíritu tan libre como el tuyo.

—Eres un hombre peligrosamente persuasivo, lord Maxwell —dijo nerviosa.

—Todo lo contrario. —Su mirada se elevó hasta la cruz del altar—. Soy un individuo muy torpe que necesita aprender la lección una y otra vez.

—En cada lección, el estudiante avanza un poco más en su desarrollo espiritual. —Su mano asía la de él—. ¿Te hubiera gustado ser ministro de tu iglesia?

—No hubiera sido bueno en una vicaría. Mi ministerio personal, creo, es usar el poder que he heredado con justicia y compasión. En cuanto a mí... bueno, en el futuro recordaré visitar lugares como este lo suficientemente a menudo para prevenir más fallos en el desarrollo de mi espíritu.

Alzó sus manos entrelazadas y besó los nudillos de Troth.

—¿Seguimos hasta la cima del castillo?

Ella le dirigió una deslumbrante sonrisa.

—Sí, milord.

Cuando alcanzaran la cima, donde divisarían kilómetros de paisaje en todas las direcciones, le pediría que se casara con él. Después de todo, el matrimonio es el objetivo del cortejo.

Y si no lo aceptaba en aquel momento... bueno, se lo pediría de nuevo al día siguiente.

43

De la mano de Kyle, Troth subió al siguiente nivel del castillo, sintiendo que la fuerza pura y limpia de aquel chi la hacía flotar. Aunque él no hubiera dicho nada, ella sabría que la capilla había materializado su curación espiritual. Comprendió que la unidad de Kyle se había estado produciendo poco a poco, mientras él luchaba por recuperar la salud física y emocional después de la terrible experiencia sufrida en China.

Arrepentida, reconoció que no había podido ayudarlo mucho. Había pasado del ansioso servilismo al enfado quisquilloso, saltándose la etapa intermedia de ser una amiga afectuosa y amable, por no hablar de ser una verdadera esposa. Lo que había hecho no les había servido ni a él ni a ella. Las semanas transcurridas desde el regreso de Kyle habían sido difíciles para los dos. Pero habían sobrevivido, y estaban recuperando la armonía interna. ¿Adónde podría conducirles eso?

El segundo nivel del castillo contenía las ruinas de varios cobertizos bajos de piedra que habían servido como almacén, como talleres y para el ganado. En vez de explorarlos, siguieron subiendo y entraron en el tercer nivel, el más alto. La torre, las garitas de vigilancia y otras construcciones principales, todas sin techo, se distribuían en tres lados de un patio. El cuarto lado, el sur, estaba formado por la alta pared de piedra que acababan de cruzar y que separaba el nivel principal de los talleres.

La cercanía de la tormenta había aumentado mucho la fuerza del viento, lo cual añadía un esplendor primitivo al ambiente. Troth echó la cabeza hacia atrás y se puso a reír: se sentía feliz, y el Castillo de la Muerte era tan salvaje y libre como el propio viento.

La torre principal se asentaba sobre el muro oriental, a su derecha, pero Kyle señaló hacia la izquierda, a los escalones de piedra que subían hasta lo más alto de las almenas, en el rincón sudoeste del patio.

—Si tienes ánimos para subir un poco más, verás media Escocia central.

Troth le dirigió una mirada burlona.

—Yo sí tendré ánimos. Pero no estoy tan segura de que los tengas tú.

Antes de que Kyle pudiera contestar, un estruendo ensordecedor hendió el aire. Troth se estremeció, pensando que había sido un trueno de la inminente tormenta.

Cuando otro relámpago hizo temblar y rasgó los cielos, Kyle la aferró con fuerza por la cintura y la arrastró rápidamente hacia la entrada de la torre. Sonaron más truenos mientras él tiraba bruscamente de ella hacia la izquierda de la puerta y la aplastaba contra la pared de piedra. Desorientada, con voz entrecortada, Troth dijo:

—¿Qué estás haciendo?

—Hay alguien ahí fuera, y está disparando a matar —dijo Kyle con tono grave.

Antes de que Troth pudiera protestar se oyeron más estruendos, y vio que volaba polvo del suelo interior de la entrada, a menos de un metro de ellos. Miró con horror la tierra llena de agujeros.

—¿Por qué habría de dispararnos alguien?

—Ojalá lo supiera. Quizá sea un loco que se ha instalado aquí y no soporta a los intrusos.

Apretados uno contra el otro, Troth sentía los latidos del corazón de Kyle. Se dio cuenta de que él la estaba protegiendo. Ninguna bala podría alcanzarla sin traspasarlo a él primero.

—¿Cómo te diste cuenta tan rápidamente?

—En la India me sumé a algunas patrullas militares en la frontera noroeste. Muy educativo. Los afganos son tiradores excelentes. Uno no olvida el sonido de un fusil cuando le ha apuntado al corazón.

Ella estaba dispuesta a apostar por que él nunca había hablado de esas expediciones con su padre. La idea de que hubiera estado allí la horrorizó, aunque en aquella época aún no había conocido a Kyle.

El tiroteo había cesado en cuanto ellos habían desaparecido, así que Kyle retrocedió un paso y se quitó el abrigo. Después de hacer una pelota con él, lo asomó por la puerta a la altura de la cabeza. Se oyó otra descarga, y por la manera en que se sacudió la tela Troth pensó que por lo menos una bala había dado en el señuelo de Kyle. Cuando se volvió a poner el abrigo, pudo ver el blanco de la camisa a través de varios agujeros chamuscados y humeantes.

—Debe de haber por lo menos dos hombres, y llevan fusiles automáticos —dijo Kyle con serenidad—. Quizá estén en la garita frente a nosotros, así que tienen una buena vista de todo el patio, incluida la puerta que conduce al nivel inferior. Nos acribillarían a balazos antes de que pudiéramos andar tres metros hacia la puerta.

—No sabía que hubiera fusiles automáticos.

—Los fabrican algunos de los armeros más caros de Londres. No es el tipo de arma que llevaría encima un pobre ermitaño escocés loco.

Tratando de aferrarse a alguna esperanza, ella preguntó:

—Tú siempre viajas armado, ¿verdad?

—Sí, pero todo lo que tengo es una pistola de un solo tiro que sería útil solamente a muy corta distancia, pero inútil contra dos fusiles.

Cuando ella se disponía a hacer otra pregunta, Kyle le tapó la boca con la mano mientras aguzaba el oído. El único sonido que se oía era el gemido del viento. Nada indicaba que hubiera alguien avanzando por el patio hacia su escondite en la torre. El conocimiento de que el asesino podía estar cerca hizo que a Troth se le pusiera la piel de gallina.

Kyle sacó la pistola y la amartilló, apuntando hacia la puerta mientras gritaba:

—Si hemos entrado en su propiedad sin autorización, acepte, por favor, mis disculpas más sinceras. Permítanos marcharnos sanos y salvos y no lo molestaremos nunca más.

—Muy bien —retumbó en el patio una voz con fuerte acento escocés—. Salgan y podrán irse sanos y salvos si juran no volver nunca más.

Troth frunció el ceño, porque aquella voz le resultaba conocida, pero la expresión de Kyle se endureció como el granito.

—No confío en absoluto en que nos deje salir ilesos, Caleb Logan —respondió.

Troth se quedó boquiabierta al reconocer al isntante la voz del viejo socio de su padre. Pero ¿por qué estaría allí, tratando de matarlos?

—Así que sabes que soy yo —dijo jovialmente Logan, volviendo a su acento normal—. Y no te equivocas: ninguno de los dos saldrá con vida del Castillo de la Muerte. Habéis tardado mucho en venir. Scouse y yo nos hemos aburrido como ostras esperando a que llegaseis.

—Maldita sea. Fue Logan quien me sugirió que te trajera aquí —dijo Kyle entre dientes—. Era tan buena idea que no se me ocurrió que pudiera ser una trampa. Sólo Dios sabe por qué nos quiere ver muertos. ¿Sabes quién es Scouse?

Troth asintió.

—Uno de los capitanes de barco de Logan. Dicen que es un demonio sanguinario.

—En otras palabras, un aliado fiable para el crimen.

Kyle recorrió con la vista la armazón vacía de la torre, que era para ellos tanto refugio como prisión. De cuatro plantas de altura, era la construcción más grande de todas las ruinas, y constituía el ala oriental de una serie de estructuras con forma de herradura, todas sin techo y de diversas alturas. La puerta por la que habían entrado era la única abertura en la planta baja. Todas las demás puertas y ventanas estaban dos o más plantas más arriba. Los constructores del Castillo de la Muerte se habían esforzado mucho en su empeño para evitar que los enemigos pudieran entrar fácilmente.

La mirada de Kyle se detuvo en la ventana más baja del extremo sur. Esa ventana, dos plantas más arriba, dominaba los niveles inferiores del castillo. Kyle meneó la cabeza.

—Quizá podríamos subir a esa ventana y después salir por ella de la torre, pero una vez en los niveles inferiores del castillo seríamos un blanco fácil. Si bajáramos hacia el lado de atrás de la torre y por los barrancos... Bueno, habrá que intentarlo, pero no hay muchas probabilidades de éxito.

Troth estaba tan aterrada que apenas podía respirar, pero logró que no le temblara la voz.

—O sea que no hay salida y solamente es cuestión de tiempo que Logan o Scouse entren en la torre y nos acribillen a balazos como a ratas...

—Está la posibilidad de los barrancos, pero creo que hay una solución mejor. —Clavó la mirada en Troth—. ¡Por el amor de Dios, cómo detesto proponerte esto!

—Si hay probabilidades de éxito, intentémoslo. ¿En qué estás pensando?

—Tú eres ágil como un mono, y puedes derrotar a cualquier hombre. —Hizo un ademán que abarcó la torre y el extremo norte del castillo—. Las ruinas se extienden por tres lados del patio y es posible no ser visto dando la vuelta por detrás hasta llegar a la garita de vigilancia. Si hago hablar a Logan y lo entretengo, ¿crees que podrías cruzar las ruinas y atacarlos desde atrás? De poco sirve el kung fu a distancia, ante un hombre armado con un fusil, pero si puedes acercarte a ellos sin que te vean, tendremos una oportunidad.

¡Ay, dioses, qué confianza tenía en ella para sugerirle semejante cosa! Recuperó la calma, y el pánico inicial se disipó.

—Puedo hacerlo.

—Dios te bendiga, amor mío. —Kyle le dio un beso rápido e intenso—. No te preocupes por nada de lo que me oigas decir. Puedes irte.

Troth apartó la manta para que no le estorbara y atravesó corriendo la torre mientras Kyle gritaba:

—Ustedes pueden tener fusiles, pero yo tengo una pistola. El primero en acercarse será hombre muerto.

—Sabía que iría armado. De lo contrario ya estaríamos ahí. Pero podemos esperar todo el tiempo necesario y disparar todo lo que haga falta, así que póngase a rezar, Maxwell.

—Como la espera va a ser muy larga, quizá pueda usted satisfacer mi curiosidad. ¿Qué demonios he hecho para que quiera matarme?

—Ir a China.

Mientras la conversación resonaba entre las ruinas, Troth abservó detenidamente la abertura de la puerta en la pared, dos plantas más arriba. La subida sería difícil, pero la argamasa que unía las piedras se había deteriorado con el paso de los años, dejando asideros para los dedos de las manos y de los pies de alguien que fuera ligero, ágil y que estuviera desesperado. Empezó a trepar con cautela.

Tras una larga pausa, Kyle gritó:

—Me he devanado los sesos, y juro que no recuerdo haber hecho nada que pueda haberlo ofendido tanto. Apenas nos conocíamos. Si he insultado su honor, me gustaría disculparme, o decidir el asunto en un duelo.

Logan soltó una risotada.

—Las cuestiones de honor son para quienes se hacen llamar caballeros, no para gente como yo. Yo no soy más que un humilde comerciante, así que voy directamente a lo que quiero en vez de inventarme juegos de muerte.

Troth llegó al umbral de la puerta y entró por ella, recuperando el aliento mientras estudiaba el paso siguiente. El edificio contiguo era más pequeño y más bajo que la torre, y no tenía ninguna entrada a ras de suelo. La mejor opción sería ir por encima hasta la pared trasera de la construcción. Así podría avanzar con rapidez, y después sólo tendría que trepar un poco más para llegar a la parte superior de la pared de la construcción un poco más alta que había detrás.

Respiró hondo y se apartó de la puerta, apretando la cara contra la piedra fría y húmeda. Aunque los nervios le pedían a gritos que se diera prisa, se aseguró de que los nuevos asideros fueran seguros antes de soltar los viejos. El movimiento de araña por la pared no podía acelerarse.

Tomándose otra vez su tiempo para contestar, Kyle dijo:

—Sentir resentimiento por mi origen no es una razón válida, sobre todo porque no me dedico al comercio. ¿Puede sinceramente decir que alguna vez le falté al respeto a usted o a algún otro comerciante de Cantón?

—Tal vez no —dijo Logan de mala gana—. Pero usted no ensuciaría sus manos aristocráticas con el opio. Cuando ocupe su escaño en la Cámara de los Lores, estará en condiciones de perjudicar nuestro negocio, tal vez de destruirlo del todo. Es una pena que no haya logrado que lo mataran en la colonia.

Troth se quedó helada durante un instante. ¡Así que Logan era el *fan-qui* que había contratado a los asesinos para atacar a Kyle! «Que los demonios se coman su hígado, y que lo hagan pronto», pensó.

—Creo que usted sobrevalora mucho mi potencial poder en el Parlamento.

—Lo que hará que las cosas sean diferentes es que usted ha estado en Cantón y ha visto el comercio de cerca —soltó Logan—. Sus apestosos colegas de la Cámara creerán en sus objeciones. Incluso algunos de los comerciantes de Cantón habían empezado a decir que quizá tuviera usted algo de razón. Es demasiado persuasivo.

Con todas las extremidades temblando a causa del esfuerzo, Troth llegó a la parte superior de la pared trasera. Entonces cometió el error de mirar hacia abajo, al corte vertical del peñasco. Si se caía...

Cerró los ojos para combatir el vértigo, y débilmente trató de recordar que había un borde de tierra allí debajo contra el que probablemente podría chocar si se caía. Una muerte posible en vez de la muerte segura si se caía del peñasco. Además, no había motivos para caer; todas las paredes de esa vieja fortaleza tenían varios palmos de ancho, y resultaba bastante fácil caminar por ellas.

Pero lo más importante de todo era que tenía que hacer aquello. De lo contrario, ella y Kyle morirían allí.

Se levantó y, con paso seguro, echó a andar por el muro a la mayor velocidad posible a pesar del fuerte viento. Las nubes de tormenta se acercaban con rapidez, y la lluvia haría que las piedras fueran mucho más resbaladizas.

—Te propongo un trato, Maxwell —gritó Logan—. Me gustaría que no encontraran tu cuerpo lleno de balas. Si tiras la pistola y sales, puedes despeñarte por el barranco y morir con rapidez y no quedarte malherido ahí, agonizando a gritos.

Kyle lanzó una carcajada, como si no estuvieran hablando de un asesinato, sino de algo nimio.

—En cualquier caso, soy hombre muerto. ¿Para qué me serviría entregarme dócilmente?

Troth llegó al extremo final del segundo edificio. La estructura sin techo que tenía delante era más alta, pero no mucho. Mientras el viento intentaba arrancarle la ropa, se abrió camino hasta la parte superior del tercer edificio y se detuvo de nuevo para analizar la situación.

Había llegado a la esquina noroeste y podía ver con claridad la mayor parte del patio. El edificio al que había subido estaba al lado de la garita de vigilancia. Si miraba hacia abajo y a la derecha, veía con claridad a Logan y a Scouse, que estaban en la entrada de la garita con los fusiles.

Casi frente a ellos estaba la entrada de la torre, a la izquierda de la cual se había ocultado Kyle. Como sólo tenía una pistola, Logan y Scouse no necesitaban esconderse. Aunque su víctima atacara desde la torre, su arma no sería eficaz al otro lado del patio.

Troth reconoció a Scouse de haberlo visto en Cantón. Fornido y de cabeza redonda, era muy conocido en las tiendas de ginebra y en los burdeles de la colonia. Había empezado como marinero raso y llegado a capitán por el mero empleo de la astucia y la fuerza bruta. Aunque ella tenía el wing chun, él sería un contrincante muy peligroso.

—La ventaja de la cooperación es que yo juro sobre la tumba de mi madre que me encargaré de que se descubra tu cuerpo para que tu familia sepa que estás muerto —respondió Logan—. De lo contrario, simplemente desaparecerías y nadie sabrá qué te ha ocurrido.

Troth respiró hondo, sabiendo cuánto le afectaba a Kyle aquella amenaza. Demasiado enfadado para retrasar la respuesta, Kyle gritó:

—¡Maldito bastardo!

Logan también percibió el enfado y la ira de Kyle y soltó una carcajada.

—Ahora puedes insultar a mi madre, que era la mujer más recta y amargada que jamás ha existido. —La diversión había terminado—. Cuanto más me hagas esperar, más probable es que decida esconder tu cuerpo en las colinas, donde sólo lo puedan encontrar los cuervos. Vas a morir, Maxwell, pero si te rindes pronto podrás al menos influir algo sobre el tipo de muerte que tendrás.

Troth echó a andar por encima de la última muralla. Cuando llegara al final, podría bajar por el interior de las almenas y desde allí entrar en la garita y atacar. Pero por ahora tenía que avanzar con cautela. Si Logan o Scouse se daban la vuelta, la verían inmediatamente recortada contra el cielo. Al darse cuenta del blanco fácil en que se había convertido se le puso la piel de gallina.

Iba por la mitad del muro cuando la tormenta atacó con una ráfaga de lluvia que casi la derribó de aquella precaria cresta de piedra. Se agachó de inmediato para recuperar el equilibrio, y en cuestión de segundos estaba empapada. Calada hasta los huesos, empezó a arrastrarse de nuevo.

Logan y Scouse empezaron a maldecir, molestos por la lluvia. Instintivamente, Troth se aplastó contra la pared antes de que se volvieran para mirar las nubes con rabia. La tormenta había oscurecido tanto el cielo que no la vieron allí, aterrorizada, aferrada a la pared. Con la ropa empapada, probablemente su figura se confundía con las piedras irregulares.

Mientras estaba allí, oyendo los latidos de su corazón, Scouse le dijo algo a Logan mientras hacía un ademán que abarcó las almenas y la pared sur del patio. Intercambiaron algunas frases, y Troth tuvo la impresión de que discutían. Entonces Logan se encogió de hombros, dándose por vencido. Scouse fue hasta la parte trasera de la garita y empezó a subir por la empinada escalera que llevaba a la cima de la muralla.

Horrorizada, comprendió que el capitán le debía de haber dicho a Logan que podían terminar con aquello rápidamente si él subía hasta la cima de la muralla sur, que separaba el patio de la parte más baja del castillo. Después de cruzar el muro llegaría a la ventana más baja del extremo sur de la torre, y desde allí podría matar a Kyle de un solo tiro. Era mucho más fácil dejar el cuerpo allí para que se lo comieran los cuervos que quedarse bajo la lluvia.

Sabiendo que Kyle no tendría ninguna oportunidad si Scouse llegaba a la ventana de la torre, Troth se levantó como pudo y corrió imprudentemente hacia el capitán, rogando que pudiera darle alcance antes de que fuera demasiado tarde. El rápido chubasco amainó un poco, lo cual ayudaba un poco para no perder pie, pero Troth pensó que aquello no era más que una pausa antes de otro intenso aguacero.

—Quizá coopere en mi propio asesinato, pero sólo con una condición.

—¿Cuál?

—Que se respete la vida de Troth Montgomery. Ella no tiene nada que ver con esto.

Otra escalofriante carcajada de Logan.

—Claro que sí. No le gustará mucho saber que, después de la muerte de su padre, en vez de mandarla de vuelta a Escocia la mandé a Cantón.

Tras un momento de sorpresa Kyle dijo:

—Así que fue cosa suya. ¿Tuvo algo que ver con la muerte de Hugh Montgomery?

—Yo no causé el tifón que hundió su barco, pero cuando su agente chino de la empresa me dijo que la chica tenía un poco de fiebre, la carta que le envié a Hugh a Singapur insinuaba que su preciosa hija podía estar mortalmente enferma. —Logan soltó una carcajada—. Quizá eso lo hizo regresar a Macao con más rapidez de la que aconsejaba la prudencia en plena estación de las tormentas.

La impresión fue tan fuerte que Troth resbaló en las piedras mojadas y empezó a caer. Logró darse la vuelta y detenerse boca abajo sobre las piedras, donde se quedó inmóvil, sin aliento. Se quedó allí tendida, estupefacta por la revelación de que Logan había tramado la muerte de su padre. Logan no había corrido ningún riesgo. Si su padre hubiera llegado a Macao sano y salvo, su socio podría haber dicho inocentemente que había entendido mal la información sobre la gravedad de la enfermedad de Troth, pero que gracias a Dios la muchacha ya estaba bien. Era un demonio.

—¿Por qué lo hizo? —preguntó Kyle con voz temblorosa.

—Era agradable, pero tonto. Como tú, no creía en el comercio del opio. Al morir él, cogí el dinero y compré quinientos cofres del mejor opio indio. Ese día comencé a amasar mi fortuna.

Esa era la explicación de que su padre, al morir, aparentemente no tuviera un centavo. Logan también debía de haber hecho correr rumores que mancharon el buen nombre de su padre, ya que el descrédito de Hugh Montgomery había servido para mejorar la imagen del canalla de su socio.

Enfurecida y temblando de rabia, Troth se levantó, recorrió los cinco metros que le faltaban para llegar al extremo del edificio y entonces buscó el camino del muro. Era bastante ancho, así que, en cuanto llegara allí, tardaría pocos segundos en dar alcance a Scouse.

—Es usted un hombre listo, Logan —dijo Kyle, fingiendo una reticente admiración en la voz—. Y conoce bien China. Ahora la hija de Montgomery es más china que europea. Si le perdona la vida, volverá de buena gana con usted a Macao.

—¿Quiere regresar a Oriente?

—No ve la hora de irse; está muy decepcionada con Escocia y me ha hecho prometer que la mandaré de vuelta. Gran Bretaña es muy fría, y ella está furiosa porque su padre le había dicho que su familia era rica. Usted ya los ha visto: no son mucho más que campesinos, y ella quiere algo mejor. Si la toma como concubina, le garantizo que no se arrepentirá. Era una de las mujeres de Chenqua, la mejor que he conocido en la cama, y he conocido a unas cuantas. Sería una pena desperdiciar tanto talento matándola.

Mientras hacía oídos sordos a las evidentes mentiras de Kyle, Troth vio que Logan mostraba interés, aunque su respuesta fue cautelosa.

—¿Cómo puedo estar seguro de que no me cortará el cuello en venganza?

—Logan, ella es china —dijo Kyle con tono paciente—. La han adiestrado para someterse completamente a su amo. Una vez que me haya matado, será evidente para ella que usted es un amo superior. Hará todo lo que le pida a cambio de alguna joya de vez en cuando y quizá alguna muchacha esclava a quien pegar. ¿Entiende bien a qué me refiero cuando digo que hará todo lo que le pida?

Por la postura de Logan, Troth supuso que el sugerente tono de Kyle le había despertado febriles fantasías.

—Así que era una de las putas de Chenqua —dijo el comerciante con voz ronca—. Con razón se la llevó enseguida a Cantón, aunque era una niña. ¡Repugnante libidinoso...!

¡Menos mal que Kyle le había advertido de que no se sorprendiera de nada de lo que dijera! Saltó los últimos metros hasta la cima de la muralla y entonces corrió hacia Scouse a toda velocidad. Como él se estaba tomando su tiempo, lo alcanzaría antes de que llegara al cruce con la pared sur.

—Tal vez fuese un libidinoso, pero la verdad es que la adiestró muy bien. Si alguna vez se cansa de la china, podrá venderla a buen precio a otro *fan-qui*.

—Muy bien, me la llevaré. Si es tan buena como dices, la convertiré en mi *tai-tai* en Macao. —La voz de Logan se volvió más ronca—. He aceptado mi parte del trato, así que sal de ahí. Si me sigues obligando a estar aquí con este tiempo, quizá cambie de idea.

Troth casi tenía a su alcance la ancha espalda de Scouse cuando el capitán se volvió, alertado por el ruido de sus pisadas. Tenía el arma en la mano, pero durante un instante crítico se limitó a mirar, aparentemente sin poder creer que ella fuera una amenaza.

Con un golpe brutal, le hizo soltar el fusil de las manos. El arma hizo un estruendo antes de girar cayendo por el abismo. Mientras él gritaba, Troth le dio un puñetazo en la garganta que resultó poco efectivo: aquel cuello era una fornida columna, dura como una piedra.

—¡Ven aquí, perra china!

Con mirada asesina, Scouse arremetió contra ella. Mientras esperaba el ataque, Troth rogó a todos los dioses de Oriente y Occidente que le dieran fuerzas para ganar el combate más difícil de su vida.

44

Al oír gritos, Kyle se arrodilló y miró hacia fuera por la puerta, con la esperanza de que si mantenía la cabeza baja evitaría que le volaran los sesos en caso de que Logan y Scouse tuvieran sus fusiles apuntando en aquella dirección.

La primera cosa que vio fue el cañón del fusil de Logan. La segunda, a Troth luchando a vida o muerte con Scouse en la cima de la muralla. Casi se le paralizó el corazón. Al lado del furioso capitán, Troth parecía un niño, y aunque eludía con destreza los golpes, Scouse podía partirla en dos si conseguía alcanzarla con uno solo de ellos.

Mientras Troth se movía hacia atrás, Scouse arremetió con un bramido, confiando en que la inmovilizaría con el peso de su cuerpo, pero ella saltó a las almenas y lo pateó, usando la velocidad de él para aplastarlo contra el estrecho camino de piedra de la muralla.

Pero el capitán había aprendido a pelear en los puertos más peligrosos del mundo y conocía un buen número de tretas. Le buscó el tobillo y tiró de él. Kyle oyó el impacto cuando Troth se golpeó contra el camino de piedra del muro, peligrosamente a punto de caer al patio desde una altura considerable.

Troth saltó hacia atrás para soltarse y se levantó rápidamente mientras Scouse hacía lo mismo. Logan tardó en oír el alboroto y se volvió para ver lo que estaba sucediendo por encima de su cabeza. El fusil giró con él y apuntó de inmediato a Troth, que, comprendiendo el peligro, se aferró a Scouse para que Logan no pudiera disparar si no quería herir a su capitán.

Pero Logan disparó de todos modos. Cuando Kyle echó a correr a toda velocidad por el patio, Scouse se tambaleó por el impacto de la bala. Una segunda bala le atravesó el cuerpo. Troth se aplastó contra el camino de piedra mientras Scouse caía de espaldas sobre la pared con un largo, larguísimo alarido que terminó con escalofriante brusquedad.

Pero las almenas no protegían a Troth de Logan. Mientras él trataba de apuntarle con el fusil, ella saltó del camino de la muralla al patio y cayó en una angosta franja entre la garita y la muralla sur.

De inmediato, Logan corrió a bloquearle la salida de la trampa en la que había caído. Le bastaron unas pocas zancadas para tenerla otra vez en el punto de mira.

Troth corrió en un intento inútil por alcanzar a Logan antes de que él disparase. Kyle gritó, desesperado:

—¡Logan, eres hombre muerto!

Como esperaba, Logan se volvió para hacer frente a la nueva amenaza. El cañón del fusil parecía enorme cuando levantó el arma y apretó el gatillo. Kyle se arrojó a un lado y disparó su pistola mientras estaba en el aire.

Troth gritó mientras tres disparos ensordecedores resonaban en el patio. Logan se dio la vuelta y la sangre tiñó de escarlata su camisa blanca. Despacio, articulación por articulación, se fue desplomando y el fusil cayó de su mano.

Troth empujó a un lado a Logan por si estuviera aún vivo, y después se desplomó junto a Kyle en el momento en que caía otro chaparrón.

—Milord, no puedes morir, no puedes.

Mientras Troth trataba de darle la vuelta para ver dónde estaba herido, Kyle soltó la pistola y la estrechó entre sus brazos.

—No pensaba hacerlo —dijo jadeando—. ¡Dios mío, Troth! ¿Estás bien? Cuando empezó a dispararte, creí que se me iba a parar el corazón.

Se quedaron abrazados, indiferentes a la persistente lluvia.

—Logan falló —dijo Troth vacilante—, pero ¿por qué? Disparó tres veces a quemarropa.

—Dos veces. Yo me tiré para evitar que me diera, y al mismo tiempo le disparé con mi pistola.

Kyle se incorporó sin dejar de sujetarla con fuerza.

La dura determinación que la había hecho seguir adelante durante la última y terrible media hora se derrumbó. Troth empezó a temblar violentamente mientras sus lágrimas se mezclaban con la lluvia.

Kyle la sostuvo hasta que dejó de temblar un poco.

—Deberíamos ir a la capilla; es el único lugar con techo por aquí. ¿Puedes caminar? —Cuando Troth dijo que sí con la cabeza, él se levantó y la ayudó a ponerse de pie—. Espera aquí un momento.

Atontada, observó cómo Kyle inspeccionaba el cuerpo del comerciante buscándole el pulso.

—La justicia ha caído sobre Caleb Logan —dijo Kyle en tono grave. Se levantó, se dirigió a la torre y un momento después apareció con la manta.

Pasándole un brazo por los hombros, la guió por la resbaladiza pendiente hacia la parte más baja del castillo.

—¿Cómo lograste dispararle a quemarropa? Creía que la pistola no tenía precisión suficiente a cierta distancia —dijo Troth castañeteando los dientes.

—Soy muy buen tirador —se limitó a decir Kyle.

Tendría que haberlo adivinado. Agradecida de tener una mano en la cintura, caminó tambaleándose a su lado hasta que llegaron a la capilla. No sólo era un agradable respiro en medio de la furiosa la tormenta, sino que la bendita calma de un chi armonioso envolvía a Troth como el lejano recuerdo de los abrazos de su madre.

Tan pronto como estuvieron dentro, Kyle empezó a quitarle la ropa empapada. Asustada de tanto aturdimiento, trató de detenerlo.

—¿En qué estás pensando?

Kyle sonrió.

—No en lo que tú piensas, muchacha perversa. Estamos empapados, y, teniendo en cuenta cuánto han bajado las temperaturas, corremos el riesgo de coger una pulmonía si no entramos en calor rápidamente.

—Yo puedo hacerlo —dijo Troth comprendiendo que tenía razón—. Tú quítate la tuya.

Kyle obedeció y se detuvo sólo cuando ella se quedó desnuda del todo para envolverle la helada piel con la manta casi seca. La áspera lana era caliente, pero Troth seguía temblando a causa de un frío tan profundo que resultaba doloroso.

Entonces Kyle se quitó la última prenda empapada. Como había dejado la cesta allí, la manta de picnic estaba seca. Se la echó por los hombros, se sentó contra la pared y colocó a Troth sobre su regazo. Cuando la tuvo abrazada dobló la manta alrededor de los dos, tapando cuidadosamente los pies de Troth.

Troth se pegó al cuerpo caliente de Kyle y apoyó la mejilla contra el sedoso vello de su pecho. Su familiar olor la hizo sentirse al fin a salvo.

Kyle la acunó con dulzura y durante un largo rato ninguno de los dos habló; el único sonido que se oía era el de la lluvia repiqueteando en el techo. Troth supuso que, como ella, Kyle se estaba recuperando de la violencia y la muerte horrorosas de las que acababan de salvarse.

Él estaba mucho menos frío que ella, y poco a poco su calor empezó a relajarla.

—Casi no puedo creer lo que ha pasado —dijo Troth en un susurro—, esos dos hombres muertos ahí, bajo la lluvia.

—Ojalá no hubiera ocurrido —dijo Kyle—. Cuando pienso que lo que dije en Cantón tuvo repercusiones que llegaron al otro extremo del mundo y casi te matan...

La abrazó con fuerza.

Troth abrió los ojos para dejar de ver a Logan cayendo de espaldas, con la sangre brotándole del pecho.

—Pero hemos sobrevivido, y no lamento que Logan esté muerto. De no haber sido por su falso mensaje, quizá mi padre aún estaría vivo.

Kyle le acarició la nuca y la espalda, masajeándola un poco, lo que hizo que la entumecida carne reviviera.

—No lo lamento por ninguno de los dos —dijo Kyle—. No dudo que Scouse debía tener una buena cuota de pecados. En cuanto a Logan, no sólo fue el responsable indirecto de la muerte de tu padre, sino que sus actos te condujeron a ser casi una esclava en China cuando deberías haber estado aquí, arropada por tu familia.

Troth pensó en lo que habría sido crecer con su familia paterna: bollos y sopa de cebada, primos que habrían sido como hermanos. Aceptación.

—Vivir con ellos habría sido maravilloso, y mucho más fácil que hacerlo en China —dijo lentamente—. Y sin embargo... no puedo lamentar que mi destino me llevara a Cantón. Si no hubiera vivido allí durante tantos años, habría perdido gran parte de mi esencia china. Ahora soy realmente china y escocesa.

Kyle sonrió.

—Gracias a Dios. No hay ninguna otra mujer en el mundo como tú, Troth Mei-Lian Montgomery.

—Es probable que no.

Y no había otro hombre en el mundo que aceptara los dos lados de su naturaleza tan completamente como lo había hecho Kyle. Los Montgomery la consideraban sobre todo escocesa, alguien que montaba a caballo de un modo peculiar pero inofensivo. Chenqua la había considerado extraña pero útil, alguien que merecía su protección y su respeto debido a sus raras habilidades y al hecho de que era la hija de su padre.

Pero Kyle había confiado en ella como en una igual, y la había enviado a luchar contra sus enemigos porque era capaz de combatir con mayor eficacia que él. Y cuando se había enfrentado a una muerte segura, él había atraído hacia sí el fuego asesino de Logan. Podría haberle matado...

Al sentirla temblar todavía, Kyle dijo:

—¿Aún tienes frío?

—No, estoy bien.

Más que bien, porque estaba en los brazos de Kyle.

La cinta del pelo había desaparecido, así que él le apartó los mechones húmedos de la cara.

—El peligro aclara maravillosamente el pensamiento. Cuando pensé que íbamos a morir, comprendí cuánto te amaba. ¿Te casarás conmigo como debe ser, esta vez?

Troth echó la cabeza hacia atrás para poder verle la cara.

—Creía que no podías volver a amar.

—Yo también lo pensaba —dijo Kyle con una sonrisa irónica—. A veces mi mente funciona muy despacio. Sabía que contigo sentía más pasión y afecto de lo que había experimentado en años, y que ansiaba tu compañía. Pero como lo que yo sentía era diferente de mis sentimientos hacia Constancia, estaba seguro de que no podía ser el tipo de amor que te merecías.

Troth supuso que era inevitable que el fantasma de Constancia estuviera siempre con ellos.

—Yo, milord, puedo ocupar el segundo puesto con tal de que me ames.

—¡Tú no eres una segundona! —Le cogió la cara entre las manos—. El amor no se puede medir ni pesar, y no debería compararse. Constancia fue mi corazón, y tú, mi queridísima muchacha, eres mi alma.

Su boca se cerró sobre la boca de Troth, verdadera y dulce, con una declaración que iba más allá de las palabras.

A Troth se le cortó la respiración.

—Siempre te he amado, Kyle. —Como necesitaba tocarlo, deslizó sus manos por la piel desnuda de Kyle bajo de la manta—. Desde el comienzo has sido el señor de mi cuerpo, de mi corazón y de mi alma.

Él no había pensado más que en un beso, no en una capilla sagrada después del terror y la muerte, pero la pasión que les dominaba estalló en un infierno que solamente se podría apagar uniéndose en una celebración del amor y de la supervivencia. Mientras se besaban febrilmente, las manos de Kyle encontraron los turgentes pechos de Truth bajo los pliegues de la manta, y sintieron bajo la suave curvatura los acelerados latidos de su corazón. Los movimientos de Troth en su regazo lo estaban enloqueciedo, hasta que finalmente ella se volvió y se sentó a horcajadas sobre él.

Mientras besaba el cuello de Troth, ella se balanceó lentamente hacia delante y hacia atrás, acariciándolo con un calor líquido hasta que él no pudo soportarlo más. Troth ahogó un grito al sentirlo dentro.

Por espacio de una docena de latidos se abrazaron sin moverse, temblando. Entonces, las caderas de Kyle empezaron a empujar fuera de control. Ella se incrustó contra él mientras la pasión ardía buscando urgente satisfacción. Gritaron juntos, y sus voces se mezclaron con la lluvia y con el lejano retumbar de los truenos.

Mientras ella se derretía contra él, Kyle sintió una satisfacción que no había conocido ni en sueños. Se puso de costado y la apretó contra él. Y entonces, exhaustos, se durmieron protegidos por el calor de la manta Campbell.

No sabía bien cuánto tiempo habían dormido, pero al despertar la capilla estaba llena de sol. Apoyándose en un codo, Kyle admiró el juego de la luz en aquel rostro maravilloso. Troth era una mujer única, la más rara y encantadora flor de Oriente y de Occidente.

Aquellos ojos se abrieron.

—No estoy seguro de que los constructores de esta capilla lo hubieran aprobado, pero ha sido una excelente manera de entrar en calor.

—No creo que Dios pueda culparnos demasiado, puesto que fue él quien nos dio el divino don del amor. —Kyle la besó en la punta de su encantadora nariz—. Pero tenemos que ponernos en marcha si queremos llegar a algún sitio calientes y a salvo antes de que oscurezca.

Troth le sonrió de tal manera que tuvo ganas de volver a hacer el amor con ella.

—Será un verdadero placer no pisar nunca más el Castillo de la Muerte.

—Espero que lo que acabamos de hacer signifique que has aceptado mi propuesta. —De mala gana, Kyle se separó del delicioso cuerpo de Troth—. Porque hoy podemos haber engendrado un hijo. Ojalá que así sea.

Troth se levantó y lo miró con intensidad felina mientras apretaba contra el cuerpo su ropa mojada.

—Yo estoy segura de que ya lo hicimos en Dornleigh.

—¡Dios mío! —Kyle se estaba poniendo la camisa húmeda y casi se estranguló al bajarla de golpe para mirar a Troth—. ¿Cuándo pensabas contármelo?

—Te lo iba a decir si decidíamos casarnos.

Había desafío en aquella mirada. Se subió los pantalones espantosamente mojados, deseando que fueran tan sueltos como la ropa china de Troth.

—En otras palabras, si hubieras decidido no casarte conmigo, yo podría no haberme enterado nunca de que tenía un hijo. No querías que yo utilizase eso como coacción para que te casaras conmigo.

Al ver que él no estaba enojado, Troth se relajó.

—Me entiendes muy bien. Yo no quería tener marido sólo porque a todos los demás les parecía buena idea. —Se arrebujó en la manta.

Kyle movió la cabeza, atribulado.

—Troth, eres una verdadera escocesa, porque estás dispuesta a pagar el precio que sea para salirte con la tuya, y al diablo con las consecuencias. Dobló la manta y la metió en la cesta de picnic, y después salieron a un mundo lavado por la lluvia. La brisa sacudía las gotas de las flores primaverales y las Highlands ondulaban hasta el lejano horizonte en capas de neblinoso azul y lavanda.

El agua corría por el centro del sendero, así que caminaron por un lado, cogidos de la mano.

—Sólo quiero confirmar que has aceptado casarte conmigo. ¿Es cierto?

Troth lo miró. Al resplandor del sol de la tarde, aquellos ojos eran casi dorados.

—Sí, querido milord, seré tu esposa y me haré amiga del dragón de tu padre, y quizá llegaré incluso a convertirme en la gran anfitriona que según tú podría ser.

Kyle había sido feliz antes, pero aquello no podía compararse con el júbilo que lo inundaba después de oír aquellas palabras. Tiró la cesta y cogió las dos manos de Troth.

—Entonces casémonos aquí mismo. Wrexham quizá quiera después algo más formal, pero tenemos agua y estamos en Escocia, así que esta vez no podrá discutirse la validez del matrimonio. Quiero, amor mío, que seas mi esposa, y ya no puedo esperar más.

Riendo, Troth saltó al otro lado del sendero, de manera que el agua corría entre ellos. Apretando con fuerza las manos de Kyle, declaró:

—Kyle Renbourne, te prometo mi corazón y mi cuerpo, mi lealtad y mi fidelidad mientras vivamos los dos.

Kyle le sonrió, pensando en aquel primer intercambio de promesas que los había unido más de lo que habían sido capaces de reconocer.

—Troth Mei-Lian Montgomery, te prometo mi amor, mi protección y mi fidelidad por toda la eternidad y después.

Le levantó las manos y las besó tiernamente, primero una y después la otra.

—Ahora sé por qué sentía tanta necesidad de recorrer el mundo. Era para encontrarte, mi novia china.

—Un plan divino, milord querido. —Troth sonrió radiante—. Yin y yang, uno e inseparable.

Hombre y mujer en perfecto equilibrio. Para siempre.

Nota de la autora

Mi madre vivió en China cuando era niña, y yo crecí oyendo historias sobre el conejo en la luna y sobre cómo mi madre hacía de traductora para sus padres. Tenía oído de músico para las sutilezas del idioma chino, en el que los más pequeños cambios de inflexión pueden cambiar completamente el sentido de una palabra o una frase.

En ocasiones especiales se me permitía usar algunas de las joyas chinas de mi madre y las magníficas prendas bordadas que mi abuela había comprado al «hombre de la seda». (Yo tenía un especial cariño por cierto espléndido sombrero con un gallo.) Nada de eso me hizo ni remotamente experta en China, pero me despertó un interés perdurable por las culturas más antiguas y fascinantes.

Aunque *La novia de China* transcurre más en Gran Bretaña que en China, tuve que hacer una importante investigación para hacer justicia a las partes asiáticas del relato. Como esto es una novela, busqué las ideas y los detalles que arrojaran más luz sobre mis personajes y su ambiente sin cargar la historia con demasiadas explicaciones.

El templo de Hoshan es invención mía, pero se basa en descripciones de templos reales. El viaje de Troth y Kyle por el sur de China está también un poco novelado.

En Escocia, mi Castillo de la Muerte está inspirado en el castillo de Campbell, cercano a Collar, a veces llamado Castillo de la Tristeza, una romántica construcción con vistas al Arroyo del Cariño y al Arroyo de la Pena.

Desde tiempos romanos, la Ruta de la Seda fue el conducto por el que circularon las mercancías entre Asia y Europa. Ya entonces los gobiernos se quejaban de que buena parte de su riqueza se gastaba en el extranjero para comprar artículos de lujo. Una vez que se reanudó el comercio entre Oriente y Occidente en el siglo XVI, la balanza comercial volvió a ser una preocupación para los europeos, interesados en comprar té y otras mercancías al autosuficiente Imperio chino, que no tenía mucho interés en lo que Europa ofrecía. De ahí el sistema comercial cantonés, ideado por China para minimizar la posible contaminación de las ideas extranjeras.

Los europeos que creían que el comercio era un derecho natural detestaban las restricciones que el sistema imponía a sus movimientos. También necesitaban productos con los que comerciar, y fue entonces cuando hizo su aparición el opio. Buscando ganancias, los comerciantes europeos introdujeron opio ilegal en China, creando millones de adictos. La Guerra del Opio empezó en 1839, varios años después del momento en que transcurre *La novia de China*. Gran Bretaña usaba su fuerza militar para arrancar concesiones comerciales al gobierno chino, e hizo falta un siglo para echar a los europeos y para que China recuperara la soberanía. No fue una buena época para Occidente.

He evitado reproducir la lengua franca de los comerciantes del sur de China, el pidgin, ya que suena muy mal al oído moderno. Sin embargo, por falta de términos mejores y porque son históricamente correctos, he usado de vez en cuando «asiático» y «oriental», aunque esas palabras han adquirido algunas connotaciones negativas.

Espero que el lector haya disfrutado viendo cómo Kyle y Troth Mei-Lian construyen su puente personal entre Oriente y Occidente.